ピラミッド帽子よ、さようなら

乙骨淑子

長谷川集平◀絵

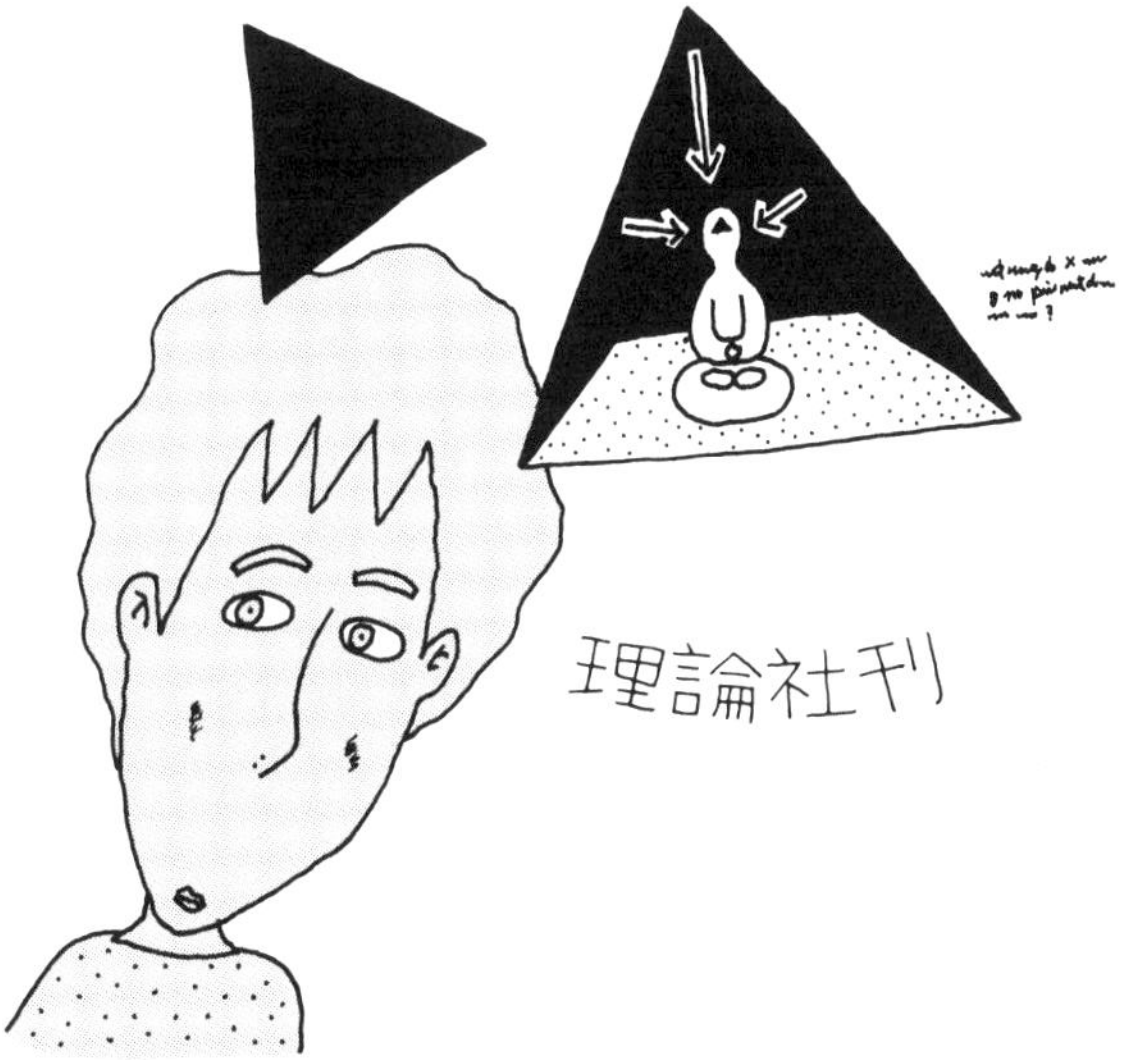

理論社刊

本書のなかで使用される言葉のなかには、今日では用いないものがありますが、作品が一九七九年～一九八〇年にかけて書かれ、著者は故人であり、言葉だけを置き換えるのは、作品全体の流れをそこなうおそれがあることから、底本のままとしました。

ピラミッド帽子よ、さようなら●もくじ

第1楽章＊不思議なことはあったほうがいい！

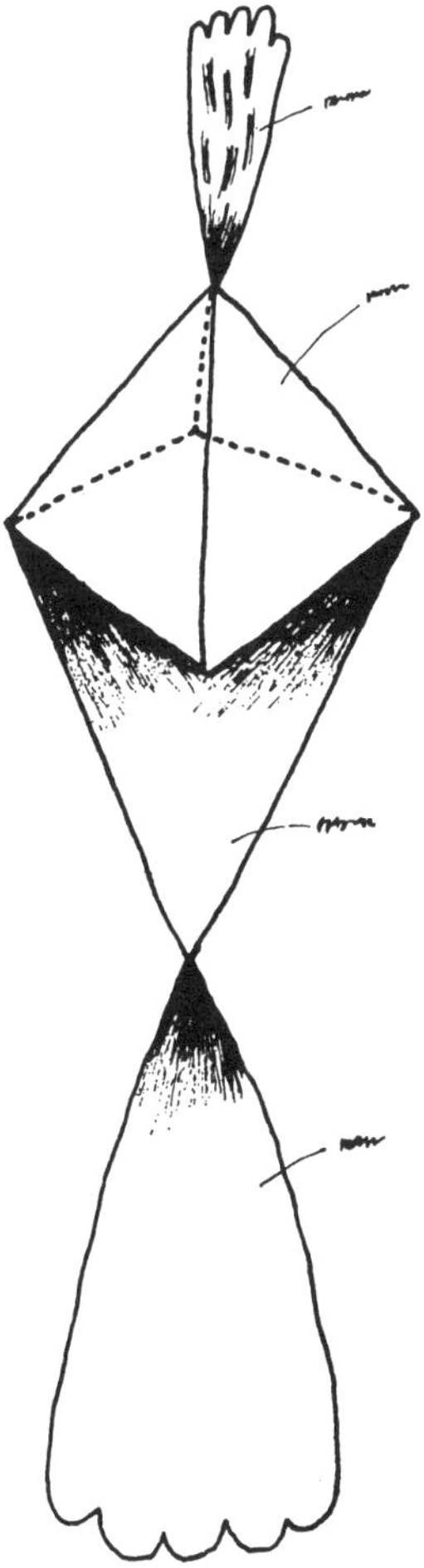

第2楽章＊ピラミッド帽子でもう一つの世界を！

第3楽章＊未知への冒険はみんなで行こうよ！

第4楽章＊ビマーナにのって早くかえろうよ！

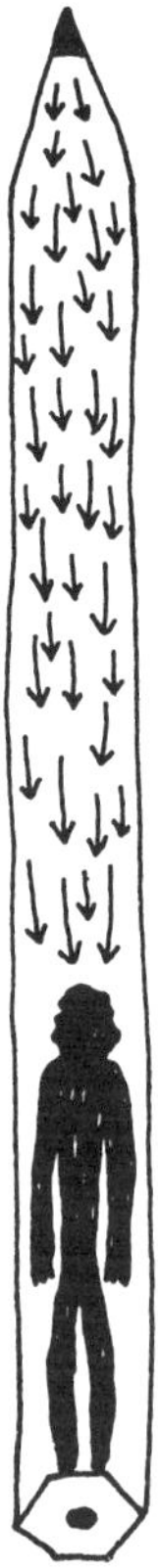

イラストレーション　長谷川集平

装幀　平野甲賀

第1楽章
不思議なことはあったほうがいい！

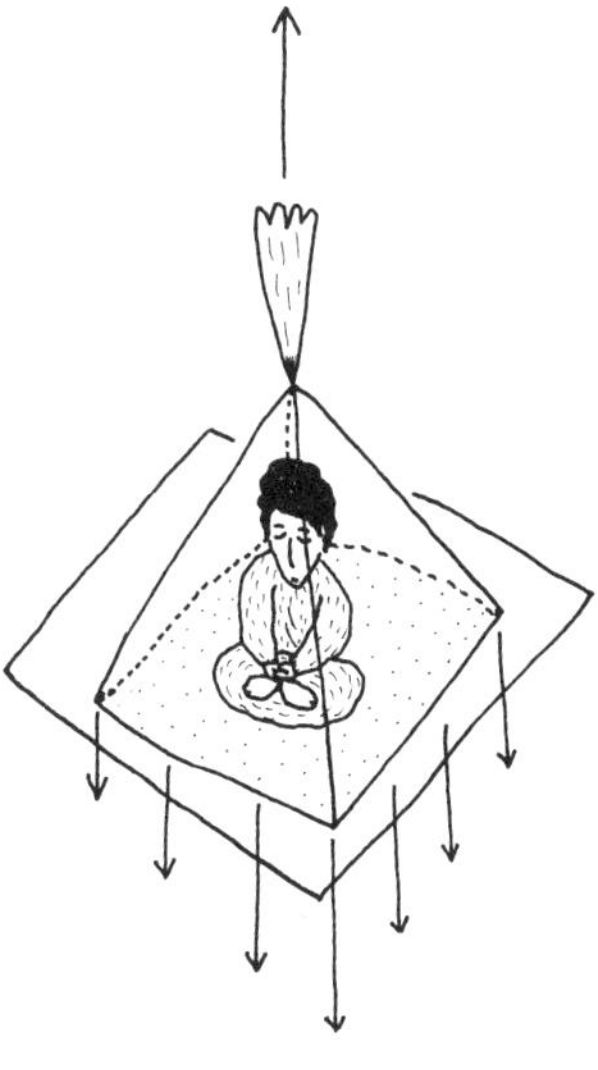

通知表がなんだ

名前をよばれて、席をたった。おれは机《つくえ》の間を通って教壇《きょうだん》へむかう。いやな感じだ。この間、耳鼻咽喉科《じびいんこうか》へいって名前をよばれたけれど、これよりはましだ。窓《まど》からさしこむ陽《ひ》ざしが、机に照りかえってまぶしい。教室中が明るくって、まるで温室だ。今日みたいな日は、どんより雲かどしゃぶりの方がぴったりな気がする。

教壇《きょうだん》までくると、カラスは度のつよいメガネごしにおれをみた。牛乳《ぎゅうにゅう》ビンの底みたいにあついレンズだ。

「さぼったな」

カラスはそういうと、通知表を渡《わた》した。おれは大げさに首をすくめる。ひきかえす時には、ちょっと舌《した》をだして女生徒を笑わしてやった。席へつくと、体がじっとりと汗《あせ》ばんでいた。

カラスのセリフからみても、今学期はかんばしくないようだ。おれは通知表をひらかずにいた。

「おめえ、あいかわらずか」

うしろの席の山川が背中《せなか》をたたいた。

「ああ、アヒルの大行進よ。おまけにところどころ杭《くい》がたってらぁー」

おれは、数字の2がアヒルみたいに行列して、ところどころに杭《くい》のように1がある通知表をかってに想像《そうぞう》していった。

「ウヒヒ……」

山川はうれしそうに笑った。その時、山川の名前がよばれた。あわただしく立ちあがり、教壇《きょうだん》へむかって歩きだしたすきに、おれは通知表をそっとあける。3とか2とかの数字にまざって、1が目の中にとびこんできた。おれは、さっと通知表を鞄《かばん》の中に入れた。山川にああはいったものの、まさか本当に1があるとは思わなかった。1は間違《まちが》いなく数学だ。おれは数学がにが手だ。だが、これまで1なんかとったことはない。テストもたしかによくなかった。でも1なんてことはあるか！　1なんて！　でもたしかに1なんだから、ほかの奴《やつ》が出来たということなんだ。それほどまでに、おれは数学がだめなのかなあ。皆《みな》についてゆけないのかなあ。まわりでは、通知表を互《たが》いにみせあって、ささやきあったり、うなずいたりしている。小さな歓声《かんせい》もあがった。

「ねえ、どうだった？」

隣《となり》の席の伊藤《いとう》順子が、おれの方へ体をむけた。顔が上気し、目がいきいきしている。想像《そうぞう》していたより、成績《せいせき》はよかったに違《ちが》いない。

「まあ、まあですな」

おれは、心の動揺《どうよう》をさとられまいと、あいそよくいった。通知表を渡《わた》しおえたカラスがなにか話しているが、おれの耳には入ってこない。1という数字が、頭からはなれないのだ。

「起立！」

学級委員長の矢島の声がした。

「礼！」

カラスが教室から姿《すがた》を消すと、部屋《へや》のざわめきは、一層《いっそう》大きくなった。

「カラスともお別れね」

順子が、鞄をとりながらいった。

「え？」

「ありゃいやだ。きいていなかったの？」

「――」

「二年から担任《たんにん》がかわるのよ。なにをぼんやりしていたのよ」

「へえ――」

おれは、別れの言葉というのを、きいていなかったわけだ。黒い背広《せびろ》を着て、いつも黒ずくめなので、カラスなんてあだ名をつけられていたけど、おれはこの先生がきらいじゃなかった。1ばっかりに気をとられていて、ちょっぴりすまないおもいだ。

「ねえ、一年生は今日で終りなんだから、荒川堤《あらかわづつみ》までいってみない？」

おれのそばに近よると、順子はいった。

「裏門《うらもん》で、太田と川島が待っているんだ」

そういってから、おれは自分の言葉にはっとした。そうなのだ、太田と川島がいつものように、おれを待っているのだ。二人とは同じ団地《だんち》内に住んでいる。クラスは違《ちが》うが、いつとはなしに、通知表をみせあうのが習慣《しゅうかん》になっていた。いや、今考えると、どうも太田の奴《やつ》の計画的しわざかもしれない。太田は自分の通知表をおれたちにみせたいんだ。オール5の通知表をな。

「おーい」

おれの姿《すがた》をみつけた太田が手をふった。そばに川島もたっている。おれが近づくと、

「めずらしいのさ、今度は二人とも保健体育《ほけん》が4なのさ」

太田は強い度のメガネごしにおれをみた。サカラッキョというあだ名だけあって、本当にさかさにしたラッキョが、メガネをかけているみたいだ。

「な、ほらな、おれ、今度は4になったぞ」

川島は自分の通知表をひろげて指さした。3と2の中に、ぽつんと4がある。

「おれも、ほら4だ」

太田の通知表は、5の中に4が一つだけあった。

「おい、お前のもみせろよ」

川島がおれをみていった。

「――」

「おい、どうしたんだい」――太田がおれの顔をのぞきこむ。

「なにぐずぐずしているんだ。早くお前のをみせろよ」

川島が声を強めた。

「いやだ！」

大声をはりあげたのに、おれの声はかすれている。

「なんだって！」

「なんでおれの通知表をお前たちにみせなけりゃならないんだ。いやだ、みせてなんかやるもんか！」

おれは、声をふりしぼっていった。

「おい、本気かよ」――太田の声は妙《みょう》におちついている。

「ああ、本気さ」

「おい、おれたちのをみときやがって、てめえ、それですむとおもうか！」

川島の顔はひきつっていた。

「みせてくれとは、いわなかったぞ」

おれは、二人をみかえすようにどなる。

「なんだって！」

川島が気色《けしき》ばんだ。

「みせないと、余計《よけい》みたくなる。おいだせよ」——太田はおれの鞄《かばん》に手をかけた。

「いやだ！」

おれは鞄を抱《だ》きかかえる。川島と太田はおれの手から鞄をひったくろうとする。おれは必死になって鞄にしがみつく。体が校庭の壁《かべ》におしつけられていった。

「よーし、こうしてやる！」

川島はおれの体を壁におしつけると、首をしめにかかった。

「みせろ！　みせないともっと強くしめつけるぞ！」

「うう……」

おれはうめいた。〈みせてやるもんか。死んだってみせてやるもんか〉

おれは鞄にしがみついたまま、足をばたつかせた。体をよじまげると、余計《よけい》に川島の手に力が入った。あぶら汗《あせ》がふきでた。

〈死ぬのか、こんなことで——〉

妙《みょう》に白っぽい陽《ひ》ざしを体に感じていた。

「ぎゃおう!」

突然《とつぜん》、おれの体の中から、つきあげてきたうめき声がほとばしり出た。おれ自身がびっくりする声だった。川島はおもわずおれの首から手をはなした。そして、小石がはじきとばされるような勢《いきお》いで、おれのそばから走りさっていった。太田もあとにつづいた。あっという間の出来事だった。走ってゆく二人の姿《すがた》を目でおいながら、唾《つば》をはいた。なにも二人にむかってはきかけたのではない。首をしめられたための生理的現象《げんしょう》だ。それは唾というよりも胃液《いえき》らしく、糸をひくようにねばっこく口から流れでた。なんともいいようのない、なさけない気持が胸《むね》をつきあげた。おれはその場にしゃがみこんだ。

約束

新学期がはじまった。おれは中学二年生になった。いつもなら、春の陽ざしをいっぱいあびて、ちょっぴり気おって校門をくぐるところだ。だが、今日はそうはゆかない。あの事件《じけん》のことがずっと頭にあるのだ。春休み中に一度、団地《だんち》の公園で川島とすれちがったことがある。二人とも自転車にのっていた。

「今にみていやがれ!」

川島はおれをにらみ、はきだすようにいった。おれもなにか叫《さけ》ぼうとしたが、スピードをあげた川島の自転車は、またたくまにおれの視界《しかい》から遠ざかった。この時の川島の言葉が、おれの頭にいつまでも残っている。なにをしようというのだ。おれを荒川堤《あらかわづつみ》につれだし、リンチでもしようというのか——通知表をみせなかったことが、そんなに腹《はら》だたしいのか。

「おはよう」

うしろで明るくはずんだ声がした。ふりかえると、伊藤《いとう》順子がたっていた。

「休みはどうだった？　どこかへいった？」

順子はおれとならんで歩いた。

「べつに」

「いいことあった？」

「あるわけないだろ」

おれのいい方に、順子は驚《おどろ》いたらしく、足をとめた。

「どうしたの？　なにかあったの？」

「いや、ちょっと考えごとをしていたんだ。しっけい」

おれはあわてていった。なにも順子にあたることはないのだ。

「そう、ならいいけど。驚かさないで」

順子はちょっとつんとしていった。おれの目に、順子のセーラー服の白い衿元《えりもと》が入った。新学期なので、衿《えり》はつけかえられていた。のりのきいた、まあたらしい白さがまぶしい。校庭の桜《さくら》の木は、蕾《つぼみ》がふくらみはじめている。木の下に目をやったおれは、ぎくりとする。太田と川島が、じっとこっちをみているのだ。おれが近づくのを待っているのだ。そこを通らずに教室へはゆけない。今さら逃《に》げだすわけにはゆかないのだ。

「どうしたの?」

おれのただならぬようすを順子は感じたようだ。気がかりそうにおれをみあげる。

「いや、なんでもない」

おれは、ぶっきらぼうにいった。心の中で二人を無視《むし》して通りすぎようときめていたのだ。しらぬまに足早になったようだ。ついてくる順子の息がはずむ。桜《さくら》の木の下にきた。おれは、わきめもふらずに歩いた。

「おい!」——川島の声がかかった。

「おい、待てよ。森川」

太田の声がつづく。順子がおれの顔をみあげた。

「先へゆけよ」——おれはうながした。

「なんだかへんな感じ! どうしたのよ!」

突然《とつぜん》順子がかんだかい声をあげた。

「うるさい! 早くゆけよ! お前なんかに用はない」

「お前なんかとはなによ」

順子は川島にいいかえした。順子がこんなに気がつよいとはおもわなかった。しもぶくれをした顔がひきつり、二人をにらみかえす目は、今までみたことがないほどけわしかった。

「先へいってくれ」

おれは、そんな順子に少したじろぎながらいった。

「いいの?」

順子は年下の弟にでもいうういい方をした。そして、きっとした顔を二人にむけた。

「へんなことをしたら、承知《しょうち》しないわよ」

「うへェー、こりゃ驚《おどろ》いた。いつからアネゴになっちまったんだよぉー」

川島は順子の後ろ姿《すがた》にむかっていった。順子はふりかえりもしないで、その場をたちさっていった。

「おい、森川、忘《わす》れちゃいないだろうな」——太田はおれをみた。

「なんのことだい?」

「なんのこととはなんだ」——川島がつめよってくる。

「しらばっくれるならいいさ。ま、たいしたことないもんな。実はおれたちも忘れてもいいとおもっているんだ」

「——」

いがいな言葉が太田の口から出た。

「そのかわり、お前にたのみたいことがあるんだ」

「たのみたいこと?」

「あ、お前にやってもらいたいことがある」

「——」

「実はな、この前お前は川島に首をしめられただろ。あの時の苦しそうな顔を、もう一度やってもらえないかな」

「なんだって！」

「そう怒《おこ》るなよ、べつに悪気《わるぎ》はないんだから」

太田はちょっと息をついてから、言葉をつづけた。

「ほら、お前もしっているように、川島とおれは、S《エス》・L《エル》ファンがこうじて映像《えいぞう》研究会に入っただろ、汽車がいろいろ撮《と》りたくなっちまって。ところがな、この会は汽車を撮るばかりじゃなく、映像を作りあげる会なんだ。今度秋の学園祭に十六ミリを撮ることが決まったんだ。サウンド・フィルムでな」

「――」

おれはまだ用心してきいていた。太田は頭がいい奴《やつ》だから、うかうかしていると、すぐのせられちまうんだ。

「題はぐっと高級な感じにして、『光と闇《やみ》』だ。人間の持つ光と闇をカメラはおってゆくということに決まったんだ」

「――」

「まだ具体的に動いてはいないけど、『光』の方は、子どもを撮ることになっている。明るい陽《ひ》ざしの中で、無心に眠《ねむ》っている赤ん坊《ぼう》とか、クローバーで花輪を作る子ども達とかね。ま、そうしたものと反対に、『闇』の方では、カンニングを平気でやらかす委員長に殺意を持つ少年とか、親への反撥《はんぱつ》とか……、そういったものを撮ってゆこうじゃないかということになっているんだ」

「――」

「それでな、そのぶっ殺されそうになるクラス委員長をやろうっていうのが、研究会にいないのさ。やってもいいっていうのが上級生に一人いるけど、撮影《さつえい》の方をやるから駄目《だめ》だろ。三年生は、おれたち二人のどっちかでやれなんていうんだ。もしどうしてもいやなら誰《だれ》かみつけてこいっていわれているんだ」

「――」

「この前のお前の姿《すがた》を、撮影機《さつえいき》におさめられればよかったけど、あの時はそれどころじゃないもんな。いつも十六ミリを持っているわけじゃないし。もう通知表のことはなにもいわないから、やってくれないかなあ。委員長をさ」

「――」

おれはだまってきいていた。太田の言葉に怒《いか》りはわいてこなかった。

〈ぶっ殺されそうになる委員長か――おれが委員長になるのは、こんな時しかないんだな〉

おれは、なんとなくおかしかった。

「どうだい？　いやか」――川島がおれの顔をのぞきこむ。

「いや。やるよ。やりゃいいんだろ。そのかわり約束がある」

「なんだい」

二人はおれをみつめる。

「手加減《てかげん》はするな、徹底《てってい》的にいためつけてくれ！」

「うへェー、こりゃ驚《おどろ》いた。いいのか？　そんなことといって」

「ああいいよ。かえって胸《むね》がすかーっとしそうだ」

おれの頭の中に、小学校時代のクラス委員長中本の顔がうかんだ。奴《やつ》の首をしめたいと何度おもったことか。教師《きょうし》の前と、おれたちとがらりと態度《たいど》をかえる奴をさ。だがなんという皮肉だ。おれは首をしめられる役なんだ。おれっていうのは、いつもこうしためぐりあわせにあるんだなあ。

「よし、わかった。研究会で報告《ほうこく》しておく、クマさんほっとするだろ。未来の映画監督《えいがかんとく》なんだよ、この上級生」

太田の言葉つきが、親しげになった。

「じゃ、これで、この前のことは水に流そう。お互《たが》いにな」

川島がおれに手をさしのべた。てれくさかったが、おれは川島の手をにぎりかえした。太田とも握手《あくしゅ》をした。太田の手はなまあたたかく、すべすべして気味わるかった。ベルがなった。おれたちは、かけ足で教室へむかった。

おふくろ

「ねえ、きてみなさいよ。洋平」

ベランダでおふくろの声がする。中学二年生でおふくろなんていうの生意気だって？　まあそうむずかしいことは、いいなさんな。おれは、おふくろって言葉が好きだなあ。いつか女の子が、おれのこと、「森川さんって、自分のことおれ、おれ、おれっていうでしょ。あれわたし好きだわ」といったことがある。おれはびっくりしたな。別に気にしてつかっていたわけじゃなかったから。でも、なんとなくわかる気がする。人によって言葉の受けとめ方が、いろいろあるんだなあ。とにかくおふくろはいい。

「ねえ、洋平、早くいらっしゃいよ。こぶしが散ってるわ」

おふくろときたら、まるで子どもだ。そりゃ散るでしょう。咲《さ》いちまったあとはな。おれはこれから出かけなくてはならないから、素直《すなお》にベランダへ出た。

「こぶしって、春帰来《しゅんきらい》っていうのよ。どの花よりも早く、春に帰って来るって意味なんでしょうね。でも、散っているわ。もったいないわねえ」

おふくろは、ベランダの柵《さく》にのりだした。

「いいにおーい。ね、洋平」

おふくろは目をつぶっている。こぶしの白い花びらが、風にまっていた。おれもおふくろのそばで息をすいこんだ。えーと、このにおいどこかでしていたぞ。そうおもってから、おれはちょっぴり顔を赤くした。二年生になってから担任《たんにん》になった椿《つばき》よう子先生のものだ。先生は今年学校を出て、はじめておれたちを教えているのだ。先生のそばへいった時、たしかにこのにおいがした。

「三階でよかったわねえ。十四階じゃ、こんなにいいにおいはしないわよ」

おふくろは、洗濯物《せんたくもの》を竿《さお》にほしながらいった。「でもさ、夜景《やけい》はきれいだよ。高いほうが」

「かもね。なにもかにもそううまくは、ゆかないものね」

おふくろはすぐにみとめた。おれのおふくろは、ちょっとたよりないけどおれは嫌《きら》いじゃない。嫌いじゃないから、とてもつらかったな、数学が1の通知表をみせるのが。でもよ、あの時のおもいがけない言葉には、びっくりしたな。

「ごめんね、洋平。かあさんが頭わるいから。あんた、とうさんににればよかったのよねえ」

だとよ。そして、

「ひかんすることないわよ。ほら、かあさんだって数学がだめだったけど、ちゃんと生きているわ。気にしない、気にしない」

そういっておれの肩《かた》をたたいたんだ。おれは1のところをインク消しでけして、3ぐらいにしておき、学校へかえす時は又《また》、1にしておくか……なんてことまで考えていたから、ひょうしぬけがした。でもさ、おふくろは心の中じゃきっとがっかりしているのさ。それがわかるから、きついんだよな。

おれは、パンツを竿《さお》にほすのを手伝って、自分の部屋《へや》に入った。そして、ベランダ側のカーテンをひくと、あわただしくズボンと上着をぬいだ。机《つくえ》の中にかくしておいたトレーニングウエアをだす。いそいでそれを着ると、上から又上着をつけ、ズボンをはいた。万事おわった時に、おふくろが部屋に入ってきた。

「あら、どこかへ出かけるの?」

「ああ」

「どうしたの、こんなところにコードなんか持ってきて」

おふくろは、机の上においたコードを指さした。

「ちょっと借りるよ。川島んとこでレコードをきくんだ」

「いいわよ。ね、お昼までには帰ってくるんでしょ。いやよ、待たせちゃ、かあさんお腹《なか》すかして待っているの大嫌《だいきら》い」

おふくろは、腹《はら》のあたりをとんとんとたたいた。

「帰ってくるよ。じゃ、いってくる」

おれはコードをポケットにつっこむと、部屋《へや》を出た。このコードで、おれは首をしめられるんだってていったら、おふくろはどんな顔をするだろう。卒倒《そっとう》しちまうだろうな。しらないからおさまっていることが、きっと世の中にはずいぶんあるんだろうなあ。

自転車置場からやっとおれの自転車をとりだした。一階のフロアも自転車で一杯《いっぱい》だ。今にこの団《だん》地《ち》、自転車で埋《う》まっちまうぜ。歩く場所がなくなって、空中歩道がそのうちできるんだろうか。

〈なにをぬかす！　だいたい足をつかわんとはけしからん。自転車なんかにのらなけりゃいいんだ。今に体がもやしみたいになっちまうぞ！〉っていうじいちゃんの怒《おこ》る顔が目にうかぶ。おれのおやじは船乗りなので、いつも留守《るす》だ。時どきじいちゃんが、おやじがわりに一週間ぐらい泊《とま》りにくる。その度にやたらといろんなことに文句《もんく》をつけて、ぷんぷん怒って帰ってゆく。まあ八十歳《さい》になって、あれだけ怒る元気があるのは、たいしたもんなのだろうな。

おれはペダルをふむ。風が耳もとを通りぬける。じいちゃんがなんといったって、自転車はいいもんだ。ちょっと前かがみになり、腰《こし》をうかしてみる。競輪《けいりん》選手にでもなったみたいだ。いいんですかねえ、こんなのんきにしていて。これから首をしめられにゆくっていうのに。ま、いいさ。死んじまうわけではないし……おれは自転車のスピードをあげた。さぁーっとなまあたたかい春の風が、おれの顔を通りぬけていった。

撮影

小公園には、昼ちかい強い陽《ひ》ざしがいっぱいにさしこんでいる。太田と川島はすでにきていて、木《こ》かげのベンチに腰《こし》かけていた。二人の顔に、木々《きぎ》の光とかげがあみのめのようにでき、風がふくとそれがゆれた。奴《やつ》らなんか、クソくらえっておもっているのに、そのきらめきは、なんともいえずにきれいだ。自転車をとめる。

「やぁ、ごくろう」

太田と川島は手をあげた。

「ここで着がえてろよ。もうすぐ上級生がくるからさ」

太田は、体をずらしながら、自分の隣《となり》を指さした。

小公園には、シーソーとブランコ、砂場《すなば》があって、子どもたちが遊んでいる。おれは太田の横に腰かけると、ズボンをぬいだ。白いたて線のはいった紺色《こんいろ》のスポーツウェアがでてくる。次に上衣をぬぐ。はだかになるわけではないが、こんな所で上衣やズボンをぬぐのは、なんともいやな感じだ。それに、おれ一人っきりで、こんな動作をするのもしゃくだ。太田の奴は、おれがズボンや上《うわ》着《ぎ》をはいでゆくのを、じっとみていやがるんだ。いまいましい。といって、約束なんだからしかたない。さいわい遊んでいる子ども達は、おれに気づいていない。

「お前は、上級生のいうように、動いてくれればいいんだからな」

太田は、おれの頭の先からつま先までを、たんねんにみた。その時、

「あ、ごくろうさまです」

といって、川島がベンチからたちあがった。三年生が二人、おれたちに近づいた。太田も川島も、上級生の前でかしこまっていやがる。

「なんだ、代役をさがしたな」

上級生の一人が、ちょっと眉間《みけん》にしわをよせた。どうやら太田か川島がやることになっていたようだ。役がきまって上級生が喜ぶぞ、なんておれにはいいやがって。ま、いいさ、約束は約束だ。その人は、

「おれ、熊谷《くまがい》。通称《つうしょう》クマ。クマさんってよんでくれよな。映研《えいけん》でもないのにわるいな。いいのか」

と、念をおすようにいって、おれをみる。

「ああ。委員長ってがらでもないけどよ」

おれは返事をした。それにしても、クマとはよくいったものだ。動物園で、檻《おり》の中をいったりきたりしている、あのとぼけたような、まじめそうなクマそっくりだ。

「劇《げき》に出たことあるか」

「いや」

おれは首を横にふる。だが、そういってから、小学生の頃《ころ》出たのを思いだした。桃太郎《ももたろう》の劇で、たくさんの鬼《おに》たちの一人になったんだ。あの時も、いやってほど桃太郎になぐりつけられちまった。

「劇なんかとは関係ないんだ。ただ自然にやってくれれば、ありがたいんだ。こいつがお前におそいかかる木崎《きざき》、通称《つうしょう》キザ」

クマさんは、もう一人の上級生をさす。こいつもキザってのがぴったりだな。だがそれにしても、キザはスポーツウェアに着かえるようすもない。太田の奴《やつ》が、かってにきめていいやがったようだ。

クマさんは言葉をつづける。

「まずキザがお前の胴《どう》にむしゃぶりつく。二人はたおれる。とっくみあったまま、地面をごろごろころげまわる。その内にキザがお前にのしかかる。そして首をしめるんだ」

「おれ、コード持ってきたんだ」

「やー、そこまでやらなくていいんだよ」

クマさんは、目もとに笑いをうかべて、頭をかいた。

「それじゃ、はじめるか。光線がちょうどいいぞ」

キザは手をひたいにかざして太陽をみる。

「練習しなくっていいのかなあ」

おれは、いよいよとなると気になった。

「いや、練習なんかしない方がいいんだ」

クマさんは撮影機《さつえいき》を調節しながらいった。川島が包みから、拍子木《ひょうしぎ》のようなものをとりだした。黒と白がしま馬みたいにぬってある。そういえば、テレビで、撮影《さつえい》場面をうつす時に、こんな木をみたことがある。映研《えいけん》ってこっているんだなあ。おどろいた。

「よし、はじめよう。カチンコは太田がやるか」

キザの言葉に、太田が拍子木みたいなものを持った。これがカチンコっていうのか。

「さっきいったようにやってくれ。いいな」

撮影機《さつえいき》をのぞきこみながら、クマさんがいった。おれはうなずく。もうどうにでもなれって感じだ。

「よーい、スタート！」

カチンコがなった。そのとたん、キザがおれにとびかかってきた。おれたちは、とっくんだまま横だおしになる。地面をごろごろころがった。

「よーし、そこでキザが攻勢《こうせい》に出るんだ」

クマさんは、撮影機を動かしながら、声をはりあげる。おれが力をぬくと、キザがのしかかってきた。そして地面におしつけると、首をしめにかかる。おれは足をばたつかせ、そうはさせまいとする。だが、キザの手に力がくわわってくる。おれは本当に苦しくなって、キザをはねつけようとする。

「足をつっぱれ、大きくひろげて、もっとつっぱれ！」

おれはクマさんのいうように、体をもがきながら足をおもいっきりひらき、ぴぃーんとつっぱった。

「ううう……」

おれはうめいた。キザの手に力がますます入る。息がつまり、気が遠くなりそうだ。クマさんは、おれのゆがんだ顔を、いろいろの角度から撮《と》っているようだ。だが、そんなことも、もうぼんやりとしかおれの頭には入らない。

「よーし、ごくろう」

かがみこんで撮影機を動かしていた、クマさんの声が耳もとでする。おれは、撮影が終わったのはわかったが、うつぶせになったまま動かずにいた。

「おい、どうした、大丈夫《だいじょうぶ》か――」

三人がはしりよってきた。

「――」

おれは一瞬《いっしゅん》考えた。死んだふりでもしてやるか。こんなに苦しいめにあわせやがって！　おれは、手足の力をぬき、おもいっきり体をぐったりさせた。

「おい！　しっかりしろ！　森川、森川」

「――」

「木崎《きざき》さんがひどすぎるんですよ。あんなにまでやらなくたっていいんですよ」

太田のうわずった声がする。いつのまにか、遊ぶのをやめた子どもたちが、おれをとりまいているようだ。なるほど、一回こっきりでやるといったクマさんの言葉の意味がわかった。みられているのを意識《いしき》しちゃあ、うまくやれっこないものな。それに、こう苦しくっちゃ、もう二度とやれないよ。

「救急車をよぼう」――クマさんの声だ。

「よわったな、よわったな」――太田の泣きそうな気配がわかる。

「救急車だ」

クマさんが立ちあがった。おれはクマさんに悪いことをしたような気がした。それに救急車なんかがやってきたら、それこそかなわない。

「うう……」おれは、小さなうめき声をあげた。

「大丈夫《だいじょうぶ》か」

三人がおれの顔をのぞきこむ。

「もうちょっと、このままだ」

小さい声でいった。これはウソではなく、本当にもう少し体をじっとさせておきたかったんだ。

「よかったあ!」

三人の声が、頭の上でいっせいにあがった。おれは、そろそろおきあがる。そして唾《つば》をはく。この前とおなじように、ねばついた胃液《いえき》が口から出た。スポーツウェアについた土を、クマさんがはらってくれた。おれは髪《かみ》の毛に砂《すな》が入ったのが気持わるく、頭をふりはらった。

「かがめよ。もっとよくおとしてやる」

川島が、髪《かみ》の毛についた砂をはらった。子どもたちは、おれが起きあがったのをみとどけると、また遊びはじめている。おれは、ベンチに腰《こし》をおろす。スポーツウェアのズボンが、汗《あせ》でぴたりと足にこびりついている。この上からズボンをはくのは、なんとしても気持わるい。おれは、おもいきって、スポーツウェアのズボンをぬぐ。おれのももに陽《ひ》がさしこみ、風が通りぬけた。

映研《えいけん》の連中は、しきりになにかを話しあっている。いやですよ、もう一度やってくれっていったって。クマさんが近よってきた。

「ごくろうさま、大丈夫か」といって、おれの顔をのぞきこむ。本当にクマみたいにやさしい眼《め》だ。

「現像《げんぞう》してみて、よくなかったら、またたのむぜ」

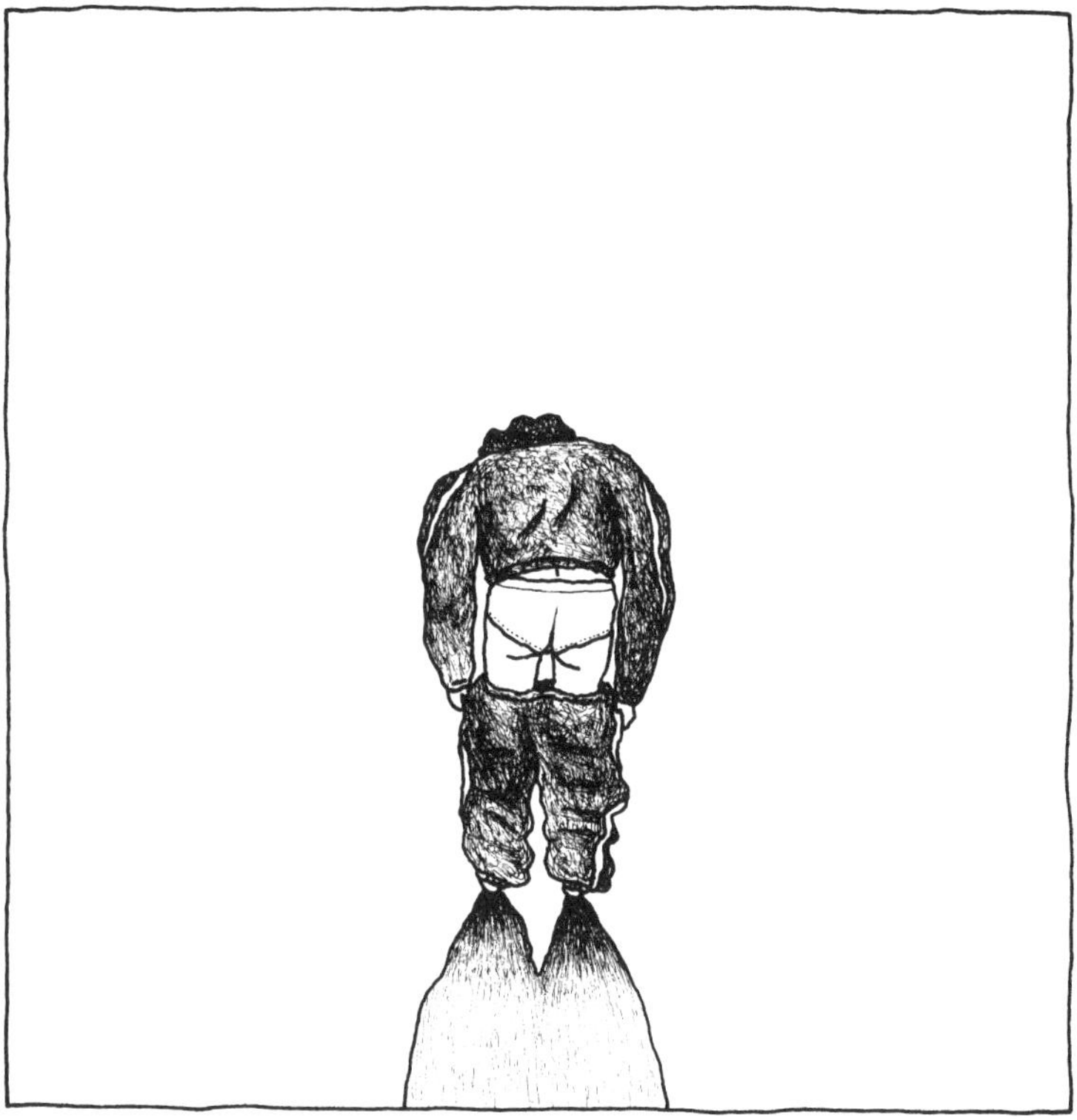

キザの言葉にすかさずに、クマさんはいった。

「よく撮《と》れているさ。自信がある」

「いいですよ。またやりますよ」

おれってお人好しなのかな、馬《ば》鹿《か》なのかな。

おれがズボンをはき、上着を着終わると、四人は帰っていった。コードをポケットに入れると、自転車にのった。カレーライスがもうできあがっている頃《ころ》だ。まさかおふくろは、おれが首をしめられていたなんておもいもよらず、今《いま》頃《ごろ》は台所で鼻歌でも歌っているんだろう。でもさ、ま、無事終わったんだからいいやね。あー、腹《はら》へった。おれは自転車のペダルをおもいっきりふみ、スピードをあげた。

荒川堤で

「森川くぅーん」

おれは後ろをふりむいた。柳《やなぎ》とこぶしの木のあいだを、おれとおなじように、スピードをあげて走ってくる自転車がある。

「待ってえ――」

どうやら伊藤《いとう》順子らしい。まさか、さっきの撮影現場《さつえいげんば》をみなかっただろうな。順子はすぐにおいついた。汗《あせ》でひかったひたいに、前髪《まえがみ》が、二、三本はりついている。

「ねえ、荒川堤《あらかわづつみ》までとばさない?」

順子は、よっぽどおれと荒川《あらかわ》へゆきたいんだな。終了式《しゅうりょうしき》の日にもさそわれたっけ。

「腹《はら》へっているんだよなあ」

もったいをつけるわけじゃないけど、ほんとうに腹がへっているんだ。なにしろ、すごいエネルギーの消耗《しょうもう》だったものな。

「自転車だからすぐよ。土手は、ひろびろして気持いいからゆこうよ、ね、出《しゅっ》ぱぁーつ!!」

そういうと、順子はもう自転車をはしらせた。仕方ないので、おれもあとにつづく。仕方ないなんてこれはウソだな。ほんというと、女の子と自転車を走らせるのはわるくない。いや、わるくないなんてものじゃない、正直にいえ! ああ、いうよ。いかすんだなあ――とってもいいぞ――それにさ、順子がいつもの校服でなく、ジーパンってのもいい。

交差点《こうさてん》を横ぎったところで、

「ね、ちょっと待って、あのパン屋へよってくる」

といって、順子は自転車を道路わきによせた。

〈あいつ、あんがい気がつくんだな〉

おれは、グーとなった腹の虫をおさえておもった。さっき、おれが腹がへっているっていったのを、ちゃんとおぼえていやがった。順子は紙袋《かみぶくろ》をかかえて、店から出てきた。そして籠《かご》に入れると、

「おまたせ」

といい、自転車にとびのった。おれたちはならんで走った。

「なんだか、サイクリングに出かけるみたい」——順子はうきうきした声をだす。

「もうすぐそこだよ。堤《つつみ》は」

おれは、わざと水をさすみたいなことをいう。でもほんとうは残念だった。もうすぐ着いちまうのがな。自転車は土手をのぼりはじめる。ゆるやかな傾斜《けいしゃ》だが、平地のようにはゆかない。車輪に土手の草が、まつわりつく感じだ。

「わぁー、いい気持」

順子は上につくなり、大声をあげる。川風が頬《ほお》を通りぬける。おれたちは自転車をおりた。

「のどがかわいたでしょ」

順子は紙袋《かみぶくろ》から牛乳《ぎゅうにゅう》をだした。

「うめェ——」

おれはごくごく飲んだ。

「どれ食べる？」

順子はチョコレートパンとコロッケパンをひろげた。

「わるいな」

おれは、チョコレートパンをとった。

「なあ、チョコレートパンって、なんだかなつかしくないか」

おれは、パンのセロハンをはがしながらいった。

「え？」

「こうやってさ、セロハンについたチョコレートを、ぺろんとなめてさ」

「あら」

順子はひたいにふりかかった、髪《かみ》をはらいながら、うふふ……と笑った。

「尻《しっ》ぽの方にはチョコレートが入っていないだろ、だから、こうやって上の方からとってえ——と」

おれは、パンにチョコレートをぬると、口に入れた。

「うめえッ——」

「うふふ……あーおかしい。森川クンって、ちっちゃい子みたいで、おもしろいわねえ」

順子は、チョコレートのついたセロハンを、自分もなめながらいった。おもしろいかなあ——そうかなあ。おれは、なつかしいっていったのによ。

「ひきょうだわ！」——突然《とつぜん》、パンを手にしたまま順子はいった。

「え？」

「なにも、あんなことをすることないわ！」

「――」

おれはぎくりとする。順子はやはりみていたのだ。あの撮影《さつえい》を。

「なにがあったかしらない。でもよ、川島クンや太田クンがやればいいんだわ。なにも森川クンがあんなめにあうことないんだわ」

「――」

おれは、むっとする。順子は出しゃばりなところもあるな、とおもう。いや、女の子って、こういうもんなのかな。傷口《きずぐち》にさ、塩をこすりつけて、いたがらせてみたいような。おれたちなら、しらんぷりするぜ。

「ね、おしえて。なにがあったの？」

「――」

「おしえて。ほら、桜《さくら》の木の下で待ちぶせしていたでしょ、二人。あの時、何かいわれたんでしょ」

「なんにもいわれないさ」

おれは、そっけなくいった。そして言葉をつづける。

「もしもだよ、なにかあったっていいじゃないか、伊藤《いとう》には関係ないもの」

「ひどいわ」

「なんでひどい」

「だって、こんなに心配しているのに」

「心配してくれなんて、たのまないぜ」

「ひどいわ、ひどいわ」――順子は泣きそうな声をだした。

「もうよせよ。土手でせっかくいい気持になっているのによぉー」

おれは、パンをほおばりながら、荒川《あらかわ》をみた。もっとひどいことをいってやりたい。でもそれをおさえて、パンをのみこんだ。おれたちはだまって牛乳《ぎゅうにゅう》を飲み、パンを食べた。ちっともうまくなかったな。さっきまでの、たのしい気持はどこかへいっちまったよ。食べおわると、おれはたちあがった。

「家でおふくろがまっているから」

「もうゆくの」

順子は、うらめしそうにおれをみあげる。

「ああ、パンと牛乳うまかった」

おれは自転車にとびのる。しっくりしない感じだ。といって、通知表をみせなかったことを順子に話せるもんか。土手をスピードをあげておりながら、おれは、ちえッ！　数学め、とおもった。順子のでしゃばりもひどくいやだった。でも、数学が1じゃなかったら、こんなことにならなかったんだ。なんで世の中に通知表なんてあるのかよ。腹《はら》だたしい気持をふきとばそうと、おれは自転車をがむしゃらにとばした。

ピラミッド・パワー

ドアをあけたとたんに、カレーライスのにおいがする。

「おそいじゃない。出ていったら鉄砲玉《てっぽうだま》みたいに帰ってこないんだから」

おふくろの待ちくたびれた声だ。

「なにしていたの？　髪《かみ》に砂《すな》なんかつけて」

おれはぎょっとする。順子の奴《やつ》は気がつかなかったのに。おふくろはなんだってこう目が早いんだ。

「いやさ、ちょっとひっくりかえっちゃった」

「自転車ごと？　けがはなかったの？」

「ああ、大丈夫《だいじょうぶ》、大丈夫」

うちのおふくろは、成績《せいせき》のことは気にしないが、こと体になるとうるさくって仕方ない。

「あー腹《はら》へったなぁー」

チョコレートパンを食べたなんていうと、またことがめんどうになるので、おれは大声をだす。

これで腹はすいていないなんていったら、どこか悪いんじゃないっていってくるにきまっている。おふくろは教育ママじゃなくって、教健《きょうけん》ママだ。ま、教健ママのほうがありがたいけどよ。山川んとこなんか、狂犬《きょうけん》ママみたいだもんな。

「うぁー、いいにおい。うまそうだな」

おれは、山もりのカレーライスにむかって、鼻をヒクヒクさせる。

「いただきまぁーす」

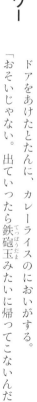

おれは、いきおいよく飯を口に入れる。

「ちょっと洋平、こっちをみてごらん」

「え？」

「あんたの首よ。首が赤くなっているわよ。一体どうしたの？」

「首？」

おれは、首のまわりをなでまわす。

「いたくないの？」

「ぜんぜん。どうしたんだろう」

〈ちょッ！　順子の奴《やつ》、これにも気がつかなかったな〉心の中でおれは舌《した》うちをする。

「ま、なんでもないんならいいけど……いやねえ。話したくないんならきかないけど……」

おれは、さっさとカレーライスをくい、水をごくごく飲んだ。そして、

「ごちそうさま」というと、椅子《いす》からたちあがる。

おふくろとむかいあっていると、またなにをいわれるか、わかったもんじゃない。

「もう、いいの？」

おふくろは、気がかりそうにおれをみる。

「ああ、くった、くった」

腹《はら》をさすりながら、部屋を出る。おふくろもついてきた。

「洋平、あんたの帰りがおそいからみせなかったけど、とうさんから絵ハガキがきていたのよ」

「なんだ、ケチ！　ずるいじゃないか！」

「なによそのいい方。自分がおくれたくせに」

おふくろは、さしだした絵ハガキをひっこめる。おれはすばやく、とりあげた。

〈三月十七日にアレキサンドリア港に入港しました。この季節なので、猛暑《もうしょ》というほどではありませんが、でもかなりの暑さです。

今回は積荷の関係で、運よくピラミッドのあるギザまで足をのばせました。約三千年の古代エジプト文明の歴史を秘《ひ》めたピラミッド群《ぐん》の間にたつと、なんだか時間がとまってしまい、過《か》去《こ》と、現在《げんざい》と、永遠《えいえん》とが一緒《いっしょ》になったような、不思議な感動をおぼえました。

不思議といえば、このピラミッドにまつわるいろいろな謎《なぞ》をしりました。その内に、洋平に話してあげよう。じゃ、くれぐれも体に気をつけて下さい。　父より〉

おふくろの方には、

〈約五千年も前に建ったピラミッドの前にたち、奇妙《きみょう》な感覚にとらわれています。

この巨大《きょだい》な石の建造物《けんぞうぶつ》は、人類のはじまる前からあったのではないか、そして現代《げんだい》の文明がほろんでしまい、それを伝える人類がいなくなっても、ピラミッドはここに建ちつづけるのではないかというおもいです。

この感覚は恐《おそ》ろしいものだが、君にもわかってもらいたい。いつか一緒《いっしょ》にここをおとずれたいと思います〉

おれは、二枚《にまい》のピラミッドを撮《と》った絵ハガキを壁《かべ》にはった。

「ね、洋平、今日はいよいよあれをあけるんでしょ。この日にピラミッドの便りがくるのも不思議ねえ」

おふくろは、部屋のすみを指さした。そこにはボール紙で作ったピラミッドの模型《もけい》がおいてある。この中には、一本のバナナが入っている。図書館でかりてきた『謎《なぞ》のピラミッド・パワー』によると、このバナナはくさらないというのだ。電磁的《でんじてき》な波動や宇宙線《うちゅうせん》、または、まだ解明《かいめい》されていない未知のエネルギー波動が、ピラミッドの型そのものの中にある。そのために元素《げんそ》の変質《へんしつ》がおこるのではないかと書かれてあった。おれはさっそく模型《もけい》を作り、一週間目にその成果をみることにした。比較《ひかく》のために、外へ出しておいたバナナはくさりはじめ、おふくろは捨《す》ててしまった。だからおれたちは、余計《よけい》実験をしたバナナが気にかかるのだ。

「じゃ、あけるよ！」

おれは、ちょっと手がたなをきると、模型ピラミッドに手をかけた。たいしたことじゃないと思っているのに、その時、おれの胸《むね》の鼓動《こどう》はどくどくとなった。

宇宙語

バナナはくさっていた。皮が黒く変色し、死がいのように横たわっている。

「なあーんだ、やっぱりだめじゃないか」——おれは、なげやりな口調《くちょう》でいった。

「でもくさりかたがちがうわ。外にだしておいたのと」

おふくろにいわれて、おれはバナナを手にとった。ぐしゃりとした感じがない。皮をむいた。なんと、あのすべすべしたクリーム色のバナナがあらわれたじゃないか。

「うへぇー、こりゃおどろいた。ほんとうにくさっていないぞ」

口に入れた。あじはすこしもかわっていない。

「うめぇー」

「ちょうだいよ」

おふくろは、おれの食べかけのバナナをとりあげる。

「おいしぃーッ！」

おれとおふくろは、顔をみあわせて笑った。

「すごいぞ、ピラミッド！」

おれは、模型ピラミッドを高くさしあげ、ついでに頭にのせた。

「あーら、よくにあう。アメリカといさましくたたかった、あのベトコンの帽子《ぼうし》みたい」

おふくろは、にこにこ笑った。

「ね、このボール紙のピラミッド模型、ほんとうに魔法《まほう》をおこすかもしれないわ。だってほら、魔法つかいのおばあさん、先のとがった三角帽子をかぶっているじゃない、これとよくにているでしょ」

なるほど、そういえばたしかにそうだ。魔法つかいは、これとよくにた帽子をかぶっている。こいつをかぶって、一つ勉強をするか。みるみるうちに、数学がとけるかもしれない。

「あたしも作ってもらおうかな、ピラミッド帽子。でもさ、いまさら魔法で頭がよくなってもはじまらないわ」

おふくろは、おれからピラミッド帽子《ぼうし》をとりあげると、自分の頭にのせた。

「あら、なんだかすうーっとして、頭がはっきりするみたい。でも頭がわるくてもいいわ。今、ちっとも不便を感じていないもの」

「のんきなことをいってさ、おれの現実《げんじつ》はそんなにあまくないんだ。あっちへいった、いった！」

おれは、おふくろをおいだすと、ピラミッド模型《もけい》にひもをつけた。かぶとみたいにさ。そしてきりりとあごの下でむすんだ。

おれは、おやじからの絵ハガキをみる。夕陽のひかりをうけたナイル川と、遠くにそそりたつピラミッドを撮《と》ったものだ。もう一枚《まい》は、航空写真らしく、砂漠《さばく》の中に、ながい影《かげ》をつけたピラミッドが、三つうきでている。この二枚の絵ハガキをみるだけでも、おれの心はゆすぶられた。五千年もここにたちつづけて、この石の建物はなにをみてきたのだろう。ピラミッドにまつわる不思議って、なんなのだろう。おれは、おやじの文面をおもいだした。

それにしても、このピラミッド帽子はききめをあらわした。おれは勉強したね。夕食の時も、帽子をかぶったまま食べた。調子をくずしたくなかったんだ。

「いつもの洋平とちがうわね」

おふくろは、くすくすと笑った。だが、夕食を食べおわると、魔法《まほう》はあっけなくとけてしまった。おれはまた、ぐずぐず考えはじめたね。ピラミッド帽子をかぶったまんま、机《つくえ》に頬《ほお》づえをついて。

なんだって、こう勉強ばかりしなくっちゃあならないのかなあってさ。それは、数学が1なんかにならないためなんだ。通知表のために太田や川島に妙《みょう》なことをさせられ、伊藤《いとう》順子ともしっくりしなくなった。みんな通知表のせいなんだ。通知表のために、おれは今必死だ。でもいいのかなあ。通知表なんかにふりまわされちまって。いや、ふりまわされているなんて、おもわなければいい。頭がよくなるために勉強する。頭がよくないと、世の中に出てこまるんだ。でもよ、おふくろは、こまっちゃいないな。けっこういかすぜ。といって今のおれは、勉強するよりしかたないんだな。あーあ。おれは教科書に目をやる。

$(p - 2q + 8) + (2p + q - 3) - (3p - q + 4)$

こりゃ、宇宙《うちゅう》語ですな。とっても、この世の中にあるものとは、思えませんや。宇宙語は、わかるものだけがわかる。きっと、そうしたものなんだ。それだけなんだ。それなのに、これがわかれば、それだけで頭がいい、なんていわれるんだ。へんじゃありませんかねえ。でもさ、宇宙語がわかれば、宇宙人と話しあうことができる。宇宙の人の気持をしることができる。音楽が世界のどの国の人たちとも通じあえるように——と、すると、やっぱりこの暗号《あんごう》みたいなものを、とく力をやしなわなければ、ならないってことか……うん、そうだ……ふと、気がつくと、おれは机の上にうつぶせになったまま、眠《ねむ》っていた。時計をみると一時半だ。おふくろも、テレビをつけっぱなしにして、眠っちまったんだな。おれはベランダに出る。

「あーッうッ、うー」

大きなのびをする。空には無数の星がきらめいている。なんてきれいなんだ。うん。数学みたいな、ちっぽけなものになやまされているなんて、馬鹿《ばか》みたいだ。もっと、気持をでっかくもつんだ。

——その時、おれの目の前を、青いひかりがほとばしるように、急降下《きゅうこうか》した。

「数学！」

おれは、叫《さけ》んだ。ながれ星に願いごとをいえばかなえられるっていうだろ。あれがとっさに出たのさ。それにしても、こうすばやく口から出るとは、あわれなもんだなあ。たった今、無数の星をみて、数学なんてちっぽけなものにくよくよするなんて、馬鹿《ばか》みたいだって、おもったとたんにさ。

あーあ、なさけねえ――おれはため息をついた。むかいの棟《むね》のあかりは、ほとんど消えている。十二時頃《ごろ》までだと、色とりどりのカーテンが、あかりにはえてきれいなんだ。だが、この時間になると、もうたいていの家は眠《ねむ》っている。おれの目は、ななめ前の四階の左から四番目にむけられる。あッ、やっぱり今夜もあかりがついている。あの窓《まど》だけは消えたことがない。受験生なのかなあ。それにしても、すごい猛勉《もうべん》だ。

その時、ふと妙《みょう》な感じを体にうけた。それは説明しにくいのだが、体がうきあがってゆくような、なにかにすいよせられてゆくような、眠くなってゆくような、それでいて、頭の中はきいーんとさえわたっているような――おれは、体を二、三回はげしくふった。そうすると、妙な感じはなくなった。おれはもう一度のびをすると、部屋へかえった。そして、イヤホーンをつけたまま眠っているおふくろをおこした。

白いスカート

「ごめんなさい」

おれの顔をみるなり、順子はいった。

「たちいりすぎたわ、あたしおせっかいね」

「いいや」──おれは頭をふり、

「パンうまかったぜ」と、小さな声でいった。

「そう」──順子は、ちらりとあたりに目をくばってから声をだした。

「今度サイクリングに行きましょうよ、土手をどんどん上流へいってみるの。きっとおもしろいわ」

「ああ」

おれは返事をした。授業《じゅぎょう》がはじまったので、会話はこれで終わった。どうも、しっくりしないんだなあ。また、順子のペースにまきこまれちまった。順子はきらいじゃない。でもよ、サイクリングにさそわれても、うきうきする気持にならないんだな。山川なんかだったら、すごくよろこぶんじゃないだろうか。おれは順子に、ピラミッド模型《もけい》の実験のことなんかを、話す気になれない。あれだけおれのことを心配してくれるんだから、おれも実験の成功を話してやる、そして、二人だけの秘密《ひみつ》にする……わるいんだけど、とってもその気になれない。

「森川クン、どうしたの」

おれが顔をあげると、椿《つばき》先生がたっていた。

「国語の時間なんですからね。さあ、みんなと一緒《いっしょ》に声をだして読んでちょうだい」

椿先生はおれのそばをはなれた。

「くすん」──となりの席の順子が笑った。

〈ふん、やっぱり好きになれねえや〉

おれは、しらんぷりをして、みなと一緒に教科書をよんだ。それにしても、先生はもうおれの名前をしっていた。うれしいじゃないか。こういうちょっとしたことが、心にしみるんだなあ。おれたちにはな。でも、そのあとがいけない。おれはとんでもない失敗をやらかしちまった。

二時間目の授業《じゅぎょう》中に、おれは便所へゆきたくなった。それも大きいほうのだ。二時間目は数学だった。教師《きょうし》は青山。みんなはアホヤマさんとよんでいる。さんづけにするだけあって、生徒にいやがられてはいない。おれも、いつもよれよれのワイシャツをきて、どことなくのんびりしたアホヤマさんをきらいじゃない。ただ数学がわかんないから、にがてなんだな。だから、のこのこと教壇《きょうだん》へいって、

「便所へゆきたいんです」――なんて、とてもいえない。

「うぁッハハハ……」

教室中が笑いのうずになるにきまっている。その中を、血相《けっそう》をかえて、とびだしてゆく――できるかい、そんなこと。ひたいから、あぶら汗《あせ》がながれた。大便をがまんすることが、こんなに苦しいなんておもいもよらなかった。おれはただただベルのなるのをじっとまった。もうアホヤマさんの声も耳に入らない。黒板の数字なんかもみえない。ベルがなった。ところが、今日にかぎって、黒板なんかをゆっくりふいて、アホヤマさんはやっと出ていった。おれは教室をとびだした。便所へむかって突進《とっしん》だ。ところがなんということだ。便所は使用中になっている。おれは戸をたたいたね。どどん、どん、どんたたいたね。もう恥《はじ》も外聞もない。やっと戸があいた。中からだれが出てきたとおもう。椿《つばき》先生なんだよ。椿先生が顔をあからめて出てきた。

「ごめんなさい。あたしあわてんぼうでぇー」

おれは、へどもどしながら便所にとびこんだ。それにしても、椿先生がこんなにそそっかしいとは、おもいもよらなかった。授業が終わると、先生もとびこんだ。まだなれないから女子用とまちがえちまった。男子用とのちがいぐらい、ちょっとみればわかることなんだ。でもよ、先生は突進したんだな。おれとおなじように。中には、まだだれもいない。そのうちにどやどやとガラのわるいのが入ってきた。出るにでられなくなっちまった。やがてどんどん戸をたたかれた。でもよ、おれはまさか椿先生が入っているなんて、想像《そうぞう》できないものなあ。でもさ、椿先生はさすがだぞ。そのあと、おれはどんな顔をして先生をみたらいいかと気が気じゃなかった。そしたらな、廊下《ろうか》ですれちがった時、なんといったとおもう。

「ね、あたしたち、ほんとのくさいなかねえー、うふふ……」だとよ。

そして、首をすくめると、さっさと歩いていったね。先生の白いスカートがまぶしかったなあ。

むかいの棟

風がなっている。高層《こうそう》ビルとビルのあいだにふきまくる風の音をしっているかい。なんともいえぬ不気味な音なんだ。風の音って、ひゅうーひゅうーだったり、ごうごうだったりするだろ。ところが、ここできく風の音は、金属性《きんぞくせい》なんだ。きぃーんと体をつんざくような音で、それが胸《むね》をさかなでするようにひびきわたるんだ。おふくろも寝《ね》てしまった真夜中に、この音をきくのはいい気持がしない。なんとなく生きているのがむなしくなるのさ。それも、ピラミッド帽子《ぼうし》をかぶって、わかりもしない宇宙《うちゅう》語とにらめっこをしている自分の姿《すがた》をガラスごしにみたりすると、よけいにそうおもうね。なんだってこんなおもいまでして、勉強しなくっちゃならないのかねって。百年後には、今この地球に住んでいる人間はだぁーれも生きていやしない。昨日生まれた隣《となり》の赤ちゃんだって、生きてやしないんだ。ま、例外はあってもさ。そのことがわかっていて、なんでこんなめにあわにゃならんのかって、風の音をきくとおもってしまうんだ。なんとも不気味な音にたまらなくなって、アルミサッシの戸を少しあける。すると、ぱっとその金属性《きんぞくせい》の音はやむんだ。どうしてそうなるのか、科学によわいおれにはわからない。とにかくいい気持はしないね。

例の四階の窓《まど》のあかりは、今夜もともっている。どんな奴《やつ》が机《つくえ》にむかっているのだろう。まあまず受験生にまちがいない。こんなに毎晩《まいばん》おそくまでおきていられるのは、受験生ぐらいだ。つとめ人なんかじゃ、体がもたないや。受験生だとすると、男かな、女かな。おれみたいに、できのわるい奴じゃないだろうなあ。女の子だとすると、どんな子かな、おれの好みからいうと、べたべたしないでさ、ちょっとつめたい感じだけど、やさしくっておしゃべりじゃなくって、明るいのがいいな。ま、すこしややっこしいかな。うん、そうだ、きっと椿《つばき》先生が、中学生だったら、おれの理想なんじゃないだろうか。先生の中学生の頃《ころ》を、おもいうかべることができるなあ。うん、そういえば、今だって先生は中学生みたいだ。ひょいと首をすくめて、

「あたしたちは、ほんとのくさいなかねえ」か。

いかすなあ。おれ、今学期は、ぜったいに1なんかとらないぞ。椿先生が、通知表に1なんて書きこむ時をおもうと、ぞっとするね。生きた心地《ここち》がしやしない。

さて、むかいの棟《むね》の住人なんだけど、おれ、一度も姿《すがた》をみたことがない。あれだけ勉強してい

るんだから、くたびれてよ、「あーあー」って、窓《まど》をあけて深《しん》呼吸《こきゅう》くらいしそうなものなんだけど。そうすると、おれもピラミッド帽子《ぼうし》をぬいで、「よぉー」とかなんとかいってよ。でも、女の子だとちょっとやりにくいな。かるく目礼《もくれい》なんかしちゃうか。ここからじゃ、みえないかな。おれがいくら目礼したって。手でもあげるか。そうすると、むこうも手をふってくれる。翌日《よくじつ》は、きょうちくとうの植えこみのあたりをぶらぶらして、出てくるのをまっているんだ。暗がりで、手をふりあっただけの仲だけど、テレパシーでわかるんじゃないか。そしてこんどは目礼する。うん。わ

るくないね。願わくば、椿《つばき》先生みたいな女の子でありますように——。
なんだい、また教科書から目をはなしちまって。これだからだめなんじゃないか。もう1はとらないって、きめたはずなのに。さあーて、はじめるぞ！

① $\frac{1}{3}(6x^2-12x+3)-\frac{1}{2}(4x^2-8x+2)$

② $-21\left(\frac{2p-2q}{3}\right)-\left(\frac{3p+3q}{7}\right)$

あーあ、これみただけで、うんざりしちまうよ。いくらやろうと張《は》りきっても、したしみがもてないんだなあ。この宇宙《うちゅう》語には。おれは数字をにらみつけたが、いつのまにか机《つくえ》にうつぶせていた。でもよ、眠《ねむ》っていたって、くるしんでいるんだ。決して心地《ここち》よく、すやすやとねているわけじゃないんだ。この気持、おれのみた夢《ゆめ》のはなしをしたら、わかってくれるとおもう。現実《げんじつ》がみじめで、つらいんだから、椿先生にた女の子でも出てきてくれたら、少しは気持もほぐれるのになあ。どんな夢かだって？　うん、はなそう。

おれは、川をわたろうとしている。あたりはすこしあかるくなりはじめた夜明けだ。葦《あし》がざわざわと風にゆれている。おれはなにかにおそわれてせっぱつまっていた。この川をわたらなければ、命は助からない。追手《おって》は近づいてくる。逃《に》げなくてはならない。どうしても逃げなくてはならない。おれは、川にとびこんだ。泳いだ。必死に泳いだ。追手はまだこない。大丈夫《だいじょうぶ》だ。もうすぐだ。もうすぐ岸だ。すこし希望がもてたとき、対岸の葦の中から、ぬっと人影《ひとかげ》があらわれた。つづいて土手の上からも、てんてんと黒い人影がたちあがった。その人影はなにをしたとおもう？　銃《じゅう》をとりだしたんだ。そして、おれにむかってねらいをさだめたんだ。

「あッ！」

息をのむまもなく、いっせいに銃弾《じゅうだん》がとんだ。弾《たま》はようしゃなく、おれにふりかかった。おれは川の中にもぐる。体のそばを銃弾がかすめる。水しぶきがあがる。逃げまくった。川の中で、必死に逃げまくった。岸へひきかえすことはできない。追手がまちうけているのだ。どうすればいいのだ、どうすれば――。

「ぎゃおッ！」

銃弾が命中した。おれは自分のひめいに目をさました。汗《あせ》をぐっしょりかいている。パジャマをぬいで、体をごしごしふいた。まだあらい息づかいだ。おきあがって、カーテンをあける。夜は少しあけはじめ、あい色の空がひろがっていた。夢の中の時間とおなじだ。散りのこったこぶしの白い花が一輪《いちりん》、ぽうっとうすくらがりにうきたっていた。

おれは、ベランダに出た。風はやんでいた。あれだけ泣きわめくようにゆすぶられていたきょうちくとうや柳《やなぎ》も、街路灯のひかりをうけて、すました顔をしてたっている。むかいの棟《むね》に目をやる。四階の四番目の部屋のあかりは、まだついていた。おれとちがって、朝まで勉強をやっていたのだろう。よくも体がもつものだ。のべつまくなしに、勉強勉強ってやっている奴《やつ》なんて、好きになれるかなあ。いや、好きにならなくたって、爪《つめ》のあかでもせんじて飲ませてもらったらいいのかもしれない。この言葉は、よくじいちゃんがつかう。じいちゃんは、家にくると毎朝マラソンをする。団地《だんち》を一まわりしてくると、

「おい！　起きろ！　いつまで寝《ね》ているんだ」

おれとおふくろは、とびおきる。

「なんだい、ふたりのその顔は。おれの爪《つめ》のあかでもせんじてのめ」

「うふふ……」おふくろは、目をこすりながら笑う。

そうだな。嫌《きら》いな奴《やつ》のでもいいや。爪のあかでもせんじて飲むさ。もしも、おれの頭がよくなるんならな。ピラミッド帽子《ぼうし》もききめがないようだしなあ。バナナはくさらなかったけど、どうもそれだけの魔法《まほう》らしいや。いや、すこし変なんだ。この帽子をかぶると、ちょっとちがった感じがするんだ。そのことはたしかだ。はだが、ぴぴぴ――として、なにかにすいよせられるような、それはやさしいような、悲しいような感じなんだ。なにかを一生けんめいうったえかけているような。

おれは部屋《へや》にかえった。これから眠《ねむ》ってもすぐおきなければならない。いっそのこと、むかいの棟《むね》まで探検《たんけん》にいってみよう。どんな奴が住んでいるのか、つきとめるんだ。ほら、よく家族全部の名前が書いてある表札があるだろ。もしあれがあれば、どいつが勉強しているか、見当がつくかもしれない。

おれはピラミッド帽子を頭からとると、そっとドアをあけ外へでた。あたりはしぃーんとして、水銀灯のあかりだけが、うすくらがりの中で、青白くともっている。すきとおるような朝の空気がはだをさす。いい感じだ。じいちゃんが、マラソンをするのもわかる気がする。こうした中を、風をきって走るんだな。新聞配達とすれちがった。おれとおなじ年ぐらいだ。ずいぶん早くから配っているんだなあ。気がつかなかった。新聞は毎朝かならずくるもので、こうして暗いうちからだれかが運んできてくれるものだってことに。おれは恥《は》ずかしい。机《つくえ》の前にいるだけで、すぐにああだこうだとぐずぐず考えるだけで、そのうちに眠《ねむ》ってしまうんだ。まだねしずまった中を、きびきびと走っているあの少年となんというちがいだ。起きるのだって、どんなに大変だろう。おれみたいに、おふくろにふとんをめくられて、やっと起きたりなんてしないんだろう。あーあ、だめだなあ、おれは。夜明けの道をのこのこと探検《たんけん》なんかに出かけているんだものな。といって、おれはひきかえしもしないで、さざんかの植えこみの道を歩いた。

むかいの棟についた。中に入る。はじめての建物に足をふみ入れるのは、体がひきしまっていい感じだ。エレベーターも、おれのところとおなじだ。だが、のっている気持はまるでちがう。おれは四階のボタンをおす。すうーと、上へあがってゆく。途中《とちゅう》だれにもあわなかった。おれは四階でおりると、廊下《ろうか》を歩いた。四〇七、四〇六、四〇五、四〇四、この部屋だ。おれは、そこに立ってぎょっとした。表札がかかっていないのだ。念のためブザーをおした。返事はない。おれはその前にたちつくした。女の人が、足早にやってくる。

「あのー、この部屋は?」

「ずうーっと、空室《あきしつ》ですよ」

そういうと、女の人は通りすぎていった。

消えた三階

おれはもう一度、部屋の番号をみる。四階は四百台の数字をしめし、あとの二桁《けた》は号数だ。左から数が多くなってゆく。だから四つ目の部屋は四〇四号でいいんだ。まちがいない。とすると、これはいったいどうなっているのだろう。毎晩《まいばん》ついていたあのあかりは何なんだろう。膝《ひざ》ががくがくした。勇気をだしてブザーをおしてみる。三度ほどおしたが、返事はない。扉《とびら》に体をおしつけ、片目《かため》をつぶり、五ミリほどのレンズから中をのぞいてみる。このレンズの前にたつと、部屋《へや》の中から来客の顔がみえる。外にいっている人間は、なかの様子《ようす》はわからないのだが、ただ電灯がついているか、消えているかぐらいはわかるのだ。部屋の電灯は消えていた。すると、おれの今朝《けさ》みたあのあかりは、夢《ゆめ》だったというのか。まさか、おれがいくら勉強がきらいで、すぐ眠《ねむ》ってしまうっていったって、毎晩《まいばん》四〇四号にあかりがついている夢なんかみるもんか。とすると、いったいあれはなんだ。部屋の前で、まごまごしていてもはじまらない。おれは、とにかくここをひきあげることにした。だれにもあわずに、外へ出る。夜は、かなりあけはじめていた。おれの団地《だんち》は、東京のはずれにあるので、天気のよい日には、秩父《ちちぶ》連山がみえるんだ。朝学校へゆく時、青空にくっきりとうき出た山をみることがある。だが、夜あけの、うすむらさき色の空の中に、残雪を残したこんな山をみるのは、はじめてだ。こうごうしい感じだなあ、夜明けの山って。おれは、ふうっと大きな息をすい、深呼吸《こきゅう》をする。同じ場所でも、時間によってちがうんだな。なんだか、別世界にきたみたいだ。

おれは、自分の家のある棟《むね》に帰り、階段《かいだん》をのぼりはじめる。エレベーターは七階に上がっているので、階段《かいだん》の方が早い。一段《いちだん》おきにかけあがる。一刻《いっこく》も早く、四〇四号室がどうなっているか、ベランダからみて、たしかめたかった。だんだんいきおいをつける。はずみをつけると、スピードもあがる。三階についたので、フロアから右にまがった。そのとたん、おれはいつもとちがうのに気がついた。廊下《ろうか》がうす暗く、いんきな感じだ。立ちどまってあたりをみまわす。ちがうはずだ。おれの住む三階のドアは、すべてオレンジ色にぬられている。この階は紺《こん》色だ。だから、くらい感じになったわけだ。妙《みょう》だな。おれは廊下をひきかえして、階段をおりる。なにかおそろしいおもいが胸《むね》をつきあげてきて、逃《に》げるように階段をおりる。息をはずませて、スピードをあげる。下につくとフロアから廊下にでた。ちがう！　ここもドアの色がみどり色だ。オレンジ色じゃない。おれは、目がくらむおもいで、階段をかけあがる。今度もあの紺色のいんきなドアが、整然《せいぜん》とならんでいたら、どうしたらいいのか。おれの住む三階は消えてしまったのか。おふくろも、三階とともにいなくなる――そんな、そんな馬鹿《ばか》なことがあって、たまるか！　フロアにつくと、かけ足で廊下にでる。なんということか！　紺色のドアが、しぃーんとした通路に並《なら》んでいるじゃないか、消えたのだ。三階は消えてしまったのだ。おれはおそろしくなって、その場にすわりこみたいのを、じっとこらえた。東側にもう一つの階段がある。おれはそこへむかって、廊下をかけだした。紺色のドアが、つめたくおれをみすえているみたいだ。お前の帰るところなど、なくなってしまったのだぞと、鉄扉《てっぴ》がいっているみたいだ。ひたいから汗《あせ》が流れた。走っている足が、がくんがくんして、おれのものって感じがしない。階段をおりると、通路へとまがる。そのとたん、ほっとしたおもいが、胸をつきあげた。そこにあったのは、オレンジ色のドアだ。みなれた扉《とびら》が並《なら》んでいる。三階にたどりつけたのだ。おれは、一つ、一つ、表札をみて歩く。掛川《かけがわ》さん、山下さん、宇野《うの》さん、小玉さん、……みなれた人達の名前だ。もう大丈夫《だいじょうぶ》だ。まちがいなく、三階につくことができたんだ。まさか、おれんちの表札がなくなっているとなんてないだろう。それでも、おれは心配だった。とにかく今朝はへんだ。四〇四号室へいってから、妙なことばかりじゃないか。あかりはついていたのに空室だったり、おれの住む三階が消えていたり……でもまあ、完全に消えちゃったわけでなく、こうして帰ってこられたんだからよかった。おれは森川洋一郎《よういちろう》、朝子と書いてある表札をたしかめると、ドアをあけた。おふくろは、まだ眠《ねむ》っているようだ。四〇四号室はどうなっている？

おれは、しのび足で自分の部屋《へや》にとびこむ。カーテンをあける。四〇四号室のあかりは消えていた。

だれがいくもんか

「どうしたのよ？　どこか悪いの？」

おふくろは、箸《はし》をおくとおれの顔をみた。

「べつに」

「べつにじゃないわよ。その食べ方なに？　ちょっと口に入れては、ぼんやりして……あのガツガツした食べ方じゃないと、気にしちゃうわ」

「そうですか、そうですか」

おれは、いつものように飯をかっこむ。

「今朝もそっと出ていったでしょ」

「――」

おふくろは、まっすぐにおれをみた。

「あんなに早く、なにしにいったの？」

おれはびっくりしたな。あんなにそっと出ていったのに、ちゃんとかぎつけちまうんだ。おふくろって、眠《ねむ》っていても、おれのようすをうかがっているのかなあ。参った。参った。

「ね、どこへいったの？」

「じいちゃんをみならったのさ」

「じいちゃん？」

「ああ、じいちゃんは、家にくると毎朝マラソンをやるじゃないか。おれもさ、ひとまわりしてきたんだ」

「ひとまわりって顔じゃないわネ」――おふくろは、かんのいいところをみせた。

「じゃ、どういう顔をすりゃいいんだ」

「そうねえ、さっぱりした顔ね。すかっとして、いきいきした顔ね」

「そんなに、いきいきしていないかよ」

「していませんねえ。そういうのを、青菜に塩っていうのよ」

「青菜に塩？」

「そう、青菜に塩をかければ、しおれるでしょ」

「しおれてんのかよ」

「そうですねえ、でもげんかくにいうと、うかないって方が、いいかな」

「うかないか――そりゃ、うかれるわけにはいかないよ。これから学校だものな。学校でしぼられるんだものな。こうみえても、学校には学校の生活があって、なかなか大変なのさ」

「生意気なこといって！　今のうちよ、いいのは。おとなになって、そうおもうんだから」

「そうですかね。おれはちっともいいとはおもわないな。あー、つらい人生だ」

「なにいってんの。オホホ……」――おふくろは、明るく笑った。

まあ、くったくがないっていうことは、いいことです。もう、マラソンをしたのではないらしいってことは、わすれちまっているんだ。かんはいいけど、こうだからおれはたすかるんだな。こういうおふくろは、なかなかいいんだ。おれ、好きなんだ。だから、おれはおふくろをみていると、本当に数学ができないなんて、たいしたことじゃないとおもうんだ。でもよ、そうおもうはしから、太田や川島に通知表をみせなかったような、あんなことをしちまうんだな。とっさにあんなことをしてしまう、というのは、おれの中に、徹底的《てってい》にたいしたことじゃないっておもいがないんだ。本当にたいしたことじゃないとおもっていたら、おれ、駄目《だめ》だなあ、1なんかとっちまったってさ、平気な顔をしてみせたとおもうよ。

「ほら、また考えごとをしている」

しまったとおもったが、すぐにたちなおった。

「おれのおふくろは、なかなかいいって、おもっていたんだ」

これは本当だからな。本当のことをいったまでだ。

「そう、どうもありがとう」

また、やたらと素直《すなお》にうけとってくれた。

「おやじが、いないせいだぞ」

おれは、たくあんをかりかりかみながら、おふくろをみる。

「おやじ?」

「あ、航海でいつもいないだろう。だからさ、おれたちは、しっかりとむすびついてるってわけだ」

「しっかりとね」

「そうですよ。おれの年頃《としごろ》って第二反抗期《はんこうき》っていうらしいよ。なんでもかんでも反抗するんだとよ。おれ、ちっとも反抗しないだろう。これはだな、心やさしいおれが、おふくろを守ってやろうなんて、けなげにおもうからだ」

「わあ、びっくりした、本当？」

「本当だよ。でもそれがわからなかったとは、なさけない」

「うふふ……でもね、本当は反抗期ってあった方がいいのかもしれない。なんでもかんでもとうさんに反抗して……」

おふくろは、ちょっぴりさびしそうな顔をした。おれはあわてたね。

「いやあ、いろいろと個人差《こじんさ》があるもんだよ。いなくったって、立派《りっぱ》に育ってみせる！」

おれはどんと胸《むね》をたたいた。なんだか変なの。おれたちの母子《おやこ》関係って、妙《みょう》なのかな。いや、これはだな、また、数学っていわれるかもしれないけど、おふくろが数学が苦手だったせいだとおもうよ。人間って、自分を基準《きじゅん》にして人をみるだろう。もしすごくできていたら、駄目じゃない！情《なさ》けない、勉強しなさいよ！ってくるかもしれない。おふくろはそうはいわない。あんた馬鹿《ばか》ね、なんていったことはない。だから反抗期も生まれないんだ。

おれはそうおもいながら、いきおいよく飯を口に入れた。

「その調子、その調子」

そんなことを考えていたとは知らず、おふくろは、うれしそうに笑った。

飯が終わると、おれは家を出た。エレベーターで下へおりる。一階のボタンをおす。すうーっとさがってゆくにしたがって、おれは不安になる。もし一階がなくなっていたら、どうしよう。ゆけども、ゆけども、エレベーターは、下へおりつづけたら、どうしたらいいんだ。ありえるじゃないか。さっきは三階が消えちまったんだもんな。膝《ひざ》をがくがくさせて、東側階段《かいだん》へ走ったあの気持は、二度とあじわいたくないよ。エレベーターは一階でとまった。ほっとして外へ出る。おれは遠まわりをして、向かいの棟《むね》のみえる中庭へ出てみた。四〇四号室のあかりは消えている。おれが毎晩《まいばん》みたのは、一体なんだったのだろう。そういえば、あの部屋にカーテンがかかっていない。人が住んでいれば、どの家も色とりどりのカーテンがかかっている。と、いうことは、廊下《ろうか》を通りかかった女の人のいうように、本当に空室なのかもしれない。ベランダから、向かいの棟の窓《まど》をみると、影《かげ》絵《え》のように人の動く姿《すがた》がみえる。ふとんをあげているところ、掃除《そうじ》をしているところ、ちょっと目をこらすと、ズボンをはいているところまでみえるんだ。でも四〇四号室に関しては、全くそんなことはない。ただ電灯がついているだけだ。やっぱり空室だったんだ。でもそんなことってあるだろうか。よーし、夜、またいってみるぞ。たしかめてみるんだ。こんなあいまいのままじゃ、おれさまの気がすまない。

「おーい、おーい」

うしろをふりむくと、きょうちくとうの植えこみのそばを、走ってくる二人づれがある。太田と川島だ。なんとなく、いやな予感がする。

「この間は、御苦労《ごくろう》だったな。クマさんからのことづけだけど、あれはなかなかよく撮《と》れたそうだよ。よかったな」

「ああ」

おれは、もう一度やりなおしだといわれたらかなわないとおもっていたので、ほっとした。太田は言葉をつづける。

「それでだな、また、たのみたいことがあるんだ」

「また!?」

「ああ、でもよ、今度はあんなことじゃないんだ。ちょっぴりゆかいなことだぞ」

「ゆかい？」

「ああ。くわしいことは、今日帰りに話すよ。裏門《うらもん》でまっているからな。これから授業《じゅぎょう》の前に、ちょっと映研《えいけん》のうちあわせがあるんだ。じゃ、またな」

太田はそういうと、川島をうながしてかけだしていった。

「ちえッ！」

おれは、舌《した》うちをする。おれが返事をするまもありはしないじゃないか。お人よしのおれは、ノコノコと裏門《うらもん》へゆくことになるんだ。そして、気がすすまなくっても、結局太田たちの仕事を手伝うことになるんだ。ほっとけばいいのはわかっている。でもそれがおれにはできないんだ。情《なさ》けないったら、ありゃしない。だがまてよ——そこまできて、おい！……と、おれを自分によびかける。しっかりしろ洋平、ゆかなけりゃいいんだ、ゆかなけりゃ。今日は表門から帰り、裏門へゆかなけりゃいいんだ。そうしろ洋平、わかったな洋平——いつのまにか校門まぢかにきていた。ゆくもんか！ ゆくもんか！ おれは心の中でそうつぶやきながら、校庭を通りぬけ教室へむかった。

夜の電話

夕飯が終わると、すぐに自分の部屋《へや》に入った。そしてピラミッド帽子《ぼうし》をかぶる。そのとたんに、またなんともいいようのない感じが、体をはしった。帽子は訴《うった》えかけている。たしかになにかを訴えかけているという感じなのだ。帽子をとる。そうすると、その感じはなくなるのだ。かぶった方が、勉強に身が入るのか、邪魔《じゃま》になるのかよくわからない。それでもおれはかぶることにした。帽子が、かぶってくれっていっている気がするんだなあ。おれは、ピラミッド帽子のひもをきりりとしめて、机《つくえ》にむかう。

ジリリーン、リーン、ジリリーン、リーン。

電話だ。

「森川でございます」——おふくろの声がきこえる。

「はぁーい、おりますよ」という声につづいて、

「洋平、洋平、電話よ」と、おれをよんでいる。

おれは、玄関《げんかん》にある電話台へゆく。

「おい、おれだよ。お前のおふくろいい声だな」

「——」

「おい、返事ぐらいしろよ」

「だれだい、だれだかわからなくって返事なんかできるか」

「そうおこるなよ。川島だ。おこるのは、こっちの方だぜ。まちぼうけをくわせやがって」

「——」

いやな奴《やつ》からの電話だ。じつは、ずっとおれは気にしていたのだ。裏門へゆかずに、家に帰ってからずうっとな。ブザーの音がすると、奴らがきたのではないかと、ぎくりとする。電話の音でもそうだったんだ。だが夜になったので、もう電話はかかるまいと、安心していたのだ。

「用ができちまったんだ」

「裏門にまわっていう時間ぐらい、あっただろ」

「それがなかったんだ」

「じゃ、太田かおれんとこへ、電話ぐらいしたっていいだろう。約束したんだもんな」

「約束なんかしないぞ」――おれは、ぶっきらぼうにいった。

「なんだって！」

「おれの返事をきく前に、いっちまったじゃないか」

「なにいってやがるんだ。いやならおいかけてきていえばいいじゃないか。おれたちの教室にきたっていいえたぞ」

「――」

「おい、きいてるのかよ」

がちん！　おれはいきおいよく受話器をおいた。すごくしゃくにさわったのだ。なんでおれがわざわざことわりにゆかなくっちゃならないのだ。

ジリリーン、リーン、ジリリーン、リーン。

部屋《へや》へかえろうとした時に、電話だ。切られたので、またかけてきたのだ。しばらくはっておいたが、なりやまないので、受話器をとる。

「なんだ！　きっちまいやがって！」――川島の声は、いらだっている。

「――」

「おい、きこえないのか！」

「きこえているよ。用があるならあるで、朝あんなふうでなく、ちゃんといえよ」

「ちゃんといおうとおもって、裏門《うらもん》へこいっていったんじゃないか」

「――」おれは、ぐっとつまった。

「いいか、明日だぞ。明日は待っているんだぞ」

がちん！　返事をしないで、電話をきった。ああいくよ、なんていったら、おれの負けになる
――そんな気がしたのだ。

ジリリーン、リーン、ジリリーン、リーン。

電話だ。おれは受話器の前にたって出ない。出てやるもんか。返事なんかしてやるもんか。

「どうしたの？」――おふくろが、部屋からでてきた。

「あっちへいってろよ。関係ないよ」

おれは、ぞんざいにいった。いらいらしていたんだ。しばらく電話はなりつづいていたが、やっとやんだ。おれは自分の部屋にかえった。おふくろから、なんの声もかからなかったので助かった。気にしているんだが、せんさくしないんだ。こういうおふくろの気くばりは、ある時はかえってふたんを感じる時もあるけれど、今夜はかえってありがたい。

おれは、自分の部屋の戸をしめた。ピラミッド帽子《ぼうし》をぬいで、畳《たたみ》の上にねっころがる。天井《てんじょう》をぼんやりみつめる。おれがいけなかったのかな。たしかに裏門へいって、ちゃんとことわれば、よかったのかもしれない――でもよ、おれはすぐ奴《やつ》らの口車にのせられちゃうから、裏門へゆきたくなかったんだ。

明日はどうするか！　明日もすっぽかすか。でもよ、そうすると、また電話がかかってくるかもしれない。ジリリーン、リーンって、あの音はやりきれないよ。毎晩《まいばん》あんな音をきかされていたら、それこそ参っちまう。とすると、裏門へゆくよりほかに仕方ないのか――電話なんか、発明されな

ければよかったんだ。おれは、ふっとため息をついた。

あーあ、早く中学校なんて卒業しちまいたいよ。太田や川島なんかと、縁《えん》をきっちまいたいよ。でもよ、卒業しちまったら、椿《つばき》先生ともお別れか——そいつは困《こま》る。そうだ！　椿先生が、通知表に1なんて数字を書きこまないように、頑張《がんば》らなくっちゃあ！　おれは、がばっとおきあがった。

そして、ピラミッド帽子《ぼうし》をとりあげ、

「魔法《まほう》の帽子よ！　頭がよくなれ！」といいながら、かぶった。

帽子が、よし、よし、まかせておけっていっているような気がした。もちろんこれは、おれが勝手にそうおもっただけだろう。でも、なんだか今晩《こんばん》はみっちり勉強ができそうな気がする。おれは机《つくえ》にむかう前に、カーテンをあける。ちくしょう！　四〇四号のあかりが、ともっているじゃないか！　暗くなりはじめてすぐに、四〇四号室をみた時は、電灯はついていなかったのだ。

おれはベランダに出た。こうこうとあかりがついている。そのあかりは、なにかおれによびかけているような気がした。おれは、なんとなくそれにこたえたくなった。

「やあー、元気かよ」

おれは、おもいきって、手をふってみた。すると、なんということだ。四〇四号室のあかりが、まるで返事をするように、ぴかぴかとまたたいたのだ。おれは、びっくりした。胸《むね》をどきどきさせながら、もう一度手をふってみた。こんなことってあるのだろうか。前と同じように、ぴかぴかとあかりはまたたいたんだ。おれは、気味がわるくなった。もう一度やろうかとおもったが、やめて部屋《へや》にかえった。今日は一体どうなっているんだ！　——その時、ジリリーン、リーン、ジリリーン、リーン。

電話がなりわたった。おふくろが、部屋を出てゆく足音がする。おれは、妙《みょう》な胸《むな》さわぎをおぼえ、耳をすました。

「もしもし、もしもし――」

おふくろの声がする。しばらくなにもきこえない。

「洋平――」

おびえたおふくろの声がする。おれはたちあがった。玄関《げんかん》までくると、おふくろはまちかまえたようにいった。

「へんなのよ、声をださないの。きみわるいわ」

おれは、だまったまま、受話器をとりあげた。

「太田だよ」――受話器の奥《おく》から声がする。

「――」

おれってだめな奴

「川島から電話があってな、お前が出ないっていうから、おれがかけたんだ」

「――」

「おい、返事をしたらどうだ」

「なんの用だよ」

「くわしくは、明日裏門《うらもん》へきてくれれば話す。すっぽかすんじゃないぞ」

「用によっては、ゆかないかもしれないぞ」

「クマさんがな、お前を気にいっちまったんだ。どうしても、撮《と》りたいんだとよ。でもよ、今度はこの前みたいのじゃない、おもしろい奴《やつ》なんだ」

「おもしろいってなんだ」

「それは明日裏門《うらもん》にくれば話す。とにかくこいよ。胸《むね》がすかっとするほど、おもしろいことなんだぞ」

「おれじゃなければ、駄目《だめ》なのか?」

「ああ、クマさんにみこまれちまったわけだ」

「しょうがないなあ。おれだって、いろいろ用があるんだ」

撮影《さつえい》がすんだあと、おれの顔をのぞきこんだ時の、クマさんの目がうかんだ。

「そういうなよ。な、たのんだぞ。待っているからな。いいな」

「ああ」

おれは、仕方なく返事をしてしまった。やっぱりことわりきれなかったのだ。いやなおもいが、胸をつきあげた。太田や川島は、人の都合《つごう》なんて考えなくて、いつも自分のおもいどおりにやっちまうんだ。おれには、とてもああはできない。これだけいやだっていっているんだから、クマさんにそういえばいいじゃないか! うん、そうか、クマさんによくおもわれたいってわけか。上級生だもんな。それで、どうしてもおれにやらせようっていうんだ。クマさんに、おれがことわったなんて、いえないんだ。おれこそいい迷惑《めいわく》だ。ちくしょう! 卑怯《ひきょう》な奴ら! でもよ、ことわりきれない、おれも駄目な奴だなあ。部屋《へや》に帰ろうとした時、

「紅茶《こうちゃ》でも飲んでゆく？」——おふくろの声がした。

「ああ」

おれは、戸をあけた。紅茶《こうちゃ》とレモンのにおいがする。もうおれのぶんが入れてあった。

「うふふ……五月人形そっくり」

おふくろは、おれのピラミッド帽子《ぼうし》をみて笑った。気にしているのに、電話のことにはふれない。これさいわいと、おれはいきおいよく紅茶を飲み、自分の部屋にかえった。そしてまた、ごろりと畳《たたみ》の上に寝《ね》ころぶ。せっかく机《つくえ》の前にむかい、やる気をだしたのに、また調子がくるっちまった。太田の奴！　おれは舌《した》うちをする。なんであんな奴や川島なんかに、こんなめにあわなけりゃならないんだ。しかも、首をしめられて、もう貸《か》し借りはないいんだ。ちくしょうめ！　この前みたいじゃない、もっとおもしろいことだなんてぬかしやがって、どうせろくでもないことなんだ。映研《えいけん》なんだから、映研ですませばいいじゃないか。なにもおれをよびださなくってもよ……。考えれば、考えるほど癪《しゃく》にさわってきた。おれは頭にきて、もう勉強をする気がなくなってしまった。起きあがると、カーテンをあける。むかいの四〇四号室をみる。ふん、これみよがしに、あかりがともっているじゃないか。おれは、ピラミッド帽子をぬぐと、部屋を出る。

「川島が用があるんだってよ。ちょっと行ってくる」

「こんなにおそく？」

「ああ、すぐ帰ってくる」

「さっきの電話ね、あれ感じがわるかった。気をつけてよ」

「わかったよ」

おれは、ドアをあけ外に出る。十時少し前だったが、人通りはなかった。暗がりに、散り残ったこぶしが、白くうきたってみえる。十四階の高層《こうそう》ビルがたちならぶこの団地《だんち》は、なんだか巨人《きょじん》の墓《はか》場《ば》のような気がしてならない。昔、巨人が住んでいて、その墓がこの団地なのだ。もういなくなってしまったが、どこかにかくれ住んでいた巨人の子孫が、いつかこの墓場をみにくるのではないか。その時は、どんなだろう。この高層ビルの何倍も大きな巨人が、おれたちの団地を見おろす。そして、ウァッハハハ……って笑ったら、団地なんかこっぱみじんになってくずれちまうんじゃないか——そんなことをおもっているうちに、おれはむかいの棟《むね》についていた。

エレベーターにのる。夜、だれもいないフロアから、たった一人でエレベーターにのるのは、とても不気味だ。来るんじゃやなかったというおもいが、胸《むね》をよぎる。④のボタンをおす。上へゆくにしたがって、ますます不安になる。なにが起こるのか、わかったものじゃない。ひきかえした方がいいのか——だが、エレベーターは四階でとまった。おれはフロアを横ぎり、蛍光灯《けいこうとう》のともった廊《ろう》下《か》を歩く。かたこととおれの足音だけがひびく。四〇四号室の前にたった。おれは大きく息をすいこみ、小さなレンズに目をおしつけた。まただ。中は暗く、あかりはついていない。まるで、おれをからかっているみたいだ。ブザーをおす。おれはレンズの前にたちはだかり、今までにない感じを、このレンズにもった。ブザーがなると、いつもレンズをのぞく。外に人が立っている。それをたしかめてドアをあける。なにげなくしていることで、これはあたり前のことだとおもっていた。でも、これはあたり前なんかじゃない。ひどい裏切《うらぎ》りだ。ひどいぶじょくだ。だってこんな一方的なことってあるか。内の人間にはだれだかわかって、外の者には内の様子《ようす》がなにもわからない。ひどいじゃないか。人権《じんけん》じゅうりんもいいところだ。そしてこれがあたり前になっちまっているなんて、許《ゆる》せないぞ。この棟に、何度もきているうちに、おれはおもいがけないことを発見したよ。おれは、腹《はら》をたてながら、それでもブザーをおし、レンズの前にたっていた。でも駄目《だめ》だ。部屋《へや》の中は暗く、前と少しもかわらない。その時、おれはふと気がついた。おれのくるのがわかっていて、電球を消したのだとすれば、おれのおすブザーに出てくるわけがないじゃないか。それに気がつかないんだから、全く馬鹿《ばか》だなあ。でも、そうすると、一体なにをしたらいいんだ。なにを。なにもできないじゃないか。ぼんやりと、おれはドアの前にたちつくした。

ピラミッド・テント

おもいわずらうことが多すぎる。そうおもいながら水銀灯の下を歩いた。明日は太田と川島にあわなくてはならない。だれでもこんなめにあっているのだが、人に話さないだけなのか――おふくろだって、なにもしりはしない。川島のところへいっているとばかりおもっている。でも、いちいち話していたら、おれだって、おふくろだって身がもたないや。きょうちくとうの植えこみの下まできた時、四〇四号室をみあげる。あかりはついていない。おれが部屋にかえると、きっとこれみよがしについているんだ。なんだってこんなことをするんだよ。こんな不思議なことは、恐《おそ》らくだれだって、経験《けいけん》していないだろう。おふくろに話したって、本気にはしないで、おれがどうかなっちゃったっておもうかもしれない。いくら好奇心《こうきしん》が旺盛《おうせい》だって、これだけはな。家のドアをあけると、おふくろがうかない顔をして玄《げん》関《かん》に立っていた。

「今、受話器をおいたところよ」と、いって電話をみた。

「どこへいっていたの?」

「――」

「川島さんからの電話だったのよ」

「――川島んとこへゆこうとおもったんだけど、やめちまったんだ」

「そう。もうお宅《たく》についているはずですがっていったら、そんなはずはないとか――へんな電話だったわよ。今日は声をださない電話があったり、いやだわ」

めずらしく、おふくろはまゆをひそめた。おれは、だまったまま、部屋《へや》に入る。川島のところへゆかなかったんなら、どこへいっていたのよ――ときいてこないのは、おふくろらしいんだけど、おれはちょっとわるい気がした。心配しているのは、わかっているんだものなあ。でも、四〇四号室の秘密《ひみつ》は話したくない。おれは、ピラミッド帽子《ぼうし》をかぶる。もう気にしないで勉強をはじめようとおもったが、ついカーテンをひいてしまった。やっぱりあかりはついているのだ。これみよがしに、こうこうとついているじゃないか。おれは、おもわずおふくろをよんだ。

「どうしたの、落ちつかないわねえ」

もう寝《ね》まきに着かえたおふくろが、ふすまをあけた。

「むかい棟《むね》の、四階の、左から四番目をみてくれよ」

「ええ、みたわよ」

「あかりがついているだろ？　こうこうとついているだろ」

「どうしたの、洋平」——おふくろは、びっくりした顔をむけた。

「ね、あかりがついているだろ!?」

「なにいっているの、真《ま》っ暗《くら》じゃない」

「四番目だよ。四階の四番目だよ」

「真っ暗よ。三番目には電灯がついているけど」

「——」

「なんて顔をしているの？」

「なんでもないさ」

「へんねえ、今日は。もう寝《ね》たほうがいいんじゃない。ピラミッド帽子は、能率《のうりつ》があがるかもしれないけど、勉強のしすぎは毒よ」

「大丈夫《だいじょうぶ》だよ」

「洋平がへんちくりんなことをいうから、心配になるわ」

「そんなに、へんちくりんかよ」

「だって、真っ暗な部屋にあかりがついているだろ、なんていうんだもの」

「もう、いわないよ」

「いわないったって、いっちゃったんだから気になるわよ」

「わかりました、わかりました。もう御心配《ごしんぱい》はかけません」

おれは、カーテンをしめた。

「さあ、もう寝《ね》た、寝た。よし、今夜はサービスして、ふとんをひいてあげちゃお」

おふくろは、押入《おしい》れからふとんをだした。そして、シーツをさあーっとひろげた。

「あ、ちょっとまった」

おれは、おふくろの手からシーツをとった。

「うん、そうだ。かあさんのシーツもちょっとかりるよ」

おふくろの部屋《へや》へゆき、シーツをとりだす。そして、おれのとを縦《たて》にあわせた。横幅《はば》の方のはしをたばねて、紐《ひも》でぎゅっとしばる。

「なにしているの?」

おふくろは、おれの動作をみまもった。

「ああ、ちょっとひらめいたんだ」

「ひらめいた?」

「洗濯《せんたく》ばさみを十個《じっこ》ぐらいほしいんだけどな」

「洗濯ばさみ? 大丈夫《だいじょうぶ》? 気はたしか?」

「たしかだよ。いいよ。おれとってくる」

おれは、洗濯ばさみと、ぶ厚《あつ》い電話帳を四冊《さつ》かかえて、部屋にかえった。

「いやだなあ、洋平、かあさん、心配しちゃうなあ、いったい何をするの?」

「まあ、まあ、みていなさい」

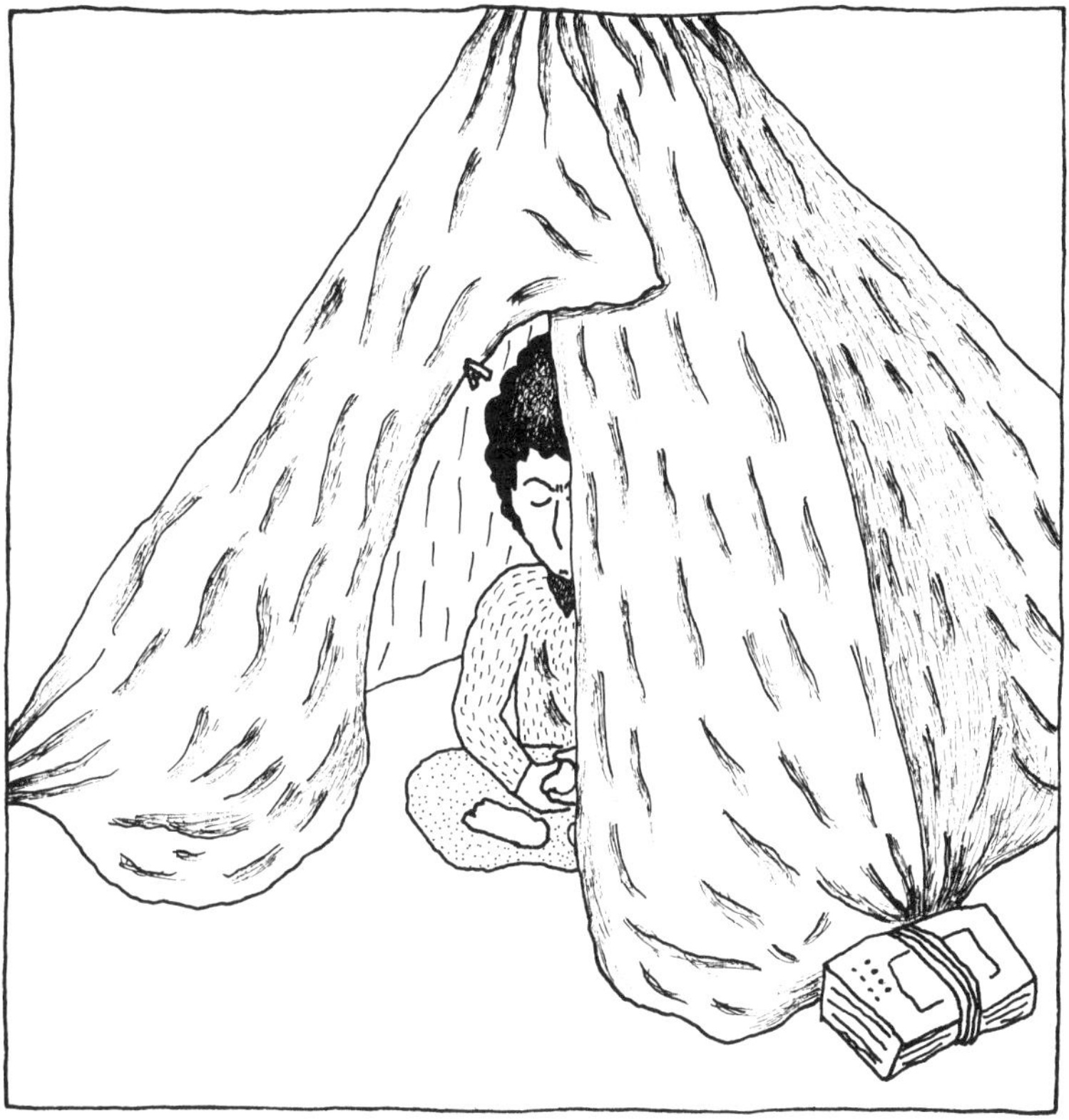

　おれは、おふくろの肩《かた》をたたくと、紐でしばったシーツ二枚《まい》を、かもいにかけた。そして、両はじを洗濯ばさみではさんだ。

「ね、かあさん、シーツの角《すみ》を紐でしばって、電話帳でむすんでくれよ」

「いったい、何をしようっていうのかなあ」

　おふくろは、首をかしげながら、電話帳とシーツの角を紐でむすんだ。四つむすび終わると、おれはそれを、正方形の位置においた。

「あーら、テントみたい」

「テントじゃないさ、ピラミッドだ」

「ピラミッド！　なあーるほど。あんたこういうことにかけちゃあ、天才的ね」

かもいからつりさがったシーツをみて、おふくろは、はしゃいだ声をあげた。

「今夜はさ、どうも落ちつかないんだ。ピラミッド型のテントに入ると、気分がすっきりするって本に書いてあったんだ。おれ、この中に入って気持を落ちつけてから寝《ね》るよ」

「ふーん、なあーるほど。洋平って頭いいなあ、みなおしちゃった！」

「じゃ、入るからな」――おれは、洗濯《せんたく》ばさみをはずすと、中に入った。

「ま、せいぜい心を落ちつけてちょうだい」

「ああ」

おれは、ピラミッドの中であぐらをかき、両手を足の上にくみ、背《せ》すじを真っ直ぐにのばした。

二枚の写真

「おはよう！」

校門ちかくで明るい声がした。ふりむくと、椿《つばき》先生がたっていた。

「どうしたの？　浮《う》かない顔をして」

「――」

おれは一瞬《いっしゅん》返事にこまった。なにもかにも、椿先生だけには話したい気がする。昨夜のピラミッド・テントに入って、気持を落ちつけようとしたことまで。でも、もしおれの意にそわぬ返事がかえってきたら、こわいのさ。椿先生へのおれの夢《ゆめ》が、ぶちこわしになっちまったらいやなんだ。意にそわぬってことは、つまり、ふふんって、小馬鹿《こばか》にされちまったらこわいんだ。

「こうして、道路を歩いていると、おれ、へんな気になっちゃう時があるんだ」

おれは、別のことを先生に話しはじめた。これも、よく感じることなのだ。

「へんな気？」

「ああ、この道路はいつまでも、いつまでもあるんだろうなあって。おれが死んでも、道路はあるんだって考えると、とてもへんな気持になるんだなあ」

「なるほど」

先生は、おれの言葉をちゃかしたりはしなかった。

「先生にも、似《に》た経験《けいけん》があるわ。夜中にふうっと目をさますと、真《ま》っ暗《くら》な中で考えだすの。この世の中に、あたしがいなくなるってことは、どういうことなんだろうって——とても妙《みょう》な感じね、これは」

「——」

おれのいったことを、まともにうけとってくれて、その上、先生の経験まで話してくれたことは、うれしかったなあ。

「この感じね、ほら、よく死んでしまったらおしまいだとか、死ぬのはこわいなんてよくいうでしょ。あれとはちょっと違《ちが》うのね。だから、友達に話してもよくわからない人もいるわ」

先生の友達にもわからないことを、おれは感じることができるんだ。いや、感じとることができる人間だと先生は、おれをみてくれたんだ。朝起きてから、ずっとふっきれなかった気分が、ほぐれてゆくみたいだ。——その時、うしろから声がした。

「おはようございます！」

ふりむくと伊藤《いとう》順子だ。ちぇッ！　おれは舌《した》うちをする。なんだって、こんな時にやってくるんだよ。

「先生、今日の先生のブラウス、とってもすてき」

なんだい、よけいなことをいいやがって。おれは、先生との話が中断《ちゅうだん》してしまったのでむしょうに腹《はら》だたしかった。

「そう、ありがとう」

先生はにこにこ笑った。そして、ふと校庭のすみに目をやると、

「じんちょうげが、まださいているわ。ほらあすこ」といって、指さした。ちかくまでくると、風がにおいをはこんだ。

「うわーあ、いいにおい。先生って、こんな感じ」

順子の奴《やつ》は、ぬけぬけと口にだしやがった。こういう言葉は、ぐっと胸《むね》の中に入れておくもんなんだ。おれだってそうおもうさ。だけど、そんなこと軽がるしくいわない。自分の中で、まあ大切にしまっておくってわけなのさ。そのへんのことが、伊藤順子にはまるでわからないんだ。順子の言葉に、椿《つばき》先生はちょっとはにかんで、

「どうもありがとう。こんないいにおいに、にて」と、いった。

おれが、伊藤順子をどうしても好きになれないって、はっきり感じたのはこの時だな。教室に入ってからも、口をきいてやらなかった。でもな、順子の奴は、おれのこうした態度《たいど》にぴんとこない

んだな。いつもと同じように、平気な顔をして話しかけてくるんだ。

おれは授業中《じゅぎょうちゅう》、椿先生との朝の会話を何回もおもいだしたり、今日裏門《うらもん》で太田や川島に会うことを考えたりすると、落ちつかなかった。太田たちとのことは、不愉快《ふゆかい》だった。椿先生と話しあえたことは、すばらしかった。よいことと、いやなこととは、いつも一緒《いっしょ》にあるのかな。わるいことばつかりじゃ、やりきれないものな。だから午後からはむしろ、早く時間がたっちまった方が、いいとおもった。授業が終わると裏門へいった。まだ奴らはきていない。なんだ、呼《よ》びつけておきやがって！

「いよぉー、きてくれたな」

一瞬《いっしゅん》おれはだれだかわからなかったが、すぐに思いだした。未来の映画監督《えいがかんとく》のクマさんだ。あの時、わるい感じではなかったが、べつにまた会いたいって人でもない。

「おそくなっちまった！」

太田と川島が息せききってやってきた。

「ここで話すのも落ちつかないから、家へこいよ」

クマさんはそういうと、おれの返事もきかずに歩きはじめる。人の都合を考えないってことでは、太田や川島に似《に》ているみたいだ。ここで話してくれと、いいそびれて、おれは三人のあとについてゆく。

クマさんの家は、団地《だんち》ではなく、国道をへだてたむかい側にある。商店街がたちならぶ通りを歩き、クマさんは豆腐屋《とうふや》に入った。

「ただいま」

「おかえり!」と、元気のよい返事がかえった。

クマさんにそっくりの母親が、客に油あげをつつんでいる。おれたちに気がつくと、

「いやあ、いらっしゃい」といい、顔中を笑いにしてこっちをみた。

「上へきてくれよ」

クマさんは、豆腐《とうふ》の入った水槽《すいそう》の横を通ると、階段《かいだん》をのぼった。みしみしときしんだ音をたてて三人はあとにつづく。

「弟の奴《やつ》、散らかしっぱなしでよう」

二階につくなり、クマさんは、マンガ本やプラモデルをすみにおしやった。竿《さお》からとりこんだままになっている洗濯物《せんたくもの》も、まとめておれたちの坐《すわ》る場所を作った。おれは部屋《へや》に入るなりびっくりした。それは散らかった雑然《ざつぜん》とした部屋のためでなく、壁《かべ》にはられた写真のためだ。なにがはってあったとおもう? ピラミッドの写真なんだ。とうさんが送ってくれた絵ハガキの三つ並《なら》んだピラミッドを、別の角度からとったものらしい。中央が最も高く、左右にやや小さめのものが、かさなるように撮《と》ってあった。もう一枚《まい》は中央にスフィンクス、背後《はいご》にピラミッド群《ぐん》がみえる写真だ。壁いっぱい大きくひきのばしてあるので、おれの絵ハガキとは比《くら》べものにならないほど、心をうつものがあった。

「どうしたんだい?」

部屋の入口で、たったままのおれに、クマさんは声をかけた。

「おやじから、ピラミッドの絵ハガキが、ついこの間とどいたもんだから」

「ピラミッドの絵ハガキ？　エジプトからか！　いつかみせてくれよ」

クマさんの目が、急にいきいきした。

「いつかおれ、エジプトへ行きたいんだ。ぎらぎら照りつける太陽の下で、汗《あせ》を流しながら、ピラミッドをみあげたいんだ。おれの夢《ゆめ》なんだ」

「それで壁にはってあるわけですね」──太田が写真に目をむけていった。

「不思議なんだなあ、ピラミッドって。なんで五千年も前に、こんなものが造《つく》られたんだろ。王の墓《はか》だっていわれているけどよ。おれはさ、これをみていると、なんだか人間の生命力をかきたてられるのさ。人間が、ピラミッドを造りあげたことの生命力ってこともあるけれど、それだけじゃなくて、人間っていつか死ぬだろ、外側からの姿《すがた》は消えても、魂《たましい》とか、心とか、精神《せいしん》とか目にみえないものは天に昇《のぼ》ってゆく。先端《せんたん》をするどく空へむけているのは、そのためなんじゃないか、なんて、じいーっとこの写真をみていると、おもっちまうんだ」

「──」

おれはクマさんの声に、耳をかたむける。それは、今朝ちらりと話した椿《つばき》先生の言葉ともかさなりあって、胸《むね》にひびいた。

ピラミッドの謎

「おれは、こっちの方が面白いや」

川島は、スフィンクスを指さした。

「ああ、そいつも不思議だよなあ、全く」――クマさんはうなずいた。

「なんだって、顔は人で体はライオンなんだろ。長さは五七メートルなんだとよ。頭部は二〇メートル、顔は五メートル、耳が一・三七メートル、鼻が一・七〇メートル」

「おどろいた、ずい分くわしいんだなあ」

太田があきれたようにいった。

「興味《きょうみ》のあることは、すぐおぼえちまうのさ。スフィンクスは、このピラミッドの南東三五〇メートルのところにあるんだ」

クマさんは、写真のピラミッドを指さした。

「全部のスフィンクスが、東をむいているんだとよ。この奇妙《きみょう》な型をしたものが、太陽の昇《のぼ》る真東《まひがし》をむいているのも、暗示的《あんじてき》だなあ。造《つく》った人達は、何をいいたかったんだろ」

クマさんがしゃべるのをきいていて、おれはみじめな気持になった。同じピラミッドでも、ずい分感じ方が違《ちが》っちゃうもんだ。おれはボール紙のピラミッド模型《もけい》をかぶってさ、頭がよくなりますように、頭がよくなりますようにって、机《つくえ》にむかっているんだ。それからさ、気を落ちつかせようって、シーツを二枚《まい》あわせてピラミッド・テントを作ってよ、なかであぐらをかいて、瞑想《めいそう》しているんだものなあ。

クマさんは、三つ並《なら》んだ一番左のピラミッドをさした。

「このピラミッドは、ケオプス王のなんだけどよ、高さが一四七・八メートル、地球から太陽までの距離《きょり》は約一億四九五〇万キロメートル、おい、この数字に何かを感じないか」

ちょっと間があったが、太田がすぐに答えた。

「つまり、十億分の一ですね、地球から太陽までの距離の」

「そうだ。その誤差《ごさ》はわずか一パーセントだ」

おれは、太田が憎《にく》らしかったね。なんだって、すぐわかるんだろ。外側からみたら、おんなじ頭なのに、どうしてこう中身は違うんだろ。おれは、いくら頑張《がんば》ったって、とっさに答えなんて、とってもでやしない。それにおれは、ピラミッドの高さが、地球から太陽までの距離の十億分の一だなんてことに、クマさんみたいに驚《おどろ》いて、目を輝《かがや》かせる余裕《よゆう》もないよ。

「もっとびっくりすることがあるんだ。ピラミッドを造った時に使った単位はキュービットっていってたらしいけど、これをメートルになおすと、六三五・六六ミリメートルになる。地球の中心から両極への距離は、六三五七キロメートルだから――」

「一キュービットの一千万倍ってわけですね」――太田がすかさずにいった。

「そうなんだ。つまり、その頃《ころ》使われた単位の一キュービットは、地球の半径の一千万分の一にぴったりと合致《がっち》するんだ」

「ということは、ピラミッドが造られた頃、すでに古代人は地球の半径を知っていたってことですね。不思議だなあ。そんなこと、ちょっと考えられないなあ」

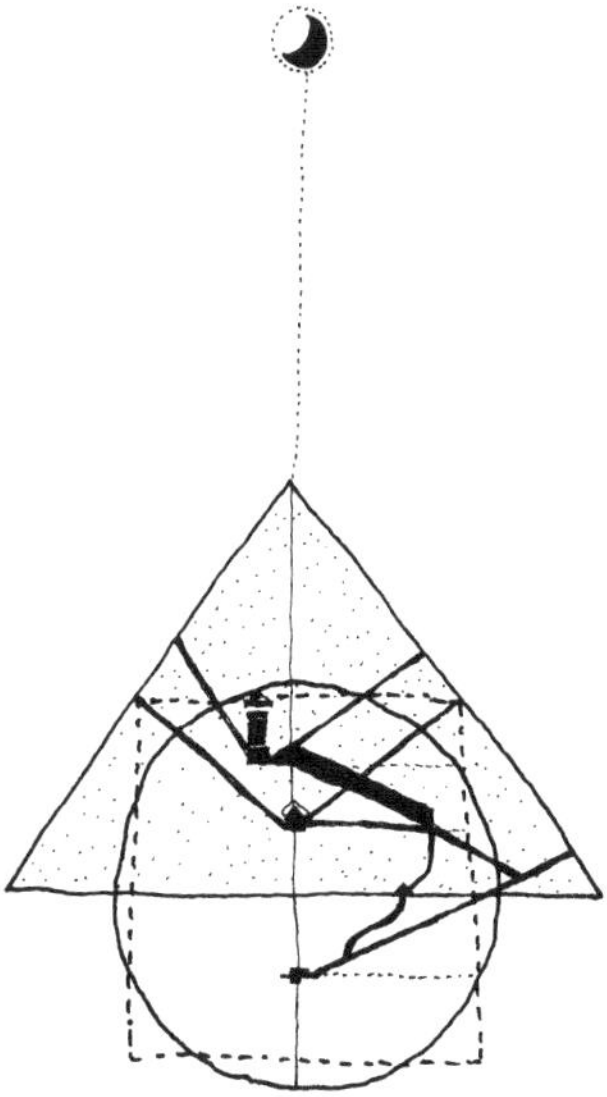

太田は首をかしげた。

「全くだよ。まだあるんだ。ピラミッドの土台から頂《いただ》きまでの一辺の長さは、三六五・二五キュービット、これは地球が太陽を一周する三六五・二五日と、ぴったり一致《いっち》するんだ。つまり、天文学の知識《ちしき》もあったということになるんだなあ」

クマさんの言葉をききながら、おれはふと、おやじの絵ハガキの文面をおもいだした。〈ピラミッドにまつわるいろいろな謎《なぞ》を知りました。その内に、洋平に話してあげよう〉って書いてあった。おやじからの便りがあったら、クマさんに見せてやろうと、おもった。そしてその時、ふとおれは、いつかクマさんになにもかも話してみようかというおもいが、胸《むね》をよぎった。消えてしまった三階のあの恐《おそ》ろしかった時のことを。そして四〇四号室のこともだ。おれが出かけてゆくと、あかりは消え、家からみると、おれを小馬鹿《こばか》にしたようにこうこうと輝《かがや》くあのことを。

階段《かいだん》をのぼる足音がした。クマさんの母親が、大きな盆《ぼん》を持って姿《すがた》をあらわした。

「なにしてんの。坐《すわ》りもしないで。さあ食べて下さいよ。うちのとうふを。そりゃおいしいんだから」

盆の上には、冷ヤッコの入った鉢《はち》と、ヤクミと醤油《しょうゆ》の小皿と箸《はし》がおいてある。

「やあ、いつもすみません」――太田がかしこまっていった。

「すごくうまいんだ。クマさんとこのとうふ」

川島の言葉を母親はすぐにうけていった。

「そりゃ、おいしいですよ。うちのとうちゃんが作るんだから、アッハハハ……」

母親は陽気に笑うと、下へ降《お》りていった。

「たしかにうまいんだよ。おれんちのとうふは。おれがさ、自転車の荷台につんでいって、団地《だんち》で立売りすると、あっという間になくなっちまうんだ」

クマさんはおれたちに箸《はし》をくばりながらいった。前宣伝《まえせんでん》が長かったけれど、食べてみると、なるほどすごくおいしいや。それにしても、クマさんって、とうふを売ったり、映研《えいけん》をやったり、ピラミッドに熱心だったり、ずい分いろいろやるんだなあって、全く感心したよ。それに比《くら》べて、おれはなんたることだって、またまたおもっちまうね。おれは、クマさんにだいぶ参っちまっているから、いやいやここに連れてこられたなんていうの、忘《わす》れちまっていた。だから、

「悪かったな、無理に呼《よ》んじまって」っていわれた時には、なんだかあわてちまったよ。

「おれさ、コリ性《しょう》で自分でも困《こま》っちまうんだ。この間やってもらったシーンな、ありやすごいできなんだ。あれを撮《と》ってから、イメージがどんどんひろがるんだ」

「――」

「この前は、『光と闇《やみ》』って題にしようといっただろ。だが、『光と影《かげ》』がいいんじゃないかっておもいはじめたんだ。おれ達のなかにある影というものを、映像《えいぞう》でとらえてみたいんだ」

「――」

それとおれと、どういう関係にあるんだよ、とおもいながら、おれはとうふをさかんに口に入れた。

光と影

階下で人声がした。がたぴし階段《かいだん》をのぼってくる音がする。上級生が二人入ってきた。

「やあ」

おれ達にむかって、片手《かたて》をあげると、どかっと坐《すわ》る。一人はキザ。もう一人は、ジーパンのよく似《に》あう三浦友和《みうらともかず》に似《に》た二枚目《にまいめ》だ。

「ほら、例の二年生だよ」――クマさんは、二枚目にいった。

「おれ、飯田、ありゃ、すごいできだったよ」

二枚目がそういった時、突然《とつぜん》、大口をあけてクシャミをした。二枚目も形なしだ。

「ハハハックション」と、

「ほら、はじまった」

キザがニヤニヤする。

「こいつ、春の今頃《いまごろ》になるとはじまるんだ。そしてよ、午後の四時頃《ごろ》って、時間も決まっているんだから、たいしたもんさ」

「ハハックション、ハックション、ハハックション」

と、たてつづけに、すさまじいいきおいで二枚目はクシャミをすると、ポケットからチリ紙をだして鼻をかんだ。

「のんきなことといってよ、人の苦しみも知らないでさ」

二枚目は、まるめたチリ紙をポケットに入れた。おれは、人って表面じゃわかんないものだとおもったよ。外からみたり、すれちがっただけじゃ、二枚目がクシャミに悩《なや》んでいるなんて、だれもおもいはしない。

「医者へいってもわからないのさ。原因《げんいん》がな。でもよ、ある医者はいったよ。もしかしたら、杉《すぎ》の花粉《かふん》のせいかもしれないって」

「杉の花粉？　このへんに杉の木なんてあったかなあ」

キザが首をかしげる。

「ないよ。花粉がとんでくるんだ。どこかから、おれにむかってよ」

「ですぎたことをする」

クマさんの言葉に皆《みな》は笑った。おれは、この話とっても面白かったね。世のなかにはそれこそ沢《たく》山《さん》の人間が生きている。うじゃうじゃいる人のなかから、この二枚目にむかってだけ花粉がやってくる。他にはしらんぷりしてさ。二枚目だけがねらわれる――そうおもった時、おれははっとしたよ。何故《なぜ》って、ほら、あの四〇四号室のあかりのことだ。あのあかりを、おふくろはみえないといった。おれだけがみえるってことは、おれだけにむかってとびつこうとしていることか。おれだけにむかってよ――おれはうす気味がわるくなったので、無理にこのことはうちけした。

「おれのいとこなんかさ、シューマイに入ったこまかくきざんだエビを食べただけで、七転八倒《しちてんばっとう》の苦しみを味わうのさ。エビにとりつかれちまったんだな、奴《やつ》は」

二枚目は鼻をこすりながらいった。

「エビのことよりさ、飯田のデートちゅうにあれがはじまったら、彼女《かのじょ》びっくりしちまうだろうなあ」

キザが、とうふを食べながらいった。

「でもよ、クシャミの飯田がイイダって、いうのもいるかもしれないさ」

クマさんが、まじめな顔をしていったので、皆《みな》は笑った。

「そんなことより、もう話したのかよ」

二枚目《にまいめ》はクマさんをみていった。からかわれたのが、面白くなかったようだ。

「ちょっとな、話しはじめたところだ」

「じゃ、その前に、あいつを写してみるか、この間の奴《やつ》」

二枚目は部屋のすみにある映写機《えいしゃき》をみた。

「あ、そうしよう」

クマさんの言葉に、川島と太田が立ちあがった。そして太田が映写機をだし、川島がスクリーンをひろげた。

「ナレーションは、入れない方がいいかもしれない。バックミュージックだけにした方が、迫力《はくりょく》があるかもしれないな」

クマさんは、二枚目にいった。

スクリーンに、おれの顔がうつしだされた。キザが、おれにとびかかった。二人はとっくんだまま、横だおしになって、地面をごろごろころがる。やがてキザが攻勢《こうせい》にでて、おれの首をしめにかかる。おれの苦しそうな顔が大うつしに出る。あんまりいい気持じゃない。おれは大きく足をつっぱり、もがき苦しむ。あんなに股《また》をひろげちまったかな——なんともいやな感じだ。でも真《しん》に迫《せま》っている。テレビでみるシーンよりいいかな。

「迫力《はくりょく》があるだろ」

映写《えいしゃ》が終わると、クマさんがいった。

「なんで、あんなにうまくやれたんだい」――二枚目が、おれの顔をのぞきこむ。

「小学校の時、いやな委員長がいたんだ。立場は逆《ぎゃく》だけど、いっちょ、やるかって気になったんですよ」

「それだよ！」クマさんは力をこめていった。

「今度もその気になってくれると、いいんだけどなあ」

「今度？」

「ああ、おれはな、あれを撮《と》った後、さっきいったように、イメージがいろいろわいてくるんだ。光と影をどう撮るかっていう……つまり、委員長のなかにある心の内部をどこまで映像化できるかってことになるんだが……」

「表面はまじめで、教師《きょうし》から信頼《しんらい》されて、だれからも一目《いちもく》おかれている委員長は、じつは身がもたないんだな。とくに首をしめられてからは、なにかがくずれはじめようとしている。それをどうとらえるかなんだ」

「——」

「はやく結論《けつろん》をいっちまえよ」——二枚目《にまいめ》がうながした。

「ああ、それでな、委員長はある日鶏《にわとり》を盗《ぬす》みだす。それをだな、真っ赤なペンキでぬりたくっちまうんだ。自分の気持をぶつけるようにな！　逃《に》げまわる鶏をおいかけて、ぬりたくる——このあたりをとらえたいんだがなあ」

「いやだ！」

おれは、そくざにいった。こうはっきりいえるなんて、おれもずい分勇気があるもんだと、自分でもおもったよ。一つには、クマさんには、いやだっていいやすいんだな、なぜだかわかんないけど。

「この前は約束だからやったけど、もういやだ」

座《ざ》が一瞬《いっしゅん》しらけた。それで、おれは仕方なしにしゃべりつづけた。

「なにもさ、おれが鶏に赤ペンキをぬらなくたって、影《かげ》なんていろいろの角度から撮れるんじゃないかな」

「いろいろな角度って？」——クマさんはおれをみる。

「ああ、さっきのクシャミなんか、おもしろかった。外からみたんじゃわからない世界だ。クシャミは、いわば飯田さんにとって、一つの影ともいえるんじゃや、ないですか」

「なるほど」

みんながうなずいたので、おれは気をよくした。それで、もう一ちょうやった。

「夢《ゆめ》だって影っていえますね。夢を映像にしてみるなんてのも、おもしろいとおもうなあ」

クマさんの顔が、ぱっと輝《かがや》いた。それで、おれは言葉をつづけたよ。

「夢って、とても妙《みょう》だなあとおもう。なんだってあんなものみるんだろ。でもよ、あれはおれの一つの影みたいな気がするなあ」

「うん、たしかにそうだ。影としての夢に、映像としていどんでみる。こりゃ、おもしろそうだな」

「つい最近、川を渡《わた》ろうとするおれにむかって、土手から一斉射撃《いっせいしゃげき》された夢をみたけど、あれなんかは、たしかにおれの一部だなあ」

おれはそういって、ふと、うす暗い夜あけの土手の上から、次々《つぎつぎ》と立ちあがった人影《ひとかげ》をおもいだした。あの黒い影は間違《まちが》いなく、太田や川島たちだった。

「でもよ。それをどう映像化するかだね。それが問題だ」

「そうだ。むずかしいから、やりがいがあるよ」

クマさんは、キザをみる。

「おれ、鍋《なべ》になった夢《ゆめ》をみたことがある。ちょっとそこまで行きたいのに、歩けないんだな。目をさましたら、ぐっしょり汗《あせ》をかいていたよ。あれなんか、鍋を撮《と》り、それにおれの顔をだぶらせるってことが、できるんじゃないかな」

「なるほどなあ。こりゃ、いいや」

クマさんは、おれをみて、くすくす笑った。そして、

「おい、今までのおれ達の案は、もう少しねった方がいいようだね」と、いって皆《みな》をみまわした。

「おれ達の案っていうけどよ、クマさん一人の案だものな。赤ペンキにしたってよ」

二枚目《にまいめ》が少しなげやりな調子でいった。だがクマさんは、そんないい方に気づかぬらしく、おれの方をまっすぐにみた。

「おい、映研《えいけん》に入らないか」

「――」

クマさんは、真剣《しんけん》な顔をしていた。おれは今まで、こんなに期待されたことはなかったので、悪い気はしなかったよ。でもさ、返事はのばすことにした。入るにしても、クマさんに、四〇四号室のことを話してからに、したかったのさ。なぜだかわかんないけどよ。

あかりがみえた！

「おいしいおとうふ！」

おふくろは、一口食べるなりいった。クマさんのおばさんがみや

げにくれたんだ。

「田舎《いなか》のおばあちゃんとこへいった時、食べたわ。こういう味のおとうふ。あれからはじめてね」

おふくろさんは、おいしそうに口に入れる。

「クマさんとこで作っているんだ」

「クマさん？」

「熊谷豆腐店《くまがいとうふてん》だよ」

「自分のところで作っているのね。なーるほど」

「店のガラスに、むかしの味って書いてあったよ。昔はとうふおいしかったのかい？」

「そうよ。かあさんが小さかった頃《ころ》ね。あの頃は、おとうふも、枝豆《えだまめ》も、トマトも、なすも、今よりずーっとおいしかったわ。今度かあさんにおしえてね、お店の場所」

おふくろは、すごくのり気だ。

「いいよ。それでな、クマさんが映研に入らないかってすすめるんだ」

「映研？　いいわねえ。かあさん映画《えいが》大好きだから、うらやましいわ」

「違《ちが》うよ。観るんじゃないよ。作るんだよ。映像研究会《えいぞうけんきゅうかい》なんだよ」

「へえー、作るの。なおいいじゃない」

「でもよ、いいんですかね、ますます成績《せいせき》が悪くなりますよ」

「そりゃ困《こま》りますねえ。といって作りだしてゆくの、すごく魅力的《みりょくてき》ねえ」

「のんきなこといって、あーあ、勉強なんてしなくていいんなら、おれだって作りたいさ」

おれは、ため息をついた。

「両方やんなさいよ。若《わか》いんでしょ」

おれは、とうふをぱくついているおふくろの顔をみたね。世の親なら、勉強しなさいっていうだろ。そういえばおれは映研《えいけん》に入るって頑張《がんば》るよ。ところが、簡単《かんたん》に両方おやんなさいよじゃ、おれがどうするか考えるほかなくなるじゃないか。もしかしたら、おふくろはそれがわかって、いっているのかもしれない。おふくろは、案外くわせものかな？――って、ふとおもった。まあ、いいや、どうせ返事をするのは、まだ先なんだ。

おれは夕飯がおわると、自分の部屋《へや》に入った。カーテンをあけてみると、四〇四号室のあかりはついていない。ふん、勝手にしやがれとおもいながら、机《つくえ》にむかう。おれは頬《ほお》づえをついて、今日のクマさんの家のことをおもいうかべた。例によって勉強にとりかかれないんだ。クマさんはおれの気がついていないものを、しきりにひきだしてくれる。椿《つばき》先生もそうだ。友達にいっても、わからないことを、おれはわかると、今朝いってくれたっけ。こうした感じは、いいものだなあ。おれもまんざら捨《す》てたもんじゃないのかなって、ちらりとでもおもうじゃないか。おれはしごく満足して、ピラミッド帽子《ぼうし》をかぶる。さぁーて、勉強かあー、おれの胸《むね》はとたんに重くなる。おれはまた、ちょいとカーテンをひいた。すると、どうだろう。四〇四号室のあかりはついているじゃないか。さっきは消えていたのによ。

「よーし、今度こそつきとめてやるぞ！」

おれは部屋をとびだした。おふくろが、うしろで何かいっているらしかったが、そのまま走った。

廊下《ろうか》で女の人とすれちがった。おれをみて、おかしそうな顔をする。笑いをこらえた顔だ。おれは、四〇四号室のことで頭が一杯《いっぱい》だから、気にもとめなかった。エレベーターをおりると、水銀灯の下をかけだした。前から自転車がくる。すれちがう時に、「ぴゅーッ」と口笛をならした。

おれはそんなことも気にしないで、きょうちくとうの植えこみの所までくると、となりの棟《むね》をみあげた。四〇四号室のあかりはついている。ついているぞ！　ついているぞ！

消えないうちに、早く早くと、おれの心はせいた。息をはずませて、エレベーターにとびのる。④のボタンをおす。だが、運がわるいことに三階でとまった。そして、子どもを背負《せお》った人がのってきた。

「帽子！　帽子！」

子どもがおれを指さした。その時はじめておれは、ピラミッド帽子をかぶったまま、家をとびだしたのに気がついた。廊下ですれちがった人が、おかしそうな顔をしたのも、自転車にのった人が、「ぴゅーッ」と口笛をふいたのも、この帽子のせいだったんだ。おれは、あわててとろうとしたが、その時、エレベーターは四階についた。とるひまはない。おれは帽子をかぶったまま、廊下を走った。

四〇四号室の前に立った。胸《むね》が高なる。さあどうだ、あのあかりはついているか！　何回も裏切《うらぎ》られているので、おれは期待しなかった。外からみたかぎりでは、部屋はいつものように真《ま》っ暗《くら》だった。しいーんと静まりかえっている。おれはレンズに顔をよせた。いつものように、きっと真っ暗なんだ。だが、片目《かため》をおしつけたとたん、おれは、「あッ！」と、小さく叫《さけ》んだ。

あかりがみえたのだ。オレンジ色のあかりが、目のなかにとびこんだんだ。おれは部屋の番号をみなおす。たしかに、四〇四号室だ。ブザーをおす。なんの返事もない。もう一度おした。すると、なかからこちらへむかってくる足音をきいた。おれは心臓《しんぞう》が破裂《はれつ》しそうなほど、ドキドキした。なかから、がちゃんと鍵《かぎ》をはずす音がした。

暗やみの唇

おれはピラミッド帽子《ぼうし》を、あわててとった。へんな帽子をかぶった奴《やつ》だ、なんて思われたくないものな。ドアがあいた。ぎぎぎっ――と、ゆっくりあいて途中《とちゅう》でとまった。中をのぞきこんで、おれは息をのんだ。中は真《ま》っ暗《くら》で、そこにはだれも立っていないんだ。体から血の気《け》が、ひいていったね。部屋《へや》の番号もよくない。四〇四号室なんてよ。おれは、四なんて数字にこだわらない方だけど、この時ばっかりは気味悪かった。その時、おれはあッ!と叫《さけ》んだ。目の前に、唇《くちびる》を見たんだ、唇を。真っ赤っていうのではないが、オレンジっぽい色でひかった感じなんだ。唇がひらきかけた時、おれははじけるように、その場をはなれた。膝《ひざ》をがくがくさせて走った。もう絶対《ぜったい》にかかわるまいとおもった。こりごりだ。こんなこわい思いをするのは、たくさんだ。

おれは家に帰ると洋服を着たまま頭からふとんをかぶった。いくらふりはらっても、あのひらきかけた唇が、頭からはなれない。世の中に、こんな不気味なことってあるのか。それとも、おれは夢《ゆめ》をみているのかもしれない。今は夢の中で、ほんとうの自分は、ぐっすり眠《ねむ》っているのかもしれない。そうなら早くさめてくれ! 夢なら、さっそくクマさんに教えたい。暗がりの中に、ひらきかかった唇――。

「洋平！　洋平！」

体をゆすぶられて、目をさました。やっぱり夢だったんだ。助かった——。

「どうしたの？　あかりをつけっぱなしにして、洋服も着たまんまで」

その言葉に、おれはがくりとする。夢じゃなかったんだ。頭からふとんをかぶって、ガタガタやっているうちに、うとうとしていただけなんだ。

「どたん、ばたんと、ドアをしめて、どうしたのかと思ったわ。でもね、襖《ふすま》のすきまからあかりがもれているから、勉強してるんだなって、中に入ってこなかったのよ」

「そんなに、どたん、ばたんしたかい？」

「出てゆく時だってそうよ。でも、いちいちきいても、どうせ洋平は返事なんてしてくれないと思って、黙《だま》っていたけど」

「やっぱり——外へ出たんだね」

「なにねぼけているの、洋平」——おふくろは、あきれた顔をした。

「電話がなったのも、しらないんでしょう」

「電話？」

「ほら、眠っちゃって——あきれた」

「——」

「病院からなのよ。急患《きゅうかん》で手がたりないんですって。すぐきてほしいっていうの」

「だって、かあさんは非常勤《ひじょうきん》で、週三日ゆけばいいんだろ」

「看護婦《かんごふ》の仕事はね、そういうわけにいかないの。なによ、いつもの洋平らしくない」

「――」

「明日は出勤《しゅっきん》だから、今夜は病院で泊《とま》るわ。いいわね。朝は寝《ね》ぼうするんじゃないわよ」

「勤務《きんむ》は朝八時半から五時までなのにな」

おれは、ぶつぶついった。一人でこの家に残るのはこわかったんだ。わかるだろ。あんなにこわいめにあっているんだものな。

「来月からは常勤《じょうきん》になって、夜勤《やきん》もありますからね。ま、しっかりたのみますよ」

おふくろは、おれの肩《かた》をどんとたたいた。

「あっ、そうだ。洋平。ねむ気ざましに、タクシー乗り場まで送ってよ」

今夜にかぎってまた、おれのことをちっとも心配してくれないよ。

「この頃《ごろ》、チカンが出るんですって。洋平はチカンにねらわれることってないものね。うふふ……」

くったくのない笑い顔だ。

「忙《いそが》しいのによ、いやだなあ、これから勉強しようとおもっていたんだ」

「なにいってんの、かあさんが起こさなかったら、ぐうぐう朝までねちゃうくせに」

「あーあ、夜道を一人歩きできないなんて、これで親ですかね」

おれは、こわいなんてそぶりはみせずにいったよ。ジャンパーをひっかけながら、時計をみる。

針《はり》は九時半をさしていた。

外へ出ると、なまあたたかい風が顔にあたった。ほそーい三日月の色が、妙《みょう》に赤っぽくて気味わるい。そう思ったとたん、おれはあの唇《くちびる》を思いだした。唾《つば》をごくりとのみこみ、下腹《したはら》に力を入れる。

「ここを通るのが、こわいのよ。本当いうと」

おふくろは、建築《けんちく》中の小学校をみながらいった。板塀《いたべい》をはりめぐらした中には、鉄筋《てっきん》だけが、暗やみにそそりたっている。

「こんな所をこわがって、それで看護婦がつとまるんですかね」

「それと、これは別よ。真夜中に、たった一人で霊安室《れいあんしつ》にだってゆけるんですからね」

おふくろは、いばっていった。建築中の小学校の前は、緑地帯になっていて、木がこんもりと繁《しげ》っている。帰りもここを一人で通るのかとおもうと、ぞっとするよ。タクシー乗り場は国道のむこう側にある。交差点を横ぎらなくてはならない。信号灯はオレンジ色になった。その時、おれはまた、あの唇を思いだした。真《ま》っ暗《くら》やみの中にうきたった色は、どっちかといえば、こんな色に近かったな。

「洋平どうしたの」

信号が緑になっても、歩きださないおれを、おふくろはふりかえった。

「もういいわよ、帰って」

「タクシーがなかなかこなかったら、こわいだろ。だぁーれも通らないもの」

おれは、交差点を歩きながらいった。ヘッド・ライトをつけたトラックや車は、すごいスピードで通りすぎてゆく。だが、人通りは全くない。この団地《だんち》には、四万ちかい人が住んでいるっていうのに、夜おそくなると、まるで魔法《まほう》をかけられたみたいに、ぱっと人がとだえちまうんだ。不思議なんだなあ。

「あっ、タクシーがきたわ」

おふくろは、小学生が、教室で手をあげるみたいにして、車をとめた。

「じゃ、いってきまぁーす」

おふくろがのりこむと、ドアはぱたんとしまった。あっという間に、タクシーは走りさっていた。

動く壁

おれの足は、今きた道をひきかえさなかった。熊谷豆腐店《くまがいとうふてん》へむかったんだ。本当いうとこわくって、一人であの建築《けんちく》中の道を通るのがいやだったんだな。それにさ、この際《さい》クマさんにみんな話しちゃおうとおもったんだ。

クマさんは、おそい時間にきたおれをみても、別に驚《おどろ》かなかった。

「やあ」っていって、二階に通したよ。でもさ、二階じゃもう弟たちが、寝《ね》ちまっていたんだな。

おれは、ここで話したもんかどうか迷《まよ》った。そんな様子をすぐ感じたのか、クマさんは、

「外へ出ようか」といって階段《かいだん》をおりた。

「映研《えいけん》へ入るの決めてくれたのかい」

店を出るなり、クマさんはおれの顔をみる。

「今夜は、そのことできたんじゃないんだけど——」

おれは、団地《だんち》の方へむかって、足を運びながらいった。おれ、ずるいんだな。クマさんと一緒《いっしょ》に、あの建築中の道を通っちゃおうって、とっさに思ったのさ。歩きながら今までのことを全部話した。きき終わるなり、クマさんはいった。

「まず三階が、本当に消えちまったのかどうか調べることだよ」

「——」

「よし、今すぐいってみよう」

「今、すぐ?」

「ああ、早いのにこしたことないよ。それにおれ、こういうこと大好きなのさ」

クマさんは、いきいきした眼《め》をおれにむける。建築中の小学校の前を通りすぎると、なんとなく元気が出た。

「ちょっと遠まわりになるけど、四〇四号室をみて下さいよ」

おれは、小学校の板塀《いたべい》を左にまがった。向かいの棟《むね》は、きょうちくとうの植えこみの下からよくみえる。

「四階の四番目なんだけど」

おれの指した部屋には、あかりはついていなかった。

「カーテンもかかっていないで、空室みたいなのに、あかりがつくんです」

「へんなことも、あるんだね」

クマさんは、みまちがえだろうなんていわない。こういうところが好きなんだな。おれたちは、植えこみの間を通って、一階のフロアについた。

「さて、これから森川が、その日にやった通りにしてみよう」

「エレベーターが、上にあがっていたんで、階段《かいだん》をかけあがったんです。一刻《いっこく》も早く、自分の部屋《へや》から、あかりがついているかどうか、たしかめようと思って」

「よーし、じゃ、おれたちもそうしよう」

二人は階段をかけあがった。クマさんは、サンダルをひっかけてきたので、やけに大きな音があたりにひびく。三階についた。夜おそいので、フロアの蛍光灯《けいこうとう》は消えていた。真《ま》っ暗《くら》なので、気味わるい。おれはスイッチをおす。ぱっと明るくなり、みなれた三階が照らしだされた。

「別に変わったことはないんだなあ。消えたのは、あの時だけだったんだ……」

おれは、フロアをみまわしながらいった。

「森川が走った紺色《こんいろ》のドアの階って何階かい?」

「四階です」

「じゃ、四階へいってみよう」

おれたちは階段をのぼり、四階へいった。そして、東側の階段まで廊下《ろうか》を走った。ここでも別に変わったことはない。階段を下る。三階だ。オレンジ色のドアがつづいている。さらに下の階へゆく。みどり色のドアの二階だ。フロアをよく調べてから三階へまたもどった。クマさんは壁《かべ》のあたりを、しきりにみてまわっている。いくらみたって、同じなのになあって、おれは心の中で思う。消えたのは、あの日だけだっていったのによ——まるで探偵《たんてい》ごっこをしているみたいだ。そうおもったとたん、クマさんの声がとんだ。

「おい、あれはなんだ」

「何って……倉庫の把手《とって》かな?・」

おれは、今までそこに把手があるなんて、全然気づいていなかった。本当いうと、倉庫があるなんてのも知らなかった。壁だとばかり思っていた。だって白い壁にみえるんだものな。クマさんは把手をひっぱった。ずずず……と扉《とびら》はあいた。だがそこは倉庫ではなかった。白い壁が目の前にある。おれたちは扉をなおもひっぱってゆくと、扉はフロアとおどり場の間をぴしっとしめた。

「たはッ――おどろいたな。こんなものがあったなんて」

おれはびっくりした。ここに住んで三年になるけど、こんなものがあるなんて、今まで知らなかった。

「つまり、これは、防火扉《ぼうかとびら》なんだな。火事の時、煙《けむり》を遮断《しゃだん》するために作ってあるんだろう。これでわかったな」

「え?　なにが?・」――おれはクマさんの顔をみる。

「いやだなあ。きまっているじゃないか。森川はあわてたんで、二階から四階へかけあがっちまったんだ。ほら、こうやってしまっていると、全く壁にみえるじゃないか。それで、三階を通りこしちまったんだよ」

「なぁーんだぁ、そうかぁ」

「きっと子どもがこれを動かして、そのままにしちまっていたんだよな、その時」

「そうだったんだなあ。おれって間ぬけだなあ」

おれは頭をかいた。クマさんみたいに、ちゃんと究明すべきだったんだ。ただこわがってばかりいても、はじまらないのにさ。

「もしかしたら、この世の中に不思議なことなんて、ないのかもしれないなあ――」

「いや、そうともかぎらないさ。いつかテレビでみたんだ。アンデス山脈のナスカ高原に、とほうもなく大きなホコの型みたいな滑走路《かっそうろ》があるのをさ。この奇妙《きみょう》なものは、大昔、宇宙人《うちゅうじん》が空飛ぶ円《えん》盤《ばん》で来訪《らいほう》した時の基地《きち》じゃないかっていう学者もいるそうだ。それをみた時、とても不思議な気がしたよ」

そういってからクマさんはおどり場の窓《まど》に顔を近づけた。

「おれ、星空を見てもよく思うんだ。宇宙《うちゅう》の空間には、約一千億個《こ》の一千億倍の星があるっていわれているだろ。そうした星にくっついている惑星《わくせい》も数に入れると、もう気が遠くなるほどの、数えきれない星の数になるんだ。地球だって、その中のたった一つに過《す》ぎないんだろ」

「――」

「この宇宙の中の、それこそ膨大《ぼうだい》な星の数の中でさ、地球だけに生物がいるなんて、むしろへんだと思わないか?」

そういわれたって、とってもおれに返事なんてできやしないよ。クマさんは熱心にしゃべりつづける。

「地球と同じように生物が住み、地球と同じように人間が住んでいたって、すこしもおかしくない

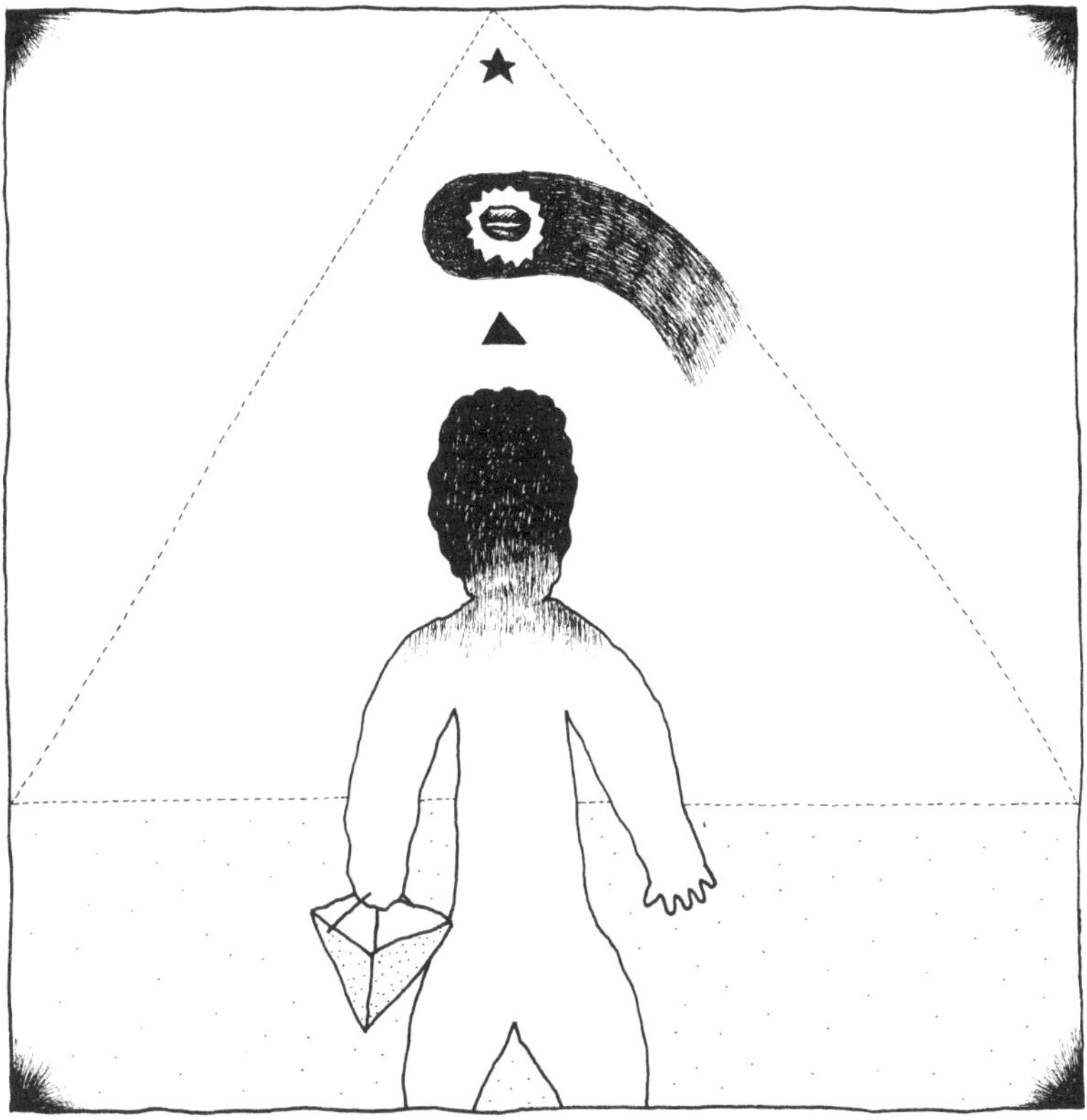

んじゃないかと思うんだ」

「じゃ、あの部屋のひかりと――」

「いや、なにも、それと関係あるかもしれないなんてはいわないさ。ただ、おれ、いろいろ想像《そうぞう》するの好きなんだ。なにが起こるかわからないって思うのはたのしいじゃないか。不思議なことはあったほうが、いいと思うな」

「でもよ、楽しいってもんじゃなかったなあ、あの唇《くちびる》をみた時は――」

「唇かあ……うん、ついでにそのことも調べてみようよ」

「向かいの棟《むね》へゆくんですか」

おれの声はかすれたね。クマさんと一緒《いっしょ》だって、もうたくさんって感じだ。

「まず森川んちでよく調べてからだな」

その言葉に少し安心して、おれは防火扉《ぼうかとびら》をあけ、フロアに出た。

だれかがいる！

「へぇー、森川んち、広くっていいな。三つも部屋《へや》があるなんてよ」

クマさんは、家の中をものめずらしそうにみていった。

「おれんちなんか、御飯《ごはん》を食べる時に、テーブルをだしてよ、すんだらしまって、そこにふとんをひいて寝《ね》るんだからな」

「でも、うちのじいちゃんにいわせると、昔のほうが、きちんとしていてよかったっていいますよ。御飯がすむと、ちゃぶ台を片《かた》づけて掃除《そうじ》をしてね。食卓《しょくたく》をだしっぱなしにしておくなんて、ズボラのすることだって」

「ずぼらね。だけどわが家はそうしないと、足のふみ場もないんだからさ、きちんとしているなんてしろもんじゃないのさ」

クマさんは、口ではそういっているが、自分の家が狭《せま》くって、いやだなんて感じは全くないんだな。おれたちは、ベランダへ出た。向かいの棟《むね》は、まだおきている家が多い。カーテンの色にうつった色とりどりのあかりがみえる。

「真《ま》っ暗《くら》だね」

クマさんは、四〇四号室をじっとみながらいった。

「よし、実験にとりかかろう」

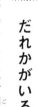

「実験?」

「ああ、部屋のあかりを全部消すんだ。真っ暗にしてみるんだ」

おれは、スイッチをおした。暗やみの中を、手さぐりで玄関《げんかん》の扉《とびら》をあける。廊下《ろうか》へ出てほっとしたよ。自分の家だって気味わるいや。クマさんは、把手《とって》を手にとると、そっと扉をあけた。そして、かがんだり、立ちあがったりして、何度も部屋の中をみる。そんなことしたって、あの唇《くちびる》はこの家には出やしないのになって、思った。四〇四号室へゆこうっていうんじゃないかと、ひやひやしたよ。

「真っ暗で、別にどうってことないな」そういいながら立ちあがった時、

「あッ、わかった!」

クマさんは、大声で叫《さけ》んだ。その声に、おれはぎくりとする。

「ほら、あれをみろよ、あれを!」

おれは目をこらして、暗やみをみたが、なぁーんにもありゃしない。

「真っすぐに、正面をみろよ。筒《つつ》ぬけで向かいの棟の窓《まど》がみえるだろ」

「ああ」

おれは、それはみとめた。さっきカーテンをあけたままにしていたので、窓あかりはみえる。

「真正面の部屋をみろよ。ほら、オレンジ色の唇がみえるじゃないか」

おれは、クマさんの指さすほうをみてはじめてわかった。おれが唇だと思ったのは、電灯の笠《かさ》だったんだ。楕円型《だえんけい》の上が高くなっているので、遠くからだとちょうど唇の型になるんだ。しかも、

窓枠《まどわく》の桟《さん》がその真ん中を通っているんで、見方によっては、ひらきかけたみたいにみえるんだ。

「気をおちつけてみれば、なんてことないのさ。こわかったんで、唇《くちびる》にみえたんだろ」

おれは恥《は》ずかしかった。でもそれにしても、なぜ扉《とびら》があいたんだ。なぜがちゃんと鍵《かぎ》をはずす音までして、姿《すがた》をみせないんだ――でも、もうおれはクマさんになにもいわなかった。いえばまた、解明《かいめい》してくれるかもしれない。でも情《なさ》けないじゃないか。なにからなにまでクマさんにたよっちゃあ。

おれたちは家の中に入った。おれの部屋から、四〇四号室をみることにしたのだ。襖《ふすま》をあけるなり、

「やー、おどろいた、森川もこれを作ってたのかよ」

といってクマさんは、机《つくえ》の上のピラミッド帽子《ぼうし》を指さした。

「じゃ、クマさんも――」

おれたちは、顔をみあわせて笑った。クマさんが、ピラミッド帽子をかぶって、勉強しているなんて、想像《そうぞう》できないよ。

「今度、おれのをかぶってみな。もっと大きいから、気分もすかぁーっとするぞ」

「クマさんは、こんなものかぶらないと思ったなあ。だって、ピラミッドのことだって、すごくくわしくって学問的だから」

「学問的かぁー、そんなもんじゃないよ。興味《きょうみ》があるだけさ。うん、そういえばピラミッドには、幽霊《ゆうれい》が出るって、附近《ふきん》の人たちは信じているそうだよ。古代人が夜になると生きかえって、通廊《つうろう》を

歩くんだってさ」

おれのピラミッド帽子をかぶり、紐《ひも》をむすびながら、クマさんはいった。

「気味わるい話だなあ」

こわい話は、もうこりごりだ。今夜はたった一人でここに寝《ね》るんだからな。

「さて、ここから四〇四号室をみるかな」

クマさんはそういって、カーテンをひらいた。そして、「あッ！」と叫《さけ》んだ。

「おい、きてみろよ。あかりがついているぞ！　四〇四号室にあかりがついているぞ！」

おれは、クマさんのそばにとんでいった。その時、おれは目をうたぐった。だって、真《ま》っ暗《くら》なんだ。四〇四号室は。おれの目には、あかりなんて、みえやしなかったんだ。

「おい、どうしたんだ？」

クマさんが、おれの顔をみた。

「真っ暗なんだ。四〇四号室が――」

「なんだって！」

「いつかもこういうことがあったんだ。おれにはあかりがみえて、おふくろにはみえなかったってことが――」

「この帽子のせいだ！」

クマさんは大声をだした。

「このピラミッド帽子をかぶると、あかりがみえるんだ。おい、森川かぶってみろ」

ピラミッド帽子《ぼうし》をぬぐと、クマさんはおれに渡《わた》した。おれが帽子を頭につけると今まで真《ま》っ暗《くら》な部屋《へや》に、ぱっとあかりがともった。

「わかった！　やっぱりあそこには、だれかいるぞ。かならずだれかいる！」

おれの声はかすれた。

「今夜のおれは、ピラミッド帽子をかぶったまんま、あの部屋へいったんだ。レンズの中にひかりをみた。こっちへむかって、足音が近づいてくる。がちゃんと鍵《かぎ》をはずす音がした。その時、おれは帽子をとったんだ。はじめてあう人に礼儀《れいぎ》正しくしようと思って——」

「わかった！　それでまた、あかりは消えちまったんだな」

クマさんは、うなずいた。おれの膝《ひざ》はがくがくしはじめた。もう四〇四号室へゆくのはいやだ。あんなこわいめには、あいたくない。三階が消えていたのは、おれのあわてたせいだったんだ。唇《くちびる》の謎《なぞ》もとけた。もういいんだ。もうこわいことには、かかわりたくないんだ。でも、クマさんはきっとそうはいわない。いうはずがないじゃないか。不思議なことが、あったほうがいいっていうクマさんが。案《あん》の定《じょう》、クマさんの口がひらいた。

「ピラミッド帽子をかぶって、あの部屋へゆこう。今度こそあえるぞ。だれかに、だれかに間違《まちが》いなくあえる」

第2楽章

ピラミッド帽子でもう一つの世界を！

謎の人

「――だって」

おれの声は、のどにひっかかった。

「ピラミッド帽子は、一つしかないもの。いやだなあ、一緒《いっしょ》にあえないの」

おれは、自分でもいい考えが出たと思った。もうとっても、あそこへ行く元気はない。

「ボール紙はないのかい？　すぐ作ろう」

「あいにく、ないんです」

「じゃ、家にいって、とってくる」

「――おれ、本当いうと、もうこりごりなんです」

おれは、やっと本音《ほんね》をだした。黙《だま》っていたら、クマさんはボール紙をとりに、出てゆきそうだ。

「四〇四号室なんて、数字からして気味わるいですよ」

「四？　なんだ、四なんかにこだわっているのかい？　四って数字を死だなんていうふうに思うの、日本だけらしいよ。どこの国でも、むしろ縁起《えんぎ》のいい数字らしいんだ。春夏秋冬とか、東西南北とか、一つも欠けていなくって、完全だろ」

「――」

クマさんは、おれをみながらいう。

「あの部屋《へや》にいる者と関係があるのは、さっきのことでわかるように、ピラミッド帽子《ぼうし》なんだ」

「おれたちのまわりには、電磁的《でんじてき》な波動《はどう》とか、宇宙線《うちゅうせん》とか、そういうものの波動があるらしいんだな。でもよ、そうしたもののほかに、未知のエネルギーが、ピラミッドの形そのものの中にあるらしいって、学者のなかでもいわれているんだ」

ここで、クマさんの言葉の調子が、ちょっと変わった。

「おれがピラミッド帽子を作ったのはさ、古代エジプトの僧侶《そうりょ》は、太陽神を拝《おが》む時に、ピラミッド型の帽子をかぶったって書いてあるのを読んだからなんだ。その型の帽子は電磁《でんじ》エネルギーを集めるってな。そして、非常《ひじょう》に精神的《せいしん》なものを伝える力が、あるっていうんだ。こうも書いてあったぞ。出来のわるい学生に、バカの帽子をかぶせる風俗《ふうぞく》は、彼《かれ》をバカにするのではなく、ある精神エネルギーを送るためのものであるってさ。おれは、ピラミッド型の帽子をかぶれば、帽子のてっぺんから、精神エネルギーが集まってきて、頭にしみこむんじゃないかと、思ったのさ。おれ、本を読んだり、物を調べたりするのは大好きで、どんどん頭に入っちまうんだけど、どういうわけか、学校の勉強は駄目《だめ》なんだなあ。教科書をひらくと、すぐ眠《ねむ》くなっちまうんだ」

「おんなじですよ」——おれは、にやにや笑っていった。

「だからさ、あの四〇四号室にいる者は、サインをおくっているんだ、森川に。サインっていうか、あいさつっていうか」

「でも、いいんだ、もう。もしおれにあいたければ、むこうからくればいいんだし——」

そういって、おれはぞっとしたね。真夜中にブザーがなって、やってきたらどうするんだ。今夜はおれ、たった一人なんだ。

「ものすごい想像《そうぞう》をはたらかすとね」

クマさんは、ちょっといたずらっぽい顔をして、おれをみた。

「もしかしたら、ヒクソスかもしれない」

「ヒクソス？　なんです。それは」

「古代エジプト三千年の歴史の中で、二度ほど、ヒクソスっていう異民族《いみんぞく》に、征服《せいふく》されているんだ。一戦もまじえずにね。この民族がどこからきて、どこへ去っていったか、今もって謎《なぞ》なんだ。幻《まぼろし》の民ともいわれている」

「よして下さいよ。二十一世紀にもなるっていうのに。マンガの読みすぎじゃないですか?」

思わず先輩《せんぱい》に失礼なことをいっちまった。でもクマさんは、ちっともそんなことは気にしない。

「マンガかあ。うん、そういえば、そういうマンガをみたことがあるよ。ある日小学生の女の子が誘拐《ゆうかい》される。それはただの誘拐ではなかった。その小学生は、実はファラオの王女だったんだ。女の子は古代エジプトの世界へ連れてゆかれる。おい、森川もヒクソスの王子じゃないのか。あッハハ……」

「よして下さいよ」——おれは、にが笑いをした。

「いろんなことが、考えられるんだ。ピラミッドは、未確認飛行物体《みかくにんひこうぶったい》の誘導標識《ゆうどうひょうしき》だともいわれているんだからな」

「未確認飛行物体？」

「と、まあ専門語《せんもんご》をつかったけどよ、UFO《ユーフォー》のことさ」

「UFO？　じゃ、やっぱりさっきいったみたいに、膨大《ぼうだい》な星の数の中の、どれかに住んでいるかもしれない生物ってことですか？」

「いや、そんなことは、わからないよ。でもな、世界中でUFOをよくみかけるようになったのは、第二次大戦で、広島に原爆《げんばく》がおとされてから後なんだとよ。それからいろんな国で核実験《かくじっけん》をやりはじめただろ。だからUFOは地球の危機《きき》を知らせにきているっていう説もある。だってよ、もし管理している国の人間が、気でも狂《くる》って爆発《ばくはつ》させちまったら、地球は終りなんだもの——」

「やっぱり、もしかしたら——」

「わからないさ、何者か。だからボール紙をとりにいってくるよ」

「あんまりいそがないほうが、いいんじゃないかなあ」

おれは、立ちあがったクマさんをみあげた。

「もう少し、むこうの出かたを待った方が、いいような気がするんです」

こわいこともたしかだが、おれは本当にその気になっていた。

「出かたって、電話でもかかってくるのかな。もしもしこちらは四〇四号の者ですがって。うん、これも面白いや」

「面白いなんてもんじゃないですよ。真夜中に、ジジジーン、なんてなりだしたら、おれ寿命《じゅみょう》がちぢまっちまう」

「なら、今のうちにたしかめたほうがいいぞ。すっきりするんじゃないか」

「今夜ここに泊《とま》ってくれませんか」

おれは思いきって、いっちまった。実はさっきから、いいたいのをがまんしていたんだ。

「おふくろが看護婦《かんごふ》で、今夜家にいないんです。おれ、たった一人で――」

「うん、いいよ。よーし、それじゃ、家のおふくろに電話しておくよ」

この言葉にほっとして、おれは電話のある玄関《げんかん》にクマさんを案内した。

朝の道

真夜中に、ブザーも電話もならなかった。おれたちは、三時すぎまでしゃべったよ、いろんなことを。クマさんと一緒《いっしょ》に一夜をあかすなんて、いかすじゃないか。おれ、勉強ができないから、ずいぶん情《なさ》けないおもいをするけどよ。こういういいこともあるんだ。世の中、なにがおこるかわからない。四〇四号室の訪問《ほうもん》は、おふくろの次の当直《とうちょく》の日にきめた。二人でピラミッド帽子《ぼうし》をかぶって出かけるんだ。もちろん、それまでになにか変わったことがあったら、すぐにクマさんに知らせることにした。

朝食もたのしかった。三時間ぐらいしか眠《ねむ》っていないけど、気分はすっきりしている。目覚《めざま》し時計なしで眼《め》はさませたし、ちゃんと牛乳《ぎゅうにゅう》をわかし、トースターでパンもやいた。こんなふうにしていると、昨夜の気味わるかったことが、まるでウソみたいだ。本当にあんなことがあったのだろうかと、思ってしまう。カーテンから朝の光がさしこんで、パンのやけるにおいが、あたりにただよった。

おれたちは、連れだって家を出た。四〇四号室をみあげたが、いつもと変わりはない。緑地帯の木々《きぎ》は芽ぶきはじめていた。おれたちは、朝つゆをふんで歩いた。国道にそって木々が植えられ、雑草《ざっそう》を残したままのこの緑地帯は、ふと山の中の樹間《じゅかん》を歩いているような気持にさせてくれる。

「こんなとこを毎日通れるなんて、いいなあ。遠足みたいじゃないか」

クマさんは、朝のひかりをうけた新芽をみあげていった。そして、髪《かみ》の毛をかくと、その手を鼻の先へ持ってゆく。おれはその動作をみておかしくなった。この妙《みょう》ちくりんなクセは、実はおれにもあるんだ。なにげなく髪をかいて、そのかいた手の先のにおいをかぐのさ。ほこりっぽい髪の汚《よご》れたくささが、へんになつかしいんだ。おれのにおいだなって感じがして。フケツねって、おふくろによくいわれちまうけどよ。髪の毛をかくと、いつも手が鼻の先に自然にいっちまうんだな。

「今日の映研《えいけん》の会に出席してくれよな」

クマさんは、おれをみる。そして、顎《あご》をあげるようにして言葉をつづけた。

「大体の構想《こうそう》として、『光と影《かげ》』と『夢《ゆめ》』の二本立てにしていいと思うんだ。そして、『光と影』を撮《と》った十六ミリを、時間をきめて会場でまわす。『夢』の写真は、壁《かべ》にはるようにすれば、問題ないと思う。ただ飯田たちの意見が、まだまとまっていないんだ」

「鶏《にわとり》を赤ペンキで塗《ぬ》るってのですね」

「ああ、奴《やつ》ら張《は》り切っちまったんだ。ま、それはおれのせいだもんな。いいだしたのは、このおれなんだから。飯田たちの意見と、なんらかの形で統一《とういつ》がとれたら、いいんだけどなあ」

『光と影』でもう統一があるから、いいんじゃないですか。『夢』は影なんだから」

「まあ、具体的にどうするか、今日きめよう。で、最近、夢みるか?」

「ああ」

おれはうなずく。実は最近みたんだな。それもクマさんの夢を。

「どんな夢だい」

「それが、おれ猫《ねこ》になっちまったんです」

「猫?」

「ああ、ノラ猫に。でも仲間がいて、その猫には飼主《かいぬし》がいるんです。飼主がいる猫がクマさんで
――」

「なに、おれも猫になっちまったのか」

「まあ、そういうわけで。二匹《ひき》の猫はいつも一緒《いっしょ》に遊んでいるんですよ。廃屋《はいおく》になった工場なんかで。ほらテレビでよくみますね。がらんとして、さびた機械なんかがおいてあって、うす暗くってちょっと気味わるい。そこが二匹の遊び場なんです。クマさんの猫の飼主は漫画家《まんがか》なんですよ。そ

れがおれ達に相談なく、漫画《まんが》の材料にしちまうんです。それでね、しゃくにさわっておれ達をかいた漫画家の絵をぬすもうってことになって、部屋《へや》にしのびこんだ。でもとろうとした時、風が吹《ふ》いちゃって、絵がひらひらまいあがっちまった。おれとクマさんの猫《ねこ》は、その絵をつかまえようって、空へまいあがったんです。そして、やっと絵をとったとたんに、どすーんと下へ落ちて、そこで目がさめちまって――」

「うえー、おもしろい夢《ゆめ》だ。自分が猫になっている時って、どんな感じだい」

「猫ですよ。猫そのものですよ」

「へえー、それでよ、たとえばその猫を映像《えいぞう》化するっていっても、むずかしいよなあ」

「そうでもないんじゃないですか。猫のしぐさをいろいろとって、それを空間でとらえるようにすれば」

「それで猫と人間の顔をだぶらせるわけか。でもよ、なんだか映像っていうより絵画って感じだよな」

その時、緑地帯を通りかかった自転車がとまった。

「熊谷《くまがい》さんとこの大《だい》ちゃんじゃないか」

自転車をとめてふりかえった男は、下顎《したあご》と目じりをひしゃげるような笑顔をして、クマさんをみた。

「やあ、おはよう!」

クマさんの目も、急にいきいきした。

「何時《いつ》できるかい？」

　男はペダルに足をかけたままいった。日にやけたひたいにできた、深いしわをみた時、おれはすぐに思いだした。団地《だんち》の露店《ろてん》でおでんを売っているおじさんだ。度の強い眼《め》がねをかけていて、広告の裏《うら》の紙に顔をくっつけるみたいにして、買ったおでんの計算をするんだ。ちびた鉛筆《えんぴつ》をなめなめな。いつかじゃが芋《いも》を食べたくなってよったら、売切れだった。

「わるいねえ、かわりにこんにゃくやるよ。食べてきな」

　おじさんは、こんにゃくを串《くし》にさすと、からしをつけてくれた。

「いいのかなあ——金払《はら》うよ」

　いくらおれでも、ただじゃわる

い気がしてそういったよ。

「いらないよ、いやね、まだ汁《しる》のしみていないじゃが芋《いも》ならあるんだがね、うちのおでんはまずいなんて、思われたくないからね。ま、今日はこれでかんべんしときな」

おじさんのくれたこんにゃくは、おいしかったなあ。あついのをふうふう息をふいて食べながら、涙《なみだ》が出そうになっちまった。からしのせいじゃないよ。その日、おれが悪くもないのに、体育の先公に頭をぶんなぐられちまったんだ。それでおじさんの言葉がやけに、じぃーんときたんだなあ。

「できあがったらみせてくれよ」

おじさんは、クマさんにそういうと、自転車をはしらせた。

「うちの焼どうふや、がんもどきなんかを入れている、おでんやのおじさんなんだ」

クマさんは、遠くなってゆく自転車を目でおいながらいった。

「どうりで、あすこのおでんはおいしいと思った」

「やあ、もう食っているのか。あのおじさんの写真をな、だいぶ撮《と》ったんだ。でもさ、もうちょっとましなのをみせたいと思ってね」

「今度撮ったのをみたいな」

おれは、あのおじさんが、ちびた鉛筆《えんぴつ》をなめなめ、広告の紙の裏《うら》で計算していた姿《すがた》を思いだしながらいった。クマさんのことだから、きっと感動的なものをとらえているに違《ちが》いない。おれはこの時、クマさんにとても親しみを感じた。

「本当いうと、食いたいのさ。赤ペンキを塗《ぬ》った後の鶏《にわとり》を」

川島の言葉に、おれはがんもどきを口に入れかけていた箸《はし》をとめた。

白昼夢

「食うって、だれが首をしめるんだよ」

「おれですよ」——太田は、クマさんをみて返事をした。

「お前にそんなことができるのか」

「一回やってみたいんですよ。どんな感じか」

「こりゃすごいや。赤ペンキを塗《ぬ》るよりずっと迫力《はくりょく》があるよ。十六ミリで撮《と》ろう」

キザが体をのりだした。

「そりゃ困《こま》りますよ」——太田がすかさずいう。

「今まで、通知表はいつも〈博愛心が強く、進んで奉仕《ほうし》的な仕事をする〉って欄《らん》に◎がついているんですからね」といって、口もとに笑いをうかべた。

「通知表か、いやな奴《やつ》だなお前は。まあ、それは別として、太田が鶏をつぶしてくれたら食おうじゃないか。楽しいぞ、皆《みな》で鍋《なべ》をつつくの」

キザの言葉に、二枚目《にまいめ》がうなずいた。

「なんだか映像《えいぞう》より、鶏を食うほうにのり気みたいじゃないか」

「じゃ、どうすればいいんだよ。そもそも鶏のことをいいだしたのは、お前なんだからな」

クマさんにむかっていう二枚目の言葉には、とげがあった。座《ざ》が一瞬《いっしゅん》しらけた。その時、

「大《だい》ちゃん、お客さまだよ。上へあがってもらうからね」

階下から、おばさんの声がした。おれは、ほっとしたね。どうも妙《みょう》な雰囲気《ふんいき》になっちまっていた。その原因《げんいん》はこのおれなんだからな。階段《かいだん》をのぼってくる足音がする。軽い音だ。おやって思う。こんな足音をする奴《やつ》って、どんな奴だ。よっぽどやせた奴かな——音が次第に近づき、姿《すがた》をみせた時、おれは声をだしそうになった。なぜって、そいつは女生徒だったんだ。映研《えいけん》にも女生徒がいるなんて、考えてもみなかったものな。でもびっくりしたのは、おれだけじゃなかった。皆《みな》、せいにそいつをみたんだ。

「やあ」——二枚目《にまいめ》だけが片手《かたて》をあげた。

「あの——浅川ゆりです」

クマさんを真っ直ぐにみて女生徒はいった。

「ここに坐《すわ》れよ」

二枚目が体をずらす。ゆりが坐った場所は、おれと真向かいだ。目のやり場に困《こま》ったよ。おれは、きちんとついたスカートのひだの折り目ばかりみていた。っていうのは、浅川ゆりって、美人じゃないけど、こい眉《まゆ》と、唇《くちびる》の両はしがちょっとくびれているんで、桜《さくら》んぼうみたいな口と、暗い感じだけど、どことなく茶目っけのある目が、おれをひきつけたんだ。ほら、真冬の晴れた朝、外にでた時に、体をつきぬける、あのきぃーんとした感じがあるんだな、浅川ゆりには。

「団地《だんち》のカメラ愛好会の展示会《てんじかい》があってな、その時の写真がすごく印象的で、名前をおぼえていたのさ。同じ学校の二年生だったんで、すすめたんだ。今日の集まりを」

二枚目は、皆をみまわしていった。

「浅川が写真を撮《と》っているなんて、知らなかったよなあ」

太田が川島をみる。三人は同じクラスらしい。

「それほど、撮ってるっていうんでもないんだけど。父が展示会に出しちゃって……」

「で、今はやってゆこうって気?」

クマさんは、なぜかつきはなしたいい方をした。

「あの——どういう意味ですか?」

「いえね、おれ達はカメラ愛好会と、ちょっと違《ちが》うんだ」

「飯田さんにききました。やってゆこうとは思いますけど、でもあんまり私《わたし》の考えているものと映研とが違ったら、またその時は考えたいと思います。それは、かまいませんね」

ゆりは、クマさんにじっと目をむける。えらくはっきりした奴だなあって、おれはびっくりした。クマさんにすすめられても、まだ映研に入るのをしぶっているおれとは、だいぶ違う。

その時、ふとおれはとんでもないことを、考えた。もしあの四〇四号室の住人が、こんな子だったらどうなんだ。おれとクマさんが、ピラミッド帽子《ぼうし》をかぶって出かける。すると中から出てきて、「どうしたんです? へんな帽子をかぶって」なぁーんていったら。

まさか、そんなこともないだろうな。でもさ、浅川ゆりは、伊藤《いとう》順子とか、おれのクラスの女の子とはどこか違うんだなあ。

「秋の学園祭にだす作品のことを、話しあっているんだ」

二枚目《にまいめ》は、これまでのいきさつをかいつまんで話した。鶏《にわとり》に赤いペンキを塗《ぬ》る話をしても、別に顔の表情《ひょうじょう》をかえずにうなずいてきいている。

「作りあげた後の楽しみだって、大切だろ」

川島の眼《め》が、意味ありげに笑っている。

「あの、楽しみって――」

「たとえば、鶏の鍋《なべ》をつついたり」

川島はあきらかに、いやがらせをしているのだ。浅川ゆりが眉《まゆ》をひそめたり、かわいそうなって、ていうのを期待して。だがゆりは、川島のそんな気持をみすかしたのか、気がつかないのか、クマさんをみていった。だいたいいつもクマさんばかりみているよ、こいつ。

「人間って、弱いもの、人間の力でどうにでもなる弱いものをいためつけようって、残酷《ざんこく》な気持って、たしかにありますね」

おれは、おどろいた。あの桜《さくら》んぼうみたいな口から、こんな言葉がとび出るなんて、全く思いがけなかった。

「あたしにもあるんです。鶏に対してだって、すごくやさしい気持と、どうしようもない残酷《ざんこく》な気持の両方が。だからやりきれなくなったら、赤ペンキをぬりたくることだって、やりかねない――」

「おれのねらいも、そこにあったんだ。でも、夢《ゆめ》にとりくんだほうが、はるかに映像《えいぞう》として冒険《ぼうけん》があるんじゃないかと、思いだしたんだ」

「そんなことといって、クマさんまた変わるんじゃないかな。すぐ人に左右されるんだからな」

キザが意地わるい目をむけた。

その時、ゆりがちょっと口ごもるようにして、声をだした。

「あの——あたし達の第三中学校が、赤い炎《ほのお》でめらめらと燃《も》えあがったり、団地《だんち》の十四階建ての建物が爆弾《ばくだん》かなんかで、こっぱみじんになってしまったり、大地震《おおじしん》でがたがたくずれたり、人が住まなくなって、だあーれもいなくなって廃墟《はいきょ》になった団地なんか、撮《と》れるもんでしょうか」

「それなに？　君の夢？」

二枚目が、ごくりとつばをのみこんだ。

「夢って——白昼夢《はくちゅうむ》っていうのかしら……」

ゆりは、少し首をかしげて答えた。

ジェネレーター

「学校なんか、火事になっちまえばいいって、よく思うよ。テストの点が悪かった時なんかにね」

「へえー、おれなんか、放火しちまおうかと思ったことあるぞ」——川島が二枚目をみていった。

「おれはな、この間の中間テストすごく悪かったんだ。そしたら夢をみたよ、真夜中に学校へしのびこんで答案用紙を盗《ぬす》みにゆく。こわかったなあ。夢の中でさ、一枚《まい》一枚おれの名前を探《さが》しているんだ。でもよ、いくら探してもみつからない——馬鹿《ばか》だよな、答案用紙ごと盗んじまえばいいのによ、一枚一枚必死になって探しているんだ。起きたらびっしょり汗《あせ》をかいていた」

「おれの夢《ゆめ》は、もっと悪質《あくしつ》なんだ」

クマさんは、にやにや笑ってキザをみた。

「真夜中に学校にしのびこんでよ、おれのテストの間違《まちが》いをなおしているんだ。懐中電灯《かいちゅうでんとう》をつけてさ、真《ま》っ暗《くら》な廊下《ろうか》を、そっと歩く時のこわさっていったらなかった」

おれは皆《みな》の話をきいていておどろいた。だって、おれもまったく同じなんだ。学校が焼けちまえばいいとよく思うし、クマさんやキザと同じような夢もみる。でも、もっとびっくりしたことがあるんだ。

「おれもみるなあ、そんな夢」って、太田がいったんだよ。あの太田が。

「へえー、お前もか」

川島が、あきれたように太田をみた。

「ああ、学校が焼けちまえば、どんなにいいかって思うよ。馬鹿《ばか》げた間違いなんか書いちまった時にな」

「すると、オール5でも、同じことか。そういうもんですかね」――川島が首をかしげた。

「つまり、学校はいつも放火の危険《きけん》にさらされているってことか――この話きいたら、先公たちどんな顔するかなあ、あッハハハ……」

川島がうれしそうに笑った。

「あの――でも、テストの点がわるくたって……べつに、どうってことないんじゃないですか――」

浅川ゆりは、考え、考えいった。一瞬《いっしゅん》、座《ざ》がしらけたね。そもそもこんな話になるきっかけは、浅川なんだからな。そうしておいて、テストの点がわるくたって、どうってことないだなんて、いいやがってよ。といっても、そんなことをいう浅川に悪い気がしない。へんだと思うよ。でもこれは、浅川の態度《たいど》のせいかもしれない。生意気って感じがしないんだ。一生けんめい考えていったからかな。

「わたしは、ただ学校が燃《も》えたり、団地《だんち》がくずれ落ちたりするところを、映像《えいぞう》でとらえられるか、どうかって――」

「そりゃ、模型《もけい》を作ったら、やれないことはないけどよ、どうせちゃちなものしかできないよ。テレビなんかで、すごく安っぽいセットでよくやっているじゃないか」

クマさんの言葉にゆりはうなずいた。

「そうですね、たしかに。ただ、そういうのが十六ミリで撮《と》れたら、なんだかとてもぴったりするような、気がしたもんですから……」

「鶏《にわとり》を赤ペンキでぬりたくって、首をしめたり、真夜中の職員室《しょくいんしつ》に入って答案を盗《ぬす》むなんていうの、『影《かげ》』の方でとらえると、いいな」

二枚目《にまいめ》は、頭の中で場面を描《えが》いているようだ。

「今日もまとまらないなあ、ちっとも話がすすまないじゃないか」

キザがいらいらした眼《め》をクマさんにむける。

「あら、ジェネレーター」

その時、浅川ゆりが小さな声をあげた。皆《みな》は、浅川のみている方に眼《め》をむけた。机《つくえ》の上に、金色をした矩形《くけい》の台がおいてある。キャラメル箱を、横に二つあわせたくらいの大きさだ。表面がたくさんの四角錐《しかくすい》の型でできていて、ぎざぎざしてみえる。その上に、カミソリがおいてあった。

「あ、あれ」

クマさんは、にやりと笑っておれをみる。おれもうなずく。クマさんの家に、これがあるのは、少しも不思議ではない。おれも、こづかいがたまったら、買おうと思っていたんだ。それにしても、浅川がジェネレーターを知っているのは、意外だった。もしかしたら、浅川もピラミッド帽子《ぼうし》をかぶっているのかな。でも、あの帽子とゆりじゃ、ぴったりしない。

「あれ、なんだかわかるかい?」——クマさんは、皆をみまわした。

「ジェネレイトって、君いったよな」

太田はゆりをみてから、クマさんにいった。

「ジェネレイトは、生むとか、発生するとかいう意味だから、それに名詞語尾《めいしごび》のｏｒがつくと、えーと、発生器って訳《やく》すんですか」

太田の奴《やつ》、すらすら答えるじゃないか。全く奴にはかなわないよ。なんでこいつが学校が焼けれ

ジェネレーター

ばいいなんて思うんだろ。おれなんか、ジェネレーターっていうから、ジェネレーターっておぼえていたまでだ。ガスっていうからガスだっていうふうにね。

「御名答《ごめいとう》。正確《せいかく》には、ピラミッド・エネルギー発生器っていうんだ。この中の磁場《じば》が、四角錐の頂点《ちょうてん》から放射《ほうしゃ》されているんだな。だから、古くなったカミソリをのせておくと、切れ味がよくなるのさ」

「そんな、馬鹿《ばか》な」

太田の顔に、軽蔑《けいべつ》する表情《ひょうじょう》が走った。

「うそだとおもうなら、ためしてみろよ。あ、お前は、まだだな」

クマさんは、自分のひげをこすりながら、にやりとした。

「この中に磁場があるなんて――もしそういうものが本当にあるなら、ちゃんと学問的に解明《かいめい》されているはずですよ」

おれは、度の強いめがねをかけた、太田の顔をみながら、奴って解明されているものにしか、興味《きょうみ》をしめさないんだな、と思った。解明されていなくても、面白いじゃないか。切れなくなったカミソリが、またつかえるなんてさ。

「正体のないものを、みつけだすって、すごいことですねえ」

浅川ゆりが、ため息をつくようにいった。またなにをいいだすのかと、おれ達は皆、ゆりをみた。

「毛糸のセーターをぬぐ時なんかに、よくパチパチって電気がおこるでしょ。昔の人たちは、これは何だろうってことから電気を発見していったのでしょうね。蒸気機関《じょうききかん》だって、ことのおこりは、ヤカンのふたが、ぷっぷっとゆげでもちあがっていることからなのだわ。なんにもみえないものから、すごいエネルギーをみつけだしたんですねえ」

「そうさ、だからカミソリの切れ味がよくなったってことを、不思議がるのは、発見のはじまりだともいえる」

クマさんは太田をみた。

「でも、それを発見してゆく人は、すぐれた人だけですよ」

「すぐれた人かあ――あッハハハ……まあ、せいぜい太田、解明《かいめい》してくれよ」

クマさんは、太田の背中《せなか》をたたくと、ゆかいそうに笑った。こういうところが、クマさんの好きなところさ。太田のいやな言葉なんか、笑いでふきとばしちまうんだな。おれは大きく笑う、クマさんの歯ならびの悪い口をみながらそう思った。

地磁気

熊谷豆腐店《くまがいとうふてん》を出てから、おれは浅川ゆりとは、はなれて歩いた。

なぜかって？　それはだな、おれの体ってへんなんだ。緊張《きんちょう》すると、腹《はら》の虫がなりだすんだ。ふつう、腹がへると虫がなるだろ。ところが、おれのは腹がへってもなるけど、緊張してもなるんだ。うん、別になんの理由もなくなる時もある。全く困《こま》っちゃうよ。でも、緊張した時が、一番困るんだ。一年生の時、数学ができなくって、説教されたんだ。教室にのこされちまってよ、おれは真面目《まじめ》に先生の話をきいているのにさ、おれの虫はだまっちゃあいない。それこそ、先生を小馬鹿《こばか》にしているみたいに、なりつづけるんだ。あれには参ったなあ。それがさ、ユーモアでもある教師《きょうし》なら、それをちゃかしてくれて、気分もほぐれるんだけど、笑ったのを、一度もみたことがない教師だったんだ。おれの腹は、ますますなりつづけたね。

もうわかってくれたと思うけど、つまりおれの腹は、クマさんの家を出た時から、なりつづけているんだ。この音は、あんまりかっこいいもんじゃない。ま、できるもんなら浅川ゆりにはきかせたくない。でもよ、ゆりときたら、どういうわけかおれのそばにくるんだな。そりゃ、嬉《うれ》しいけど、弱ったよ。

「クマさんも、いろんなものに興味《きょうみ》をもつなあ―、ジェ……ジェ……なんだっけ?」

「ジェネレーターだよ」

太田は川島にいった。そしてゆりをみた。

「君も、もっているのかい?」

「ええ」

「くだらないよ、磁場《じば》だなんて。このエレクトロニクスの時代にさ」

「ただ興味があるから持っているんですもの、別に、かまわないと思うけど……」

「そうさ、いいじゃないか」――おれは、横から口をだした。

「なんだ、お前も、もっているのか」

「持っていて、悪かったね」

おれは、まだ買ってないけど、そういってやった。

「いつか、テレビで卵《たまご》からかえった亀《かめ》の子が、それこそたくさん、海へかえってゆくのをみて、とても不思議だった。小さな、小さな亀《かめ》が、砂浜《すなはま》をいっせいに海へむかっているのね。眼《め》だって、まだみえていないんじゃないかと思うのに。でもね、最近それが、地磁気《ちじき》によるものらしいってこと知って、なあーるほどって思ったわ。そういうことって、あるかもしれないって……」

おれは、ゆりの言葉をききながら、いつか四〇四号室の秘密《ひみつ》を話そうと思った。クマさんとゆりとで、あの部屋のことを追求してゆくんだ。そう思うと、おれの腹《はら》の虫はまたぐうっとなった。

「なんだい、今の音」

すかさず、川島がおれの腹をのぞきこむ。

「エヘヘ……」おれは、頭をかいた。

「色気ないなあ」——川島は、わざと大声をだした。

「さっきの話だけど、眼がみえなくたって、赤ん坊《ぼう》は、母親の乳《ちち》をのもうとするじゃないか。それと同じだろ」——太田がゆりにいった。

「でも、生まれたばかりの亀が、皆《みな》いっせいに同じ方向をめざすって、妙《みょう》だと思うわ。一匹《ぴき》ぐらい陸地にむかったたって、いいでしょ」

「——」

「鳥が巣にもどる時も、地磁気を使うようよ」

ゆりは、太田がだまっているので、言葉をつづけた。

「十世紀に、ペルシャの医師《いし》は磁石《じしゃく》で痛風《つうふう》を治《なお》したって本に書いてあったわ。それから、十六世紀にも、スイスの医師は磁石で黄疸《おうだん》を治したって——」

おれは、ゆりがへんなことをよく覚えているんで、思わず顔をみちまったよ。

「ま、君も病気になったら、せいぜい磁石で治したらいいよ」

太田の言葉に、ゆりのまゆがぴくっと一瞬《いっしゅん》動いた。太田は、そんなことには気がつかぬらしく、さらにつづけた。

「ほら、宇宙服《うちゅうふく》な、あんな型をした磁気でできた服を着れば、どんな病気だって、どんぴしゃりって、治っちまうかもしれないぞ。うん、こりゃ面白いや」

太田は、自分の言葉に満足したように、うなずく。

「病気じゃなくってさ、頭がよくなるってのできないかな。そいつを着れば、オール5になるなんてのさ。なあ、森川」

なにも、ゆりの前でおれにいうことないじゃないか。それで、おれは川島にいってやったよ。

「オール5がなんだよ」

「こりゃ、おどろいた。そういえば、さっき浅川も、テストの点が悪くたって、別にどうってこともないっていってたな。いよーおッ御両人《ごりょうにん》、馬鹿《ばか》に気があうじゃありませんかね」

川島のひやかしには、とげがあった。ゆりはなにかいいかけたが、交差点の信号が変わったのをみていった。

「わたしの家、こっちだから、じゃまた」

その時、ゆりはおれをみたんだ。でも、それは、ただみたっていう眼《め》じゃなかった。くろめがちな眼がキラッと光って、なにかをいった気がした。おれは、なぜかはっとした。そしてその時、体の中を、あついものがぐっとこみあげたんだ。こんな感じはじめてだ。

ゆりは、おれ達のそばをはなれた。夕日で照りかえった高層団地《こうそうだんち》の下を歩いてゆくゆりの後ろ姿《すがた》に、長い影《かげ》ぼうしがついていた。

「へんな奴《やつ》!」——川島が、はきだすようにいった。

緑のピラミッド

おれは、階段《かいだん》をゆっくりのぼった。おれは今の気分をこわしたくなかった。少しでもひきのばしたかったんだ。エレベーターにのれば、すぐ家についちまう。おふくろが、もう病院から帰ってきていて、話しかけるにきまっている。

それにしても、眼って不思議だ。水晶体《すいしょうたい》があって、角膜《かくまく》や網膜《もうまく》があるってことは、おれでも知っている。そういうものは、細胞《さいぼう》からできている。爪《つめ》だってそうだ。でもさ、爪は爪だなあ。なんにも感じることはできない。ゆりの眼みたいなものを、爪からは感じはしない。でも、爪が眼みたいだったら気味わるいなあ。爪がきらっとして、さっきみたいに、ぐっと感じたりしたら……。おれは、思わず自分の爪をみた。いけねえ、真《ま》っ黒《くろ》じゃないか。ゆりにみられちまったかな。おれは爪くそをほじくった。ふと気がつくと、廊下《ろうか》のはしまで来ていた。とうにわが家の前は通りすぎていたんだ。やれやれだ。それにしても、腹《はら》の虫はすっかりおさまっていやがる。あきれた奴だよ。

部屋《へや》に入ると、おふくろがテーブルにうつぶせになって眠《ねむ》っている。おれが鍵《かぎ》をあける音にも気がつかなかったようだ。昨夜《ゆうべ》は眠っていないんだから、ちゃんとふとんをひいて寝《ね》ればいいのによ。押入《おしい》れから毛布《もうふ》をだすと、そっと背中《せなか》にかけた。

おれは、自分の部屋に入ると、机《つくえ》の前にむかった。勉強かって？　とんでもない。おれは、にきびをつぶしながら、ぼんやりとクマさんの家でのゆりのことを、思いだしていた。学校が燃《も》えたり、団地《だんち》がくずれ落ちたりするのが、気持にぴったりするなんていっていた。あいつ、何を考えているんだろう。何もわからないところが、またどうしようもなくひかれるんだなあ。伊藤《いとう》順子なんかと全然違《ちが》うところなんだな。おれは、ぶちっとにきびをつぶした。黄色いうみが、爪の先についた。

おれは、机のひきだしから、色紙《いろがみ》をだした。色紙だなんて、幼稚園《ようちえん》の子みたいだって？　まあ、そういうなよ。色紙でも、ただの色紙とは、ちょっと違うんだ。黄色、オレンジ、青、緑と四色だけだ。ほかの色は、となりのキミ坊《ぼう》にやっちまった。おれは、その中から緑色をとった。なぜ緑かだって？　エヘヘ……つまりですな、緑はその四色の中で、「愛」って意味になっているんだ。オレンジが精神的《せいしん》、黄色が本能《ほんのう》的に明快《めいかい》になるんだとさ。本能的明快って何だろ。わからないなあ、青色が治療《ちりょう》――この四色には、そうした意味があるって、ピラミッド帽子《ぼうし》のことが出ていた本に書いてあったんだ。

おれは定規《じょうぎ》と鉛筆《えんぴつ》をだすと、まず緑の色紙に八センチの正方形を書き、はさみで切った。次に、高さ五センチ、底辺八センチの三角形を四枚《まい》作った。もう何ができるか、わかったろう。糊《のり》をつける前に、その紙に希望を書いた。どんな文句《もんく》かだって？　まあ御想像《ごそうぞう》にまかせる。糊をつけると、あのジェネレーターの四角錐《しかくすい》と同じ角度のピラミッドができた。おれは、それを手のひらにのせた。そして、緑の色紙に書いた願いごとを心の中でつぶやいた。声をだす方がいいらしいけどよ、もし、おふくろにでもきかれたら、それこそはずかしいじゃないか。さて、心の中でつぶやいてから、何をすると思う？　ちょっとびっくりするかもしれないけど、そのピラミッドを焼いちまうんだ。おれはぬき足さし足で台所へゆくと、マッチと皿を持ってきた。おふくろは、よほど疲《つか》れているらしく、おれの気配《けはい》にも眼《め》をさまさず、うつぶせになったままだ。

おれは、緑色のピラミッドを皿にのせると、火をつけた。ちょっと苦しげに、身もだえするように、燃《も》えてゆくんだな。こうして焼いちまうと、おれの思いがのりうつった紙は、形がなくなり、自由になって、相手の中に入ってゆくってわけらしい。ちょっと面白いだろ。別に信じていないけどよ、ゆりのことを思いながら、燃えてゆく緑色のピラミッドをみているのも悪くない。オレンジ色の炎《ほのお》が、頂点《ちょうてん》へむかってたちのぼってゆくんだ。それはたしかに、おれの思いがはなたれてゆくって感じはするよ。不思議な気持だ。でもよ、もえがらのピラミッドは、なんとなくかわいそうな感じだ。糊がまだよくかわいていなかったんで、枠《わく》ぐみだけが、黒くこげて残っちゃった。

おれは、それがすむと、やることがなくなったんで、またそっと台所へいった。かりんとうの入ったかんを戸棚《とだな》からだした。腹《はら》がへっちまったんだ。クマさんとこで、がんもどきを食べたけど、すぐへっちまう。おれの腹って、とめどもなくなんでも入るみたいだ。入れても、入れても、すぐ腹がすくんだな。今度は失敗しちまった。戸棚をしめた時、おふくろが眼をさました。

「あら、何時？」

おふくろは、眼をこすりながらいった。顔のはだは水分がなくなって、しぼんだみかんの皮のようだ。眼のまわりには、黒いくまができている。たった一日で、すごく年をとってしまったみたいだ。また患者《かんじゃ》さんが死んだな、とおれは思った。おふくろは、なにもいわないけど、おれにはすぐわかる。

「やーだ、眠《ねむ》っちゃったわね。もう真《ま》っ暗《くら》じゃない」

おふくろは、のびをしながら窓《まど》の外をみた。

「そうそう洋平、来週の金曜日は当直よ。いよいよ常勤《じょうきん》になりますからね」

「来週の金曜日――」

「どうしたの。都合でも悪いの？」

「いや、別に」

おれは、頭の中でゆりのことを考えていた。それまでに四〇四号室のことを話せるかな。わざわざ呼《よ》びだして、こうこうだなんていうのも、いやだものな。自然に話したいんだ。そんな機会が、それまでのうちにあるかなあ。

「さあーってと、えさでも作るかあ」

おふくろは立ちあがった。えさなんて口から出たところをみると、少しは疲《つか》れがとれたのかな。

そう思いながら、おれは自分の部屋《へや》にかえった。

ピラミッド帽子《ぼうし》をかぶり、机《つくえ》にむかった。今度はちゃんと教科書をひろげたよ。晩《ばん》めしまで、真面目《まじめ》に勉強することにした。おれだってよ、身を入れてすればなんとかなるのさ。ただ身を入れないから、駄目《だめ》なんだ。うん、そうだ、そうにきまっている。

「洋平、そんなにかりんとうを食べちゃ、晩《ばん》ごはんが食べられないわよ」

おふくろの声に、はじめて気がついた。おれは、教科書をみながら、かりんとうを食べていたんだ。もったいない話だ。無意識《むいしき》に口に入れてよ、食べていながら、食べているのを忘《わす》れているんだからな。教科書だって、字をみているだけで、ちっとも頭になんて入っちゃいない。一体おれはなにをしていたんだろ。そうか、来週の金曜日のこと考えていたんだ。

その時、おれは自分の気持をおさえきれなくなって、そっと椅子《いす》からたちあがった。つまりだな、もうむかいの四〇四号室はぜったいにみないって、心にちかったんだけど、どうしてもみたくなっちまったんだ。こわいものみたさっていうだろ。あんな感じだ。

おれは、みやぶられまいとして、カーテンに五ミリほどのすきまを作った。そして眼《め》をあてると、そっと四〇四号室に視界《しかい》をうつした。こうやれば、まさかおれには気がつくまい。きっと真《ま》っ暗《くら》だぞ、あの部屋は。

だが、おれの眼に、ぱっとひかりがとびこんできた。四〇四号室には、あかりがついていたのだ。そんなわけはない。こんな小さなすきまからのぞいているんだ、おれの姿《すがた》は、むこうから絶対《ぜったい》にみえないはずだ。気づくはずがないじゃないか。もしかしたら、みまちがいかもしれない。ほかの部屋をみてしまったのかもしれない。それで、もう一度すき間に顔をおしつけた。

その時、おれはどきんとして、思わずカーテンをとじた。今度は人影《ひとかげ》があったのだ。あの四〇四号室にぼんやりと黒い影《かげ》がうき出ていた。しかもこちらをじっとうかがっているようだ。おれは、どかっと椅子《いす》に腰《こし》をおろした。いくら気持を落ちつけようとしても、おれの動悸《どうき》はいつまでもおさまらなかった。

緑のセーター

夜中に、ふと目がさめた。おふくろの寝息《ねいき》がきこえる。息をはきだす時に、ぐおーっ、ぐおーっと音をたてている。鼻がつまっているらしい。昨夜《ゆうべ》は徹夜《てつや》だったから、風邪《かぜ》をひいちまったかな。ちょっぴり気になったんで、そっと襖《ふすま》をあけ、隣《となり》の部屋《へや》へゆき、おれの毛布《もうふ》をかけた。自分のふとんに帰り、真っ暗ななかで目をあけていたが、おれはやおら起きあがった。そして、カーテンに顔をすりよせ、五ミリほどのすき間から、四〇四号室をみた。向かいの棟《むね》の電灯は、ほとんど消えている。案《あん》の定《じょう》、四〇四号のあかりも消えていた。おれは、もうピラミッド帽子をかぶってみようとはしなかった。手さぐりでも、わかるところに帽子《ぼうし》はおいてある。だが、かぶれば、あかりがともるのは、はっきりしている。真夜中だって、きっと、まっていましたとばかりぱっと電灯がつくんだ。そうはさせないよって、おれはふとんにもぐりこんだ。そして、四〇四号室のことは、無理に頭からおしのけて、昨日燃《きのうも》やした、折り紙で作った緑色のピラミッドのことをおもった。おれのおもいが、あの煙《けむり》とともに、浅川ゆりのところへいっただろうか――眠《ねむ》っているうちに、ゆりの胸《むね》にしのびこんでいるかな。いや、おれは、ピラミッド型の、あの緑色の紙が、頂点《ちょうてん》へむかって、めらめら燃《も》えてゆくのをみただけで、しごく満足したのさ。あの光景は、なにか不思議な気持を起こさせた。蛇《へび》がのたうつみたいに頂点《ちょうてん》へむかって燃えてゆくあかい炎《ほのお》と、ゆらめいていた紫色《むらさきいろ》の煙――でもすぐに、その煙のなかに、浅川ゆりが浮《う》かんできちゃうんだ。とくに、別れる時に、きらっとひかったゆりの眼《め》が。あいつ、誰《だれ》にでもあんな眼をするのだろうか。たとえば、クマさんにも。おれが知るかぎりでは、集りの時、あいつはクマさんばかりみていたが、おれにむけたようなあの眼はしなかった。うん。それはたしかだ。そうおもうと、なんとなく落ちつき、おれは眠《ねむ》ったらしい。よほど安心しちまったのか、ぐっすり眠っちまって、朝おふくろにふとんをはがされて、とび起きる。飯をかきこむと、あわてて家を出た。

「大丈夫《だいじょうぶ》よ、そんなにいそがなくったって」

緑地帯に入ったところで、声をかけられた。伊藤《いとう》順子がいちょうの木の下に立っている。

「どうしたんだい？　こんなところで」

ここは順子の家の方角とは違《ちが》う。

「もちろん待っていたんじゃない」

「誰《だれ》をさ」

「森川クンに決まっているじゃない。いやねえ――」

「なんか用かよ」

「ごあいさつね」

おれは、足をゆるめた。順子の息ぎれに気がついたんだ。おれの足にあわせようとして小走りになっている。順子は、朝のひかりをうけて、少し汗《あせ》ばんでいる顔をおれにむけた。

「映研《えいけん》のことをきこうと思ったのよ」

「映研？　おれ、別にまだ入っているわけじゃないんだ」

「なあーんだ、そうなの。いえね、三年になったら受験で忙《いそが》しくなるでしょ。だから、この一年間、入ってみようかなって、ちょっと思ったの」

「三年になったら、やめるのわかっていて、入るのはどうかな」

「だって、仕方ないじゃない。高校をパスしなけりゃならないもの」

「クマさん――この人、部長だけどよ。クマさんもきらいじゃないかな、そんなの。すごーく、映《えい》像《ぞう》ってものにかけているもの」

「じゃ、中学でやめるの？　高校へはゆかないの？」

「そんなこと知るかよ」

「じゃ、わかんないじゃない。高校へゆくなら、受験勉強はしなくっちゃあ、しようがないでしよ」

「なにも、やめなくたって、受験できるさ」

「そりゃ、そうよ。でも、いい高校へゆこうとすれば、仕方ないわ」

おれは、順子と話すのが面倒《めんどう》になる。いい高校かよ、へえーだ。それをすぐいう奴《やつ》、きらいだね。

こいつ、自転車で土手を走ってから、馬鹿《ばか》になれなれしいんだな。

「ねえ、そのクマさんっていう部長にいっておいてよ、わたしのこと」

「おれは、まだ部員じゃないから、太田か川島にたのめよ」

「いやよ、別のクラスの人なんかに」

「それじゃ、自分でゆけばいい」

そういった時、おれは、はっとして思わず息をのむ。目の前を一台のタクシーが通りすぎていった。その中にみたんだ。顔を少しうつむけて坐《すわ》っている、あの浅川ゆりを。しかも制服《せいふく》ではなく、緑色のハイネックのセーターをきているんだ。緑――きのう燃《も》やした、あの紙のピラミッドと同じ色じゃないか。

「どうしたの？　信号は青よ」

順子は、足をふみださずにいるおれをみる。おれは、あわてて歩きはじめる。

「いやね、急にぽかんとして。そりゃ、自分でゆけばいいのは、わかっているわよ。だけど、ゆきにくいから、たのんでいるんじゃない」

「――」

浅川ゆりをみたのは、おれだけだったらしい。順子は気がついていないようだ。なんだって通学時間に、タクシーなんかにのっているのだろう。

「考えていてくれるのね」――順子は、だまっているおれの顔をのぞきこむ。

「クマさん、なんていうか知らないよ」

「いいわよ、駄目《だめ》なら駄目で。でもね、隣《となり》のクラスの浅川さんは入ったんでしょ」

「浅川?」

「やーだ、とぼけて。昨日《きのう》したしそうに、一緒《いっしょ》に帰っていたじゃない。太田さんや川島さんたちと」

「なんだ、みていたのか」

「みていたんじゃないわ、目に入ったのよ」

そういってから、順子は急に、声をひそめるようにしていった。

「ねえ、あの浅川さんねえ」

「え?」

「あの人、教室で泣いたんですって。皆《みな》の前で、ぽろぽろ涙《なみだ》をこぼして」

「――」

「あーら、山川クゥーン、待ってえー」

順子の目に山川の姿《すがた》が入ったらしい。それだけいうと、けたたましくかけだした。おれは校門へむかって走ってゆく順子を、目でおっていた。わざと走りだしたのか、本当に山川に用があったのか、わからなかった。ただおれは、ぽろぽろ涙《なみだ》をだして泣いていたといった順子の言葉が、痛《いた》いように体につきささった。

スルメ

なぜ泣いたのか――おれは気になったな。といって、絶対《ぜったい》に順子なんかにきくもんか。あいつは、おれが知りたがっているのを、知っていて、わざと教えないのだ。そういう奴《やつ》なんだ。へーんだ、だれがきいてやるもんか。休み時間のたびに、おれの目はゆりを探《さが》していた。でもいなかった。もしかしたら、錯覚《さっかく》だったかもしれない、タクシーの中の姿《すがた》は。第一、順子は気がついていないじゃないか。三時間目は数学だ。おれは、まだみれんたらしくゆりのことを気にしながら、教師《きょうし》が黒板にかく問題をうつした。二年になってからの数学の担任《たんにん》はスルメ。つまり、ひからびちまったんだなあ、長い歳月《さいげつ》のおかげで。スルメは、黒板に、

① $20x + 10y + 10z = 2x - 2y - 4z = 3x + 2y - z = 10$

② $2x + 4y - 2z = 6x + 3y + 3z = 6x + 6y + 12z = 18$

と、問題を書き終わると、

「この連立方程式《ほうていしき》を解《と》きなさい」

といって、疲《つか》れたように椅子《いす》に腰《こし》かけた。おれは、さもさも問題を解《と》いているふりをしていた。どうせ考えたって解《わか》らないんだな。こんなむずかしいの。スルメはしばらく椅子《いす》にじっとしていたが、やがて立ちあがった。そして教壇《きょうだん》をおりると、背中《せなか》をまるめてコッコッと机《つくえ》の間を歩きはじめた。

いつもの通りだ。そしてひとまわりすると、椅子を窓《まど》ぎわに持ってゆく。そこで足をくみ、窓の外を眺《なが》めるんだ。じいーっとみつめているうちに、たいてい鼻毛をぬきはじめる。鼻クソをほじくる時もある。いつかなんか、だれもみていないと思ったんだろう、ほじくりだした鼻クソをくるくるってまるめ、眼《め》の近くへ持ってゆき、しみじみと眺めているんだ。おれは数学ができたら、数学の教師になるんだがなあと思う。問題を黒板に書き、コツコツ歩いてみてまわり、あとは鼻クソをまるめていりゃいいんだ。なに、そんなに楽じゃないって？　わかっていますよ。これは、数学のできない、おれの

ひがみだっていうくらい——本当はおれ、このスルメが好きなんだ。数学が得意だったら、すごくしたしい気持になるんだろうなあ。どこが好きかというと、シワだ。ひたいの太い三本のシワ。目じりのシワ。頬《ほお》のシワ。どのシワもみんな実にいい。しわくちゃばばあだとか、しわくちゃじじいなんてよくいやみでいうけど、あれはウソだな。このスルメに、もしシワがなくってつるんとしていたら、気持がわるくって、みちゃいられないよ。白髪《しらが》もシワとつりあいがとれて、きまっている。いらないことをしゃべらない、あつい唇《くちびる》もいい。この唇からは、決まりきった数学のことしか出てこない。それでいて、いいんだなあ。スルメは自分の無口をしって、この職業《しょくぎょう》をえらんだのだろう。教師《きょうし》になるくらいだから、数学はバツグンだったのだろうなあ。うらやましいよ。いつも古びた、たらんとした背広《せびろ》だけど、それがまたよくにあって、おれは好きだなあ。

スルメは椅子《いす》から立ちあがると、また歩きはじめた。今度は一人ひとりのノートをのぞきこみ、問題が進んでいるかどうか、みているのだ。これは苦手だ。つまり、おれはなぁーんにもできちゃあいないんだからな。足音が近づいてくる。コツコツコツ……いつも妙《みょう》だなと思うのは、すりきれた背広《せびろ》や、よごれたワイシャツなんか着ているのに、スリッパだけは最高のをはいているんだ。スリッパっていっても、かかとのついたぴかぴかひかった牛皮製《ぎゅうひせい》のものだ。人にはそれぞれいろんな趣味《しゅみ》があるもんだと思うよ。コツ、コツ、コツ、足音は近づき、おれのそばでとまった。

「どうだね」

めずらしいことに、あのあつい唇から声が出た。おれは、スルメをみあげる。そのとたん、おもいもかけず、にこにこ笑っちまった。どうして笑ったのか、おれにもわかんない。すると、どうだろう、スルメもあのすてきなシワをゆるめて笑ったんだ。そして、そのまま、コツコツと、立ちさっていったよ。びっくりしたなあ、もう。でもよ、あのスルメの笑顔をみたら、だれだって、好きになっちまうのは間違《まちが》いなしだ。

おれは問題を眺《なが》めていたけど、あきたんで窓《まど》の外をみた。太田達のクラスは体育の時間だ。四列《よんれつ》縦隊《じゅうたい》で、運動場のまわりを走っている。列が教室の近くを通る時、おれは眼《め》を皿のようにして、浅川ゆりを探《さが》した。一周目はみつからなかった。昼近い明るい陽《ひ》ざしが、白いトレパンの群《ぐん》にさしこんでいる。おれも体育の時間ならいいのになあと、ため息をつく。隊列がまた教室に近づいた。二周目はつらいらしく、皆《みな》あらい息をついている。肥《ふと》った女生徒の胸《むね》が波みたいにゆれているのや、はちきれそうなトレパンのももなんかに、眼がいっちまった。ゆりの姿《すがた》はみつからぬまに、列は通りすぎた。その時、ふと窓《まど》ぎわの椅子《いす》に腰《こし》かけたスルメが、くいいるような眼で、女生徒たちの隊列をみつめているのに気づいた。スルメも、おれと同じところに眼がいっちまっていたのかなあ。うん、きっとそうだよ。腹《はら》の虫がくぉーッとなった。三時間目だものなあ、だまっちゃいないよ、おれの虫は。

スルメは隊列が遠のくと、教壇《きょうだん》にもどった。そして、ゆっくりと皆《みな》をみまわしていった。

「できたもの」

「ハァーイ!!」

いつもと同じ顔ぶれが手をあげた。おれだって、一度ぐらいはあんなに、景気よく手をあげたいよ。

「伊藤《いとう》」

さされた順子は、気どった足どりで黒板へむかった。そして、すらすらと数字を書きはじめる。

「ちえッ！」おれは、舌《した》うちをする。なんだって、近頃《ちかごろ》あいつ、やたらとできるように、なっちまったんだ。

「なんだよ、あのきどったタイド」――後ろで山川が、おれの背中《せなか》をつついた。

「全くよ」――おれは、うなずく。

順子は黒板に書き終わると、席にかえった。そして、神経質《しんけいしつ》そうに手についた白ボクの粉をはらった。それでもまだたりないらしく、ハンケチをだすと、念入りにふいた。おれと眼《め》があった時、「ふん」と、あごをしゃくるようにしたので、頭にきたね。奴《やつ》はやっぱり、浅川ゆりのことにこだわっているんだ。ざまあーみろだ。

スルメは、黒板の数字を眼でおっていたが、

「よーし」といって、赤チョークで大きく丸をつけた。

「次の問題できたもの」

「ハアーイ、ハアーイ!!」

また、さっきと同じ顔ぶれが手をあげた。おれは、そっぽをむいた。校庭の芽ぶきはじめた木々《きぎ》に陽《ひ》があたり、風にゆれている。

その時、おれの胸《むね》はドキッとする。みたんだ。浅川ゆりの姿《すがた》を。ゆりは制服《せいふく》のまま、柳《やなぎ》の木の下のベンチに腰《こし》かけて、皆《みな》の走っているのを、じっとみていた。柳の下のせいか、顔色が青白く、

なにかとってもたよりなくみえた。トレパン姿《すがた》の、はちきれそうな元気さがあふれたなかで、そこだけが日かげのようにひっそりとして、時間がとまったみたいだ。こうしたゆりの感じは、今までみたこともないものだった。団地《だんち》ががらがらくずれおちたり、学校が燃《も》えたりするのが、気持にぴったりするようだと、考え考えいったあの感じや、別れる時に、きらりとひかった眼をむけた、あのいきいきした感じは、そこには全くなかった。くぉーッと腹《はら》がなった。これは、給食をさいそくする音だけではない。そんなゆりの姿をみて、おれは緊張《きんちょう》したんだ。

図書室で

最後の授業《じゅぎょう》が終わった時、おれはさっと教室を出た。順子に話しかけられそうな、気配《けはい》を感じたんだ。もうこりごりだよ。いい高校がどうのこうのって話は。おれはクマさんと、ゆりを探《さが》した。ゆりの方は、姿をみつけても話しかけられるかどうか、自信がなかった。でもよ、おれは順子のいった言葉や、柳の木の下で、時間がとまったみたいに、ぽつんと腰かけていた、ゆりの姿がどうしても、頭からはなれなかった。ちらりとでもいいから、ゆりをみたかったんだ。気持をおちつけたかったんだ。でも、二人ともみつからなかった。校庭にも、教室にも、体育館にもいないので図書室へいった。ここにもいないので、そのまま閲覧室《えつらんしつ》に入っちまった。おれには、物事をきちんと最後までけりをつけないで、ずるずるって、なりゆきにまかせちまうところがあるんだ。それに、こうみえても、おれは図書室が好きなんだ。とくに、今みたいに、だれも閲覧者がいないで、図書係だけ一人ぽつんと、カードなんかを書いている時がね。西日がうすよごれたカーテンにさしこんでいて、昼間より机《つくえ》なんかもしめっぽい感じだ。色もくっきりして濃《こ》くなっている。こういう時って落ちつくんだな。おれは書棚《しょだな》から図鑑《ずかん》をとりだして、部屋の隅《すみ》に腰《こし》かける。おれは図鑑が好きで、よく動物とか、魚類なんかをひろげてみるんだ。今日は鳥類のにした。この間から団地《だんち》でよくみかける鳥の名前を知りたかったんだ。こういうことにかけては、わりかしまめになり、探究心《たんきゅうしん》があるのさ。一枚《まい》一枚ページをめくってゆくうちに、やっとよくにた鳥をみつけた。鵯（ヒヨドリ）って書いてあった。みつけたのは嬉《うれ》しかったけど、ちょっぴりひっかかったね。鵯《ひよどり》って字に。卑《いや》しい鳥なんて、鳥に対してそんな失礼なことをいっていいのかなあ。図鑑によると、木の実や花が好物、都市化現象《げんしょう》に強いって書いてあるから、きっと公害にも生きぬけられる鳥なんだ。雑木林《ぞうきばやし》を切りひらき、都市化されていっても、死なないたくましさがあるんだ。他の鳥は、自分たちの住んでいた場所を追われて、逃《に》げていっても、この鳥はそんなことに負けてはいないんだ。あの高層《こうそう》ビルがたち並《なら》ぶ団地のなかで、ちゃんと生きているんだからなあ。それなのに、卑しい鳥とは、なんてこった。ずいぶんひどい話だよ。おれは、きょうちくとうの葉を大きくゆらして、「ぴーよ」「ぴーよ」と鳴きながら、飛んでいる姿《すがた》を思いだして、ヒヨドリのためにフンガイしたね。

「ようーッ、ここにいたのかよ」

入り口で声がしたので、顔をあげると、クマさんが立っていた。

「あッ、おれも探《さが》していたんです」

うなずきながら、中に入ってくると、おれの隣《となり》にどかっと腰かける。

「や、鳥の図鑑をみていたのか」といって、のぞきこんだ。

「鵯だな」

「ええ。団地でみかけたもんで、なんて鳥かなと思って」

「森川も好きなんだな、調べるの。おれも好きなんだ。ついこの間、ずうっと気になっていた鳥を調べたばかりだ。団地のクヌギの大木に群《むら》がっていたのをさ」

「えー、なんて鳥でした?」

「カワラヒワだったよ」

「カワラヒワ?」

「ああ、スズメよりいくらか小さめでさ、飛ぶたびに黄色の羽色がみえるんだ。渡《わた》り鳥だから、途《と》中《ちゅう》にたちよったんだな。まあ、あの殺風景《さっぷうけい》な団地によくよってくれたもんだよ」

「今度おれ、よく気をつけてみよっと」

「ああ、『キリキリッ』って、さえずるぞ。ま、わざわざたちよってくれたんだから、一見の価値《かち》はあるな」

クマさんは、そういってから、おれに顔をむけた。

「で、用ってなに?　先にいえよ」

「おふくろの当直が、来週の金曜日だってことを知らせようと思ったんです。それから、五ミリぐらいカーテンをあけただけでも、四〇四号室は、ピラミッド帽子《ぼうし》をかぶっているか、いないかをみぬいちゃうってこと――うん、それから、真夜中でも」

「真夜中でもかあ。どうなっているんだろ」

クマさんはつぶやく。その時、おれは順子に頼《たの》まれていたのを思いだした。ほっとけ、あいつのことなんかしるもんか――。

「おれはね、ちょっと気がかりなことがあったんで、知らせようと思ったんだ」

「気がかり?」

「ああ、昨日な、みんなが帰った後、いつものようにすぐかせぎに出たんだ」

「かせぎ?」

「ほら、いつか話しただろ。団地《だんち》でとうふを売ってアルバイトをしてんの」

「あ、あれね」

「それでな、昨日はいつもと違《ちが》う場所に店をだしたんだ。店っていっても、自転車の荷台だけどよ」

「どこにだしたんです?」

「それがな、四〇四号室のみえるところにしたんだ。客にはよ、いつもといる場所が違うって文句《もんく》をいわれちまったけどさ」

「四〇四号室の……それでなにかかわったことあったんですか?」

「ああ、それがあったんだよな」

「なにが?」

「へんなんだよ、おれは客のいない時は、四〇四号室をみていた。そうしたら、出てきたんだ、あすこから」

「だれが！」

「だれだと思う？」

「――」

「びっくりするじゃないか。浅川ゆりなんだ」

「まさか――」おれは、のどにつまった声を、やっとだした。

「だって、おれ交差点で浅川と別れたもの」

「そうなんだよな、時間的におかしい。入る時をみるならまだわかるけど、出る時なんだからなあ。でも、あれは、たしかに浅川ゆりだったなあ」

おれは、柳《やなぎ》の木の下にいたゆりの姿《すがた》を思いだして、背中《せなか》がぞくっとした。でもかすれた声でいった。

「そんなはずないですよ。第一ピラミッド帽子《ぼうし》をかぶらない人たちのいる前に出てくるはずはないし。クマさんが、帽子をかぶってあの部屋《へや》へ出かけたのなら別だけど」

「そうそう、もう一つ変なことがあるんだ。おれは出入口から出てくるのを待った。客にとうふを渡《わた》しながらでも目は出入口のところへむけていた。でも出てこないんだ。そりゃ先にもう一つ出入口はあるよ。それに他の部屋に用事があったのかもしれない。でもさ、これもなんだかおかしいことの一つだ」

その時、おれは思わず大きな声をだしていった。

「で、制服《せいふく》をきていましたか!?」

「制服?」

「制服じゃないと思いますよ。緑のセーターですよ、緑のハイネックのセーター!」

おれの頭のなかを、今朝タクシーの中でみたゆりの姿《すがた》が横ぎった。

バケネコ

「緑のハイネックのセーター……? そうみたいな気がするけど……違《ちが》ったかなあ、どうもはっきり思いだせないよ」

「本当に浅川ゆりだったんですか?」

「うん。それはまちがいないと思うよ。でも、他人のそらにってこともあるもんな」

「浅川ゆりじゃありませんよ。だってそんなこと考えられないもの」

そういいながらも、おれはあのタクシーの中でみた、緑色のセーターをきたゆりの姿《すがた》を、思いうかべてみた。あれは、たしかにゆりだったのか――。

「ああ、そりゃそうだ。ま、今日またあの場所でとうふを売ってみるよ。また、なにか変わったことがあったら知らせる」

クマさんがそういった時、

「なんだ先輩《せんぱい》、こんなところにいたんですか」

太田が、川島と入ってきた。

「今度の部会はいつですか？　この間決めなかったから――」

「あ、忘《わす》れちまったな。来週の水曜日はどうだ？」

「いいですよ」

「じゃ、三年にはおれからいっておく。あとたのんだぞ」

クマさんは、立ちあがった。そして、

「じゃ、またな」と、おれにいうと、図書室を出ていった。

「なに話していたんだよ」――太田がふきげんな声をだした。

「別に。たいしたことはないんだ」

いえないもんな、絶対《ぜったい》に。今話していたことなんて。

「おれたちにいえないことかよ」

川島がすごんだ。険悪《けんあく》な空気になりそうなので、

「夢《ゆめ》のことさ」と、とっさにいっちまった。

「ま、何を話したって自由だけどよ、なんだかお前が映研《えいけん》に出入りしてから、まとまりがなくなっちまったよ」

「――」

「今までよくいっていたのによ、お前のせいでばらばらになっちまった」

川島がはきだすようにいった。クマさんと一緒《いっしょ》にいたのが、二人には面白くないらしい。それだけだったら別にどうってことなかったんだが、太田までが神経質《しんけいしつ》そうに、眉間《みけん》をぴくぴくさせてい

ったんだ。

「おれたちを、あんまりなめるなよ」

このセリフには、びっくりしたな。川島がいったんなら、おれはおどろかないよ。いつもこんなセリフをはくからな。だが太田が、度の強いメガネごしに、おれをにらむようにしていったんだ。太田はおれになめられていると思ったのか。通知表はオール5か、4があっても一つくらいのあいつがさ。ふと太田は太田なりに、おれの知らないところで、いろいろあせったり、いらだったり、背《せ》のびしているのかもしれないと思った。外からでは全然わからなかったが、傷《きず》つきやすい奴《やつ》だったのかもしれない――なんてさ。

「おい、なんだってマヌケな面《つら》していいるんだよ」

川島がおれをこづいた。

「だってよ、太田がなめるなよなんていうから、びっくりしちまうじゃないか」

「それがおどろくことかよ。へんな奴！」

川島はあきれた顔をしたが、

「ま、さっきのこと、よくおぼえておけよ」といって、かえりかけた。

その時、ふと足をとめてふりかえった。

「おい、浅川の奴、もう映研《えいけん》にこられないかもしれないぞ。どうだ、がっかりしただろ」

「なんでだよ！」――おれはむきになっていった。

「ほれ、血相《けっそう》をかえた。教えてやるよ、あいつ体が悪いらしいぞ」

「――」

「当番をしてはいけません、体操《たいそう》もいけませんって、皆《みな》の前でバケネコがいいやがった。あのいい方はひどいよ。みせびらかして、喜んでいるみたいだった。おれだってよ、泣きたくなっちまうだろうな、先公にあんないい方されればな。いやな奴だよ！」

おれは、今朝順子がいった意味がつかめた。川島があんだから、そりゃよほどひどいいいかただったんだ。

「ま、なぐさめてやりな」

川島はそういうと、太田と図書室を出ていった。おれは図鑑《ずかん》に眼《め》をむけたが、もちろんなんにも入ってきやしない。浅川ゆりの担任《たんにん》のバケネコの顔がうかんだ。同じ女の先公でもよ、椿《つばき》先生とはまるでちがう。椿先生に先公なんていう気しないもんな。まゆ毛と目が細くって、あさっての方をむいている。馬鹿《ばか》にはしゃいで、よくしゃべる授業《じゅぎょう》の時もあるが、目をつりあげて、ちょっとしたことに怒《おこ》る日もある。妙《みょう》によそよそしい時もある。しょっちゅう変わるんで、バケネコってあだなだ。ゆりにいった日は、妙によそよそしくって、とりつくしまもない日だったんだ、きっと。おふくろや、椿先生だったら、皆の前で生徒を泣かすような、そんないい方は絶対《ぜったい》にしないと思う。一番いやなのは、忘《わす》れものをしたりすると、隣《となり》の席の奴の頬《ほお》をうつんだ。忘れものをした奴のじゃなくてよ。本人をうつよりこの方がききめがあるっていうんだ。友だちがうたれて、悪いと思ったら、もう忘れものはしないでしょってな。いやだなあ、こういう考え方。だってさ、うたれた奴は関係ないじゃないか。あとでうらむにきまっている。いつまでもしこりが残る。そんなこと考えないんだな、バケネコは。自分がうつのが面倒《めんどう》くさい時は、忘《わす》れものをした奴《やつ》に、隣《となり》の席の奴の頬《ほお》をたたかせるんだ。ひどいだろう。たたかれる方こそかなわないよ。いたいめにあうんだからなあ。いや、たたく方がつらいな、きっと。まだこんなめにあっていないけどよ。おれはむしろたたかれたいね。こういうわけで、おれたちはたいていバケネコの授業《じゅぎょう》のときはおとなしくしている。でもよ、しんそこ憎《にく》んでいるんだ。こんなに憎んでいるってことをバケネコが知ったら、少しは態《たい》度《ど》が変わるだろう。しらないから平気でゆりを泣かせるようなことがいえるんだ。今にみていろ、バケネコメ！　おれは図書室を出て家に帰りながら、ゆりの体のことが心配でたまらなくなり、そのぶんだけバケネコをのろった。

ソーモンカ

ドアをあけるなり、おふくろがとびだしてきた。

「おかえりなさい！」

「ソーモンカだろ」

顔をみるなりおれはいった。すぐわかるんだ。おやじから便りがあったってね。いつもとまるで違《ちが》って、眼《め》がきらきらひかっているんだ。

「やーねえ、親をからかって」

おふくろは、ちょっとはにかんだ。ソーモンカってなにかって？　その話をしようか。とにかくおれは今、浅川ゆりのことで気がめいっちまっているからな。なんでもいいから気をまぎらわしたいってとこだ。

国語の時間に、椿《つばき》先生は万葉集のことを話していた。内容《ないよう》の基調《きちょう》になっているのは、雑歌《ぞうか》、相聞《そうもん》、挽歌《ばんか》の三種類があるって。その時、相聞っていうのは、恋愛《れんあい》歌ですよっていったんだ。そしたら、すかさず順子が、

「先生、たとえばどんな歌があるんですか?」っていった。

「そうねえ――」先生は少し首をかしげてから、

「額田王《ぬかたのおおきみ》と天武天皇《てんむてんのう》のに、こういうのがあるわ」といって、すらすらときれいな声で和歌を暗唱した。

「黒板に書いて下さい」

また、順子がいった。それで先生は黒板に書いてくれた。その和歌は、こういうんだ。額田王が、

あかねさす紫《むらさき》野《の》行き標《しめ》野《の》行き野守《のもり》は見ずや君が袖振《そでふ》る

つまり、紫草が咲《さ》いている野原で、まあ大君はそんなに袖をふって、野守がみてしまわないでしょうかって歌だそうだ。ちょっとてれるな。ヘエ……ま、おれがてれてもはじまらない。すると天武天皇は、

紫草《むらさき》のにほへる妹《いも》を憎《にく》くあらば人妻《ひとづま》ゆゑ《え》にわれ恋《こ》ひめやも

これは、紫草のような額田王が憎いのならば、なんで人妻に恋などするものかっていう意味なんだな。人妻を恋する歌を、おれたちに教えてくれるなんて、いかにも椿先生らしいや。でもよ、テレビなんかでよくみる、人妻の恋愛《れんあい》の場面なんかとちがうんだなあ、これをきいた時の感じ。先生の声がきれいで、和歌のよみ方がよかったせいかもしれないけど、おれ、なんだか感動しちまった

よ。

これを知ってから、おやじからの便りがあると、「ソーモンカ」かよっていうんだ。本当におやじとおふくろは、ソーモンカのやりとりをしているんだ。今年の正月にもこんなことがあった。雑《ぞう》煮《に》をな、おやじのぶんも椀《わん》についでいたよ。ま、これはおいしいものがあると、おふくろはよくやることなんだけどさ、夜、テーブルの上の便箋《びんせん》にちょっと目がいっちまったんだ。それにさ、

朱《しゅ》の椀《わん》に雑煮をもりて外国《とつくに》の君にささげし元旦《がんたん》の朝

なんて書いてあるんだな。うへェーだ。まだあるよ。俳句《はいく》だけど、

待ちわびし君の香《かお》りや梅さかり

だってよ。ちょっとぬすみみしちゃったのに、こんなのもある。

天高く青く冴《さ》えけりこの月を潮路《しおじ》の旅の君も見まさむ

君の船着く頃《ころ》なるに外国は嵐《あらし》と読みて心痛《いた》める

おれなんかさ、おやじは今頃《いまごろ》はどのあたりかな、なんて思ってもよ、嵐の心配まではしないやね。ま、おふくろもなかなか情熱《じょうねつ》的なんだな。おやじからくる手紙は、恥《は》ずかしがってかくしちまうんだ。きっとすごく熱烈《ねつれつ》な歌なんだよ。

さて、ソーモンカのことは、これでおわり。おれはおやじからの手紙をひらいた。残念ながら、おれのにはソーモンカはない。ま、あたりまえだけどよ。そのかわりピラミッドのことが書いてあった。手紙全部の内容《ないよう》を公開するよ。

〈洋平元気か。とうさんは今、湿気《しっけ》の多い、むし暑い部屋で、汗《あせ》ばみながらこの便りを書いて

いる。いつものことながら、紅海《こうかい》を通る時は、あまりいい気分ではない。赤道にも近くなったので、だいぶ暑くなった。アレキサンドリアからスエズ運河《うんが》を通り、紅海にでたわけだが、エーゲ海を目の前にみながら、クレタ島や、サントリニ島へ行けないのが、かえすがえすも残念だった。ここまで来れば、エジプト文明よりもさらにふるい、エーゲ文明にふれることができるんだ。ま、愚痴《ぐち》をいってもはじまらない。とうさんの職業《しょくぎょう》は船のりなんだからな。さて、この間のハガキにも書いたように、少しピラミッドのことを書こう。本もだいぶ読んだよ。

古代宗教《しゅうきょう》儀式《ぎしき》の専門家《せんもんか》であるマンリー・P・ホールっていう人は、ピラミッドはこの世界（物質界《ぶっしつかい》）と〝永遠《えいえん》の知恵《ちえ》〟をつなぐ目に見える聖約《せいやく》として地上に残っているのだといっている。つまり〝聖《せい》なる山〟〝神の高所〟の原型だっていうんだね。ピラミッドの基底《きてい》の正方形は自然と、その不滅《ふめつ》の原理の上にがっちりと建てられている。斜面《しゃめん》は沈黙《ちんもく》、深遠、知性《ちせい》、真理を意味し、南の面は熱を示《しめ》し、北面は寒さ、西面は暗闇《くらやみ》、東面は光を象徴《しょうちょう》しているっていうんだ。とうさんが、ギザのピラミッドをみて深く感動したのは、或《ある》いはこんなことを無意識《むいしき》に体の中で感じたのかもしれないね。感動しながら、どうしても不思議でならないことは、あのピラミッドの石のブロックをどうやって切りだしたんだということだ。それで、少し調べてみた。石そのものは、ナイルの東岸にあるムカタムの丘《おか》にあるトゥーラの採石場《さいせきじょう》で石灰岩《せっかいがん》が切りだされた。宮殿《きゅうでん》の方の石はナイル川の上流アスワンから花崗岩《かこうがん》が採掘《さいくつ》されたらしい。太古にどうやって切ったかってことが全く不思議だと思うよ。でもそれはどうやら、石切り職人《しょくにん》たちはのみでけずり、穴《あな》をあけ、くさびを打ちこんで、岩層《がんそう》深く掘《ほ》って隧道《すいどう》のようなものを作り、そこから石の塊《かたまり》を割《わ》りとって、それをけずり、みがいて正方形にしたようだ。この作業は腕《うで》のいい金《きん》属職人《ぞくしょくにん》によってしか石材をけずることができないらしいが、これに使ったと思われる道具は発見されていない。この道具だが、現代《げんだい》でも、最高に耐久性《たいきゅうせい》のあるさく岩機《がんき》でも使える寿命《じゅみょう》はかぎられているのだから、どんなにすぐれたカッターだったか、想像《そうぞう》にあまりある。ま、とにかく石はそうやって切りだしたとする。でもそれをどうやって運んだかが問題だ。トゥーラの採《さい》石場《せきじょう》から船積みしたものは上流へ、アスワンからのものは、下流へと運ばれたらしいが、専門《せんもん》家《か》の話だと、輸送《ゆそう》することができるのは、ナイル川の水量が増《ふ》えた時だけにかぎられたといっている。つまり、ナイル川が増水《ぞうすい》すれば、それだけピラミッドを作っている現場《げんば》に近づけることができたからなのだろう。でも水量が増《ふ》えれば、それだけ運行も大変になるから、そんなに重い石をのせた船が一体動くことができたのだろうか。いや、それよりももっと不可思議《ふかしぎ》なのは、太古にそんな重い石材をのせられる大きな船ができたのだろうか。こうした船は今まで発見されていないし記録にも残っていないようだ。ま、こうした不思議なことが沢山《たくさん》あるからだろうか、古代人は石を空中に浮《う》かせる超能力《ちょうのうりょく》があった、それでピラミッドを作ることができたという者まで出た。文明が進んだために、人間は本来もっている超能力がなくなったというわけだ。ま、これはちょっと考えられないことだね。今夜はだいぶおそくなったのでペンをおこう。船はコロンボ、カルカッタへと航海をつづける。かあさんをたのんだぞ。じゃ、くれぐれも元気でな。おやすみ。〈父より〉

おれは読み終わって、最後のところに一番興味《きょうみ》をもった。古代人には超能力があった。文明がすすんだために、本来もっている超能力がなくなったというところだ。超能力――おれの頭の中を、四〇四号室のことがめまぐるしくかけまわっていた。

サントリニ島

おれはずっとゆりのことが、気になって仕方なかった。だから、団地《だんち》のスーパーでぱったりあった時には、全くどぎまぎしちまった。日曜日の昼ちかくだ。おふくろにたのまれてパンを買いにいった。ゆりもきていた。もう初夏をおもわせるくらいあたたかな日で、太陽がまぶしかった。おれたちは一緒《いっしょ》にかえった。なにを話したかって？　うん体のことはすごく心配だったがきかなかった。

「映像《えいぞう》になりそうな夢《ゆめ》、最近みる？」ってきいたよ。

キザだったかな？　その時、ほらいつか話しただろ。腹《はら》の虫がぐおーッとなった。いやになるよ、全く。ゆりは、それには気づかぬふりをして、

「たのしい夢じゃないの」といい、口をつぐんだ。

「ほら、赤ん坊《ぼう》が飲む哺乳《ほにゅう》ビンの先に、ゴムの乳首《ちくび》がついているでしょ。あんなふうになってしまったの、私《わたし》の指が。皮だけで、骨《ほね》や肉がとけちゃって――」

「――」

「これは映像にしにくいわねえ」

ゆりはそういうと、くすんと笑った。おれはみのがさなかったよ、ゆりは笑ったけど、顔はこわばっていたの。おれは話題をかえた。

「いい天気だなあ。うへぇー、まぶしいや」——空をみあげていった。

「ねえ、まともに真正面からじっとみられないものしっている?」

ゆりも上をむきながらいった。

「まともにみられないものって——」

しどろもどろだね。おれ、ゆりをまともにみられねぇーや。

「それはね、太陽と死よ」

「——」

「太陽をじっと真正面からみられないわ。やってごらんなさい」

おれはやってみたね。まぶしくって、とてもじゃないけど駄目《だめ》だ。

「でもね、片目《かため》をつぶるとできるのよ」

ゆりは片目をつぶって太陽をみているので、おれもまねをした。うん、たしかにみえる。

「死だってそうだと思うのよ。太陽をこうやって、片目でみれるのと同じように、死だってみすえることもできると思うの」

「——」

おれは、新学期のはじまりの頃《ころ》、椿《つばき》先生と話した会話を思いだしていた。あの時、先生は、友だちにも理解《りかい》できないことをおれはわかるといってくれた。嬉《うれ》しかったな。でも、今はきついなあ。ゆりの口からこういう言葉が出るのは、体の具合《ぐあい》が悪いのを心配しているからだな、きっと。その時、おれたちの前からやってきた子どもが、くるりとうしろをむくと、片目をつぶって空をみあげ

た。

「あらッ、うふふ……」

ゆりは明るく笑った。そして、はずんだ声をあげた。

「ねえ、エーゲ海の六月って、こんな感じなのかしら？」

またまた、突然《とつぜん》妙《みょう》なことをいいだすよ。びっくりするじゃないか。

「六月のエーゲ海って、寒からず暑からずで、海はすんでいて、底までみえるんですって」

「——」

太陽と死がとびだして、それでエーゲ海ときちゃ、ついていけないよ。ゆりの体のことを心配しているのによ。でもさ、どことなくこの世ばなれをした、妙ちくりんな感じのするゆりに参っちゃっ

ているのかな。そう思いながら、白いトックリのセーターにジーパンをはいたゆりをみたよ。そして、

「エーゲ海がどうしたのかよ」

と、わざとそっけなくきいたね。話のテンポがあわないんだものな。

「ゆきたいのよ。サントリニ島へ」

「サントリニ島?」

どこかで、きいたことのある島の名だなと思った。なんだっけ――あッ、そうだ。おやじの手紙だ。おやじの手紙にクレタ島やサントリニ島へ行けないのが残念だったって書いてあった。それでおれは、ちょっと学のあるところをみせたんだ。

「あすこへ行けば、エーゲ文明にふれられるものな。エーゲ文明は、エジプト文明よりもっと古いっていうからな」

「え?」

ゆりはおれをみた。眼《め》がひかっている。ほら、いつかのあの眼だ。

「サントリニ島知っているの?」

「まあね」

「サントリニ島は世界地図に出ていないのよ」

「えッ!」

おやじの奴《やつ》、なんだってまぬけなのだ。こともあろうに、こんな時に恥《はじ》をかかすなんてよ。

「世界地図に出ていないけど、テラ島のことをサントリニ島とちゃんという人に、はじめてあったわ」

ゆりは、おれがどぎまぎしたのに気づかなかったようだ。

「ね、森川さんも信じる？　ここがアトランティスだったって？」

「？――」

「あたしはね、そう思いたいの」

おれ困《こま》っちまったよ。信じるもなにも、ゆりがなにをいっているのか、さっぱりわからないんだ。そりゃ、『アトランティス・七つの海底都市』なんて映画《えいが》はみたさ。山川にすすめられて。潜水艇《せんすいてい》が海の底に沈《しず》んじまって、乗組員がアトランティスに上陸するんだ。そこにはすごい怪獣《かいじゅう》がいてね、そりゃ、次々《つぎつぎ》といろんな怪獣が出てきて面白かった。それだけだよ。あの海底都市と、ゆりのいっていることと、なんの関係があるんだろうなあ。

それにしても、この間のエジプトからの絵ハガキの時には、クマさんがピラミッドをみにエジプトへ行きたいなあ、といった。今度のは、ゆりがサントリニ島に行きたいといっている。へんなの。どうなっているんだろ。とにかくおれは、ゆりのいっていることが、まるでわからなかったんで、話をそらしたかった。ばけの皮がはがれないうちにな。それでいったね。気になっていることを。

「アトランティスのことは、わかんないよ。そんなことより、二、三日前かなあ、朝、タクシーにのって、どこかへいったかい？」

そういってから、おれの胸《むね》はドキドキなりだした。だってさ、あの日みたのがゆりでないとすると、タクシーの奴はだれなんだ。クマさんが四〇四号室から出てきたのと、おなじ奴になっちまうじゃないか。もう一人、別のゆりがいるってことになっちまう。いやだ！　そんなのは断じてゆるさないぞ。

「え？」――ゆりは、ちょっと首をかしげておれをみた。

「あ、あの日のことね」

ゆりは、ちょっと眉《まゆ》にしわをよせた。その顔をみて安心した。やっぱりあれは浅川ゆりだったんだ。おれの眼《め》にくるいはなかった。別のもう一人のゆりがいるなんて、たまんないもんな。それも、四〇四号室から出てくるなんてよ。ゆりだってわかりゃいいのさ。

おれは、それ以上たちいりたくなかった。

「タクシーが、おれの前を通ったんだ。朝っぱらから車とは、ごうせいだな」

「そうよ、すごいでしょ、うふふ……」

ゆりも、おれにあわせてなにげなくいってのけた。でもよ、無理をしているのはわかった。体操《たいそう》の時間、柳《やなぎ》の木の下で、皆《みな》の走るのを、じっとみていたあの姿《すがた》をしっているんだものな。

「サントリニ島を、どうしてしっていたの？」

ゆりも話題をもどした。バケネコとの、いやなことを思いだしたんだろう。

「おやじの手紙に書いてあったのさ。エジプトのことと一緒《いっしょ》に。おやじ船のりだから」

「エジプトにも行けるのね。いいわねえ。今度見せてね。その手紙」

ゆりは、眼をかがやかせた。

「いいよ」――おれは、内心得意だった。あのおやじの便りは、なかなかよかったものな。

「サントリニ島の発掘《はっくつ》でね、ここはかつてアトランティスだったたって、いわれているの。でもね、アトランティスは、大西洋のなかにあった大陸だったたっていう伝説が残っているから、これはその一部のような気がするわ。なにしろ、十の大王国に分かれていたっていうから」

「なんだって、そんなにアトランティスに興味《きょうみ》を持つのかい?」

おれは、ゆりの顔をみたね。全くこいつは、クラスの女の子とどこか違《ちが》うよ。

「一万一千五百年前に、この大陸に大破壊《だいはかい》があったたってことね」

「――」

また、破壊《はかい》かよ……って思ったね。はじめて会った時も、団地《だんち》ががらがらくずれてゆく白昼夢《はくちゅうむ》のことなんか話してたっけ。

「ね、一万一千五百年も前よ。この数字どう思う? そして発掘《はっくつ》されたものからは、すごく高い文明が残されているの。下水道とか、水洗《すいせん》便所とか――」

「――」

「私《わたし》たち人類の記憶《きおく》に残らない歴史があったんじゃないかって、思わない?」

「記憶に残らないって、なんのことかよ」

おれは、全くゆりがなにをいっているのかわからなかった。

「ほら、ノアの箱舟《はこぶね》のことしっているでしょ。人類の堕落《だらく》を怒《おこ》って神が起こした大洪水《だいこうずい》に、ノアが箱舟《はこぶね》に乗ってのがれるって話。あれなんか、かすかに残った記憶《きおく》から伝え残されたような気がするわ。そのもっと前の記憶にない歴史をさかのぼると、私《わたし》たちが今生きている時代と、おなじような時代を人類は、歩んでいた時期があったんじゃないかって、そんなふうに思えない？」

「よしてくれよ。なんだか気味わるいや。今とおなじ時代が、前にあったなんてよ」

「だって、なぜそんなに高い文明が残されているのか、不思議じゃない」

「――」

おれは、ふとピラミッドのことを書いてあったおやじの手紙を思いだした。どうしてそんなに重い石を運んだ船があったのかという。

「アトランティス大陸は、数千年間に三度にわたって起きた大激変《げきへん》で、大西洋の底に沈《しず》んだっていわれているわ」

「すごかったんだろうなあ。大爆発《だいばくはつ》かな？　大津波《おおつなみ》かな？」

おれは、みたこともない大西洋の大海原《おおうなばら》を思いうかべた。さんさんと太陽がふりそそぐまっ青《さお》な海面に、ひかりをうけたさざなみがきらきら輝《かがや》いているんだ。その下に沈《しず》んでいるアトランティス大陸――なんだか胸《むね》が高なるよ。

「私《わたし》はね、大爆発じゃないかっておもう時があるわ」

大爆発ってところに、力を入れてゆりはいった。とにかく好きなんだからな、すごいのが。

「それもね、火山の大爆発っていうんじゃなくって、人工的なもののような気がする」

「人工的？」

「とにかく、高度の文明が進んでいて、今の私《わたし》たちとおなじようなくらしがあったとしたら、原子爆弾《ばくだん》や核爆発《かくばくはつ》があったって、少しも不思議じゃ、ないんじゃない」

「原子爆弾!?」

おれは、びっくりしちまった。まさか原子爆弾がとびだすとは、思わなかったものな。

「ほら、ノーベル賞ってあるでしょ。あんなのが、その頃《ころ》にもあったんじゃないかしら。そしてね、一人の名誉欲《めいよよく》にかられた学者が、だれよりも早く賞がもらいたくって、実験をはやまっちゃって、大爆発が起こったっていう推理《すいり》はどうかしら」

おれは、ゆりの顔をつくづくみたね。太陽と死があって、エーゲ海があって、そして原子爆弾なんだものな。おどろかない方が、どうかしているよ。

「数千年間に、三度の大爆発があったっていうから、そういう名誉欲にかられた学者がやったことかもしれないし、原爆戦争があったかもしれないし、取扱《とりあつか》いをあやまって、爆発しちゃったとも考えられるわね。とにかく、人間がやらかしたことじゃないかしら」

ゆりは、そういうと、ふうっと息をついた。

「おんなじことを、またやらかすっていうのかよ」

おれは、へんな気持になっていった。だってそうじゃないか。ゆりのいうことが、もし本当だとしたら、今おれたちが生きている時代に、大爆発がおこるかもしれないってことじゃないか。でも、おれはすぐにいった。

「そんな大爆発なら、発掘《はっくつ》なんてできないんじゃないか。こっぱみじんになっちまうんじゃないかな」

　われながら、いいことをいうと思ったね。

「そうね、数千年にわたって大激変《だいげきへん》があったっていうから、大津波《おおつなみ》や、火山の爆発《ばくはつ》もあったかもしれないわね」――そういってから、ゆりはちょっと茶目《ちゃめ》っ気《け》のある目を、おれにむけた。

「あのね、それでまた推理《すいり》をはたらかしたの」

「え？」

「一万一千五百年前に、そんなにすぐれた文明があったとしたら、それはね、遺跡《いせき》っていうかたちだけではなく、生きた証拠《しょうこ》で残っていることだって、考えられるんじゃないかって」

「生きた証拠？」

「そう、その時代を生きた子孫が、どこかに住んでいるかもしれないって、考えられない？　ノアが箱舟《はこぶね》にのって助かったみたいに」

「まさか――」

　そういいながら、おれはなんとなくたのしくなっちまった。だってよ、前の時代とおなじように大破壊《だいはかい》があるなんて考えるより、よほどいいじゃないか。もしかしたら、生き残った者がいたかもしれないなんて、夢《ゆめ》があるよ。

「あら、いぬのふぐりが咲《さ》いている」

　突然《とつぜん》ゆりは、道ばたに体をかがめた。足もとの草むらに、小さな青い花が四、五輪さいていた。

「かわいい花ねえ」

そういって、おれをみあげたゆりの顔は、明るくって、いきいきしていて、大爆発なんかとは、全く関係なさそうだったから、おれはとてもほっとした。

なぞの人影

「おそかったじゃない」

ドアをあけるなり、おふくろの声がした。

「お腹《なか》をすかして、どこへいってたの?」

「べつに、まっすぐ帰ってきたよ」

本当だものな。そりゃゆっくりゆっくりと歩いたけれど、より道なんかしたわけじゃない。

「だって、自転車でいったんでしょ」

「いけねーッ」

おれは頭をかいた。スーパーの前に自転車忘《わす》れてきちまったよ。ゆりに会えて、ぽーっとしちゃって自転車のことなんか、忘れちまった。

「あきれた――今からボケて、これから先どうするの」

「めし食ってから、とりにゆく」

おれは、ごろりと寝《ね》ころんだ。疲《つか》れちまったよ。とにかくゆりの話すことは、内容《ないよう》が内容だもんな。わかるだろ。でも、ゆりと一緒《いっしょ》に歩けたのは、嬉《うれ》しかったなあ。

おれは、天井《てんじょう》をみながら、ゆりのしゃべったことを、思いかえしていた。人類の記憶《きおく》に残らない歴史をさかのぼれば、何万年か前に、人類は今とおなじような時代を、生きていたかもしれない

――うん、そういえばおれ、ふうっと、これはどこかでいつか体験したことがあるって、思うことがある。一度も行ったことがない場所なのに、たしかにここには前にきたことがあるって思ったことがある。あれなんか、もしかしたらその頃《ころ》生きていた先祖《せんぞ》の記憶《きおく》が、おれをよびさましているのかもしれないなあ。おやじの手紙に書いてあったさく岩機《がんき》のことだって、あるいはその時代にはもう電子光線銃《でんしこうせんじゅう》みたいのがあってさ、わけなくやってのけたのかもしれないや。おれみたいに勉強のできない子がいて、やっぱりおれとおんなじように悩《なや》んでいたかな。おふくろみたいなおふくろがいて、台所でトントンと野菜なんかきざんじゃって……そういえば、おふくろの横顔っていいな。椿《つばき》先生も職員室《しょくいんしつ》で事務《じむ》をとっている横顔、すてきだったよ。うん、ゆりが小さな青い花をみつけて、かがんだ時の横顔もよかったなあ。

「そんなところに寝《ね》ころんで、いやねえ、さあ、おひるよ」

おふくろの声で、おれは起きあがった。肉をやくいいにおいがする。

「ね、人類の記憶《きおく》に残らない歴史があったなんて、考えられるかい?」

ちょいとサラダをシッケイしながらいった。

「なによ、それ」――おふくろは、ふりかえった。

「かつて今とおなじような文明社会があったけど、突然《とつぜん》の地震《じしん》とか災害《さいがい》があって消えうせた、なにも残さずに。それで人類は最初からまたやりはじめた。記憶《きおく》にないんだな、破壊《はかい》があったなんて――」

「ふーん、ありえるわねえ。今だっていろんな国がもっている原子爆弾《げんしばくだん》が爆発《ばくはつ》しちゃったら、おんなじようなことになるかもしれないもの」

「原子爆弾かあ、おんなじことといってら」

「え？　なに？」

「なんでもないさ」

おれは、ゆりのことを話さなかった。おふくろの奴《やつ》、興味《きょうみ》をしめすにきまっているものな。

「さて、食べますか」――おふくろは、椅子《いす》に腰《こし》かけると、パンをとった。

野菜イタメからゆげがあがっている。あー腹《はら》へったなあ、もう。

「なによ、ガツガツして。あっ、そうそう、洋平にいうの忘《わす》れていたわ。ほら、四〇四号ね」

「えッ!?」――おれは、おふくろをみた。

「昨日だったかな、あすこから人が出てきたのをみたわ」

「どんな奴だった？　男かよ、女かよ」

「それがね、中学生ぐらいの女の子よ」

「中学生ぐらい――」

おれは息をのんだ。クマさんがみたのと、おんなじらしいじゃないか。

「どんな服きていた？」

「よくおぼえていないけど、そうねえ、グリーンのような感じだったかな？　洋平どうしたの、急にたちあがって」

おふくろは、おれをみあげた。

「ちょっと出かけてくる」

「なにいってるの。食べてからにしなさい。本当に行儀《ぎょうぎ》がわるいんだから」

いつになくきつい調子でいった。おれは仕方なしに椅子《いす》に腰《こし》かけると、パンをほおばった。クマさんに知らせたい。一刻《いっこく》も早く。あの部屋に出入りしている奴《やつ》が、たしかにいるってことを。でも、グリーンの洋服はひっかかるなあ。浅川ゆりだったといったクマさんの言葉が、ぐるぐると頭のなかをかけまわった。

ティアワナコ遺跡

おれは外へ出ると、四〇四号室をみあげた。ドアはしまり、人の出入りする気配は全くない。少し遠まわりになるが、露店《ろてん》のある通りへ出た。もしかしたら、クマさんがもうとうふを売りに出ているかもしれないと、思ったのだ。だがクマさんの姿《すがた》はなかった。おれは、いそぎ足で、露店の前を通った。

「森川さあーん」

名前をよばれて、ふりかえった。ガスが手をふっている。ガス——須賀《すが》マリっていうんだけど、皆《みな》反対のガスって呼《よ》んでいる。ガスの前には、さやえんどうや、ねぎ、甘夏《あまなつ》、トマトなどがならんでいる。

「やあ」

手をあげた時、客がきたので、おれはそのまま通りすぎた。露店ではじめて会ったから、ガスがここへくるようになったのは、最近なんだろう。あいつのいいところは、こういうところなんだな

って思う。いきいきしているんだ。どんな時にでも。露店で働くのが、たのしくって仕方がないって感じがする。おれなんかだったら、とってもああはできないや。

「えーいらっしゃい！　いらっしゃい！」

なんて、はずかしいよなあ。あいつもおれとおなじで、勉強できないんだ。二人とも残されちまって、夕方になったことがある。冬の寒い日だった。おれは、なさけなかったよ。なんでこう頭が悪いのかなあーって。でもよ、ガスときたら、校門を出るなり、

「あ――お腹《なか》すいたあ――」って、おれの顔をみて、にこにこ笑うのさ。そして、彼女《かのじょ》ご推《すい》せんの店の

タイ焼を、ごちそうになっちまった。できたてのタイ焼を、ふうふう息をふきながら食べた時のおいしかったこと忘《わす》れないよ――。

スーパーの前に、おれのみなれた自転車をみつけて、ほっとした。それにとびのると、風を切って走った。熊谷豆腐店《くまがいとうふてん》までくると、ちょうどクマさんは、露店《ろてん》へ出かけるところだった。おれ達は、歩きながらしゃべった。

クマさんの顔をみて思ったんだけど、おれ四〇四号室のことを話すより、どうも浅川ゆりからきいたことをしゃべりたかったみたいだ。いや、おふくろのみたのが、どうもゆりらしいってことに、ふれたくなかったのかもしれない。ゆりが、四〇四号室に出入りしているなんて、不気味だもんなあ。それで、クマさんにむかっていった。

「おれたちとおなじような文明が、前にもあったってこと、信じられますか?」

「え?」

「つまりですね、今から一万一千年か、もっと前かに地球に大激変《だいげきへん》があって、人類のほとんどは死滅《しめつ》してしまった。人類ははじめからやりなおしたから、そこからの記憶《きおく》しかない。だが、記憶にない先をさかのぼれば、きっと今とおなじような文明が、あったかもしれないってことなんですけどね」

「へえー、なるほどね、こりゃ、おどろいた。うん、考えられないことないよな」

クマさんは、うなずいて、言葉をつづけた。

「ほら、いつか話しただろ。ピラミッドのことさ。高さが地球から太陽までの距離《きょり》の十億分の一だってことや、その頃《ころ》使われていた単位が、地球の半径の一千万分の一にぴったり一致《いっち》するってことさ。あの時、おれ古代人は地球の半径をしっていたんじゃないかっていったろ。それから、天文学の知識《ちしき》もあったんじゃないかって」

おれは、うなずきながらきいていた。クマさんの家で、ピラミッドのスフィンクスの写真をみながら話してくれたことを思いだした。

「そんな知識が、古代にどうしてあったかって、全く不思議だよな。地球から太陽までの距離にしたって、つい百年前でも、これほどまでに正確《せいかく》には、しられていなかったっていうからなあ」

「――」

「うん、人類の記憶にない先をさかのぼったところでは、本当にすぐれた文明があったのかもしれないね。そしてそれがなんらかのかたちで古代エジプトに生かされたってこと、考えられるかもしれない」

クマさんは考え考えいった。

「ちょっとおとうふやさん、ここであげわけてくれる？　三枚《まい》ほしいの」

通りかかった人によびとめられて、おれたちの話は中断《ちゅうだん》した。

「あ、まいど、どうも」

クマさんは、なれた手つきで荷台の箱からあげをだした。

「明日はくる？　明日おとうふほしいんだけど」

「ええ、出ますよ」

クマさんは、ビニール袋《ぶくろ》にあげを入れながらいった。

「じゃ、五時頃《ごろ》とりにゆきますからね。三丁ほどとっておいてね」

そういうと、客はたちさった。

「繁盛《はんじょう》していますね」

「ああ、わが家のとうふは、すごく評判《ひょうばん》がいいのさ。みるみるうちに売れちまうぞ」

クマさんは、うれしそうに笑った。おれたちは、また歩きだした。

「さっきの話だけど、不思議なことはいろいろあるよ。最近読んだんだけど、アンデス山中に、ものすごく巨大《きょだい》な石造《せきぞう》の建造物《けんぞうぶつ》のあとがあるんだってね。ティアワナコ遺跡《いせき》っていうんだそうだけど、おれ写真みてびっくりしちまった。海抜《かいばつ》三七五〇メートルのアンデス山中に、なんだってそんなに巨大な建造物ができたんだろう。そしてな、すべての石がものすごく精密《せいみつ》に切られて、磨《みが》きあげられているんだとよ。大昔にこういうことができるなんて、全く不思議だよなあ」

クマさんの話をききながら、またおやじの手紙を思いだしたね。だっておやじも書いていたもんな。ピラミッドの石材を切ったカッターは、よほどすぐれたものだったろうって。

「そんなことを思うと、たしかに高い文明があって、古代人はそれを使ったってことがいえそうな気がするなあ」

クマさんは、ちょっと遠くをみるような眼《め》をした。

「そのかつての文明が、人類によって破壊《はかい》されたって思いますか?」

おれは、ゆりからきいたことを、そのままいっちまったよ。

「え？」

「つまりですね、今だって原子爆弾《げんしばくだん》が何発か爆発《ばくはつ》したら人類はおしまいだなんてよくいいますね、こんなことが、大昔にもあったかってことです。大津波《おおつなみ》とか火山の爆発なんかじゃなくて、人工的にです」

「人工的？」

おれは、ゆりのまねをして、人工的なんて言葉をつかった。

「ええ、地震《じしん》なんかじゃなくって、人間がぶっこわしちゃったってことですよ」

「へえ、なるほど。そういうことはあったかもしれないなあ。だってさ、今だってこのままゆけば人類は滅《ほろ》んじゃうなんて、よくいうじゃないか。人間は自然のバランスをくずしているっていうだろ。地球の他の生き物は、それぞれ自然に対してバランスをもって生き続けているって。すごくふえることも、へることもなく。ところが人間だけはものすごい人口の増加《ぞうか》なんだとよ。つまり人間だけが自然のバランスをくずしちまっているっていうからな。このままゆけば、どうなるかわからないそうだ」

「いやだなあー、おれが生きているあいだは大丈夫《だいじょうぶ》だろうなあ」

「わかんないぞ。おれたちの骨《はね》はとてももろいんだとよ。みどりだって、もうこれ以上へらせないところにきているっていうものな」

そういってクマさんは、街路樹《がいろじゅ》のけやきをみあげた。

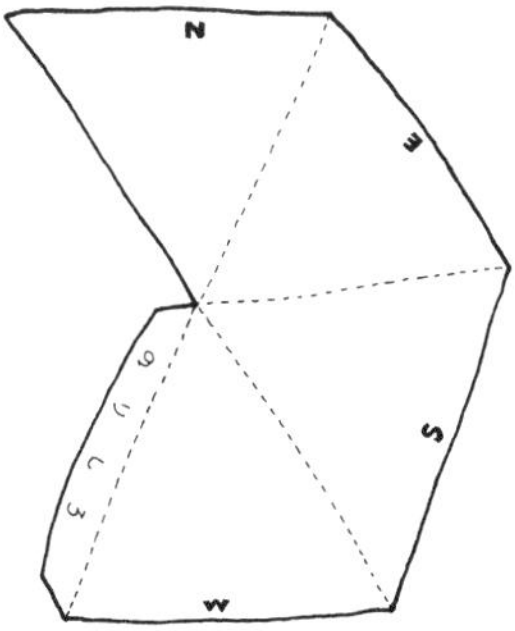

「でもよ、そんなことにおかまいなしに、こうやってここにもこんなに大きな団地《だんち》ができただろう。ま、そのおかげでうちのとうふはよく売れるけどよ」

いつのまにか、おれたちは四〇四号室がみえる場所まできていた。クマさんは自転車をとめた。

「さて、ここで売りながら、ちょくちょく上をみるよ」

その声につられて、頭をあげたおれは、

「あッ！」と叫《さけ》んだ。

グリーンのハイネックのセーターをきた少女が、四〇四号室に入ってゆくのをみたんだ。その後ろ姿《すがた》は、まさしく浅川ゆりだった。

白い建物

おれは階段《かいだん》をかけあがった。頭の中にはドアの前にたった浅川ゆりの姿が、やきついていた。四〇四号室へむかって廊下《ろうか》を走る。あらい息をはきながら、ブザーをおす。何度もおす。だが中からの返事はなかった。よく考えてみれば、それはあたりまえだ。返事なんかあるはずはない。ピラミッド帽子《ぼうし》を、かぶっていないんだものな。これでもし、ドアがあいたら、おれがさんざん考えてやっとたどりついた結論《けつろん》が、おじゃんになるってわけだ。ない頭をしぼって、やっとピラミッド帽子と四〇四号室との関係がわかるところまで、ゆきつけたんだものな。でもおかしい。なんだって浅川ゆりが、あの部屋に入らなけりゃならないんだ。おれはむしょうに腹《はら》がたって、どおーんと扉《とびら》に体をぶっつけた。そして、ダダダーン、ダン、ダダーン、ダンってドアをたたいちまった。となりの家の扉があいた。

「うるさいわね。なにしてるのよ。子どもが眼《め》をさますじゃない」

若《わか》い女の人が、おれをにらんだ。

「そこは空家《あきや》よ。いくらたたいたって、だれも出てきやしないわよ」

「でも、今、入っていったんです」

「入っていった？　そんなら、そんなにドアをたたかなくても、出てくるでしょ。とにかく困《こま》るわよ。いい、わかったッ？」

そういうと、女の人はドアをぱたんとしめた。おれは、すごすごとそこをひきあげた。

「叱《しか》られたな」――おれの顔をみるなり、クマさんはニヤニヤ笑った。

「金曜日の夜までおあずけだ。そのかわり、金曜日には徹底《てってい》的にさぐりだそうよな」

「ああ」

おれは、気のない返事をした。のどにものがつまったような、便秘《べんぴ》の時のような、なんともあとあじの悪い思いだ。その時、自転車が二台、おれたちの側でとまった。

「やあ、先輩《せんぱい》」

太田と川島だ。二人ともおれに気がついているのに、しらんふりしていやがる。

「ちょうどよかった。とうふ五丁下さい。買いにゆくところだったんです」

川島が、大きな鍋《なべ》をさしだした。

「ずいぶん大家族なんだな、お前んところは。でっかい鍋だ」

とうふを入れながら、クマさんはいった。

「えへ……」

川島は頭をかき、ちらりと太田をみた。かちっと二人の眼《め》があった。いやな感じだ。家族のために、とうふを買ったんじゃないなって、とっさにおれはそう思ったね。川島は荷台に鍋《なべ》をくくりつけると、

「じゃ先輩《せんぱい》、部会は水曜日ですね。その時にまた」

といって、自転車にのった。そして二人は、おれたちからはなれていった。太田の奴《やつ》、ずっとだまったままだ。おれがまた、クマさんと一緒《いっしょ》なので、頭にきちまっているな。ざまぁーみろだ。

「あいつら、ばかにうれしそうじゃないか」

クマさんは、自転車にのった二人の後ろ姿《すがた》をみていった。なにかおかしいことでもあるのか、太田と川島は大きく笑っている。そのしぐさにもいやなものを感じた。

おれは四〇四号室をみあげた。浅川ゆりは入っていったんだから、もしかしたら出てくるかもしれない——って思ったんだ。けろっとした顔をしてな。そしてまた、原子爆弾《げんしばくだん》だの、アトランティス大陸だの、エーゲ海だのってはじめるかもしれない——なんて思いたかったのさ。四〇四号室の秘密《ひみつ》もすべてあきらかにされる。でも四〇四号室のドアは、かたくとざされたままだ。おれはクマさんの、商売用の木箱をのぞきこんだ。どれだけとうふが残っているか、たしかめたのだ。あと三丁だ。

「これ全部売ったら、浅川の所へいってみませんか」

「浅川の所?」

「どう考えたってへんですよ。浅川があすこに出入りするなんて」

「ああへんだよな。うん、よし、売り終わったらいってみよう。でもよ、お前家《うち》しってんのか?」

「えーまあ」

ちょっと口ごもったね。だってよ、実をいうと、おれ用事のあるふりをして、浅川が住んでいる団地《だんち》の前をよく通るのさ。住所は家にある住宅組合員名簿《じゅうたくくみあいいんめいぼ》で、調べあげたんだ。もちろんおふくろのいない時を、みはからって。どうしたの? だれを調べているのなんてきかれたら、うるさいじゃないか。電話番号だってしっている。でもかけたことはない。そこまでは、まだできないな。

とうふは、またたくまに売れた。

「これで、よーし!」

クマさんは、荷台の木箱を紐《ひも》でむすぶ。おれたちは、自転車をひっぱって歩きはじめた。

「森川さぁーん」

露店《ろてん》から、ガスの声がまたかかった。

「今日はよくここを通るのね」

はちきれそうな笑い顔だ。

「ああ、だいぶ売れたな」——おれは露店の野菜に眼をやった。

「さっきね、隣《となり》のクラスの太田さんと川島さんがネギを買っていったわ」

「へえー、ネギをね」

「スキヤキにするんですって。いいわねえ」

白い歯をみせて笑った。陽にやけた顔に、白い歯がやけにきれいだ。

「じゃあな」

客がきたので、おれは別れた。

「あの子、いいな。いつか撮《と》りたいな」

クマさんは、ちょっとうしろをふりかえった。

「ガスっていうんです。本名は須賀《すが》マリっていうんですけどね」

「ガスかあー、こりゃ、いいや」

クマさんは、目を細めてたのしそうに笑った。露店《ろてん》を通りすぎると、人通りがへったので、おれたちは自転車にのった。クマさんと二人で、自転車をとばせるなんて最高だ。風が体をつきぬけてゆく。

浅川ゆりの住む団地《だんち》は、五階建てだ。このあたりは分譲住宅《ぶんじょうじゅうたく》で、十四階建てのおれの住んでいる所より、どことなくゆとりがある。緑も多い。垣根《かきね》ごしにしゃれたシャンデリアやピアノなんかもみえたりする。でも、エレベーターはないんだ。階段《かいだん》の左右に一軒《けん》ずつ部屋《へや》がある。郵便《ゆうびん》受けに「浅川」と書いてあるのをたしかめて、おれたちは階段をのぼった。五〇一号室だ。かなり急な階段なので、息があがった。いや、これはそのせいじゃない。ゆりにあうのが、こわいのさ。あうのもこわいが、いないっていうのもこわい。いなけりゃ、さっき見たのが、間違《まちが》いなくゆりってことになるじゃないか。五階についた。左側の部屋だ。表札に浅川ってあるのをたしかめて、ブザーをおす。しばらく待ったが、返事がない。もう一度おした。やっぱり駄目《だめ》だ。おれはレンズに眼《め》をつけて、中をのぞいてみる。なぁーんにもみえない。透明《とうめい》なガラスだけだ。さっき叱《しか》られたのに、おれはまた、ドアをたたいた。

「浅川くーん、浅川くーん」

その時、向かい側のドアがあいた。中から中年の女の人が顔をだした。

「御見舞《おみま》いね」――おれたちをみるなりいった。

「病院はね、第一病院の十号室。もう少し落ちついてからいった方が、いいんじゃない」

「え!?」

「あら、御見舞いじゃなかったの。ゆりちゃんの具合《ぐあい》が悪くなって、さっき入院したのよ」

「――」おれは息をのんだ。パン屋であったばかりじゃないか! いろいろしゃべったばかりじゃないか! そんなことあっていいのか――。

「あの、具合はかなり悪いんですか?」――クマさんがきいてくれた。

「そうね、だいぶ苦しそうだったわ。かわいそうに」

「――」

おれたちはだまったまま階段をおりた。四〇四号室でみた後ろ姿《すがた》は、ゆりではなかった。では、あいつは一体だれだ。だが、もうそんなことはどうでもよかった。ゆりの体のことだけで、頭は一杯《いっぱい》だった。クマさんと並《なら》んで自転車を走らせながら、おれは団地のはずれにある第一病院の白い建物をみあげた。

スキヤキ

「暑い、暑い、もう初夏だ」

部屋《へや》に入るなり二枚目《にまいめ》が、汗《あせ》をふきながらいった。

「ショーカ、ショーカ」

クマさんの言葉に、おれたちは笑った。階段《かいだん》をのぼってくる足音がする。ゆりはくるはずがないんだから、だれだろうなと思った。映研《えいけん》のメンバーは皆《みな》そろっている。部屋に入ってきた奴《やつ》をみて、びっくりしちまった。伊藤《いとう》順子なんだ。しかもそのあとから、ガスがニコニコ笑ってついてきたじゃないか。

「あ、今度入った二人だ」——クマさんは皆にいった。

「伊藤順子です。よろしくお願いします」

順子の奴が、きどっていった。

「須賀《すが》マリです」

ガスがきまりわるそうにうつむいて、汗《あせ》をふいた。順子の奴、おれがモタモタしているんで、直接《ちょくせつ》いいやがったな。きっと心細いからガスをひっぱってきたんだ。ガスはお人よしだから、ことわれないもんな。順子の奴、おれの方を、ちらともみやしない。いるのしってんのによ。ふんだ。

「あら、浅川さんは?」

順子はまわりをみまわした。入院したのぐらい例の早耳でしっているはずだ。わざとききやがったな。

「入院したんだ。当分こられないよ」

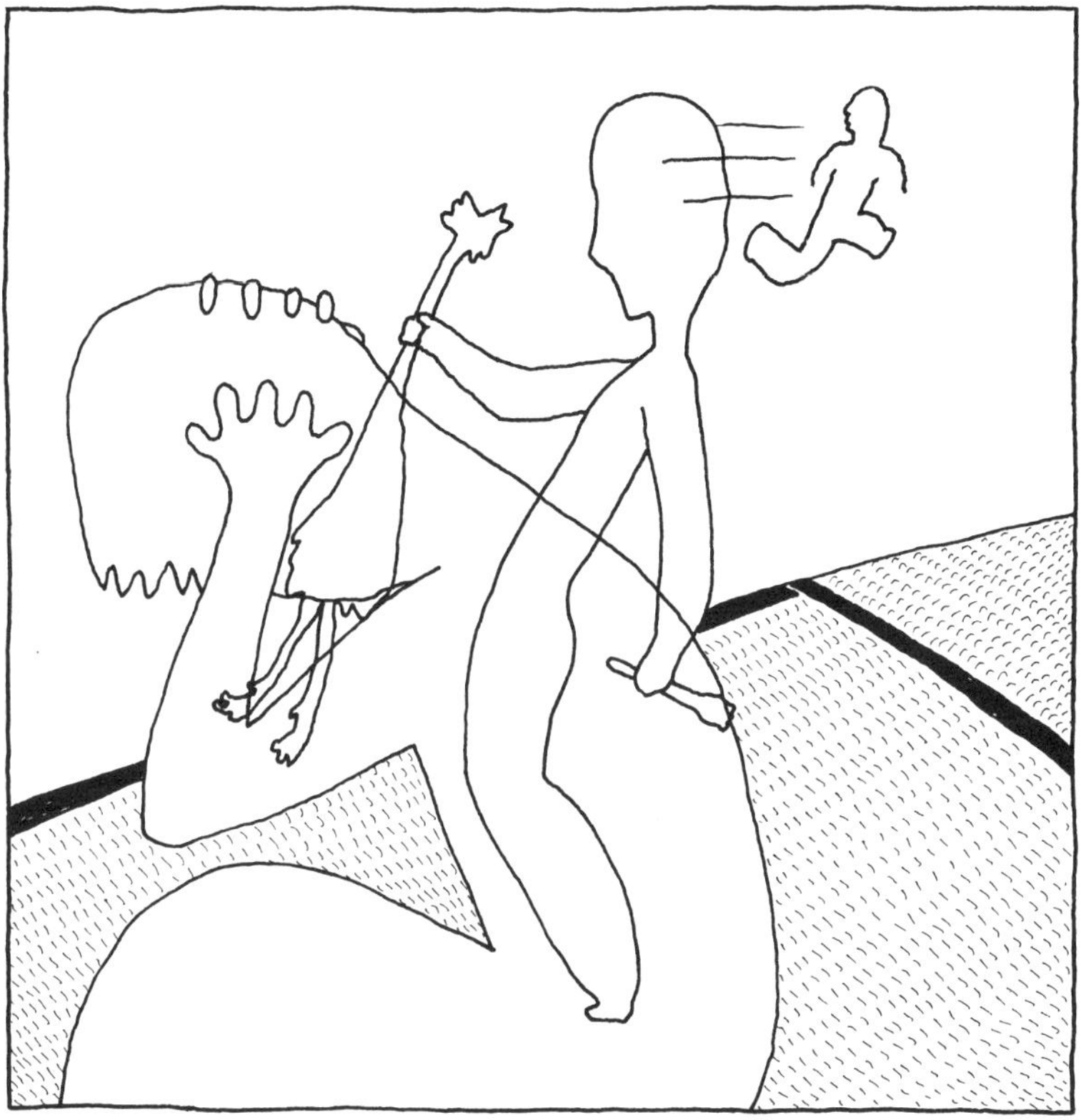

川島の言葉に、順子は大げさに顔をしかめた。

「そう、お気の毒ねえ」

「えーっと、映写機《えいしゃき》とスクリーンかりたいんだけどな」

二枚目がクマさんにいった。

「ああ、いいよ。そこにある。なにか撮《と》ったのかい?」

クマさんの言葉に、二枚目はちらっとキザのほうをみた。うながされるように、キザは声をだした。

「実は、いつまでもぐずぐずしてらちがあかないから、おれたち例の鶏《にわとり》の撮影《さつえい》しちまったんだ」

「鶏って……赤ペンキのか」

「ああ、ちょうど鶏も手に入ったからな」

「それで、今それを映写するって

わけか」

「そうだよ。ま、できはわるくない。森川が鶏《にわとり》に赤ペンキをぬるって設定《せってい》だったけど、キザがやることにした。キザのいらいらした感じが、よく撮《と》れたぞ。おい、スクリーンを用意してくれ」

二枚目《にまいめ》の言葉に、太田と川島がスクリーンをひろげた。おれは雨戸《あまど》をしめて、部屋《へや》を暗くした。

「じゃ、はじめるぞ」

二枚目の声がして、スクリーンには、キザが畳《たたみ》にあおむけに寝《ね》ころんでいるのがうつしだされた。横に机《つくえ》がおいてあり、教科書がひらかれている。キザは眉間《みけん》にしわをよせ、ぶっちょうづらだ。そのうち、顔全体をぎゅっとしかめ、いらだった顔が、クローズアップされる。突然腰《とつぜんこし》をあげると、膝《ひざ》をかかえるようにしてうずくまる。そして髪《かみ》の毛をかきむしる。次にさっと庭へとびだしてゆく。物置小屋から赤ペンキとはけを取りだすと、鶏小屋へむかう。そして鶏の足をひっつかまえて、赤ペンキをぬりだす。くくーッくくーッと悲鳴《ひめい》をあげる鶏とキザが写しだされる。

「うわぁー、すごい」

順子が声をあげた。それから先の映像《えいぞう》には、おれもぶったまげたな。つまりだな、赤ペンキをぬりたくっているうちに、キザは本当に鶏の首をしめちゃいやがった。ペンキをぬりながら、キザは興奮《こうふん》しちまったんだ。積もっていたいらだちを、本気になってぶっつけちまった感じだ。顔の表情《ひょうじょう》にそれがよく出ている。首をしめ終わったとたんの、放心した顔。あらい息づかい。ぱっと鶏を地面にたたきつけると、けたたましくその場を走ってゆくキザ。そこで映写《えいしゃ》は終わった。一瞬《いっしゅん》しぃーんとしたが、川島がたちあがって、雨戸をあけた。

「部長に相談しないでやっちまったのは、悪かったと思うよ。でもよ、やる気がおきた時に、ぱっとやっちまうのが一番いいもんな」

二枚目は、映写機を片《かた》づけながらいった。

「それによ、お前たちは夢《ゆめ》がどうのこうのっていってただろ。だからそれはそれで進めてくれよ。いいだろ。費用はなんとかする」

「——」

クマさんはだまったままだ。

「ね、あのあと鶏どうしたの？」——順子が二枚目にきいた。

「食っちまったよ。スキヤキにしてな」

川島がらんぼうにいい、言葉をつづけた。

「太田の奴《やつ》、みかけによらず器用なんだ。肉なんか上手に切ったぞ」

「それで、ネギを買ったわけね」

ガスが大きな声をだした。おれは、とうふを買った時の二人の態度《たいど》を思いだした。あの時は、もう撮影《さつえい》は終わっていたのだ。

「わかった。この撮影はお前たちで進めていい。全体としてうまく統一《とういつ》できるように考えてやってみよう、な、森川」

クマさんの言葉に、おれは大きくうなずいた。二枚目の撮《と》った十六ミリをみて、がぜんファイトがわいたんだ。クマさんとなにかを創《つく》りあげようってな。どんなものになるかわからない。でもなにかを創《つく》ろうって気持が、胸《むね》をつきあげたんだ。

「君たちどうする？　どっちの方をやってみたい？」

二枚目《にまいめ》が、順子をみた。

「……そうね」

「あたしは、森川さんたちの方」

ガスはいきおいよくいった。順子の眉《まゆ》がぴくっとした。

「先輩《せんぱい》、ひとつどぎもをぬくような奴《やつ》を、お願いしますよ」

川島の言葉の中には、これ以上のものは無理だろうってひびきが感じられた。

「ああ創るぞ。すげーのをな」

おれは、川島にむかって胸《むね》をはっていった。

その時、順子が声をだした。

「あたしどっちもやるわ」

順子らしい返事だ。

金曜日の夜

高層《こうそう》ビルとビルの間を、ふきまくる風の音ってしってているかい。特急列車がすれちがう時のような、金属性《きんぞくせい》の音をだすんだ。あの音が連続的にひびきわたるのを想像《そうぞう》してくれよ。そして夜、だぁーれもいない部屋《へや》で、たった一人でそれをきいているおれの気持もよ。不気味《ぶきみ》なんだなあ。なにかえたいのしれない恐怖《きょうふ》にかられるんだ。それでおれは寝《ね》ころんで、さっきからしきりに映像《えいぞう》のことを考えている。クマさんと一緒《いっしょ》に創りあげる映像のことをね。でも駄目《だめ》だ。風の音は気にしないで、そのことを考えようとしても、日曜日にゆりと一緒に歩いた、あの時のことをいつのまにか思いかえしている。片目《かため》をつぶって太陽をみたゆりの姿《すがた》がうかんでくるんだ。あの時、「まともにみられないものは、太陽と死よ」ってこともなげにいったけど、もしかしたらあの言葉は、ゆりがずっと考えていたものだったのかもしれない。きっとそうだ。今、ゆりはどうしているだろう。こんな風の音が、第一病院のあたりでもするのだろうか。しないでほしいなあ、きかせたくない、こんな風の音――。

それにしても、クマさんはくるのがおそい。おれは置時計をみる。八時四十分をさしていた。どうしたんだろう。こないなら、電話ぐらいよこせばいいのに。実をいうとおれ、こんな風の中を、四〇四号室へゆくのは気がすすまないんだ。浅川ゆりそっくりの人間が、扉《とびら》の中に消えた四〇四号室なんかによ。こわいんだ。本当のことをいうとよ。

電話がなった。クマさんからだ。やっぱり今夜はやめなんだな。

「もしもし、森川です」

「――」

「もしもし、もしもし」

「――」

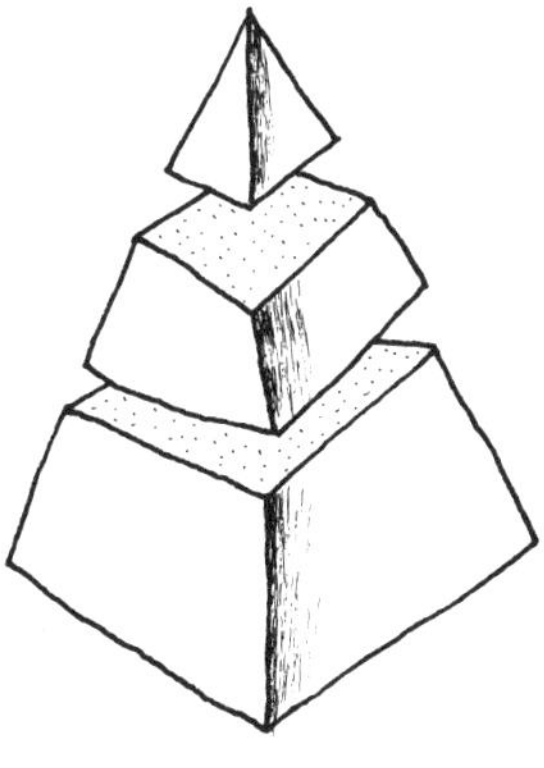

「だれ……だれですか」

「あの……」

おれは、どきんとする。浅川ゆりだ。ほそい、小さな声だが、おれにはすぐわかった。

「具合《ぐあい》は、具合はどう、具合は」――おれの声はかすれた。

「ええ……なんだか……急に電話をしたくなってしまって……」

「第一病院からだね」

「……ええ、今しがた夢《ゆめ》をみたの」

「夢？」

「そう、電車にのっているの。暗い電灯のともった電車に……客はだあれもいないの、わたしたちだけで。電車は暗やみの中を走ったわ……時どき駅にとまるの。灯だけついていて、人のいない駅に……でもすぐ暗やみがつづくの……本当に真《ま》っ暗《くら》……」

そこで声がとぎれた。息づかいがあらい。

「もしもし、もしもし」

「――」

「もしもし、もしもし」

「……また……ね」

がちゃんと、受話器をおく音がした。おれは電話台の前に、たちすくんでいた。どうしたらいいのか、どうしたら。

その時、ブザーがなった。ぎくりとする。膝《ひざ》をガクガクさせながら、玄関《げんかん》へゆき、レンズをのぞく。クマさんだ。今の電話で、一瞬《いっしゅん》クマさんのくることを忘《わす》れちまっていた。風圧《ふうあつ》で動かなくなったドアをやっとあける。クマさんが、体をねじらすようにして、中に入った。だだぁーッと風がふきこんできた。

「たはぁーすげえッ、おいどうした？　顔色が悪いぞ」

おれをみるなり、クマさんはいった。

「いや別に」

とっさにそう返事をしていた。なぜか今の電話のことは、口から出なかったんだ。

「なんだか空巣《あきす》ねらいみたいだ。ま、留守《るす》をねらったってことには、違《ちが》いないもんな」

クマさんは、運動靴《うんどうぐつ》をぬぎながらいった。そして、

「こいつをふきとばされないように、気をつかったよ」と、ボール紙のピラミッド帽子《ぼうし》をみた。

「こんな風でも出かけますか」

「ゆかないのかい？」

「いや」

クマさんが意外な顔をしたので、おれはそう返事をしちまった。

「そうそう夜は出られないんだ。やっちまおう今夜。気ばかりもんでも仕方ないだろ」

クマさんは、おれの部屋《へや》に入ると、カーテンをあけた。

「うん、真っ暗だ。ここへくる時もみたんだけど、やっぱり真っ暗だった。おい、ピラミッド帽子

かぶってみようじゃないか」

おれとクマさんは、ピラミッド帽子《ぼうし》を頭にのせた。そのとたんに、四〇四号室のあかりは、ぱっとついた。

「おそれ入ったな、なんとも」

おれたちは顔を見合わせた。

「よし、とってみよう!」

ピラミッド帽子をとると、あかりは消えた。

「おれたちのくるのを待っているぞ。よーしでかけるか!」

「飯でも食っていった方が、いいんじゃないですか。夕飯の残りがあるから」

「腹《はら》ごしらえをするか。腹がへっては戦《いくさ》ができぬっておやじがよくいうもんな」

クマさんは、ふりかけをかけて二杯《はい》も食べた。さすがだ。おれは一杯がやっとだった。浅川ゆりの声が頭からはなれないんだ。ほそい、小さな消えいりそうな声——。

おれたちは外へ出た。すごい風だ。植え込《こ》みのきょうちくとうが、強風にあおられてのたうちまわっている。人通りは全くない。ふきとばされそうなので、一歩一歩力を入れて歩く。やっと向かいの棟《むね》についた。エレベーターにのる。四階のボタンをおす。二階……三階……四階だ。もうぬきさしならぬところへきた。おれの心臓《しんぞう》はドキドキと高なった。

「ピラミッド帽子をかぶろう」

四階のフロアから廊下《ろうか》へ出た時、クマさんは、おれをみていった。いつもとさしてかわらぬ顔をしている。クマさんの大胆《だいたん》さに、おれはなけなしの気力をかきたてた。

おれたちはピラミッド帽子をかぶると、廊下を足早に歩いた。そして四〇四号室の前にたった。おれが一瞬《いっしゅん》ためらっていると、クマさんがブザーをおした。すかさず、がちゃんと鍵《かぎ》をはずす音がした。中からドアをあけようとしているが、風圧《ふうあつ》でひらかない。やっとできたすき間に、おれとクマさんは手をさしこみ、力いっぱいドアをひいた。そしてそこにみたのだ。こちらへむかって、ニコニコ笑いかけている顔を。それをみたとたん、おれはごくりとつばをのみこんだ。

植物の部屋

そこにたっているのは、浅川ゆりなんだ。間違《まちが》いない。そんなことってあるか。そんなことって！　でも、「いらっしゃい！　さあ、あがって」といって、口をひらいた時、はじめてちょっとした違《ちが》いをみつけた。えくぼに気がついたんだ。ゆりにはえくぼはない。それと顔のはだだ。ゆりはこんなに大福もちみたいにすべすべしていない。

「――」

おれが息をのんでいるまに、クマさんはもう運動靴《うんどうぐつ》をぬいでマットに足をかけている。おれは、部屋《へや》の中をみて、びっくりしちまった。おなじ団地《だんち》の造《つく》りなのに、こうも違うのかって。大体空家なんだから、家の中はがらんとしているとばかり思っていた。ところがそうじゃないんだ。まず玄《げん》関《かん》を入ると、つきあたりはまるで宮殿《きゅうでん》のドアみたいに、金属性《きんぞくせい》の枠《わく》をつけたガラスの扉《とびら》がある。わが家なんかはカーテンがかかっているところだ。それから壁《かべ》がまるで違う。クリーム色にかわっていて、すごく明るいんだ。ドアをあけて中に入ると、もっとびっくりしちまった。部屋《へや》の中は、緑でいっぱいなんだ。つまりいろんな植物の植木が部屋におかれてあるんだ。つやつやしたつたの葉っぱが、壁《かべ》をおおっている。天井《てんじょう》からも、小さな葉をつけた植木鉢《うえきばち》がさがっていた。エジプト模様《もよう》のじゅうたんの上には、ガラスの丸いテーブルがあり、ゆったりとした籐椅子《とういす》が四つおいてあった。

「さあ、どうぞ。もうピラミッド帽子《ぼうし》はとって」

少女はそういうと、大きく笑った。その笑顔をみて、浅川ゆりとは違《ちが》うと、はっきり思った。ゆりは、こんな明るい笑顔はしない。

「おれんとこからみると、部屋はがらんとしてみえたがなあ」

おれは、緑の部屋をみまわした。

「ええ、ほら、こちらの部屋は植物は片《かた》づいているから」

少女は、次の部屋との境《さかい》にかけてある、籐《とう》ののれんをあけた。そこには植木鉢はなく、エジプト模様のじゅうたんがひかれ、壁《かべ》ぎわには、エレクトーンとステレオ、書棚《しょだな》、三面鏡、洋ダンスなどがおいてあった。カーテンはかかっていない。部屋の真《ま》ん中《なか》に、ガラスのテーブルがある。

「とうとうあえたわね」

少女は、おれとクマさんをかわるがわるみた。白いトックリのセーターに、ジーパン姿《すがた》だ。最後にゆりと歩いた時と、おなじじゃないか。

「君はだれ？　どうしてここにいるの？」――おれの声はかすれている。

「たのまれたのよ」

「だれに？」

「ともだちに」

「ともだち？　どこで？　いつ？」

「エジプトで。そう、今年のはじめ頃《ごろ》ね。のどがかわいたでしょう」

少女は冷蔵庫《れいぞうこ》の方へむかった。

「ね、きみ――」

クマさんがいった時、少女はちょっと後ろをふりむいて、くすりと笑った。

「まあ、そうあせらないで。ジュースを飲んでからね」

こんなそぶりは、ゆりとにている。おれはジュースの入ったコップをみて、びっくりしちまった。ダイアモンドとか、水晶《すいしょう》なんて知らないけどさ、きっとこんなふうにすきとおって、きれいなんだろうなあ、なんて思った。世の中には、こんなコップもあるんだなあってはじめて知ったよ。そしてまた、レモン色をしたジュースの味たるや、おどろきだ。あんまりおいしいから、魔法《まほう》にかけられちまって、気がついたら、浦島太郎《うらしまたろう》みたいに年よりになっちゃうんじゃないかと、ちょっぴり心配だった。クマさんも、ごくごく飲んでコップをテーブルにおいた。

「こりゃ、うめえや」

「気に入ってくれて、うれしいわ」

少女はえくぼをひっこませて、にっこりする。おれもコップをテーブルの上においた。そして、少女をまっすぐにみていった。

「まず、ピラミッド帽子《ぼうし》のことからだな」

「うふふ……」少女は首をすくめた。

「なんであんな奇妙《きみょう》きてれつなことがおこるのかよ」

「それはね、ちょっとこっちへきて」

少女は籐椅子《とういす》からたちあがると、次の部屋《へや》との境《さかい》にある籐ののれんをまたあけた。

「ほら、あのテーブルの上をみて」

「――」

「あのテーブルの上に、小さな石がのっているでしょ」

そういわれて、はじめて気がついた。たしかにやや青みがかった小石がおいてある。

「正体はあれよ」

「なんだよ、あれは?」

「ブーヤよ」

少女はきっぱりといった。

「ブーヤ?」

「そう、ブーヤ」

「なんだい、そのブーヤって?」――クマさんは大きな声をだした。

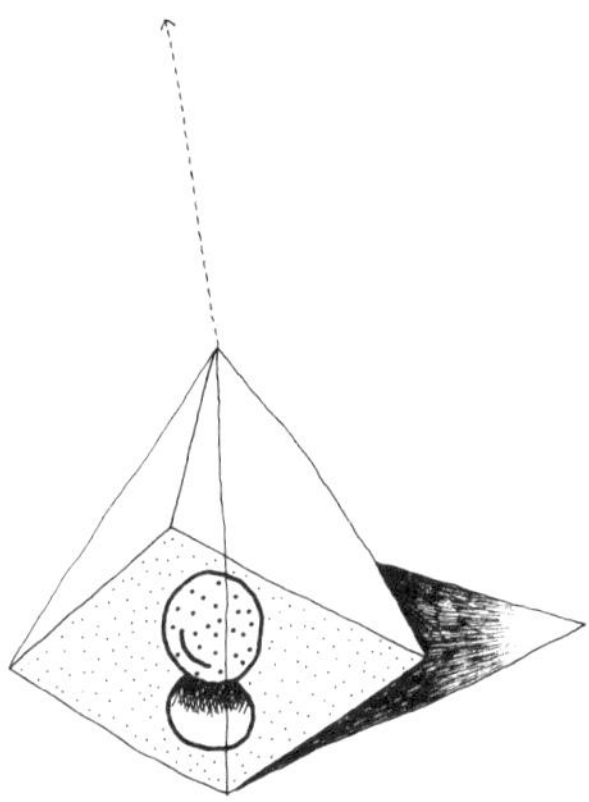

「説明すると、長くなるんだなあ」

少女は籐椅子にもどり、腰《こし》をおろした。

「ブーヤはね、ただの小石じゃないの。ほら自動扉《とびら》ってあるでしょ。扉に近づくと、自然にドアがあく……ちょっとあれににているのよ」

「なんだって、ピラミッド帽子をかぶるとひかりが出るんだよ」

おれは乱暴《らんぼう》な口のきき方をした。だってよ、さんざん気をもんだり、ドキドキしたり、考えたりした正体が、こんなちっぽけな小石のせいだなんて、しゃくじゃないか。

「それはね、あのピラミッド帽子の角度そのものから出ている磁気《じき》エネルギーに関係あるの」

「磁気エネルギー？」

「そうよ」

「でもよ、あれをかぶればなんだってひかりが出るんだ。ピラミッド帽子をかぶった者しかあかりはみえなかったもんな」

おれは、たたみかけるようにいった。

「それはね、人間の体から出ている生体エネルギーに関係あるのよ。このエネルギーと、磁気エネルギーとがまざりあった時、ブーヤはひかりをだすんだわ。その人だけにみえるひかりをね。といってもはじめのうちは、ピラミッド帽子をかぶらなくても、ひかっていたでしょ。操作《そうさ》によっては、そういうこともできるのよ」

「考えられないなあ、そんなこと」――おれは吐《は》きだすようにいった。

「でもよ……」クマさんは、ちょっと口をつぐんでから、言葉をつづけた。

「この間、新聞でみたんだ。魔《ま》のバミューダ海峡《かいきょう》で、ついにフランス人とアメリカ人がピラミッドの探検《たんけん》をするって記事。あすこでは、今まで沢山《たくさん》の飛行機や船が蒸発事件《じょうはつじけん》をおこしているだろ。それは、海底にピラミッドがあって、磁気《じき》をくるわしているってよくいわれていたんだ。それをよ、ついに探検にふみきったんだな。このピラミッドは今から一万五千年前にあったものだっていわれているんだよ、とにかく不思議なんだよ。そこを通る飛行機や船が蒸発しちゃうなんて。だからよ、ピラミッド帽子《ぼうし》とブーヤの不思議があっても、おかしくはないのかもしれないなあ……」

「そうよ、そうよ」

少女はクマさんの言葉に大きくうなずき、たのしそうに笑った。

アガルタ

「ともだちにたのまれたって、さっきいったね」

「ええ」——おれの言葉に少女はうなずいた。

「エジプトでたのまれたって？」

「そうよ」

「エジプトのどこ？」

「アレクサンドリアよ」

「——」

またまた、おやじの手紙に書いてあった地名が出たよ。アレキサンドリア港についたので、足をのばしてピラミッドをみにいったって、書いてあったんだ。

「その人、そこに住んでいるのかい」

「ううん。その時はまだね。今はエジプトだけど」

「今はエジプト?」

「そう、あった時は、下見にきていたんだわ。商社勤務《しょうしゃきんむ》で三年間住むことになるんで」

「わかった。その三年間のあいだ、君にこの家を時どきみてほしいって、たのまれたんだな」

「そうよ、そうよ」

クマさんの言葉に、少女の眼《め》はいきいきとした。

「なんていう人?」

「緑川っていうの。わたし、森川とか緑川って名前好きなんだわ」

少女はおれの方をみていったんで、どぎまぎしちまったよ。

「なんだって、エジプトで知りあったんだい?」——クマさんがきいた。

「アレクサンドリアの通りを歩いていたの、アレクサンドリアもね、地中海に面した海岸通りなんか広びろとしているんだけど、ラコティス区なんかになると、そうはゆかないのね。裏通《うらどお》りに入ると、特にごみごみしているのよ。あの日、三人の家族連れを市場でみかけたの。ちょうど私《わたし》ぐらいの女の子と両親とね、魚屋の前にたって、大きなうなぎをみてびっくりしていたわ。あのあたり、そりゃ大きなうなぎがとれるのよ。その時、一人の現地人《げんちじん》が近づいたのね。いけないって、とっさに思った。とても悪質《あくしつ》なガイドなのね。もう何人もの観光客がひっかかっているの。あとでずいぶん緑川さん一家に感謝《かんしゃ》されたわ。知りあったのは、そんなきっかけからよ」

「なんだって、そんなにくわしいんだい？　アレクサンドリアに？」

この少女の話すことは、どことなくへんだ。ブーヤって小石のことだってそうだ。ぴったりしないんだなあ。

「そりゃ、外へ出るのが大好きだからよ」

「外へ出るのが……？」

「そう、外へ出るのっていいなあ、とくに風がいいなあ。今夜みたいにすごい風だって、とっても心にひびくなあ」

「――」

おれは、まじまじと少女をみた。たしかにへんだよ。

「緑川さんとあった頃《ころ》は、きみはアレクサンドリアに住んでいたのかい？」

クマさんがたずねた。

「ううん」

「じゃ、どうしてそんなにアレクサンドリアにくわしいんだ」

「わたし、どこでもくわしいわ」

「え!?」

「どこへだってゆけるわ」

「なんだよ、それじゃUFO《ユーフォー》にでものって、この地球にやってきたのかよ？」

おれは、おもいきっていいったよ、どう考えたって、この世ばなれしてるもんな、この少女は。

「UFOですって？　ありゃーいやだぁ」

少女は腰《こし》をかがめて笑った。おれとクマさんは顔をみあわせる。少女は笑い終わると、

「さあ、もう一杯《ぱい》ジュースをいかが？」といって、たちあがった。

どうも話が中断《ちゅうだん》されそうな気がしたけど、あのおいしいジュースも飲みたかった。おれもたちあがると、次の部屋《へや》との境《さかい》にある籐《とう》ののれんをあけた。目の前に、おれの住む棟《むね》がそそりたっている。いくつもの目玉が、いっせいにこっちをみているみたいだ。おれの部屋をみる。いけねえッ！　あわてて出てきたんで、電灯をつけっぱなしにしてきちまったよ。

風のいきおいは、前よりもましていた。金属性《きんぞくせい》の音にまじって、けもののほえるみたいなうなりが、ひびきわたっている。

「ね、きみはどこからきたんだい？」

クマさんが、ジュースをコップに入れている少女にむかっていった。

「アガルタよ」

「アガルタ？　どこだい？　まさか、エジプトじゃないだろうな」

「あたりまえじゃない」

「じゃ、どこだよ」

「なんならいってみる？」

少女は盆《ぼん》にコップをのせると、ふりかえってクマさんをみる。

「ゆくって……？　近くなのかよ」——おれの声は、こわばっている。

「近いってわけには、ゆかないわねえ」

「アガルタなんて、へんな名だなあ」

「へんな名なんかじゃないわ」

クマさんの言葉に、少女はきっとした表情《ひょうじょう》になった。こんな時の顔つきは、ゆりそっくりなんだなあ。

「どうするの？　くる？　こない？」

「——」

「今夜は風がひどいからなあ」

おれは、やっといった。こんなにすごい風の中を、正体不明の少女と外へ出るなんて、うす気味わるいや。とってもじゃないけど、おれにはできないね。

「風なんて関係ないじゃない。気持いいじゃない」

少女はあきれた顔をしておれを見る。

「おい、行こうじゃないか。このままひきさがるなんて、できないよ」

クマさんは、きっぱりという。

「でも、金も持ってきていないし……」

「あら、お金なんていらないわよ。心配ご無用」

「でもよ、あんまり時間がかかるようだったら、ひきかえすよ。またの機会にゆくことにする」

クマさんはもうゆくことにきめている。こうなったら、しょうがないよ、ついてゆくよりあーあだ。

「ピラミッド帽子《ぼうし》はもってゆくのかよ」――おれは、サイドボードの上にのせた帽子をみていった。

「おいていったほうがいいわ。風がひどいから」

「通してくれるのかい？　ピラミッド帽子をかぶっていなくたって」

クマさんはちょっと皮肉っぽくいった。

「うふふ……大丈夫《だいじょうぶ》、大丈夫」

少女は肩《かた》をすくめて、くすりと笑った。

風圧《ふうあつ》であかないドアを、こじあけるようにして、外へ出る。まちかまえたように、風がおそいかかってきた。

台地へ

「うへえっ、さっきよりすげえや」

おもわず叫《さけ》ぶ。おれたちは体をかがめて廊下《ろうか》を歩く。エレベーターにのりこんで、やっと息をついた。廊下でこんなにすごいんだから、家の外へ出たら一体どんな風が吹《ふ》きまくっているんだろう。

少女は一階のボタンをおした。

「おい、たしかに一階でとまるんだろうね。おれ、エレベーターにのりつけないからさ、よく思うんだ。このままどんどんとまらないで、どこまでも、どこまでも下っていっちまったらどうなるんだ、なんてよ。そしてさ、ついたところが地下鉄駅みたいだったなんて想像《そうぞう》しちまうことあるよ」

そういうクマさんを、少女はちらっとみた。

「なんなら、そうしましょうか」

「おい、できるのかよ」

おれはぎくりとする。

「うふふ……」

少女は底ぬけに明るい笑顔をおれたちにむけた。だが、エレベーターは一階でとまった。フロアから外へ出る。案《あん》の定《じょう》すごい風だ。きょうちくとうの植えこみに、つっこまれそうだ。足をふんばる。だが少女は、うれしくてたまらないように、体を風にまかせきっている。四月も終りに近いのに、さすようにつめたい。まともに強風に吹《ふ》きまくられたことってあるかい。ズボンやシャツの布地《ぬのじ》が、ぴたッとはだにこびりついちまうんだな。セロファン紙みたいによ。それがさ、たるんだりすると、なんだか自分のはだにしわができちまった感じになるんだ。髪《かみ》の毛なんかも、ひきちぎられちまうんじゃないかって思っちまう。

「たあーッすげえッ!」

おれはおもわず、大声をだした。声をだすと、肺《はい》に石がつまったみたいになって、息が苦しい。人通りは全くない。水銀灯のあかりが、道路をぼんやりと照らしているだけだ。昼間クマさんがとうふを売っている場所なのに、風の中にいると、おんなじ場所だなんて、とてもおもえない。なんだって、よりによって、こんな日に出かけなけりゃならないんだよっておもうよ。しかも正体不明の女の子の後についてさ。おれの頭に、ちらっとおふくろの姿《すがた》がうかんだ。今頃《いまごろ》は、看護服《かんごふく》を着て、

病院で忙《いそが》しく働いているんだ。まさか今頃、風にあおられて、夜道を歩いているなんて想像《そうぞう》もできないだろう。おれはなんだか、ちょっぴり悪いみたいな気がした。このおこりは、数学がわかんなかったからだ。数学ができるようになりたくて、ピラミッド帽《ぼう》子《し》を作った。そして、こんなことになっちまった。
「ちえッ！　数学め！」
おれは、舌《した》うちをする。でも、今さら後にはひけない。それに一体こいつはおれたちを、どこへつれてゆくんだよ。アガルタなんてぬかしやがってよ。アガルタ、アガルタ――なんだよ、一体これは。
第一病院の白い建物がみえる。

あすこに浅川ゆりが寝《ね》ているんだ。どの部屋《へや》なんだろうって、おれは風に吹《ふ》きまくられながら、病室を眼《め》でおっていた。

「遠いのかよ」――クマさんが、少女のそばで声をはりあげた。

「もう、ちょっと」

風の中でも、少女の声はよく通った。

第一病院の前を通りすぎて、少女は台地の方へむかった。この団地《だんち》は、一三〇年前は江戸幕府《えどばくふ》の大砲試射場《たいほうししゃじょう》だったそうだ。洋式砲《ようしきほう》の大演習《だいえんしゅう》をやったっていたけど、いかにもそんなふうな、だだっぴろさは今でも感じられる。そしてその頃《ころ》からずっとあったんだろうなっていう名残をとどめる台地が、団地から、一〇分ぐらいはなれたところにある。少女は、どうやらその台地へゆくようだ。そこには、うっそうと木がおいしげっていて、ちょっと山の中にきた気分になる。小学校の頃は、ここでよくターザンごっこをやった。つるにつかまって、

「ヤーッ　ホーッ」

って大声をあげながら、体を宙《ちゅう》に動かすんだ。だが、中学校に入ってからは、しだいに足が遠のいた。

その台地には、横穴《よこあな》にほられた穴があった。戦争中に空襲《くうしゅう》で焼けだされた人たちが、ここで暮《く》らしていたってきいたことがある。

「なんだよ、妙《みょう》なところにひっぱりこむじゃないか」

ごうごうと音をたてている台地の木々《きぎ》をみあげながら、クマさんがいった。

「山道はまっくらだぞ。懐中電灯《かいちゅうでんとう》なしじゃ、とっても歩けないからな」

そのとたん、ぱっとあかりがついた。少女がポケットから、あのブーヤという小石をだしたんだ。それは懐中電灯なんかより、よっぽどあたりをあかるく照らした。そして、少女は先にたって歩きはじめる。クマさんがそのあとにつづく。胸《むね》あたりまでおいしげった雑草《ざっそう》をかきわけながら、なんだってこんな思いをしなけりゃならないんだって、またおもったね。さっさと家へひきあげられないのは、クマさんの手前だけなんだ。おれはクマさんに、みっともないとこはみせたくないもんな。

少女は、台地の中の横穴の一つに入った。そこはちょっと横穴とみわけがつかないくらい草が入り口においしげっていた。だが中に入ると、急にしめっぽい空気が体をつつんだ。少女は横穴をすたすたと歩く。おれたちが遊んだ頃は、穴はすぐゆきどまりになっていた。だが、この横穴はどこまでもつづいている。

「おい、どこへつれてゆくんだよ」

おれはおもわず大声をあげた。おれの声が、うわわーううわ――と、へんなひびきになってかえってきた。風に吹きまくられなくなったが、底びえのする湿気《しっけ》が、風よりももっと不気味に体をつつんだ。やっとゆきどまりになった。だが、よくみるとそうではない。ブーヤのあかりは、人がやっと通れるだけの小さな通路を照らしていた。少女はそこを通りぬける。おれは、もうやぶれかぶれになって、ただただ細い通路を歩いた。やっと少女の足がとまった。おれはブーヤのひかりが地面を照らした時、ぎくりとする。なぜって、そこにすっぽりと穴があいていたんだ。しかも縄梯子《なわばしご》がかかっていた。

「おい、ここを降《お》りるっていうのか」

おれは、穴《あな》をのぞきこんで叫《さけ》んだ。

「そうよ、どうする？　くる？　こない？」

少女は、おれたちをじっとみた。

「なんだ、アガルタなんていって、こりゃ、サガルタじゃないか」

クマさんの言葉には答えず、少女はまたいった。

「どうする。くる？　こない？」

第3楽章
未知への冒険は
みんなで行こうよ！

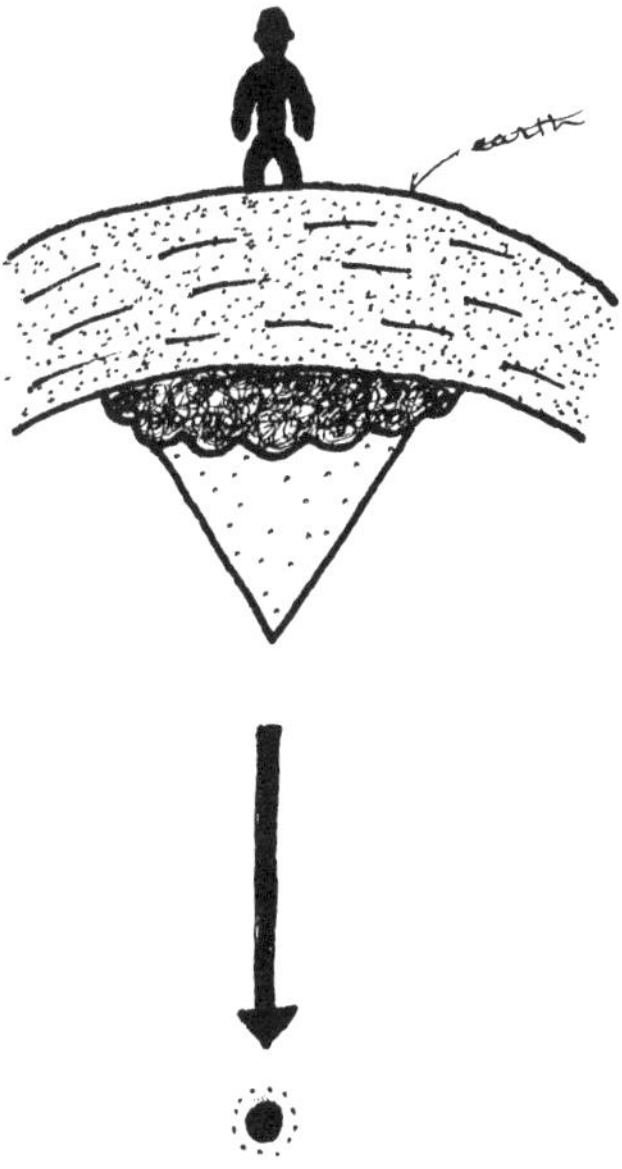

雪渓をゆく

おれは、おそるおそる竪穴《たてあな》をのぞいた。中は真《ま》っ暗《くら》でなにもみえない。下からふきあげてくる冷気が顔をついた。おもわず体をひく。

ぞくぞくしてとりはだがたった。

「どうする？　行く……」――そこまで少女がいった時、

「行くよ、な」

クマさんは、おれの顔をのぞきこんだ。

「う」――おれの口から出たのは、声になっていなかった。でも少女は、それを行くととったようだ。縄梯子《なわばしご》をとると、下へむかっておりはじめた。こうなると、もう後へはひけない。おれはクマさんにつづいて、竪穴《たてあな》をおりはじめる。少女は、足場までくると、ブーヤをこちらへむけた。ぱっとあたりがあかるくなり、内部にこびりついたこけが、照らしだされた。少女は、クマさんが近づくと、再《ふたた》び下へおりはじめる。おれは足場までくると、ふうっと息をはいた。そこからは、ワイヤ梯子《ばしご》になっている。もっと休みたかったが、二人はどんどんおりてゆくので、仕方なくあとにつづく。竪穴は螺旋状《らせんじょう》になっているようだ。少女は一体どこへおれたちを連れてゆこうとしているのだろうか。そう思うと、体ががくがくしはじめるので、無理に考えまいとする。手ぶくろをしていないので、ワイヤをにぎりしめる手がこすれていたい。次第に気温も下がってゆくようだ。どのくらい時間がたっているのかということも、だんだんわからなくなった。おれはただクマさんのあとにしたがって、竪穴をおりていった。穴のまわりは、いつのまにか岩壁《がんぺき》に変わり、水のしずくが、壁《かべ》の表面をつたわって流れている。ワイヤ梯子をにぎりしめる手がぬれて、皮がむけた個所《かしょ》が、ひりひりいたんだ。

「おい、まだなのかよ」

何度めかの足場を、さらに下へおりはじめた時、クマさんはたまりかねたようにいった。

「梯子は、もうすぐ終わるわ」

少女の声が、かえってきた。そして、本当にそれから少しして、少女はおれたち二人がくるのを、下へおりずにまっていた。そこには、大小の岩石がころがっている。少女は、岩場のすみにある横穴をくぐりぬけた。おれも穴をくぐりぬけて、思わず息をのむ。そこは鍾乳洞《しょうにゅうどう》になっていた。鍾乳石と石筍《せきじゅん》でできた柱が何本もそそりたち、あるところではそれが、一つの厚《あつ》い壁を作りあげていた。

石筍や鍾乳石が、ブーヤのひかりをうけて、まるでミラーボールのようにきらめいている。

　おれたちは、柱や壁のあいだをぬって進んだ。天井《てんじょう》から流れる水滴《すいてき》が、石筍の上にぽたん、ぽたんと落ちた。きこえるのは、その音だけで、あたりは静まりかえっている。やがて鍾乳洞はゆきどまりになった。さて、どうするのかと思ったら、少女は横壁の前にじっとたちどまった。よくみると、そこには大理石のような扉《とびら》があったのだ。少女は目をつぶり、口の中で何かをつぶやくと扉はあいた。おれは、びっくりしちまって、まるで自分の意志《いし》をなくしたみたいにその中に入っちまった。扉はしまった。すると、少女はまた目をつぶり、さっきよりも長くだまったままそこにたたずんでいたが、突然《とつぜん》、

「下へ！」

と、とても少女から出たとは思えぬ声をはりあげた。すると、大理石のような石でできた四角い内部は、下へむかって動きだしたんだ。全くどぎもをぬかされちまったよ。

「おい、こりゃ一体どうなっているんだ」──クマさんが声をはりあげた。

「どうってことないわ」

「どうってことないかよ。下へっていったら動きだしちまうなんてよ」

「びっくりした？」

「あったり前よ」

「しばらくじっとしてたでしょ。あれはね、自己暗示《じこあんじ》にかけて精神《せいしん》エネルギーをひきだしていたのよ」

「精神《せいしん》エネルギー?・」

「ええ、そう、人間の頭脳《ずのう》ってはかりしれないのよ。そういえば、この開発があなた達の世界じゃ、あんまり行われていないみたいね」

「あなた達の世界って、それじゃお前さんはおれ達の世界の人間じゃないのかよ」

「あったり前じゃない!」

少女は、びっくりしたようにおれをみた。

「アガルタへゆくって、いったでしょ」

「生きて帰れるのかよ」

「ありゃ、いやだぁ」

少女は、くっくっと笑った。その時、おれは体の中がほてるように熱くなった。外部からの熱のためにあつくなったのか、少女の笑顔《えがお》が、浅川ゆりそっくりだったからか、よくわからない。しばらくして、熱さは感じなくなり、むしろ再《ふたた》び肌《はだ》に寒さを感じるようになった。やがて動きはとまり、扉《とびら》はあいた。

「うへえー、寒いや」

外から吹《ふ》きこんでくる冷気に肩《かた》をすくめる。外は相変わらずやみの世界だった。ブーヤのひかりが、目の前にある雪渓《せっけい》を照らしだした。おれたちは、その雪渓を歩きはじめる。せせらぎの音がきこえる。きっと地下水の流れの音なのだろう。雪渓をのぼりつめると、岩壁《がんぺき》がそそりたっていた。岩層《がんそう》の裂《さ》け目の間をおれ達は通りぬける。寒さはつのった。

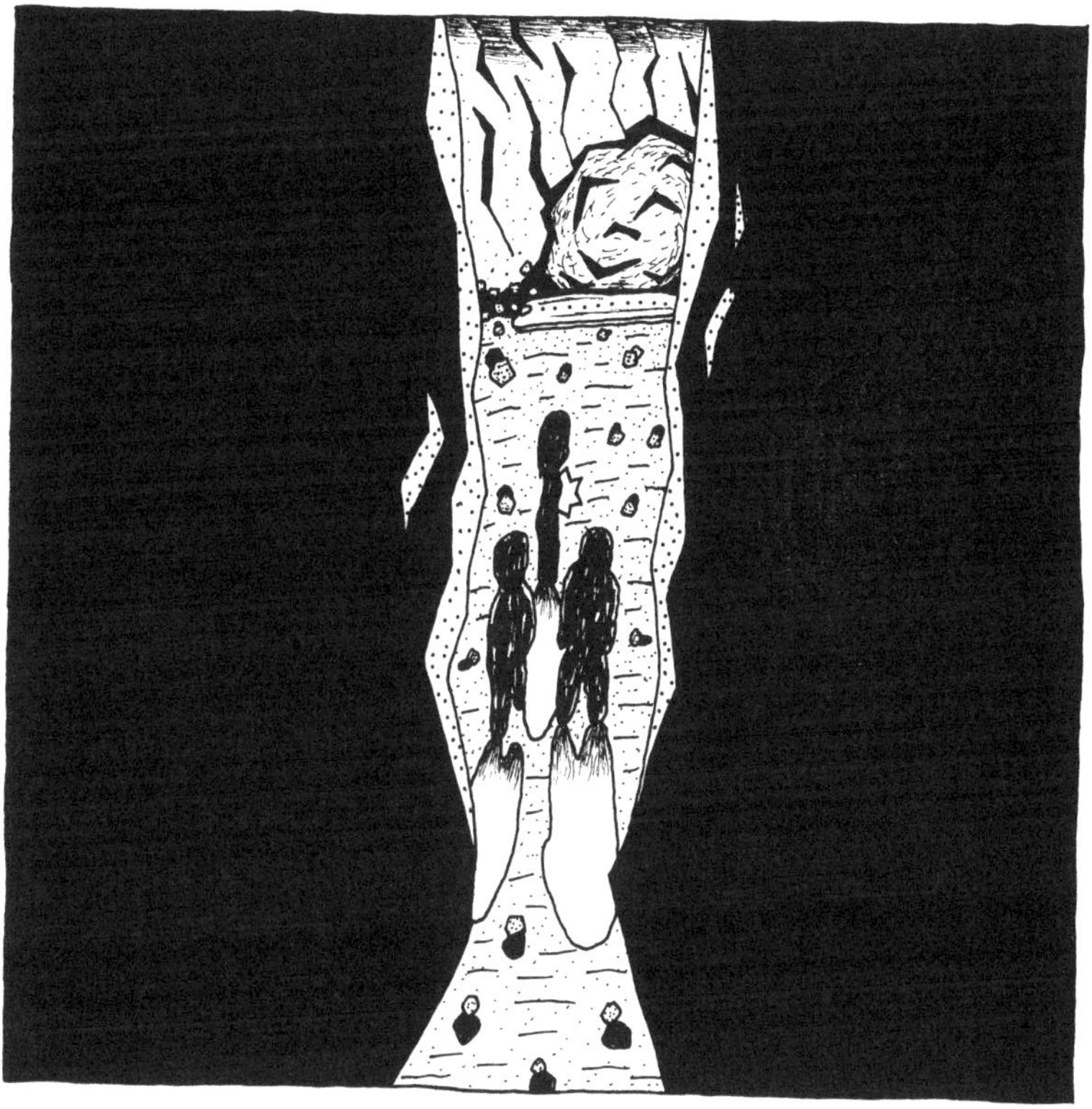

「おい、まだ遠いのかよ」

寒さで、歯ががちがちいって、かみあわない。おれは思わず強い調子でいった。

「ほら、みて、あれが駅よ」

いくつめかの岩層を通りぬけた後、少女は大きな声をあげた。ブーヤのひかりは、岩天井《いわてんじょう》がくずれおちて、巨岩《きょがん》が途中《とちゅう》でとまったかたちになった個所《かしょ》を照らしていた。その下に銀色の乗物がみえた。だがそれをみた時、「あーッ」と、叫《さけ》んだ。

あそこに浅川ゆりがいる！——って思ったんだ。だがそうではなかった。おれは、ゆりが電話で話したこととごっちゃになっていたんだ。真《ま》っ暗《くら》な中を電車はどんどん進んだとゆりはいった。乗客はだれもいないって。あの乗物をみて、おれはそれを思いだしたんだ。

「どうしたの?」

少女がおれの方をふりむいた。その時、

「ちょっと待ってくれ」——クマさんが、大きな声をだした。

「あの乗物には今度のる」

「え?」——少女はクマさんの顔を見入った。

「今度カメラを持ってくる。十六ミリで撮影《さつえい》するんだ。アガルタを、な、そうしよう」

おれはあまり突然《とつぜん》なので、声が出なかった。

「映研《えいけん》のおれたちの撮影は、アガルタだ。テーマは『光と影《かげ》』なんだからな!」

「あ、そりゃ、すげえや」

おれは叫《さけ》んだ。太田たちは、おれ達がこんな途方《とほう》もないものを撮《と》るなんて、思いもしないだろう。

「今度の日曜日、あの台地の洞穴《どうけつ》に午前九時に来てくれるかい?」

「ええ、いいわ。でもね、『光と影』の影の部分でも撮るつもりなら、それは違《ちが》うわ」

「わかった! じゃ、日曜日、九時にな」

「おい、ここで別れちまうのかよ」

クマさんの言葉におれはあわてた。

「あーらいやだ。お送りするわよ。さあ、ひきかえしましょう」

少女はおれをみて、くすんと笑った。

給食

「腹《はら》すいたぁ、腹すいたぁ」

山川が箸《はし》でアルミの盆《ぼん》をたたいた。待ちに待った給食の時間がやっときたのに、椿《つばき》先生が教室に現《あら》われないんだ。いつもなら山川にあわせて、箸をたたくんだが、今日はどうも調子が出ない。疲《つか》れちまったんだな、昨夜《ゆうべ》から今朝《けさ》にかけての大冒険《ぼうけん》に。それでいて、あれは本当にあったことなんだろうか……と、今でも頭のどこかで思っている。

「静かに。もう少し待ってくれよな」

委員長の矢島が、山川にいった。

「幼稚園《ようちえん》の子じゃあるまいし。なにも先公と一緒《いっしょ》に食うこたぁないよな、なあ森川」

山川は、どぉーんとおれの背中《せなか》をたたいた。

「ああ」

「なによ、気のない返事」

伊藤《いとう》順子がふりむいた。とっさにおれは叫《さけ》んだ。

「腹へったぁ、腹へったぁ、食っちまおうぜ」

「食おうよ」

「食べちゃおう」

教室のあちこちから声があがった。

「わかった。食えよ。おれがあとで先生にはあやまるから」

矢島の声に、皆《みな》は昼食にとびつく。おれは串《くし》カツを口に入れる。これは、好物のおかずだから興《こう》奮《ふん》するのだが、今日は腹《はら》がへっていない。いつもなら半日で今日は給食はないのに、なんてこった。運がわるいや。人間ってあんまりびっくりすると腹がへらないもんなのかな。早くもおれの異常《いじょう》を順子の奴《やつ》かぎつけているらしいんで、無理をして食ったよ。ところが山川の奴は気がついていない。

食べ終わると、いつもの調子ではじまった。

「なあ、森川、ちっとも腹ふくれないよなぁ、食いたりないなぁ」

「食べりゃいいじゃない。先生のが残っているわ」

順子が教壇《きょうだん》の机《つくえ》の上にある、先生の給食を指さした。

「うへぇ……食っちまおうか」――山川はおれの顔をのぞきこむ。

「だめよ、森川クンは。そんな勇気ないもん」

いつもだったら、おれはこんな順子の言葉にのせられないんだ。だけどよ、とにかくあの奇妙《きみょう》な大冒険《だいぼうけん》のあとで、頭の回転がにぶくなっちまったんだな。

「食えばいいんだろう、食えば！」

そういうと、椅子《いす》からたちあがった。

「いよおッ！　大統領《だいとうりょう》！」

山川が大声をはりあげた。おれはつかつかと教壇《きょうだん》へむかった。椿《つばき》先生、今、教室に入ってきてくれよ、今だ！　今なら間にあう！……って思ったんだけど、ついに駄目《だめ》だった。おれは先生の椅子に腰《こし》をかけた。

「やるう――」

女生徒から声があがった。

「よせば、ね、森川さん」

ガスの声がした時、おれはもう先生の串カツを口に入れていた。それでなくとも腹がすいていないんだから、つらいこった。でもさ、さもうまそうに食ったよ。こうなればもう意地だ。

「おい、山川、少しわけてやろうか」

こんな余裕《よゆう》のあるセリフもはいたね。まわりでワイワイさわいでいるのを、おれは頭の中のどこかできいている。実に妙な感じだ。今、おれは教室で先生の飯をくっている。皆《みな》がなにかわめいている――これは本当なのか。本当に今、おれはここにいるんだろうか。昨夜《ゆうべ》から今朝《けさ》にかけて歩いたあの世界の中にいたおれと、おなじ人間なのだろうか。夢《ゆめ》なのではないだろうか。でも、手はすりきれている。ワイヤ梯子《ばしご》のせいだ。やっぱりクマさんとあの世界へいったんだ。その時、ドアがあいた。椿先生が入ってきた。一瞬《いっしゅん》教室はしぃーんとした。おれの頭はにぶくなっているから、体も敏捷《びんしょう》じゃない。いつもだったら、さぁーっと自分の席へ逃《に》げるのに、ぽかんと先生の顔をみた。

「おや、御食事《おしょくじ》ですか?」

おれをみる先生の眼《め》は怒《おこ》っている。おれは頭をかきながら、教壇をおりた。

「食べ残しはお行儀《ぎょうぎ》が悪いわ、さあ全部食べなさい」

いつになくきびしい口調《くちょう》だ。おれはしおれた。椿先生を裏切《うらぎ》っちまったんだものな。

「食事がすんだ人は、運動場へ出なさい」

先生の言葉に、皆《みな》はがやがやと教室を出てゆく。順子の奴《やつ》なんか、すまして出てゆきやがった。ちくしょうめ！　だれもいない教室は、静まりかえっている。椿《つばき》先生もだまったままだ。息がつまりそうだよ。助けてくれ！

「しょうがないわね、すぐのせられるんでしょ」

やっと声をだした椿先生の言葉に、おれは首をあげた。先生の眼《め》が笑っている。

「パン屋へいって、コロッケパンとサラダパンを買ってきて」

先生はポケットから定期入れをだすと、そこから五百円札をとって、おれにさしだした。

「あの……小遣《こづか》いがあるから」

おれは教室をとびだした。パン屋にむかって走りながら嬉《うれ》しかったよ。先生のために買物にゆけるのが。とにかく椿先生はすごい。なんでもみやぶってしまう。椿先生っていいな、いかすなと思いながら夢中《むちゅう》で走った。

地球空洞説

「バッとしてお昼休み中は、そこに立っているのよ」

椿先生は教壇《きょうだん》の机《つくえ》のそばを指さした。そして、パンを袋《ふくろ》からだした。おれが使いにいっている間に、なんとおれの食べ残しをたいらげちまっていたよ。小遣いをはたくことなかったかな。でもよ、先生の横に立っているの悪くないなあ。

「このサラダパンおいしいッ。あげようか、あら、だめね、あまい顔みせちゃあ」

椿先生は肩《かた》をすくめると、すました顔をしてパンを食べる。

「あーあ、お腹《なか》いっぱい。ごちそうさま」

食べ終わると、先生はニコニコ笑っておれをみた。

「ね、今日わたしの時間にいねむりをしていたわね。どうしたの？　森川クンらしくない」

「――」

おれはぎくりとした。だってよ、うつらうつらしていたなんて、全然しらないんだものな。先生の時間にいねむりしたことなんて、一度だってない。よっぽど参っちまっていたんだな、あの冒険《ぼうけん》は――。

「先生！」

「え？」

おれの声に、椿先生は目を大きくひらいた。

「びっくりするじゃない。突然《とつぜん》大きな声をだして、どうしたの？」

「先生、今こうして立っている地上の下に、もう一つ違《ちが》った世界があるなんて、信じられますか？」

「――？」

「そんなことあって、いいんですかね」

「ちょっと待って、森川クン。細木先生、細木先生」

突然《とつぜん》椿先生は廊下《ろうか》へむかって声をかけた。スルメが通りかかっているじゃないか。ちえッ！　せっかく二人でいられたのによ。

「なんですかね」——スルメが教室に入ってきた。

「あの細木先生、この子が妙《みょう》なことをいいだすもんですから——」

〈ちえッ！　おれの質問《しつもん》に自分で答えればいいじゃないか。みそこなったよ〉——おれは腹《はら》をたてたね。

「先生がいつもおっしゃっているでしょ。ほら——」

「あ、地球空洞説《ちきゅうくうどうせつ》ですね」

急にスルメの眼《め》がかがやいた。その顔をみておどろいたよ。スルメのこんな顔をみるのははじめてだ。教室ではいつも退屈《たいくつ》そうに、窓《まど》の外ばかりみているじゃないか。

「地上の下にもう一つ違《ちが》った世界があるのかなんていいだすんです、この子」

〈この子か、いやな言葉だ〉

「ほう、いいところに眼をつけたね」

スルメは眼をほそめて、おれをみた。

「細木先生はね、自説を実証《じっしょう》するために、そりゃすごい執念《しゅうねん》なのよ。食うや食わずで……あら失礼、うふふ……」

椿《つばき》先生はくすくすと笑いながらつづけた。

「食べ物も倹約《けんやく》して、研究書や目的地への費用にまわしているの」

なぁーるほどと思ったよ。本物のスルメそっくりにひからびちゃっているのは、そのせいだったんだ。いつもおなじ背広《せびろ》を着ているのもね。人はみかけじゃ本当にわかんないよな。

「このままゆけば、人類は滅《ほろ》んでしまう。四十億の人類を乗せた地球号は、自分達の手で守らにゃならん」

突然《とつぜん》、スルメの口からはげしい言葉が出た。あの教室のスルメとこれが同じ人間かよ。

「固定観念にとらわれんことだ。うん、そういう意味からも、君はなかなかいいところに気づいたぞ」

スルメはおれの頭に手をのせた。

「地球の外側は固い殻《から》で、内部はどろどろにとけた熔融物質《ようゆうぶっしつ》が詰《つ》まっていて、中心部に近づくほど熱くなるっていう、あの固定観念にな」

「――」

「君は地上の下に別の世界があるんじゃないかと疑問《ぎもん》をもった。これはいいことだ。だから、こういう説があるってことを覚えておいてくれたまえ」

しゃべり方まで、なんだか若々《わかわか》しいよ。

「ま、そこに腰《こし》かけなさい」

スルメは最前列の椅子《いす》に自分も腰かけながら、すすめた。

「天体の形成はカジョーウンドウをとっていることをまずいっておく」

「カジョーウンドウって?」

少々《しょうしょう》うんざりしながらきいた。どうも話が違《ちが》うところへゆきそうだ。

「カジョー、つまり渦巻《うずま》きの状態《じょうたい》ってことだ。宇宙空間《うちゅうくうかん》の天体は、はじめは気体として渦巻きの状態の回転運動を続けるうちに、だんだん物質《ぶっしつ》が集まり、かたまって形成されてゆく。つまりだな、その結果が太陽とか衛星《えいせい》とか彗星《すいせい》になるわけだ。そのまるくなってゆく過程《かてい》の時に、内部には空所ができる」

ますますわからなくなってゆくよ。渦状《かじょう》のもんがなんで空所になるんだ。

「先生、いつものあの説明をなさったら」——椿《つばき》先生が横から声をだした。

「あ、そうだな。おい君、風呂桶《ふろおけ》の水を流したことあるか」

「ええ」

突然《とつぜん》にまた、スルメは妙《みょう》なことをいいだした。

「水は出口へむかって、どんどん流れてゆくだろ。そしてその時排水口《はいすいこう》では、水は渦巻き状になりながら、下へ落ちている。や、風呂場《ふろば》の掃除《そうじ》なんかせんからわからんかな」

「いえ、掃除はしているからしっています」

おれは、いつかしゃがんで排水口をみたことがある。そうだ。たしかに渦巻き状になっていた。

「その渦巻きの中に穴《あな》ができているんだ。空所がな」

なるほどと、思ったね。たしかに水は渦巻き状になって流れ、中心に空白のところができていた気がする。

「細木先生はね、地球も球状《きゅうじょう》になる過程《かてい》でそうなったって主張《しゅちょう》なさるわけ。そしてその空所にね、もう一つ別の世界があるに違《ちが》いないって——でも先生、地下深く進めば進むほど、温度は上昇《じょうしょう》してゆくってことはたしかですわ」

椿先生の言葉に、スルメはすかさず答えた。

「たしかに上昇しますよ。しかし、それはある一定のところまでです。つまり地下四〇七〇メートルの所までです」

あんまりきっぱりいうんで、なんだかそんな気になってしまいそうだ。だが、おれが昨夜《ゆうべ》から今朝《けさ》にかけて歩いたあの世界は、寒かったなあ。それにしても、アガルタの世界を十六ミリで撮《と》ってきたら、スルメはどんな顔をするだろうか。

「こんなことに疑問《ぎもん》を持ちはじめたのはな、君ぐらいの時に読んだナンセンの探検記《たんけんき》からだ。グリーンランドの横断《おうだん》の時、北へ進んで行くうちに、ナンセンは蚊《か》の大群《たいぐん》に襲《おそ》われている。テントで寝《ね》るには暖《あたた》かすぎる日を過《す》ごしたりしているんだ。北極では、北緯《ほくい》八五度線上に温血哺乳動物《おんけつほにゅうどうぶつ》のキツネをみつけている。なにかそれは、北のかなたに肥沃《ひよく》な大地があるんじゃないかって思いにかりたてられたんだな」

「先生ってすごいですねえ。そういうふうに物事を考えてゆくなんて。わたしなんかただ興味《きょうみ》ぶかく読んだだけですわ」

「いやあ……」

椿先生にほめられて、スルメはちょっとてれたが、すぐにおれをみた。

「君は疑問《ぎもん》をもった。いいか、その疑問をずっと考えつづけることだ。そしてききたいことがあったら、いつでも僕《ぼく》の所へこい。僕にわかることなら、なんでも教えるからな」

「――」

「そうするといいわ、森川クン」

椿《つばき》先生はおれの肩《かた》を軽くたたいた。

「さて、今日はこれで無罪放免《むざいほうめん》してあげる。運動場で遊んでいらっしゃい。細木先生、どうもありがとうございました」

「いやぁー、こっちこそこういう生徒がいると思うと心強いですよ」

スルメと椿先生はそういいながら、教室を出ていった。違《ちが》うんだなあ、ずれているな。ま、いいや、そう思って運動場へ出たとたんに、太田と川島にぱったりあった。

「おい、大傑作《だいけっさく》を製作《せいさく》中ですかよ」

太田がへんな笑いをうかべていった。おれはすぐにいってやった。

「あ、どえらいのをな」

そういったが、まだたりない気がして言葉をたした。

「おい、みて腰《こし》ぬかすな！」

ニボシ

「なるほど、それでわかった」

クマさんは、うなずく。おれは今日きいたスルメの話をしたんだ。

露店《ろてん》でつかまえてね。ちょうど売り終わったところだったんでゆっくり話せた。

「ニボシがね」

「え？　ニボシ？」

「あ、おれ達、ヤッコさんのことニボシってよんでいるんだ」

〈ニボシか――なるほど、スルメとおんなじだな、ひからびちまっているの〉

「おれこの間〝話と映画《えいが》の集い〟っていうのにいったんだ。話は北極へいった上村正樹で、映画《えいが》はその時のフィルムと、あとはマンガ映画《えいが》だった。だから子どもで一杯《いっぱい》だ。ところがだよ、最前列の真《ま》ん中《なか》にニボシがちょこんといるじゃないか」

「へえー」

「話と北極の映画が終わったあと、司会者がなにか上村さんにききたいことがありますかっていったんだ。そしたら、待っていましたとばかり、まっさきにハイッ！……ってニボシが手をあげた」

「やるゥ……」

「ニボシはな、まるで小学生みたいに直立不動の姿勢《しせい》できいたんだ。グリーンランド内陸にはクマはいないはずなのに、クマを射《い》ったとさっきおっしゃいましたが、いないはずの所に、なぜいたのでありましょうかっていったのさ」

「それで？」

「そうしたら、上村さんはニコニコ笑いながら、クマにきいてみないとわからないですがっていったんで、会場は大爆笑《だいばくしょう》さ」

「はーずかしい！」

「そのあと上村さんはつづけていったよ。クマはアザラシを常食《じょうしょく》にするから、内陸にはいないはずなんです。射《い》ったあと、腹《はら》をさくと胃ぶくろは空っぽで、かわいそうな気がしました。なぜ食べ物がない内陸へノコノコとクマが入ったか、不思議なことですっていったよ」

「これはつまり、おれに話したこととつながるね」

「ああ、ニボシはまだまだききたそうだったけど、次々《つぎつぎ》に子どもが手をあげたんで、あきらめたみたいだった」

「熱心ですね、とにかく」

「なんなら、これからちょっとニボシの家へいってみないか？」

「家へ？」

おれは、クマさんの気の入れようが意外だった。

「アガルタのことを話すんですか？」

「いや、それはもう少し先の方がいいよな」

クマさんはすごい乗り気で、電話ボックスに入ると住所を調べてきた。

「先輩《せんぱい》！」

その時、おれ達の後ろで声がした。ふりむくと、上下つづきのジーパンをはいた伊藤《いとう》順子が、買物カゴをさげて立っている。おれの方を、ちらっともみずにクマさんにいった。

「もう売り切れ？」

「ひと足ちがいだ」

「残念！　先輩んとこのおとうふ、どうしてよそのと違《ちが》うんだろうって母がいってました」

「どうも。それはにがりのためだな。普通《ふつう》は化学薬品を使うけど、うちのは昔ながらにとうふ汁《じる》をにがりで固めているんだ」

「なるほどねえ」

「つまり自然食なんだな」

クマさんはほめられたので、目を細めている。こういう時のクマさんの顔いかすぜ。

「それから先輩！」――今度はちょっと声をつよめた。

「撮影《さつえい》の方、どうなっているんですか？」

「――目下進行中だよ」

「二人だけで進めないで下さいよ。これでもわたしだってメンバーの一人なんですから」

「わかった！」

「もしよかったら、わたしの家使って下さらない？　広いし、映写機《えいしゃき》もスクリーンもありますから」

「や、どうも」

〈ちえッ！　広いだってよ！〉

クマさんは、にこにこ笑ってうけこたえをしている。

「じゃ、進行経過《しんこうけいか》を知らせて下さいね。きっとですよ」

順子は念をおすとたちさった。その後ろ姿《すがた》をちらりとみて、クマさんはいった。

「あの子、お前に気があるな」

「たはあーッ、よして下さいよ」

おれは大声をあげたが、なんだか顔がほてっちまった。

「そんなことより、アガルタのこと順子に話すんですか？」

「うん、そのうちにな。黙《だま》っているわけにもいかんよ」

「いやだな」

おれは声を強めた。順子がのりだしてきて、ああだ、こうだなんてはじめるのは、まっぴらだよ。アガルタの撮影《さつえい》は、おれとクマさんの二人で進めたい。でもよ、ガスはどうする。あんなにいきいきした顔をして、おれ達の撮影を手伝うっていったじゃないか――。

VIVU

「ここだよ」

クマさんは二階建ての木造《もくぞう》のアパートの前でたちどまった。場所は近くの子どもにきいたらすぐわかった。

「二〇一号室っていうから、二階のあの隅《すみ》だな」

おれ達は、ぐわぁーん、ぐわぁーんと鉄板をひびかせながら、梯子《はしご》のような階段《かいだん》をのぼった。

「細木」という名札をたしかめてから、

「今日はぁー」と声をだした。ドアがぱっとあいた。

「あーら、いらっしゃい」

みどり色のエプロンをした、若《わか》い女の人が顔中を笑いにしてたっていた。びっくりしたなあ、もう。だってよ、スルメに家族があるってことが、まるで頭になかったんだ。よく考えれば、年からいってもこのくらいのおじょうさんがいたって少しもへんじゃないよな。でもさ、びっくりしたのは、こればかりじゃないんだ。

「あなた、生徒さんよ！」

若《わか》い女の人は、こういったんだ。「あなた」ってな。

「おう」――背中《せなか》をむけて机《つくえ》にむかっていたスルメがふりかえった。

「さ、おあがんなさいな」

明るい声にさそわれて、おれ達は中に入った。台所の奥《おく》に、六畳《じょう》ぐらいの部屋《へや》があった。

「さ、どうぞ、どうぞお坐《すわ》りになって」

女の人の言葉に、おれ達はマゴマゴした。だってよ、坐る場所がないんだ。

「あーら、ごめんなさい、散らかしていて。あなた、その本と雑誌《ざっし》と秤《はか》りどかして」

そういいながら、畳《たたみ》の上のノートやスクラップブック、スケール、鉛筆《えんぴつ》、目覚《めざま》し時計、地球儀《ちきゅうぎ》なんかをかきわけて、坐る場所を作ってくれた。やっとできた空地に腰《こし》をおろした。

「よく来てくれたな。まさか、今日くるとは思わなかったよ」

スルメは、うれしそうにしわだらけの顔をむけた。

「君もよくきてくれた。三年一組の熊谷《くまがい》だな」

スルメの言葉にびっくりしたよ。だいたいスルメは生徒の名前なんか、はなからおぼえようとしていないみたいにみえるんだ。

「いやぁーおどろきました。担任《たんにん》に一度もなったことはないし、数学のできないおれの名前を知っているなんて」――クマさんは頭をかく。

「この人ね、教えた生徒の名前全部おぼえているのよ」

奥《おく》さんが、横からうれしそうにいった。

「全部とはいきませんよ」

スルメは、恥《は》ずかしそうにつけたす。おれはなんとなく部屋《へや》の中をみまわした。まずこの家の一番に変わっていることは、天井《てんじょう》に世界地図がはってあるんだ。二人で寝《ね》ながら地図をみるのかなあ。もっともはる場所は、ここしかないみたいだ。机《つくえ》の上には欧文《おうぶん》タイプ、和文タイプ、その横には輪転機《りんてんき》にカードケースがおいてあり、どの壁《かべ》にも本が積みあげられていて、今にも倒《たお》れそうだ。机の下には印刷用のインクや紙が束《たば》になっていて、もう全く足のふみ場もない。ものすごく雑然《ざつぜん》としているんだけどよ、でもなんだかいきいきしているんだなあ、この部屋。カードケースの上においてある雑誌《ざっし》が目についた。五ミリぐらいの厚《あつ》さの雑誌で、できあがったばかりらしく、たくさん積みあげられている。みどり色の表紙には、VIVU　と印刷されてあった。

「これ、なんという意味ですか?」

おれは雑誌の表紙を指さした。

「よくきいて下さった。うふふ……」

奥《おく》さんは、えくぼをひっこませて笑う。とにかくよく笑う、ほがらかな奥《おく》さんだ。スルメとはどうみても、二十歳《さい》以上は違《ちが》ってみえる。どこで知りあったんだろうな。スルメのどこにほれたんだろうな。おれは本当いうと、そっちの方に興味《きょうみ》をもった。

「地球空洞説《ちきゅうくうどう》のことが書いてあるんですか?」

クマさんが雑誌のページをめくる。

「ええ、そのことも書いてあるわ。でもね、そればかりではないの、VIVUってね、生きようって意味」

「英語ですか?」

「英語じゃないわ。エスペラント語よ」

「エスペラント?」

「そう国際共通語《こくさいきょうつうご》よ。世界のどこの国にもいるの。この言葉をわかる人が」

「へえー」

「しらなかったでしょ。わたし達はね、その国際共通語で雑誌を作っているのよ。世界中の仲間が読んでいるの」

「世界中の……」

「そうよ。あなた達も勉強しておぼえてよ。わたしがこの言葉を知ったのは、ちょうどあなた達ぐらいだったのよ」

「この言葉がきっかけですか? スル…いや先生と知りあったのは」

おれはきいちまったよ。

「そうよ。習いにいった時の先生がこの人。エスペラントのおかげでめぐりあえたのよ、ね」

奥《おく》さんは力をこめていい、スルメをみる。スルメったら、もう目を細めて幸せそうな顔してうなずいているよ。おどろいたなあ。スルメにこんなにすてきな奥さんがいて、その奥さんと国際共通《こくさいきょうつう》語《ご》で雑誌《ざっし》をだしている。そして世界中に仲間がいるなんて――。

「ほとんどが地球空洞《ちきゅうくうどう》説のことが、のっているんですか?」――クマさんが、またきいた。

「そうじゃあないの。地球空洞説をさかんに書くのは、この人よ」

奥さんは、くすんと笑ってスルメをみた。

「四十億の人類を救うのは、この研究以外にないって、力説するのね、この人が。するとそんな先のことじゃなくて、今が問題だって、私《わたし》やいろんな人が書くわ。広島に落とされた原爆《げんばく》の百万個《こ》分に相当する核兵器《かくへいき》が世界に存在《そんざい》しているのよ。このこと知ってる?」

突然《とつぜん》おれの顔をみたんで、すぐ声が出なかった。へえーそんなにたくさん……っておもったよ。

「わたしがまだ生まれていなかった頃《ころ》のことよ。でもすごく恐《おそ》ろしいことだってわかるわ」

「もちろん、今が問題だ。でも先のことだって問題なんだよ」

「その空洞説っていうのを、ききたいんです」

クマさんは、いきおいこんでいった。

「うれしいでしょ、あなた、こんなに熱心な生徒さんがいて」

自分がうれしそうな顔をして、奥さんはたちあがった。そして台所へゆくと冷蔵庫《れいぞうこ》からニンジンをとりだして、おろし金ですりはじめる。

「ね、あなた、その話をはじめる前に、今度の号よくみせてあげて」

「そうだね」

スルメは、みどり色の雑誌の最初のページをひらいた。そこには次のような字が書いてあったんだ。

Vokas ja infanoj
en floranta ĝarden,
Kantu dancu man' en manoj,
Vivu flow ĉio jen !

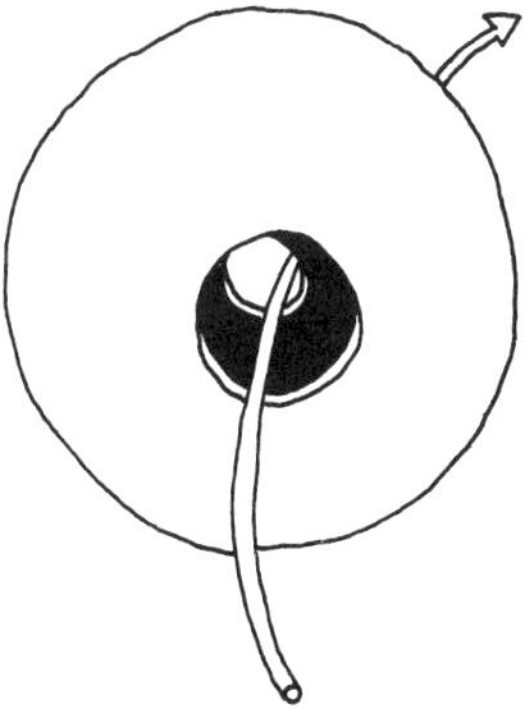

「これなんて書いてあるんですか?」

おれはノートをのぞきこんでいった。

「えーと、こうなるのよ」

奥《おく》さんは、スルメの肩《かた》ごしに雑誌をのぞく。

「こどもたちがよんでいるよ／花ざかりの庭で／うたおう／おどろう／手に手をとって／生きよう／花ひらこう／すべてのものよ！／さあ！……こういう意味ね。いい詩でしょ」

おれは澄《す》んだ声をききながら、奥さんとスルメはこのエスペラント語で毎日しゃべっているのかなって思った。なんだかいいかすじゃないか。二人の話すところを想像《そうぞう》してみたけどよ、奥さんがころころ笑っているところしきゃ、うかんでこないや。でもよ、とにかくかっこいいや。この言葉で世界の人たちと通じあえるなんてすごいなと思った。そして、おれの知らないところで、いろんな人がいろんなことをしているんだなあって、考えちまった。それにしても、昨日からずいぶんいろんなことがあるなあ。

地球内部の旅

「北極のかなたに温暖《おんだん》の場所があるかもしれないって説ですけれどね」

「ああ」

クマさんの言葉に、スルメは大きくうなずく。

「それと、地球空洞《ちきゅうくうどう》説とどういう関係があるんですか?」

「それはだな、その温暖の場所がだな、空洞へ入ってゆく入り口なんだよ」

「――――」

「まずわかりやすいところからはじめよう。それには、ぼく達が地球内部への探検《たんけん》旅行をすると想《そう》像《ぞう》してみようじゃないか。ちょっと天井《てんじょう》の世界地図をみてくれたまえ」

おれたちは、頭を上へむけた。スルメは、釣竿《つりざお》の先を天井へもってゆく。

「えーと、ここがニューファウンドランド島のセント・ジョンズだ」

竿の先は、北大西洋の一つの島でとまる。

「まずここから出航するとしよう。そして、これがグリーンランドのゴットホープだ。ぼく達はここにつく。ここでエスキモーの同行者を何人かと、橇《そり》と犬を集める。航海に必要なものを求めるんだ」

おれの眼《め》は釣竿の先を追った。

「そしてだね、グリーンランドを北上してゆくんだ。北緯《ほくい》八二度から八三度ぐらいに達するが、その辺まではさして困難《こんなん》はないはずだ」

なんだか、だんだん航海している気になってゆくよ。

「しかしだな、北へむかってゆくうちに、きっといくつかの変わった現象《げんしょう》にあうはずだ」

「どんなですか?」

「北からの風が、南からの風よりも暖《あたた》かくなったり、平均気温《へいきんきおん》が下がるということがなくなったりするだろう」

おれは、上ばかりみているんで、首がいたくなっちまった。でもさ、スルメは釣竿を動かしてつづける。

「このバフィン湾《わん》あたりで船をおりる。そしてだな、犬橇《いぬぞり》の旅がはじまるんだ。ピアリーランドあたりをさらに氷の上を進んでゆくと、やがて氷のない海がひらけるはずだ」

スルメはグリーンランドの先端《せんたん》を竿《さお》でしめした。

「船旅《ふなたび》がはじまる。海鳥の群《むれ》がびっしり海にむらがっていることだろう。そして、どのくらいの日数になるかわからぬがぼく達はある夜全く突拍子《とつぴょうし》もないことが起こっているのに気づく」

「どんなですか?」――スルメの方へ、おれは顔をむけた。

「夜のはずなのに、明るいのだ」

「え!?」

「ま、ききたまえ。その明るさはきっと妙《みょう》なものだろう。なぜなら、そこは地球の開口部のふちを越《こ》えて、中に入ろうとしているからなんだ――」

えッ!……まさかっておもいながら、おれはだんだんスルメの話にのってきちまったよ。

「いいかね、計器類で水温、気温、湿度《しつど》などが、ぐっと上昇《じょうしょう》してきたのをわれわれは知る」

「――」

「熱くって、われわれは着ているものをぬぎはじめる。やがて水中の変化に気づく、微生物《びせいぶつ》がいるんだ。ニシンや魚の群《むれ》にも出あうだろう。そして航海をつづけるうちに、はるかかなたに陸地がみえてくる。つまりだな、地球内部の陸地にたどりついたんだ。どうだ! すばらしいじゃないか」

「なんだか、信じられないわね。ね、そう思わない?」

奥《おく》さんはおれ達をみる。

「子どもの頃《ころ》読んだ、動物語が話せるドリトル先生のお話をきいているみたいで。ほら、北極グマが、先生に北極の氷の下に埋《う》まっている石炭のありかを教えるところが、あるじゃない。あの感じね」

奥さんは、おろし金で、ニンジンをすりながらいった。

「そしてだな、その陸地は豊《ゆた》かな天然資源《てんねんしげん》にめぐまれているんだ」

スルメは奥さんの言葉を無視《むし》した。

「あのーですね」――クマさんがその時声をだした。

「人工衛星《じんこうえいせい》が続々《ぞくぞく》打ちあげられていますね。衛星《えいせい》からの写真で、すべてがわかるんじゃないですか?」

さすが――って思ったよ。そうだよ、たしかに。こんなに科学の発達した時代なんだ。そんなことはすぐわかるはずだ。おれはスルメの顔をみた。

「ところがだね、熊谷《くまがい》クン」

スルメは落ちついたもんだ。

「一九六八年、十一月二十三日、人工衛星《じんこうえいせい》ESSA《エッサ》―7はだな、そこをちゃんととらえている」

「え?」

「えーと、その資料《しりょう》はだな……」

スルメは、壁《かべ》に積みあげられたスクラップ・ブックを、腰《こし》をかがめて調べていたが、やがてその中から一つをとりだした。

「ほら、これだよ。アメリカ商《しょう》務《む》省《しょう》環《かん》境《きょう》科《か》学《がく》事《じ》業《ぎょう》局《きょく》の提供《ていきょう》によるものだ」

おれはのぞきこんだ。一枚《まい》の写真が貼《は》りつけてある。たしかにグリーンランドあたりは氷原らしきものにおおわれているのはわかる。だが、極点をとりまく部分は黒い穴《あな》になっているみたいにみえる。

「黒くみえますねえ、たしかに」

クマさんが、うなずいた。

「次のもみてくれたまえ」

スルメは、スクラップのページをあけた。

「これも、ESSA《エッサ》―7によって撮影《さつえい》されたものだ。ここに写っているのは、南極地域《なんきょくちいき》だが、当日は天候にひどく恵《めぐ》まれていたようだ」

「こういうのをみても、まだわたしはその気になれないの」

奥《おく》さんは、台所からジュースを盆《ぼん》にのせて運んできた。

「さ、飲んでちょうだい。できたてのホヤホヤのニンジンジュース。はちみつ入りよ」

コップに入ったオレンジ色のジュースをみて、なるほどと思ったよ。なんで奥さんニンジンばかりすっているのかって思っていたんだ。おれは、ありがたくちょうだいして、ごくごくんと飲んだ。うへぇー、こりゃひどい！　おれは吐《は》きだしたいのを、ぐっとこらえた。なんとも妙《みょう》な味なんだ。

「飲みにくかったら、こうするのよ」

奥さんは、鼻をつまんで、すまして飲む。ちぇッ！　はじめからそう教えてくれればいいのによ。

「体にとってもいいのよ。家でつくってもらうといいわ。すったニンジンをふきんでしぼるの」

とんでもない！　いやそんなこと思っちゃわるいかな。おろし金で、あんなに一生けんめいすってくれたんだもんな。

「ね、あなた。地球内部の探検《たんけん》のはなしはそのくらいにして、ほら、カードケースの中をみせてあげましょうよ」

奥さんは、散らかった本や雑誌《ざっし》をとびこえて、カードケースのそばにきた。そして中をあけてみせてくれる。ケースの中は、カードで一杯《いっぱい》だ。日本、フィリピン、タイ、ボルネオ、中国、モンゴルなどのアジアの諸国《しょこく》が、アジアと書かれた見出しのあとにつづいている。カードには氏名や住所、そのほか、こまごまといろいろのことが記されてある。アジアの見出しと同じように、アメリカ、アフリカ、ヨーロッパなどの諸州《しょしゅう》の見出しができていて、そのあとに国名、そして氏名、住所のカードがつづいている。

「ね、すごいでしょ、このカードに書いてある人達と、雑誌《ざっし》を通じてエスペラント語で話しあっているのよ」

奥さんは、いきいきとした眼《め》をむけた。その時おれはどうかしていたんだな。うまくないニンジンジュースを飲まされたんで頭がいかれちまったのかな。カードをのぞきこみながら、いっちまったんだ。

「この中に、アガルタってあるかな?」

「え?」

奥《おく》さんとスルメは、顔をあげておれをみた。

「アガルタ？　しらないわねえ。どこにある国？」

おれは一瞬《いっしゅん》言葉につまった。だが奥さんはすぐにつづけた。

アララット山

「アララットならしっている」

「アララット？」

「アララット山ってあるのよ、トルコの東のはしに。ほら、このあたり」

奥さんは釣竿《つりざお》で天井《てんじょう》の地図をさした。すぐにトルコの位置がわかるんだから、奥さんとスルメはきっといつも天井をみているんだろうなあ。

「イランの国境《こっきょう》近くにある山よ。一面氷河《いちめんひょうが》におおわれているっていうから、まさかそこには仲間はいないわ」

「なんでアララット山なんかをしっているのかね？」

スルメが奥さんをみた。

「あら、あなたしらないの。ほら、ノアの箱舟《はこぶね》がついたところっていわれているじゃない」

え？　ノアの箱舟だって……この言葉どこかできいたような気がする。とても心がはずみ、うきうきして、体の中からなにかがみなぎってくるような、そんな気持の時きいた気がする。その時おれは思いだした。ゆりだ。浅川ゆりだ。春の日ざしの中を、スーパーの袋《ふくろ》をかかえながら、二人で一緒《いっしょ》に歩いていた時、ゆりはいったんだ。ノアの箱舟にのって助かったみたいに、アトランティスの沈没《ちんぼつ》の時にも、生き残った人達がいたんじゃないかって。おれの頭の中を、もう一つの光景が横ぎった。道端《みちばた》の小さな空色の花をみつけて、かけよっていったゆりの姿《すがた》だ。ぐっと大きなかたまりが胸《むね》をつきあげた。病気はどうなっているのだろうか——おれのそんなおもいをよそに、奥さんとスルメは話をつづけている。

「ノアの箱舟は、伝説じゃなかったのかね」

「わたしも、そう思っていたんだけど、違《ちが》うらしいのね」

奥さんは、二重《ふたえ》まぶたの眼《め》をぴかりとさせてスルメをみる。なんとなく、二人だけの世界がそこにできちまったみたいだ。いつもこんな調子でスルメと奥さんは話しあっているんだろうなあ。

「アララット山の氷河《ひょうが》の谷から、木片《もくへん》がみつかったんですって。それを調べてみたら三千年から五千年も前のものだったそうよ。その木片は箱舟じゃないのかっていわれているんだから、伝説だけでもないらしいのね」

それをききながら、おれはアララット山のどこかに裂《さ》け目があって、それがアガルタに通じているることだって、あるんじゃないかと思った。そして思わずはっとした。なんだってゆりは、おれにアトランティスのことなんて話したんだ。沈没《ちんぼつ》したと伝えられている大陸に、生き残っている人達がいるかもしれないだなんて——。

「あの、そろそろ失礼します」

クマさんがいった。おれがアガルタなんてしゃべっちまったもんだから、話をきりあげようってわけか。しまったな。でもよ、スルメと奥さんには、アガルタのことはいつか話したいよ。

「あら、もう少しだめ?」——奥《おく》さんは、残念そうな声をだした。

「また、来ます」

「そう、じゃや、かならずよ。そしてね、エスペラント語のことも考えてみてよ」

奥さんは、立ちあがりながらいった。おれたちは、ぐわぁーん、ぐわぁーんって、鉄板をふみならして階段《かいだん》を降《お》りた。

「またねえ」

スルメと奥さんが、戸口のところに立って手をふっている。おれも思いっきり手をふった。まがり角でもう一度ふりむくと、二人ともまだ戸口にいて、おれたちをみていた。そして笑いながらまた、大きく手をふった。いい感じだった。おれもエスペラント語やるかな。でもよ、数学0点とっていて、ほかの言葉どころじゃないな。だがよ、日本語がこれだけしゃべれるんだから、できないことはないよな。

「アララット山か——」

路地を歩きながら、クマさんがいった。

「え?」

「いやさ、氷河《ひょうが》におおわれているっていう、その山を思いうかべていたのさ。登ってみたいもんだ」

「ねえ、その山に裂《さ》け目があるなんて、考えられませんか?」

おれは、さっき考えたことをいった。

「裂け目?」

「裂け目、ほらあれのことを、クレバスっていうんだっけ。そこをおりてゆくと、アガルタに通じているなんて、考えられないかなあ。そしてさ、そこにノアの箱舟《はこぶね》にのって、助かった人たちがいったなんて――」

クマさんは、ちょっと黙《だま》ってから、

「なるほどねえ」といって、頭から反対はしなかった。

「おれさ、さっきアガルタなんて思わずいっちまって、まずかった」

おれは、ひっかかっていることを口にだした。

「いや、べつにかまわないさ。それより、おれ考えたんだけどさ」

ここまでいって、クマさんはおれの顔をみた。

「あいつらに、話した方がいいんじゃないかって思うんだ」

「え?」

「キザたちにさ。あいつらにアガルタを撮《と》るってことをな」

「そんな!」

おれは思わず大きな声をだした。

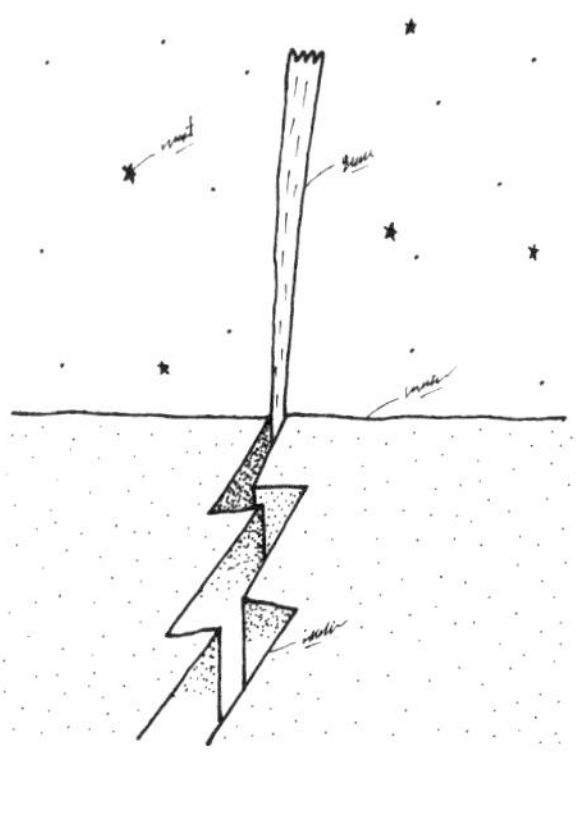

二枚目

「スルメや奥《おく》さんに話すならわかります。でもなんだって、キザ、いや木崎《きざき》さんたちに話さにゃならないんですよ」

「うん」——クマさんはうなずく。そしてしばらく黙《だま》っていたが、声をだした。

「映像《えいぞう》ってことについて、考えちまったのさ」

「——」

「おれさ、ゆきあたりばったりが好きなんだ。ちゃんと計画をたてて、ちみつにやるっていうよりも、その場、その場で映像をとらえてみる、そういう方法で『光と影《かげ》』もやってみたかったんだ。ところが妙《みょう》なことになっちまっているのに、気がついた」

「妙なこと?」

「ああ、いつのまにか、はりあっているんだな」

「はりあっている?」

思いあたることがある、そう思いながら、ききかえした。

「ああ、おれ、奴《やつ》らなんかのより、もっとすごいものを創《つく》るぞって思っているのさ」

「だって、あいつら勝手に創っちまったんだから、こっちだってそれに負けないのを創らなけりゃって思うじゃないですか」

「でもよ、考えちまったのはそこさ。映研《えいけん》なんだからな、皆《みな》でどうやって映像をとらえるかってことを話しあわなけりゃいけないんだ。その上ではりあうのならいい。そうじゃなくて、バラバラでお互《たが》いにはりあうのはどうかなって、思いはじめたんだ。前には割合《わりあい》皆で活発に話しあっていたんだけどな」

「おれが入ってからですか？　駄目《だめ》になっちまったのは」

ひがむよ、おれは。こんなことをいわれれば。

「いや、そんなことはない。そもそも、しっかりした台本もできていないっていうのが、決定的なんだな。これはおれのせいなんだ」

「でも、なんだかつまんないな。すげえーのを創って、奴らの目玉ひんむいてやりたかったのによ」

「森川がはりあうのはいい。でもよ、部長のおれがはりあっちゃ、いかんのに気がついたんだ」

「そんなもんかなあ」

「奴らの今創っているものと、アガルタで撮《と》ったものと、どう結びつけるかなんだ。このことをメンバーで、よく話しあわにゃ、ならんと思うよ」

「もしもですよ、木崎さんたちもアガルタへゆくっていいだしたら、どうするんです？」

おれはきいたよ。こりゃ、順子どころじゃないもんな。太田や川島もアガルタへ行くなんて！

「いやとは、いえないよ」

「そんな！　でも、あの少女がそんなことといいっていいますかね」

「そりゃ、きいてみなけりゃわからんだろ」

「それで、明日《あした》はどうするんです。とにかくおれ達だけでゆきますよね、最初は」

「そう何回もゆけるところかどうか、わからないよ。一回こっきりで、もう二度とゆけないところかもしれない」

「それだったら、それでいいじゃないですか、おれ達だけでいって撮《と》ってくれば」

「二週間、先にのばしてもらおう」――クマさんは、きっぱりといった。

「どうしてもですか」――おれはみれんたらしい声をだした。

「ああ。奴《やつ》らにアガルタのことをはなして、ゆく者はゆく。いやな者はゆかなければいい。そうした方が、いいと思うんだ。二人だけでアガルタへゆき撮ってくる。信じないんじゃないか。そうした所があるなんて、いくら説明したって。ますますまずくなるんじゃないか」

「――」

「来週でもさっそく、集まりをもとう」

おれは不満だった。そもそもあの少女にあうまでのいきさつから、しゃべらなけりゃならないじゃないか。ピラミッド帽子《ぼうし》のことからだ。とってもじゃないけど、もったいなくって話してやれるもんか。アガルタのことはともかくとしても、おれは一部始終全部奴らなんかに断《だん》じて話さない。

おれたちは、しばらく黙《だま》ったまま商店街を歩いた。夕方近いので、買物をいそぐ人達がゆきしている。焼鳥のにおいがどこからともなくした。

「おーい」

その時、声をかけられた気がした。

「おーい、クマ」

今度は、大きな声が頭の上でした。みあげると、カメラ店の二階から、二枚目《にまいめ》が顔をだしている。

「めずらしいところにいるじゃないか。お前んとことは方角違《ちが》いだ」

「お前こそ、どうしたんだい」――クマさんが、顔を上へあげたままいった。

「どうしたって、ここがおれんちさ」

「おれんち？　こっちだったのか」

「ああ、まあ、こいよ」

おれ達が飯田カメラ店の方へ足をふみだした時、二枚目が声をあげた。

「だめ、だめ、店からはあがれないんだ。パン屋があるだろ、その横の階段《かいだん》のぼってくれよ」

その言葉に従《したが》って、少しひきかえし階段をのぼった。二階は焼鳥屋になっていた。さっき焼鳥のにおいがしたのは、このせいだったんだ。まだ早いらしく、客はカウンターに四、五人ぐらいいるだけだった。大きな赤提灯《あかちょうちん》の横を通りすぎると、つきあたりになっていて、そこに二枚目が立っていた。

「店からじかにこれればいいんだけどよ、ぐるっとまわらなけりゃならないんだ。ま、あがれよ」

二枚目はそういいながら、おれ達を中へ入れた。部屋《へや》は戸口の横に流しがついた六畳《じょう》で、つきあたりが出窓《でまど》だ。二枚目はそこから外を歩いているおれ達をみつけたわけだ。壁《かべ》にはよく二枚目が着ているT《ティー》シャツ、それにジャンパー、ズボンがぶらさがっている。部屋の真《ま》ん中《なか》にあるちゃぶ台には、醤油《しょうゆ》やソース、塩、コショーの瓶《びん》が乱《らん》ざつに置いてある。部屋の隅《すみ》には机《つくえ》に本棚《ほんだな》、その横には小さなタンスがあるだけだ。これが二枚目の家？――おれはとても意外だった。二枚目の部屋にはぜいたくなじゅうたんにベッド、それにギターがおいてあって、そこにはガール・フレンドたちが、いつもにぎわっているって感じなんだ。そんな雰囲気《ふんいき》なんだな、二枚目《にまいめ》は。

「おい、うまいコーヒーいれてやるからな」

流しの下から、茶わんをとりだしながら、二枚目はいった。コーヒーを入れてくれるってところは、いかにも二枚目らしいけどよ。入れはじめてびっくりしたな。本格的《ほんかくてき》なんだ。まずコーヒーひきでごりごりコーヒーをひいて粉にして、それをサイフォンにかけたんだ。ほら、あの化学実験のフラスコみたいな奴《やつ》よ。かなり時間がかかって、二枚目はゆげのたったコーヒー茶わんを、おれ達の前にだした。おれは、一口のむなり、

「こりゃ、うまいや」——と、いった。本当においしかったな。

「うまいだろ。年季《ねんき》が入っているんだ」

「年季?」

「ああ、おふくろが死んでから、おやじに入れてやってんのさ。おふくろほどにはいかないけど、ま、最近はだいぶうまくなった」

「——」

これも意外な言葉だった。二枚目に母親がいないなんて。ハンサムな父親に美人の母親、それに五人ぐらいの兄弟がいて、二枚目はその末っ子で、皆《みな》にすごくかわいがられているって感じなんだなあ——、全く外からじゃわかんないや。

「おい、お前たちの方、進んでいるかい?」

二枚目は、コーヒーをのみながら、クマさんをみる。

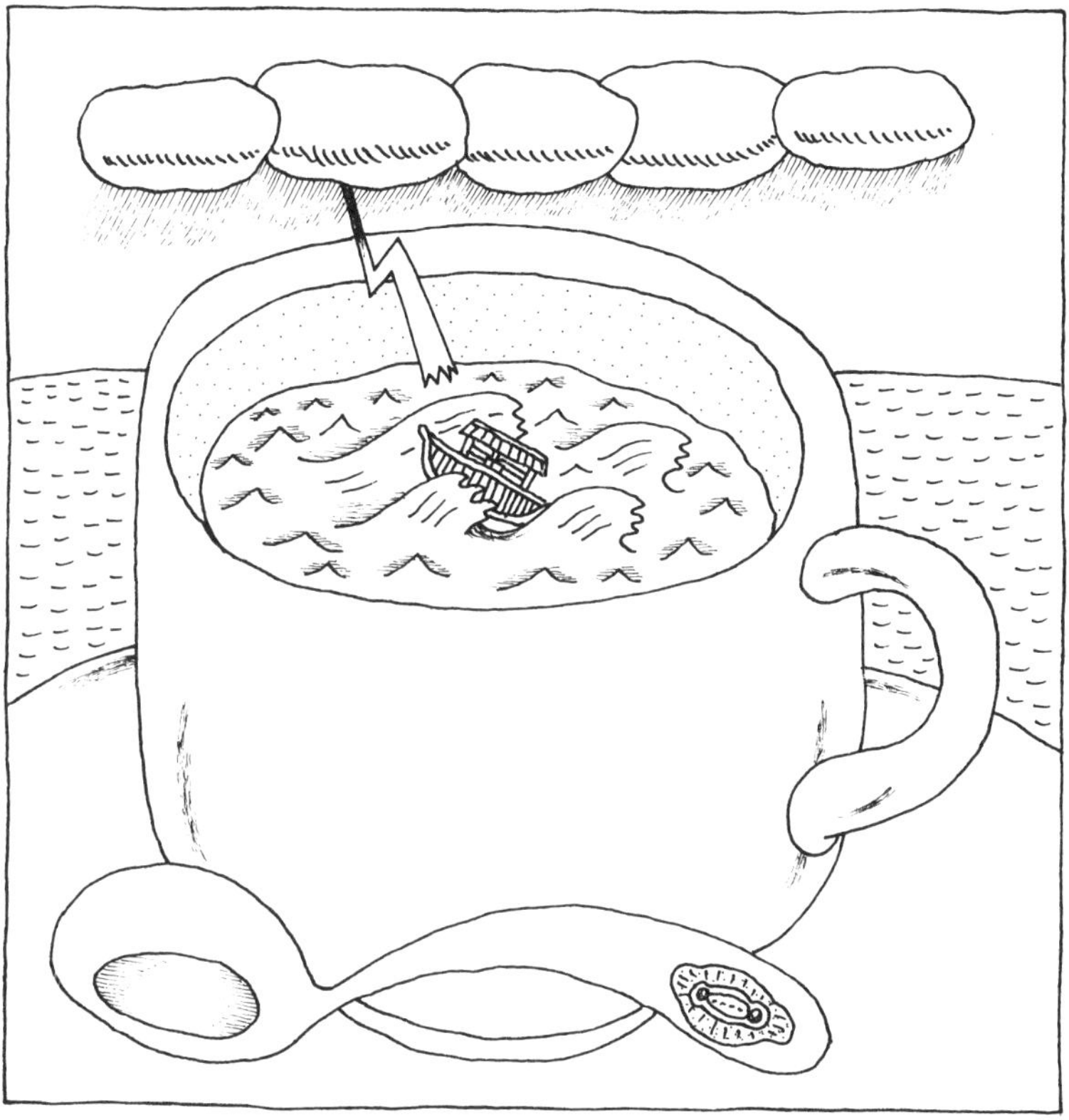

「そのことで、話したいことがあるんだ」

「なんだい？」

「来週にも部会をひらきたいんだ。召集《しょうしゅう》してくれるか？」

「ああ、いいよ。でもどうしてなんだい。急に」

「いやな、お前も知っているように、秋の学園祭の作品、おれ、いつもぐるぐる変わるだろ。反省したのさ」

「反省することはないだろ」

二枚目は大人びたいい方をした。

「おれは、お前の出した影《かげ》の部分、例の鶏《にわとり》や学校の職員室《しょくいんしつ》でテストを盗《ぬす》むなんていうアイデア、気に入っているんだ。映像《えいぞう》としてな。だから、それをすすめただけなんだ」

「ああ、それはそれでいい。ただ今度おれ達のしようとするものについて、部会に報告《ほうこく》しておきたいんだ」

「報告？　かたくるしいよ」

「でもな、よく連絡《れんらく》をとりあった方がいいって気がついたんだ」

「お前がその気なら、それでいいよ」

「たのむ」

クマさんは、そういうとコーヒーをぐっと飲んだ。そんなようすを、おれはすっきりしない気持でみていた。

そっくりだ

「あら、どこへゆくの？　こんなに早くから」

おふくろは、玄関《げんかん》で運動靴《うんどうぐつ》をはく、おれをみていった。

「うん、ちょっと」

「うん、ちょっとじゃわからないわ」

「すぐ帰ってくるよ」

「お昼はうちでするのよ。今日は日曜じゃない。出かけたら、鉄砲玉《てっぽうだま》みたいに帰ってこないんだから」

「わかった、わかった」

おれはドアをしめて、ふうっと息をはいた。今日はとりやめにして、よかったかもしれない。長い時間家をあけるのは、おふくろの手前無理だったかもしれないって思った。

外の陽《ひ》ざしは強い。おれは台地へむかった。入り口でクマさんが待っていてくれるはずだ。クマさんは、かならずいるだろう。けれどもあの少女は果たしてくるだろうか。昨夜《ゆうべ》は四〇四号室のあかりはつかなかった。考えてみれば、ずいぶんへんな話だ。なんだって、おれはあの少女にみこまれちまったんだろう。この団地《だんち》に中学生は沢山《たくさん》いる。その中から、よりによって、なぜおれなんだ。でも、ま、それはおれが数学ができなくて、ピラミッド帽子《ぼうし》をかぶってたってことなんだけど、それでも妙《みょう》だよ。台地の入り口にクマさんはいた。

「やあ!」――おれをみて、手をあげた。

おれ達は草むらをかきわけて、歩きはじめる。先をゆくクマさんの足がとまった。

「どっちだっけ?」

「右ですよ」

おれはすかさずいった。また少しゆくと、クマさんの足がとまる。

「お前が先にゆけよ。この前はくらがりを歩いたんで、見当がつかない」

そこでおれが先になって、進んだ。

「お前、かんがいいんだなあ」

「あ、いいのは、これだけで」

全くもってこれだけなんだよ。おれの得意とするものは。こうした記憶力《きおくりょく》と数学とは違《ちが》うんだなあ。数学がこういうかんみたいなものだと、おれいつも百点だ！

洞穴《どうけつ》の入り口に少女はたっていた。この前と同じように白いセーターにジーパンをはいている。

おれ達をみて、えくぼをひっこませて笑った。

「すまないけど……」クマさんは、いいにくそうにいった。

「少し、先へのばしてくれないか」

少女はじっとクマさんの眼《め》をみつめた。

「どのくらい？」

「二週間ぐらい。それと、もう少し仲間がふえるかもしれない」

「――」

少女は、ちょっと考えるようにしていたが、

「いいわ」といった。

「じゃ、二週間先の日曜日の今頃《いまごろ》ここへ来てくれるかい？」

「待ってるわ」

「昨夜《ゆうべ》はこなかったな。四〇四号室は暗かったぞ」

「うふふ……」

少女は首をすくめて笑った。そして、

「だって、ピラミッド帽子《ぼうし》をかぶって来てくれたでしょ。来てくれるまでが面白いのよ」

「こいつ！」

おれは、少女の頭をたたくまねをした。

「これからは、時どき、植物に水をやりにゆくわ。でもね、すぐに帰っちゃう、つまらないもの」

「そのうちに、だれかまた別の奴《やつ》にやらかすんだろ」

「なにいってんの」

おれの言葉に少女は、きっとした顔をした。

「ごめん、ごめん」――おれは、すぐにうちけした。

「じゃ、今日はこれで別れよう。それとも、君は四〇四号室へゆく？」

少女は首を左右にふった。そしておれ達に笑いかけると、洞穴の奥《おく》へ姿《すがた》を消した。クマさんとおれは、また草をかきわけて歩きはじめた。うっそうとおいしげった木の上で、鳥がさえずっている。昼間でもうすぐらく、あたりはひんやりとしていた。台地を出たところで、おれは思いきっていった。

「第一病院へよってみませんか」

「え？」

「浅川くんとこ、ちょっとのぞいてみませんか」

なにげなくいってのけたけど、これはずっと考えていたことなんだ。おれ一人じゃ、とってもじゃないけど行けない。でも気がかりでしょうがないんだ。病室近くまででいい。ゆりが元気でいるらしいってことをたしかめたいんだ。

「行くんなら、見舞《みま》いの花ぐらい持ってゆきたいじゃないか」

「――」

とたんに、おれはしおれた。でもすぐにいった。

「看護婦《かんごふ》さんに具合はどうかって、きいて帰るだけなら、かまわないんじゃないかな」

「うん、じゃ、とにかく行ってみよう」

おれはほっとした。でもさ、それからが大変なんだ。腹《はら》の虫がなりだしたんだな。ぐぉーッぐぉーッて、ゆりにまだ会ってもいないのになるんだ。はじまったんだ、例の奴《やつ》が。緊張《きんちょう》した時に、ところかまわず音をだすあれがな。

「おい腹へってんのか」――クマさんは、おれの腹をみた。

「いや」

おれは、はにかんだね。病院が近づくにつれて、音はますます高なった。これじゃ、とってもじゃないけど、中に入れない。

「またにしますか」

「どうせここまできたんだ」

今度はクマさんが、のり気になってしまった。そして病院の白い建物をみあげると、すたすたと中に入った。おれはそのあとにつづく。受付でクマさんはいった。

「浅川ゆりさんの具合を知りたいんです」

その時、おれ達のうしろから声がかかった。

「ゆりのところへ来てくれたんですか」

ふりむいたおれは、びっくりしちまった。だって、そこに立っている男の人は、あの少女そっくりだったんだ。ゆりと少女が似《に》ているんだから、ゆりの父親と少女がそっくりでも不思議じゃない。だけど感じからいうと、ゆりよりももっと、あの少女の方に父親は似ていた。

花の精

「どうかしました?」

浅川氏の声に、おれはあわてて眼《め》をそらす。ずいぶんすっとんきような顔をしていたんだろうな。だってよ、びっくりするじゃないか。親子より似ている者がいるなんてよ。


「具合はどうですか?」

クマさんは廊下《ろうか》を歩きながらきいた。ぷうーんとおふくろのにおいがする。病院から帰ってきたての時の、おふくろのにおいだ。


「一進一退《いっしんいったい》でね。今日はわざわざありがとう」

そういわれると、困《こま》っちゃうよ。いつか団地《だんち》でみかけた、いぬ……いぬふぐりっていったかな、あいつでもいいから持ってくりゃよかった。でもよ、この頃《ころ》、もうあの小さな青い花みかけないな、そういえば。


「あの……」そんなことを思いながら、おれは別のことを口にだしているんだな。

「あの……浅川くんのほかに、だれか行方不明になったとか誘拐《ゆうかい》されたとかいう姉妹《きょうだい》はおりませんか」

「え？」

こっちをふりむいた浅川氏の顔が、あんまりきびしかったんで、ぎくりとしちまった。でもよ、浅川氏の顔の表情《ひょうじょう》と言葉とは別だった。

「いませんよ、また、どうして？」

「いや、ちょっと……」

おれは、なんでもないそぶりをした。でも気になるよ、あの少女とあんまり似《に》すぎている。廊下《ろうか》のむこうから、看護婦《かんごふ》さんがやってくる。背中《せなか》をしゃきっとのばして、ぱッぱッと歩いているよ。うちのおふくろは、病院であんなにいかした歩き方をしているかなあ。なんたって年だものな、あの看護婦《かんごふ》さんみたいに若《わか》くないし……おれはこれからあうゆりを思って胸《むね》がドキドキし、腹《はら》をグーグーいわせているのに、そんなことを思っちまっていた。

病室は、二階の一番奥《おく》だった。四人部屋の窓際《まどぎわ》ベッドに、ゆりは寝《ね》ていた。

「あら！」

おれをみると、体をあげた。クマさんじゃなくて、おれをみてたぞ。これはたしかだ。

「映研《えいけん》の方、すすんでいますか？」

今度はクマさんの方をみた。

「君がいなくて、残念だよ」

クマさんは、テレもせずにいった。でもいいんですかね、こんなセリフはいて。もしもですよ、もしもあの少女と御対面《ごたいめん》ってことになったら、どうなるんだよ。二人とも腰《こし》をぬかしちゃうんじゃないか。

「夢《ゆめ》はね、あいかわらずよくみるわ」

ゆりはまた、おれの方をみた。

「ほら、いつか電話で話したでしょ。暗やみの中を走りつづける電車のこと。この間は緑のまっただ中を走っているの。電車の窓《まど》に、おい茂《しげ》った葉がかさかさゆれて。まぶしかったわ、木《こ》もれのひかりが」

「――」

「でも、きのうの夢はこわかった」――ゆりはちょっと眉《まゆ》をしかめた。

「夢の中で、私《わたし》は病院の廊下に立っているの。すると、そこはもう廊下じゃなくて、いくつもの、無数のベッドが整然と、はてしなくつづいているの。こわくなって、ひきかえそうと後ろをふりむいたわ。すると、後ろは背丈《せたけ》よりも高いすすきが、あたり一面におい茂っているじゃない。私は仕方なく、ベッドの列の間を歩きだしたの。寝《ね》ている人達は何故《なぜ》かやたらと手と足だけが大きかった。その中でも一番大きな手が、ぎゅッと、私のパジャマの上着《うわぎ》をつかんだ。私は必死になってひきはなそうとするけど、その手ははなれないの。自分の声に眼《め》をさましたわ」

「なんだね、また、夢の話か」

浅川氏は、持参のアルミホイルの包みをあけながらいった。中には、ピザ・パイが入っていた。

「一ついかがです」

「いいえ！　そんな！」

おれたちはかたくなって答えた。浅川氏は丁寧《ていねい》すぎて、なんとなくかたくるしい。目なんかやさしいんだけど、近づきにくいんだな。うちのおやじに比《くら》べると、かなりの年だ。髪《かみ》の白髪《しらが》がめだつもんな。

「食べて。一緒《いっしょ》だと私《わたし》も食べられそうだから」

ゆりの言葉に、おれたちは一切れ御馳走《ごちそう》になった。ゆりのおふくろさんがやいたもんだろう。こりゃとびきりうまいや。

「ね、これみて」

ゆりは、ピザ・パイを食べおわると、枕許《まくらもと》の花瓶《かびん》を指さした。下にはジェネレーターがおいてある。

「なんだかもちがいいみたいよ」

ゆりはそういうと、ちょっと首をすくめて笑った。三人だけが知っていた魔法《まほう》の板なんだもんな。おれはなんとなく嬉《うれ》しかったぜ。

「花って不思議よ。私の具合が悪い時はみるみるしおれてゆくみたい」

「心配してくれるのかな?」

「まさか……」

おれの言葉をそくざに打ち消した。そしてゆりはいったよ。

「私が花の生気《せいき》をうばってゆくみたい。そんな気がするわ。私ね、花の生気をうばって生きのびるの。私は花の精《せい》よ、うふふ……」

「その意気、その意気」

クマさんが笑いながらいった。花の精か――ゆりって全く何をいいだすか、わかったもんじゃない。

「今日は病院の前を通りかかったんでよったんだ。またくるよ、今度は何かもってくる。何がいい？」

「ピラミッド・テント」

クマさんの言葉に、すかさずゆりはいった。おれは思わず天井《てんじょう》をみたね。ほら、いつかおれシーツでピラミッド・テント作っただろ。あんな具合にはここじゃゆかないよ。かもいがないんだもんな。

「ピラミッド・テントか――」

クマさんは、ニヤニヤ笑った。

「勝手なことをいうんじゃないよ、ゆり」

浅川氏の眼《め》も笑っている。

「わかった、なんとかするよ、な」

クマさんがおれをみたので、大きくうなずいた。

「うふふ……期待しているわ」

そういって笑うゆりは、元気の時と変わりないんで、ほっとした。ゆりのためだもんな、病気がすっきりしゃんしゃんとなる奴《やつ》を、かならず作ってみるさ、そう思いながら、おれは病院を出た。

決定

これは、あきらかに差別だと思う。ゆりだと腹《はら》の虫がなり、順子だとへがしたくなるなんてよ。全くこりゃ順子を侮蔑《ぶべつ》していることになる。侮蔑か。でもよ、なにも意識的《いしきてき》にしているわけじゃないんだからな。

おれはもうさっきから、何度も尻《しり》をすぼめては、音をだすまいとしている。でもよ、もうぱんぱんにはっちまった腹は限度《げんど》にきている。クマさんの話も耳に入ってきやしない。運よく川島が、

「おれ、ちょっと便所にいってくる」

といった時、安心したのか、とうとうぶっぱなしちまったよ。

「あら！」順子が大声をあげた。

「ヘイキ、ヘイキ」

クマさんの声に、爆笑《ばくしょう》がおこった。

「や、どうも」——おれは頭をかいた。一発ぶっぱなしたら、すかっとした。

だいたいこの家は、入るなり居心地《いごこち》が悪かったんだ。まず玄関《げんかん》に近づくと、犬にほえられちまった。たいていの犬はおれになつくのによ。次は順子の母親だ。へんにはしゃいじゃってよ、順子のボーイ・フレンドの品定《しなさだ》めをしてやんの。いやな感じ。通された順子の部屋《へや》ってのが、また気に入らないね。真っ赤なじゅうたんがしいてあってさ、やたらと人形ばかりかざりたててあるんだ。もっとさっぱりいかないもんかね。また、腹がはってきやがった。

「ね、トイレに行ってきたら」

なんというタイミングだ。順子って奴《やつ》は、かんがいいんだな。

「川島が帰ったらな」

「川島さんは二階のに入ったわ。玄関《げんかん》の横にもあるから、いってらっしゃいよ」

とほッ！って思ったよ。便所の二つある家なんてはじめてだ。一軒《けん》の家に便所が二つあるなんて、考えられなかったなあ。おれ想像《そうぞう》力《りょく》が貧困《ひんこん》なんだな。ちくしょうめ！　でもよ、なんだい便所の一つや二つ。

「じゃ、しっけい」

おれは席をたった。とんとんとんとじゅうたんのしきつめた階段《かいだん》をおりて、玄関《げんかん》の横のトイレに入った。あれ、洗面所《せんめんじょ》だよ、あ、奥《おく》にドアがある。その先だな。でもよ、そこは男子用だった。そのさらに奥《おく》ってわけだ。そこをあけて、びっくりしちまったな。だってよ、そりゃ便所はきれいにしておくことに、こしたことはないけどよ、限《げん》度《ど》ってものがある。ここの便所は、ま、なんと造花《ぞうか》の花でいっぱいなんだ。そして、鼻をつまみたくなるような、きつい香水《こうすい》のにおいだ。そしてだな、そしてあきれるじゃありませんか。人形がかざってあるんだ。あすこで人形にみつめられているの、ま想像《そうぞう》してくれよ。どういう神経《しんけい》なんだろ。家のおふくろが、こんな趣味《しゅみ》がなくて、ほんとうに助かった！

おれが、つくづく狭《せま》いながらも我《わ》が家はいいもんだと思いながら、部屋《へや》にかえると、もう話は本題に入っていた。

「アガルタに入ってから、どんなのが撮《と》れるかが問題だな。映研《えいけん》としてどうやってまとめるかは、それからだ」――二枚目《にまいめ》がクマさんをみた。

「アガルタなんて気らくにいうけどよ、行けんのか、ほんとうに」

キザが横から口をだした。

「信じられないわ」

順子がチーズ・ケーキを切りながらいった。

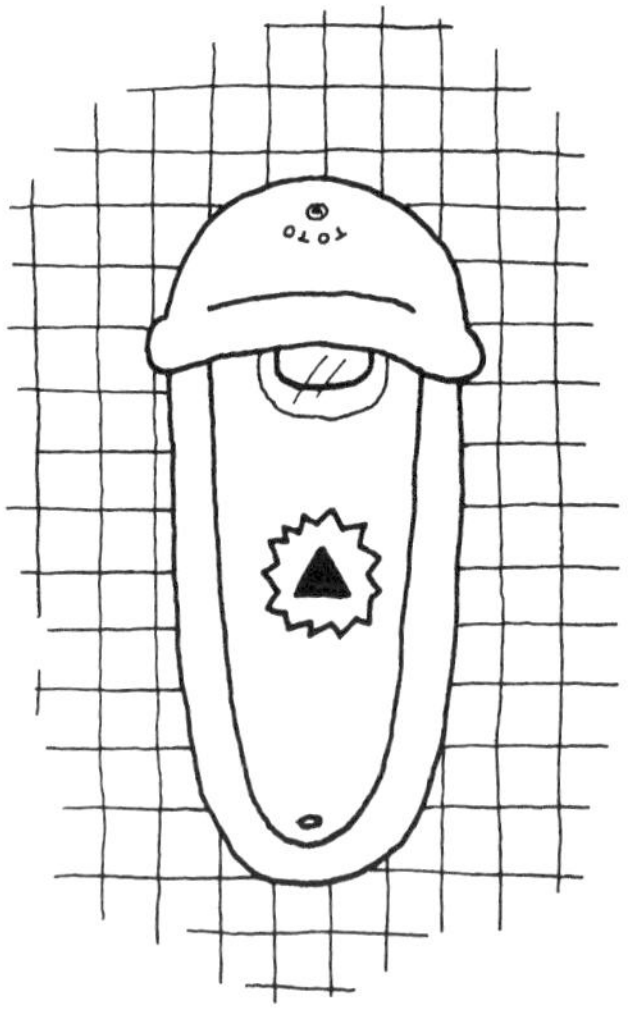

「だからさ、それは全く自由意志《じゆういし》だ。気がすすまない者は行かない方がいい。絶対《ぜったい》に安全だって確《かく》信《しん》はおれにはないんだ」

「そんな、そんなの無責任《むせきにん》だわ」

順子は強い調子でいい、クマさんをみる。

「面白そう。わたし行ってみたい」

ガスが眼《め》をかがやかせた。

「そんなことといって、何がおこるのかわからないのよ」

「そこが面白いんじゃないの」

「――」

ガスの言葉に、順子はつまった。そしてだまったまま、チーズ・ケーキを皆《みな》にわけはじめる。それをみながら、ちえッ!……いやな奴《やつ》って思ったよ。おれとガスのは、とびきり小さいじゃないか。食べ物のうらみはおそろしいんだからな。

「鶏《にわとり》の撮影《さつえい》は成功しているんだし、今までどおりゆけばいいんじゃないですか」

太田が、度の強いメガネごしにクマさんをみる。川島が「賛成《さんせい》」といった。

「そうした方がいいという意見が多かったら、もちろんそうするよ」

「でも、クマは、映研としてもっとまとまりたいんだろ」

「そうなんだ」

クマさんは二枚目をまっすぐにみる。その時順子が机《つくえ》の上のボタンをおした。

「ママ、紅茶《こうちゃ》もってきて」

なんだよ、自分で持ってくりゃいいじゃないか、足があるんだろ。チーズ・ケーキが小さかったからいうんじゃないけど、おれ腹《はら》がたったね。ところがおふくろさんが、またいそいそと運んでくるじゃないか。

「ずうっと御紅茶《おこうちゃ》茶わんをあたためておきましたからね、おいしいですよ」

こう説明されると、なんとなくまずくなる。うちのおふくろだと、あたためておいても、いちいちいわないな。食べ物をすすめるのには、すすめるやり方があるんだな。クマさんのおふくろさんなんか、食べな、食べななんてあからさまにいうけど、それがとてもしたしみが出ていいんだなあ。ところが順子のおふくろさんのは、なんとなくすかっとしない。だいたい少し化粧《けしょう》がつよすぎるんじゃないかい。目じりのところなんか、ひびわれちまっているよ。なにもおれ達がくるのに、そんなにめかさなくたっていいのにさ。悪口をいっちまったけど、チーズ・ケーキも紅茶《こうちゃ》もうまかったよ。ところがだ、ところがですね、それをはじめとして、まあ、出るわ、出るわ、バナナ、ピザ・パイ、サンドイッチ、すし、せんべい、びわ、いちご、カステラ、ココア、コーヒー、もうめちゃくちゃに出るんだ。そりゃ御馳走《ごちそう》になるのは悪くないよ。でもいくら食い盛《ざか》りでも、これでもか、これでもかってこう次々《つぎつぎ》とだされると、うんざりしてくるよ。我《わ》が家にはこんなにいろいろあるんですよ、なんていうのがちらっと感じられちまう。これ、おれのひがみかな。ま、とにかく腹一杯《はらいっぱい》になっちまって、どうも本題の方が進まない。だいたいしゃべっている時よりも、食っている時の方が多いんだものな。

「おれはさ、例の鶏《にわとり》の奴《やつ》が気に入っているんだ。クマが撮《と》ってきたものを、どうやってまとめるかっていうことは、一緒《いっしょ》に考えるよ。でも、そのなにがなんだかわからないところへ行く気はしないな」

キザが腹をさすりながらいった。

「おれは行ってみる。人生万事冒険《ぼうけん》さ。チャンスはのがしてはならない——ってとこだな」

二枚目《にまいめ》の言葉に、ガスがすかさずいった。

「わたしも行く」

「おれは、木崎《きざき》さんとおなじ意見です」

太田はそういい、川島も同意した。

「伊藤《いとう》くんは、どうする?」

クマさんにいわれても、順子はすぐには答えなかった。クッキーをくしゃくしゃ食べていたが、やがて顔をあげた。

「その日まで考えさせて、いいでしょ」

「ああいいとも。来たくなけりゃ、こなけりゃいいいんだ」

「中間テストも近いでしょ」

やけにはっきりテストっていうじゃないか。ああ、いやなものを思いだしちまったよ。

浅川ゆき

出発の日――おれはやっぱりおちつかなかった。なにしろ、雲をつかむようなところへ出かけてゆくのだからな。はやくも、おふくろはおれの様子《ようす》にさぐりを入れた。

「夕方までに、ほんとうに帰ってくるの？」

「帰ってくるさ、心配ご無用」

「いやねえ、集まってから行く先を決めるなんて。ちゃんと出かけるところは、親にいっておくものなのよ」

「映像《えいぞう》って、偶然《ぐうぜん》から生みだされる時が、多いんだってよ。計画どおりにしないところから傑作《けっさく》ができるそうだよ」

えらそうなことをいっちまった。もう苦しまぎれだ。

「軍手なんか持って、いやねえ。あぶないところへでも行くつもりなんでしょ」

いつになく、おふくろはぐずぐずいっている。それでも昼のにぎりめしは作ってくれた。ちょっぴり悪い気がしたよ。だってよ、お宅《たく》の息子《むすこ》のこれから行く場所は、ほんとういうと、ちょっとうすきみの悪いところなんだものな。何がおこるか、わかったもんじゃない。でもさ、だからこそ行ってみたい気がするんだし、人間の気持って複雑《ふくざつ》にできているもんだよ。おれは、おふくろが新婚《しんこん》旅行の時持っていった二眼《にがん》レフのカメラをかりた。縦《たて》に細長くって、みるからに古めかしい感じだ。順子の奴《やつ》みたら、とたんに何かいいそうだ。そうか、奴は来っこないもんな。今から中間テストのことを心配している奴が、やってくるはずなんかない。丁度よかった。うるさくって仕方ないもんな、ぎゃあぎゃあ、ベラベラやられたんじゃ。

「こわさないでよ、そのカメラ。とうさんとの大事な記念品なんだから」

おふくろは、玄関《げんかん》まで出てきてもまだいっている。

「そうだ、おれピラミッド帽子《ぼうし》を持ってゆくよ」

おれはそういうと、部屋《へや》へひきかえし、帽子をとってきた。あの少女と知りあうきっかけになったものだ。そもそもこの帽子から不思議な世界を知らされたんだ。今日行くみんなとは、おれはちょっとばかりちがうんだよ。

「いってきまあーす！」

ドアをパタンとしめた時、さあ、これからだと思った。いよいよアガルタに行くんだ。そいつは、一体どんな世界なんだ。まさか浦島太郎《うらしまたろう》みたいに、帰ってみたらあたり一面荒れ野原《いちめんあれのはら》なんてことはないだろうな。いやだよ、それは。おれは今のところ、おふくろとおやじに満足しているんだからな。数学のできないのだけが、たまにきずなんだ！

朝は露店《ろてん》が出ていないんで、なんだか別の通りを歩いているような気がする。しぃーんとした道は、活気がなくてつまんない。のっぺらぼうで、ぺろーんとした感じになっちまうんだな。この露店がにぎわいだす頃《ころ》、おれはどんなところにいるんだろうか。まさか、あぶないめになんてあっていないだろうな。あの少女を信用するほかないんだけど、考えてみりゃずいぶんむちゃなことを、やらかそうとしているのかもしれない。だってよ、スルメの地球空洞説《ちきゅうくうどう》じゃないけど、地球内部へと行くんですからね。地下鉄にのるのと、わけがちがう。腕時計《うでどけい》をみる。八時二十分。台地入り口に三十分集合だから、時間は丁度だ。九時にはあの少女が、洞穴《どうけつ》のそばで待っているはずだ。そしていよいよ出発ってわけだ。おれは空をみあげる。まさかこれが地上最後の空なんかになるんじゃあるまいな。とほッ！　とんでもない。そんなことがあってたまるか。もしアガルタが、おれのゆくところじゃないとわかったら、さっさとひきかえすよ。クマさんだって、そのくらいはわかっているに違《ちが》いないもんな。

「おーい」

後ろからの声にふりむくと、二枚目《にまいめ》が走ってきている。サングラスをかけちゃってよ、ショルダーバッグを肩《かた》からかけて、なかなかいかすよ。スニーカーも今日のために買ったのかな、新品だ。台地の入り口には、クマさんとガスはきていた。あと順子だけだ。時刻《じこく》は八時二十五分。

「あと五分待って出発しよう。くるとはいってなかったものな」

「来っこありませんよ」

クマさんの言葉に、おれはそくざに答えた。

「あーら、面白い帽子《ぼうし》」

ガスがおれのピラミッド帽子をみて笑った。おれはガスのものはちきれそうなジーパンをみて、ちょっぴり心配になった。あの洞穴《どうけつ》のワイヤをおりることができるのかな。それにすごく大きなリュックだ。きっとおれ達に食べさそうと、せっせとつめこんだんだな。うへェーたのしくなってきたぞ。

「三十分になったな。出かけようか」――クマさんは腕時計《うでどけい》をみる。

「中間試験が気になるっていってたもんな」

二枚目は早く出発したそうだ。おれも同じだ。どうみても、あいつは足手まといになりそうだ。それに、もしなにか起こって、あのおふくろさんが、しゃしゃり出てきたらかなわんよ。かかわりたくないなあ、順子とは。ところが、そうはとんやがおろさなかった。あいつ来ちまいやがった。

「おーはーよーうー」

大きく手をふりながら、こっちへむかってやってくるじゃないか、もうがっかりしちまったな。赤いジーパンに赤いリュック、赤いスニーカーと赤で統一《とういつ》してしゃれこんでいやがる。

「よし、じゃ出発だ。森川先頭にたってくれよ」

クマさんにいわれて、おれは歩きだした。その時、二枚目の声がかかった。

「ちょっと待った。むこうからやってくるのは、キザ達じゃないか」

ふりむくと、キザをまっ先に、太田と川島が走ってくるじゃないか。たはぁーん、いやな奴《やつ》がふえちまった。おれは奴らがこないので、ほっとしていたんだ。やれやれ、先が思いやられるよ。おれはふさいだ気持になって歩きはじめた。草むらをかきわけて、先頭をきって歩くのは大変だ。もう汗《あせ》がどっと流れはじめた。これから先、大変なことはみんなおれがひっかぶることになるんじゃないかな。あーあだ。とりやめにしたいよ。

洞穴《どうけつ》についたら、もう少女はきていた。おれ達をみて手をふっている。いつもの白いセーターにジーパン姿《すがた》だ。その少女をみて、一同は息をのんだようだ。そりゃそうだよ、だって、浅川ゆりそっくりなんだもんな。

「メンバーの全員がきたよ」

おれの言葉に、少女はいつものようにえくぼをひっこませて笑った。そして、

「ようこそ！」といって、小さなおじぎをした。

「お名前は、なんておっしゃるの？」

順子の声に、はっとしたね。なんというかつさだ。おれはまだあの少女の名前も知らなかったんだ。

「浅川ゆき」

その声をきいて、一瞬《いっしゅん》息をのんだ。なんだって！　浅川ゆきだって！

竪穴へ

「そんな！」——突然《とつぜん》順子が声をはりあげた。今までおさえていたのを、はきだした感じだ。

「あなた浅川ゆりさんでしょ。なんで、こんなところにいるの？　病気なんでしょ、学校休んでいるんでしょ？」

「違《ちが》うよ、浅川君じゃないよ」

おれはあわてたね。

「なんで違うのよ。浅川さんじゃない。あの浅川さんじゃない」

「よくみろよ、違うんだから。浅川君にえくぼなんてなかったぞ」

「あら、ずいぶんくわしいのね」

順子はみすえるような眼《め》を少女にむけた。なんとなく、おれはこわかったよ。順子の気性《きしょう》のはげしいのはしっていたけどよ、こう出られると、おたおたしちまう。

「あの、あたし、浅川ゆきなんだけど、それがどうかしたのかしら?」

少女は順子のいきおいにのまれて、びっくりした眼をおれにむけた。

「いや、浅川ゆりって、君にそっくりの子が映研《えいけん》にいるんだ。あんまり似《に》ているんで、間違えたんだ」

少女は順子の方へ顔をむけた。

「あたし、浅川ゆきなの」

「――」

「おそくなっちまうよ、出発だ。それともやめるかい、伊藤《いとう》君は?」

「ゆくわよ。なにもゆかないなんていっていないわ」

気がたっているらしく、クマさんに対しても、ずいぶん乱暴《らんぼう》な口のきき方だ。

おれ達は、洞穴《どうけつ》を歩きはじめた。少女が先頭で、次にクマさんがつづき、おれはしんがりだ。一番あとっていうのは、気持いいもんじゃない。後ろから、誰《だれ》かがぴたぴたぴたって、ついてきている感じがしちまうんだ。おれは時どき、おっかなびっくり後ろをむいた。暗やみだけがつづいている。誰もしゃべらなくなった。台地の草むらをかきわけて進んでいた時は、さかんにキザや太田達は大声をあげて、はしゃいでいたんだ。

やっとブーヤのひかりがとまった。竪穴《たてあな》のそばに少女は立っている。

「さて、この穴《あな》を降《お》りてゆくんだ。今と同じように、森川しんがりつとめてくれるな」

「ああ、いいですよ」――おれは、さもなんでもないように返事をした。

「ちょっと待ってくれ！」

今まで黙《だま》っていた太田が、声をだした。

「昨日木崎《きざき》さんにすすめられて、その気になっちまった。でもかるはずみだったような気がする――」

そこまでいうと息をつぎ、うわずった声をあげた。

「ありえないんだ。この地球内部にアガルタなんて世界があるの」

「――」

一瞬《いっしゅん》しぃーんとした。

「地球の内部は重層的《じゅうそうてき》な構造《こうぞう》で、最も外の層《そう》はクラスト、その下はマントル、そして次はコアって、これははっきり証明《しょうめい》されているんです。それがわかっていて、こんなふうに出かけるなんて、おれどうしても納得《なっとく》がいかない――」

「おれもさ、実をいうと調べたのさ」――二枚目《にまいめ》が横から声をだした。

「なんだか夢《ゆめ》みたいな話だもんな、アガルタっていわれても。そしておれ達の住む地球の中は、たしかにマントル、コアってものでできているらしいよ。でもよ、どんな科学者も中に入って行って調べることはできないんだ。結局、地震《じしん》の波動が地中を通過《つうか》する際《さい》に、どのような傾向《けいこう》をたどるかってことを調べて、地球内部を知るってわけなんだな」

おれは、二枚目の話をききながら、おどろいていた。おれなんか、あの少女にあっても二枚目みたいに、そこまで調べたりしないいんだものな。ピラミッド帽子《ぼうし》をかぶって、数学ができないできないっていっていっているだけなんだものな。全くどうしようもない。

「おれの読んだものによるとな、地球の中核部《ちゅうかくぶ》はとけた硫黄《いおう》とシリコンが鉄に混《ま》ざった密度《みつど》の高い物質《ぶっしつ》だということだ。外側の中核部は液状《えきじょう》だが、内部はかたいということになっている。中まで液状ではないんだな」

「ここで議論《ぎろん》をしてもはじまらないよ。で、どうする、太田ゆくか、帰るか?」

クマさんは、結論《けつろん》をいそいだ。

「——」

太田は眉《まゆ》をぴくぴくさせてだまっている。そんな奴《やつ》を、おれは意地悪い眼《め》でみていた。帰るっていっても、奴《やつこ》さんもう一人じゃ帰れやしないもんな。真《ま》っ暗《くら》な洞穴《どうけつ》を一人でひきかえしてよ、あの身の丈《たけ》以上もある台地の草むらをかきわけて帰るなんてことは、できやしない。大体、小学校の頃《ころ》、台地でターザンごっこなんて奴さんやっていないから、このあたりのこともてんで知りやしない。へん、ざまぁーみろだ。

「ゆくよ」——案《あん》の定《じょう》、太田は小さい声で答えた。

「じゃ、出発だ。ロープを伝わっておりるから、軍手をはめてくれ」

クマさんの言葉に、おれ達は軍手をだした。ブーヤのひかりをたよりに手ぶくろをはめている時、ちらっと順子の手が眼に入った。その時、おれはちょっぴりびっくりしちまった。順子の手ってかわいいんだな。とくに小指の爪《つめ》なんか小さくってよ、なんともいえずかたちがいいんだ。順子の家じゃ、バリバリ菓子《かし》をつまんで食べていてよ、その時は順子の手なんかにちっとも気がつかなかった。それなのによ、いよいよこれからアガルタへゆく時になって、穴《あな》の前でこんなことを感じるなんて、おれってへんなのかな。でも全く思いがけない経験《けいけん》だった。順子の小指があんなにかわいいなんてよ。おれはちょっと、へどもどした感じになって、軍手をはめた。

「さて、出発だ。じゃ、いいな、森川」

クマさんはおれにむかって念をおすと、少女のあとにつづいて竪穴《たてあな》に入った。おれは太田の足がこきざみにふるえているのを、みのがさなかった。ざまぁみろと思ったよ。通知表をみせなかった時、首をしめられたのをまだ根にもっているのかな。おれって奴《やつ》もかなり執念《しゅうねん》ぶかいんだなあ、ふんだ。

夢の景色

銀色の乗物がみえるところまできた。クマさんとここでひきかえしたところだ。鍾乳洞《しょうにゅうどう》や暗やみの中を歩きつづけたので、皆《みな》はだいぶ疲《つか》れたらしい。まだ着かないのかとか、こんなはずじゃなかったとか、さかんに文句《もんく》をいっていたが、だんだん口数がすくなくなった。はじめのうちは、おれは相手をしていたけど、面倒《めんどう》くさくなって返事もしてやらなかった。ガスだけはさすがだったな。みかけるもの一つ一つに、びっくりした声や、うれしそうな声をあげた。巨岩《きょがん》が途中《とちゅう》でとまって、ひさしのかたちになった、あの駅をみつけた時のよろこびようは、とくにはげしかった。

そりゃそうだ。おれだって、巨岩の下にこの前みたのと同じ銀色の乗物をみつけた時は、うれしかったよ。ほっとしたね、それにまた、ブーヤに照らしだされた乗物は、まるでおれ達がくるのを待っていてくれた生き物みたいにみえた。だが、すぐそこに乗物はみえるのだが、歩いても歩いてもなかなか駅までつかない。

「いやねえ、みえるのにつかないなんて」

順子のきんきんした声がきこえる。そりゃたしかにそうだよ。ブーヤに照らしだされた銀色の乗物は、全くきれいだ。これからあれに乗れると思うと、心がおどるよ。傾斜《けいしゃ》の角度なんて、なんともいえないな。新幹線《しんかんせん》のひかりなんてもんじゃないよ、とにかく見せたいね。

「あいつ、おさめておこう」

クマさんが、リュックから撮影機《さつえいき》をとりだした。二枚目《にまいめ》がライトの用意をする。その時、おれはふと、太田が腰《こし》にぶらさげた皮ぶくろから、温度計と湿度計《しつどけい》をとりだしているのをみた。そして腕《うで》時計《どけい》をちらっとみると、時間と湿度と温度をメモしているんだ。もうびっくりしちまったなあ、あいつはやっぱり学者だよ。おれにはとても考えつかぬことだ。あいつは不思議な世界は信じていなくても、科学的にちゃんと究明しておこうっていうんだ。こりゃ、少しは奴《やつ》をみならわなくてはな。

やっと駅についた。街灯がぽつんと一つともっているだけの、さびしい駅だ。だぁーれもいない。駅員もいない。おれ達は乗物にとびこんだ。おれはもちろん一番前の座席《ざせき》に走った。電車に乗る時は、いつもここと決めてある。でもよ、混《こ》んでいて一番前までゆけない時は、全くくやしいな。なんでこんなめにあわなくっちゃあならないのかって、もう人生真《ま》っ暗《くら》だね。今日も一番前にかけつけ、座席《ざせき》に腰《こし》かけてほっとした。地下鉄なんか、どうせ暗いところを走るんだから、同じでしょってふくろにいわれるけど、わかっちゃいないんだな。その暗やみの中に、駅のひかりがぽつんと眼《め》に入った時の、あの時の感じのすばらしいのなんのってさ。

おれ達が全部乗ると、銀色の乗物は動きはじめた。自動発車装置《そうち》がついているのか、浅川ゆきが操作《そうさ》したのか、よくわからなかった。暗やみがつづいた。どこまでもつづいた。時どき無人の駅にとまる。街灯だけがともった小さな駅で、客はいない。

何度めかの駅を通過《つうか》した時、ふとおれは前に一度、これと同じことを経験《けいけん》したような気がした。どこかでこれと同じめにあっている。どこでだ……どこでだっけ……なにか海なりのような暗い、重いひびきが体のどこかに残っているような、そんな気がする。おそろしい不気味《ぶきみ》なものに体をしめつけられているような——。

その時、おれは思いあたった。浅川ゆりだ。浅川ゆりがおれに話したんだ。金属性《きんぞくせい》のような、きぃーんとした音をだす風が、高層《こうそう》ビルを吹《ふ》きまくっていたあらしの夜、電話があった。ゆりからだった。そして、これと同じ光景をみた夢《ゆめ》の話をしゃべったんだ。おれはぞくっとした。ゆりはなんだって、この光景と同じものをみたんだろう。そして、なんだってそれをおれに電話してきたんだろう。あの時の、弱々《よわよわ》しい息づかいと声がきこえてくる。

「……灯だけついていて、人のいない駅に電車はとまるの。でも、すぐ暗やみはつづくの——」

その時、声がした。

「どうしたの?　こわい顔して?」

顔をあげて、おれの体はとびあがりそうになった。浅川ゆりが立っているじゃないか――いや間《ま》違《ちが》いだった、目の前にいるのは、あの少女だ。浅川ゆきだ。

「窓《まど》ガラスにすごい顔がうつっているんで、びっくりしたわ」

「そんなことないだろ……べつに……」

おれはまた、窓の方へ顔をむけた。

「ずいぶん外を見るのが好きね。なんにもみえないのに」

「ね、君？」――おれは少女の方へ体のむきをかえた。

「君の名前、だれがつけたの？」

「わたしの名前？　どうして、急に？」

「どうしてって、さっきいったように、君とそっくりの子を知っているんだ。名前までよくにている。仲間の一人が間違《まちが》えただろ」

「……そっくり？　へんねえ、さっきはびっくりしたわ、怒《おこ》っているんですもの」

少女はそういうと、いたずらっぽそうに肩《かた》をすくめて笑った。

「わたしの名前はね、おとうさんがつけたのよ」

「おとうさん……」

「そう、わたしはね、二十世紀から二十一世紀にかけて生きるんだから、しっかりその時代を生きてほしいって思ったらしいの。有るという字と世紀の紀をとって、有紀《ゆき》とつけたといっていたわ」

「――」

「どうしたの？　不思議そうな顔をして」

「アガルタも、今二十世紀なの？」

「あらいやだ、そうに決まっているじゃない。どうして？」

「年号なんて、全然違《ちが》うのかと思った」

「そりゃアガルタ年号もあるわ。一五六七八年ですけれどね」

「一五六七八年——ずいぶん古いんだなあ」

「そうよ」

少女はちょっと小鼻をふくらませて、自慢《じまん》そうな顔をした。

その時突然《とつぜん》、あッ！……という声が車内からおこった。おれも一瞬《いっしゅん》まぶしくって眼《め》をとじた。電車は暗やみの世界をつきぬけたんだ。さんさんと太陽がきらめき、あたり一面の緑の木々《きぎ》にふりそそいでいるんだ。その木々の間を、電車はつきぬけていった。

緑の世界

「すべての惑星《わくせい》は空洞《くうどう》で、極にその入り口があり、地下中心部に太陽があるっていうの、こりゃ本当なんだなあ。でも信じられないなあ」

二枚目《にまいめ》が空をみあげていった。

「ま、いいですよ、明るけりゃ」——川島がうれしそうな声をあげた。

おい茂《しげ》った緑の枝《えだ》が、車窓《しゃそう》にかさかさとなった。この感じもどこかで経験《けいけん》をしたことがある。いつだっけ……なんだっけ……でもこれはすぐ思いだした。やっぱり浅川ゆりの夢《ゆめ》なんだ。あれはたしか病院で話してくれた夢だ。

「――緑のまっただ中を電車は走っているの。電車の窓《まど》においしげった葉がかさかさゆれて、まぶしかったわ、木《こ》もれのひかり――」

おれは窓《まど》からさしこんでくるひかりに、おもわず手をかざした。なんだって浅川ゆりの夢の中にある世界が再現《さいげん》されてゆくんだ。なんだって……おれは気味わるかった。それでもう、そのことは考えまいとした。

「うわぁー、きれいな森！」

ガスと順子の声がとんだ。もう完全に遠足に行った気分だ。そうだ、ここがアガルタだなんて、どうして信じられるだろう。おれ達は遠足にきているんだ。

森の中に、時どきピラミッド型の建物がみえた。それははじめてみる型の建物だったけれど、木々の中にとてもぴったりととけあっているので、別の世界にきているという感じが全くないんだ。

クマさんは、撮影機《さつえいき》を動かしている。

「おい、あの勝負つけようか」

突然《とつぜん》、太田がおれにいった。

「え？」

「ほら、遠足の帰りのさ」

「あ」

おれは思いだした。奴《やつ》も今遠足へ来ている気分になっているんだなって、改めて思った。だってよ、太田のいう勝負っていうのは、遠足の帰りにやった遊びなんだ。電車のドアにどれだけの時間手をはさんでいられるかっていう奴なんだ。勝負がついていないのを、太田は思いだしたんだ。奴はなんでも一番でなけりゃ気がすまないから、やりたいんだな。痛《いた》いのによ、奴ってどうかしているよ。

おれは心ゆくばかり景色をみたかった。それで返事をしなかった。

「チャンスだ、やろうよ」——川島がいった。

「お前たちでやれよ」

窓外《そうがい》に眼《め》をむけたまま、おれはいった。

「なによ?」

順子がのりだしてきた。

「なんでもないさ。なにもこんな所へきてやることないじゃないか」

おれはまた、窓《まど》の外の景色をみる。よくさ、電車の中で本や漫画《まんが》を読む人がいるだろ。でも、おれはいつも外をみている。本や漫画なんかはさ、いつでも読めるけど、外の景色は一瞬《いっしゅん》一瞬変わってゆくんだ。路地を走る犬だとか、立小便する子どもだとか、夕陽が家々《いえいえ》の窓に赤く反射《はんしゃ》していたり、空の色や雲が一刻《いっこく》一刻変わっていったり、そりゃもうもったいなくって、本や漫画なんて読んでいられないよ。

「なんだかしらないけど、やんなさいよ」

順子の奴は、はしゃいでいる。

「森川君、こわがっているみたい」

「こわがってなんか、いるもんか」

しまった！　と思った時にはもうのせられちまっていたよ。

「じゃ、勝負をつけるよ」

おれは座席《ざせき》から立ちあがった。

小さな駅についた。ドアがあく。しまる。その瞬間三人は手のひらをドアのすきまにさしこんだ。たはッ！　痛いや。少女がかけつけてきた。びっくりぎょうてんした眼をおれ達にむけた。

「やめなさいよ、なにをやっているのよ」

「いいのよ、遊んでいるんだか

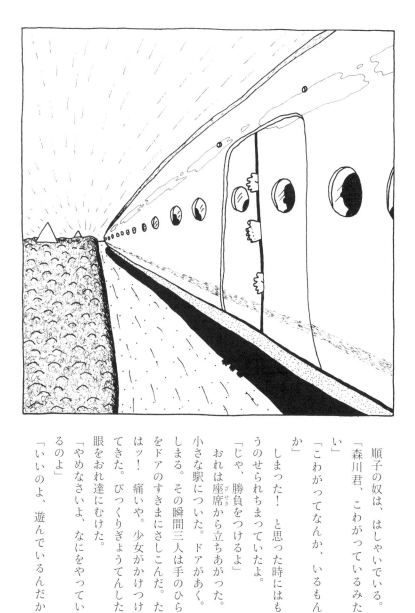

ら」

順子が少女の肩《かた》をたたいた。

「遊び？　これが遊び？」

「やめなさいよ。帰る時、ロープをにぎれなくなるわよ」

ガスの言葉には、はっとしたね。全くだ。でもよ、なんでも一番でなけりゃ気がすまない太田の奴《やつ》の鼻をあかしてやりたかった。どうせここまできたんだ。我慢《がまん》だ、我慢。ひたいから汗《あせ》がにじんだ。

その時、太田と川島が同時にドアから手をはなした。圧力《あつりょく》がおれの手にくわわった。痛《いた》みが走った。でもおれは勝ったんだ。

「痛《いた》かったでしょ、痛かったでしょ」

順子の奴が、大げさな声をはりあげて、太田に近よった。そしてリュックからぬり薬をだすと、手にぬってやっていた。なにが痛かったでしょだ。ふん、人をけしかけておきやがって。猛然腹《もうぜんはら》がたったね。

「あきれたわ」

少女の顔に、おれをさげすむ表情《ひょうじょう》が走った。

「そうでもないのよ。楽しんでやっているんだから」

順子はにっこり笑っておれをみた。その顔は太田に勝ってよかったねっていってるみたいだった。

奴って全くわかんないよ、おれはどぎまぎしちまったぜ。

「なにやってんだよ、ごちゃごちゃ」――二枚目《にまいめ》がよってきた。

「もっと撮影《さつえい》のことに集中してくれよ、おれとクマだけじゃないか」

「そんなことないさ。結構《けっこう》外へ眼《め》はくばっているよ」

キザがむっとしたようにいった。

「ただ緑の中に点在《てんざい》する、四錐《しすい》型《けい》の屋根の家ばかり撮《と》ってもはじまんないもんな」

妙《みょう》にひっかかったいい方だ。

「せせらぎだ」

クマさんの撮影機が動く。森の間をせせらぎが流れている。青い空をうつした小さなさざなみが、ガラスをちりばめたようにひかっていた。そのあとに、どこまでも、どこまでも、白い花畑がつづいた。

「うわぁーきれいー、何の花かしら?」

「マーガレットににているわね」

ガスと順子が車窓《しゃそう》に顔をよせている。

白い花畑が終わる頃《ころ》から、なだらかな丘陵《きゅうりょう》がつづいた。ところどころに見あげるような大樹《たいじゅ》が葉をおい茂《しげ》らせている。風が出たのか、葉がゆれている。

丘陵の明るい陽《ひ》ざしの中にも、ピラミッド型の家が点在していた。陽のひかりをいっぱいにうけて、どの家も明るく幸せそうな感じにみえた。

電車は小さな駅をいくつも通過《つうか》した。乗客の乗り降《お》りは全くなかった。ただとまって発車してゆく。したがって、乗物の中はいつまでもおれ達だけだ。

丘陵《きゅうりょう》一面がピンク色になった。どうやら桃色《ももいろ》の小さな花が、ぎっしりと咲《さ》いているようだ。

「うわぁ、きれい、何という花かしらね」

順子がまた、声をあげた。それは全く目をみはるようにいかしたな。ピンク色の花が、まるでじゅうたんをしきつめたようにひろがり、明るい陽ざしをいっぱいうけているんだ。

その時、おれはなにげなく後ろをちょっとむいた。一つの駅を出たばかりの時だった。むかいのホームがおれの眼《め》にとびこんできた。おれは、ぎくりとして息をのんだ。だって、そこにみたのは、今までおれの眼に入っていた光景と、あまりにも違《ちが》いすぎるものだったんだ。

やせほそった十数人ぐらいの男たちが、ホームにしゃがみこんでいた。ベンチに体を横たえている者もいる。服はぼろぼろにやぶれ、血がこびりついていた。こんぶのようにたれさがった布地《ぬのじ》のあいだに、泥《どろ》にまみれたあばら骨《ぼね》と、黒ずんだ体がみえた。頭や手足に巻《ま》いたほうたいには血がにじみ、放心したような、うつろな眼でおれ達の乗物をみていた。もう何もかにもあきらめきったような、力つきた人達の姿《すがた》にみえた。だが、それぞれの手には、機関銃《きかんじゅう》や小銃《しょうじゅう》がにぎられていた。

頬骨《ほおぼね》と鼻がつき出て、額《ひたい》は広い。眼の色は青や灰色《はいいろ》で、髪《かみ》の毛は褐色《かっしょく》だ。日本人の顔ではなかった。

「──」

ききただすまもなく、電車はホームを通過《つうか》していった。それは今まで眼に入っていた世界とは、あまりにも違いすぎた。おれの背《せ》すじにつめたいものが走った。

アトランティス・トンネル

そりゃ、映画《えいが》やテレビなら、ああいうシーンをみたことがある。でも実際《じっさい》この眼で血まみれの服や、放心した顔、傷《きず》ついた姿、しかも小銃や機関銃を持ったのをみると、全くどぎもをぬかれちまう。しかも眼をみはるような、きれいな景色をみたすぐ後によ。

乗物は、たった今みたものなど、まるで無視《むし》してどんどん進む。桜《さくら》ににた木が、線路のそばにおおうように立ち並《なら》び、はらはらと桃色の花びらを散らしていた。

おれはその木の枝《えだ》ごしに、瞳《ひとみ》をこらした。もしかしたら、またさっきみたような男たちの一群《いちぐん》が眼の中に入るかもしれないとおもったのだ。だが男たちの姿はなかった。次の駅でもみかけることはなかった。あれはおれの錯覚《さっかく》だったのだろうか。本当にあの男たちを、おれはみたのだろうか、いやたしかにみた。おれの錯覚なんかじゃないぞ！

その時、乗物は再《ふたた》び暗《くら》やみに入った。

「ちえッ！　折角いい気持でいんのによ」

川島が声をはりあげる。暗やみはつづいた。今までのように駅はなかった。乗物は走りつづけた。

「ずいぶん長いのね」――順子が待ちきれぬらしく、声をだした。

「ええ、アトランティス・トンネルなの」

「アトランティス？」

おれは、ききかえした。どこかできいた言葉だ。アトランティス――えーと、おやじの手紙でもないし……いや手紙にも関係あるかな？　うん、そうだ、ほら、ウィスキーににた名前の島、サントリニ島だ——サントリニ島がアトランティス大陸だったんじゃないかって……そうだ！　ゆりだ。浅川ゆりがいったんだ。間違《まちが》いない。また、ゆりが出てきた。なんだってこう、浅川ゆりのみた夢《ゆめ》とか、ゆりの言葉がおれをおいかけてくるんだ。

ゆりはあの時、おれにいった。ほらパンを買いにスーパーにいった日だ。初夏をおもわせるほどあたたかな日で、おれはパンの入った紙袋《かみぶくろ》をかかえて、はじめてゆりと二人だけで並《なら》んで歩いたんだ。

ゆりは、サントリニ島の発掘《はっくつ》から、ここがかつてアトランティスだといわれている大陸だったのかもしれないといったんだ。そうだ、はっきりいった、アトランティス——って。

「どうしたの？　アトランティスがどうかした？」

少女がじっとおれをみつめる。どきっとするね。とにかくゆりそっくりなんだもんな。こういう時は、気味悪いよ。

「いや、なんだか、どこかできいた言葉だったから、アトランティスって」

「わかった！　ルイスの『ナルニア物語』を思いだしたんじゃない」

突然《とつぜん》、順子がはずんだ声をあげた。

「最近読んだから、私《わたし》よくおぼえているわ。たしか『魔術師《まじゅつし》のおい』の巻《かん》だったと思うわ。主人公がある町へゆくと、そこでアトランティスの島から出たという遺物《いぶつ》をみつけるの。それはヨーロッパで発掘《はっくつ》される原始時代の遺物よりもさらに何世紀も古くって、その文明は石器時代のようにあらけずりの原始的なものではなく、今の文明がひらけるかなり前から、もう宮殿《きゅうでん》や寺院、学問のある人たちがいたって書いてあるのを、読んだのおぼえているわ。そのアトランティスからきているのかしら？　アトランティス・トンネルって名前？」

「さあ、わからないわ。ただこのトンネルは、アトランティス・トンネルっていうのよ」

少女は首をかしげながらいった。

おれは、浅川ゆりの言葉を思いかえしていた。あの時、ゆりは妙《みょう》なことをいいだしたんだ。アトランティス大陸は、人工的に爆破《ばくは》されたんじゃないかって！　高い文明がすすんでいて、原子爆《ばく》弾《だん》なんかもあって、名誉欲《めいよよく》にかられた学者が、だれよりも先に今のノーベル賞みたいのがもらいたくって、実験をはやまっちまって、大爆発《ばくはつ》が起こったんじゃないかって！　まさか。でもよ、順子の読んだものは物語っていうけどよ、学問のある人達がいたって書いてあったというもんな。おれは、真《ま》っ赤《か》に火をふいて爆発する大陸のことを思った。なにか恐《おそ》ろしいような、胸《むね》がすかっとするような、妙《みょう》な気持だ。

その時、おれはまた思いだした。ゆりはちょっと茶目っけのある眼《め》をおれにむけていったんだ。もしかしたら、その大爆発の時に、生き残った人がいたんじゃないかって。今でもどこかにいるんじゃないかって。たとえば、ノアの箱舟《はこぶね》にのって助かった人たちがいるという伝説が残っているみたいにって。

しかもだ、ノアの箱舟はただの伝説じゃなく、アララット山というところで、本当に箱舟の木片《もくへん》らしきものが発見されたって、スルメの奥《おく》さんがいっている。

そうするとだ、えッ！　そうするとだな、浅川ゆきは、アトランティス大爆発の生き残りの子孫ってことになるのか。まさか！　まさか！　ちょっと信じられないよ。

「どうしたの？　あたしの顔に何かついていて？」

少女は、まじまじとおれをみつめた。

「いいや、なんでもないよ」

おれはあわてて少女から眼《め》をそらした。

石の町

トンネルを出た。あたりは、がらりと一変していた。そこには森も林もせせらぎもなく、灰色《はいいろ》の石の建物がつづいている。一見廃墟《はいきょ》の町のようにみえたが、そうでないらしい。くりぬかれた窓先《まどさき》に、植木鉢《うえきばち》がおいてあり、真っ赤な花が咲《さ》いている。灰色の石の建物の中で、その赤さがきわだってあざやかだ。建物は、もう何千年も前からそこに建ちつづけているように見えた。一見廃墟の町とみえたのはそのせいだ。突然《とつぜん》の変わりように、おれは息をのむ。皆《みな》も驚《おどろ》いたようだ。

「たはッ！　急に変わっちまった！」

クマさんが、撮影機《さつえいき》をまわしはじめる。

おれは、灰色の石の建物の間にみかけるかもしれない、あのさっきみた男たちの一群《いちぐん》の姿《すがた》をおった。だが人通りは全くなかった。やせた犬が、ふらふらとほそい路地に入っていった。

「この町に、人は住んでいるの？」――ガスが少女にきいている。

「住んでいるわ。この石の建物が好きでたまらないという人達がね。大抵《たいてい》は年よりみたいだけど」

「寒いでしょうね、中は？　がらんとしているみたいだわ」

「そうでもないのよ。よく設備《せつび》はととのっているし、中は住みよいらしいわ、案外。とにかく一万年以上もたっている建物には、みえないでしょ」

「一万年！」

皆は顔をみあわせた。

「そうよ。一万一千五百年前っていわれているけど、それにしては新しいなあって、ここを通るたびに思うの」

少女はこともなげにいった。

「ほら、ルイスの『魔術師《まじゅつし》のおい』に書いてあったって、さっきいったでしょ、今の文明がひらけるずっと前から、アトランティスには宮殿や寺院ができていたって。だからここに一万年以上も前の建物があるってこと、へんではないのかもしれないわ」

「エジプト文明が今から約五千年前っていわれているから、それよりさらに五千年も前ってことになるんだなあ、なんだか信じられないなあ」――太田がつぶやく。

「でもよ、それはアトランティス大陸のことだろ。ここのことじゃない。ここは地球の内部にあるアガルタってところだろ」――二枚目《にまいめ》がいった。

たしかにそうだ。おれ達はごっちゃにしちまっている。

「トンネルの名前に、アトランティスってついていたからね」

順子がうなずきながらいった。

「ただこういうことはいえるかもしれない。幻《まぼろし》の大陸っていわれているけど、アトランティス大陸っていうのは、たしかにあって、一万年以上も前に大変さかえた。そして、それがエジプト文明などに大きな影響《えいきょう》を与《あた》えた」

クマさんはそういって、おれをみた。

「ほら、いつか話しただろ、ピラミッドの写真をみながらおれの家でさ。ピラミッドの高さが地球から太陽までの距離《きょり》の十億分の一だってことや、その頃《ころ》使われていた単位が、地球の半径の一千万分の一にぴったり一致《いっち》するってことさ。そんな知識《ちしき》がどうして古代人にあったんだろうって。地球から太陽までの距離にしたって、つい百年前でもこれほどまでに正確《せいかく》にはしられていなかったっていうものな」

クマさんの言葉に、太田はしきりにあいづちをうっている。

「だからさ、そんなにアトランティス大陸にすぐれた文明があったとしたならば、それはかならずエジプト文明に影響を与えたんじゃないかっていえるね。勿論《もちろん》アトランティス大陸じゃ、その頃までに高い学問がすすんでいて、地球から太陽までの距離など、簡単《かんたん》にしっていた――」

「でもよ」――おれは口をはさんだ。

「アトランティス大陸は海中に没《ぼっ》したといわれているんですよ。一万年以上も前に――」

生き残った人達がいるのではないかって考えをおさえて、おれはいったよ。

「うん、だから海中に没する前に、なんらかのかたちで、アトランティス大陸の人達は地球各地へ散っていたってこともいえるんじゃないか――」

「うん、そういうことはいえるね」

クマさんの言葉に二枚目はうなずく。

「この乗物の終点はどこ?」

ガスが少女にむかってきいた。

「終点はないわ」

「え?」

「網《あみ》の目状《めじょう》のトンネルが縦横《じゅうおう》に走っているの。トンネルに入ればどこへでもゆけるわ。行きたいところへ」

「ふーん、それでわたし達は今どこへ行こうとしているの?」

「わたしの住んでいる所」

「遠いの?」

「もうすぐよ」

「おい、行きたいところへ行けるんだって?」

クマさんが少女の言葉をききつけた。

「ええ、行けるわ」

「どこへでも?」

「ええ」

「へえー、それじゃ、たとえばだね、アンデス山中なんかにでも」

「おい、クマ、そこはアガルタじゃないじゃないか。アンデスは地上なんだぞ」

二枚目《にまいめ》の言葉をさえぎるように、少女はいった。

「行けるわよ。わたしはあなた達の所へ行ったじゃない、おなじことよ」

「そういえば、そうだな」

「おいクマ、アンデスに行くなんていいだすんじゃないだろうな」

キザがじろりとクマさんをみた。

「おもしろいじゃないか、アンデスもよ」——二枚目がすぐのり気になった。

「まず浅川ゆきさんの所へ行ってからだわ」

順子が二人をとりなすようにいった。こういうしぐさは馬鹿《ばか》に大人っぽい。

「アンデスなんかに行ったら、いつ帰れるかわかりませんよ」

太田がすかさず声をだした。

「それでなくたって、ひやひやしているんです。今日中に帰れるんでしょうね、おれんちへ。帰れなかったらえらいことになります」

「大丈夫《だいじょうぶ》よ。心配することないわ」——少女は落ちついていった。

「行きたいところへは一瞬《いっしゅん》のうちに行けるのよ、この乗物の操作《そうさ》いかんによって」

「へえーすごい」

「さすがは、一万年以上の歴史を持つ国ねえ」

順子が大きな声をあげた。

灰色《はいいろ》の石の建物はつづいた。つたのおいしげった家もある。緑のこけに一面青くおおわれている建物もある。それらはとても歴史が古いことを感じさせるが、まさか一万年以上も前からある建物だというふうには思えなかった。でも破壊《はかい》でもされないかぎり、こうした建物がこれからも、永久《えいきゅう》にありつづけることはたしかだ。そうすると、一万年以上も前からあったということは、不思議でもないのかもしれない。

おれはだんだんへんな気持になっていった。そんなことにおかまいなしで、乗物はふたたびトンネルに入った。あたりは真《ま》っ暗《くら》になった。うす暗いひかりを車内につけて、おれ達の乗物は暗やみを走った。

地霊

突然《とつぜん》、車内のあかりが消えた。

「あら、どうしたのかしら？　浅川さん、浅川さん、どこ？」

順子の声が暗やみできこえる。

「――」

返事はなかった。すぐにつくと思ったあかりは、なかなかともらない。車内は真っ暗だ。

「操作《そうさ》いかんによっては、この乗物は一瞬《いっしゅん》のうちにどこへでも行けるといっていた。それをやっているのかもしれないいな」――クマさんの声だ。

「それにしても、ちょっといってていけばいいじゃないか」――いらだったキザの声だ。

「うふふ……いらいらしている」

順子がからかうようにいった。そして明るい調子でつづけた。

「『ナルニア物語』のこと、また思いだしちゃう。うん、あれはたしか『銀のいす』の巻《かん》だったわ。地下にとらわれているナルニアの王子を助けに行くのね。魔女《まじょ》のいる国のまた下にビスム国っていう地底の国があるの。そこには地霊《ちれい》がいるのよ。地の霊《れい》よ。ほんの三〇センチぐらいの小さいものから、人間よりも大きな堂々《どうどう》としたものまで、あらゆる大きさにわたっているの。全員手に三つまたの槍《やり》をもち、どれも顔色はおそろしく青白くって、石像《せきぞう》のように動かないで立っているんですって。しっぽのあるもの、ないもの、長いひげをはやしているものもあれば、つるつるの丸顔のカボチャ面《づら》のもいたり、額《ひたい》の真《ま》ん中《なか》に一本角をはやしたのまでいるんですって！」

「額《ひたい》の真ん中に一本角？　あーら、おもしろい」

ガスがおかしそうに笑った。ガスの笑い声がなんとなくあたりをほっとさせた。こういった状態《じょうたい》になると、女の子の方が度胸《どきょう》があるのかな。たいしたもんだよ。順子にしたって、真っ暗な中で、地底の国の話をやってのけるんだからな。

「あいつ地霊じゃないか！」

突然《とつぜん》、川島が大声をあげた。

「浅川ゆりの姿《すがた》にばけた地霊じゃないか！」

「急にどうしたのよ」

順子のきんきんした声がひびく。

「おれ達をおびきよせたんだ、ここによ。この真っ暗やみの世界によ。浅川ゆりの姿にばけてさ。ありゃ、地霊だ、地霊にきまっている」

「何をいいだすんだよ、この馬鹿《ばか》！」

おれはどなった。真っ暗やみの中でおれもいらいらしちまったんだな。

「じゃ、だれだっていうんだ。なんでこんな真っ暗な中に、おいてけぼりにしたんだ。へんじゃないか。おい、どうしてくれるんだよ！」

川島はえらく興奮《こうふん》しちまっている。

「おい、それじゃ川島にきくけどよ、地霊《ちれい》がなんでおれ達をここへおびきださなけりゃ、ならないんだ。なにも地霊に失礼なことをおれ達はしていないんだぞ」

クマさんが、さとすようにいった。ところがだ、その時ガスがすっとんきょうな声をあげた。

「あら、わたし達失礼なことをしているかもしれないわよ」

「ええッ?」

皆《みな》はガスの声に耳をすました。

「おじいちゃんがよくいうわ。昔はね、土をもっと大切にしたって。こえだめっていうのがあってね、そこにはわたし達から出たもの、つまりおしっこやうんこね、それを入れておいたんですって。長くおいておくと、こやしになって、畑のものを育てるとてもいい肥料《ひりょう》になったそうよ。そのこやしを畑にかけてやると、土は大よろこびをして、畑をどんどんこやしたのですって。土と畑を作る人とのむすびつきが、とても強かったんですって。だってそりゃそうよね。自分たちのだしたものが肥料になって、土をこやし、農作物がゆたかにとれ、それが作った人の栄養になれば、そりゃむすびつきだって強くなるでしょうねえ」

おれは、ガスの熱弁《ねっべん》を不思議な気持できいていたよ。だってガスはおれが、今まで考えてもみなかったことを話したんだ。野菜はただバリバリ食べるだけのものだったものなあ。その下にある土のことなんて、全く考えてもみなかったよ。ガスの元気のよい声はつづく。

「ところがね、今はどんどん水洗《すいせん》便所になってしまってるでしょ。こえだめなんてみかけないでしょう。おじいちゃんはとてもこれを残念がっているわ。こんなことをしていたら、土はあれてしまって、いつかしかえしをされるんじゃないかって。人間と土とは大昔からむすびついてきたように、しっかりと手と手をとりあってゆかなくっちゃいけないって――」

「しかえしっていったろ。ほら、土のしかえしだ、そうにきまっている！」

川島がうわずった声をあげた。

「おい落ちつけよ、川島」

クマさんの声が、暗やみでした。

「おれさ、土に対して失礼なことをしているって、今の今までまるで気がつかなかったから、ガスにきかされてなるほどと思ったよ。でもよ、それだからといって、あの少女が地霊だなんて思えないじゃないか。ただちょっと今、乗物の操作《そうさ》をしているんだと思うよ」

「それにしても、おそいですね」――太田のひややかな声がした。

「映像《えいぞう》を撮《と》りにきたんですからね、暗やみにおいてきぼりにされにきたんじゃないんですからね」

皮肉な調子でいったのは、キザだ。

「なによ、そのいい方」――すかさず順子の声がした。

「いくら上級生でも、腹《はら》がたつわ。そうにきまっているじゃないの、きまったことなんかこの際《さい》いうもんじゃないわ。だれだってちょっとでも早く、あかりがつかないかと思っているのに！」

「ふん、なまいきな口をききやがって。こえだめに顔をつっこんでやりたいよ」

「なんですって！」

「こえだめに顔をつっこんでやりたいっていったのさ。さぞやいいにおいがするだろうよ」

「こえだめっていってても知らないでしょ。知ったような口をきくもんじゃないわ」

その時、ガスが口をだした。

「――」キザの声がつまった。

「こえだめを馬鹿《ばか》にしたいい方するもんじゃないわ。さっきわたしのいったこと、なんにもわかっていないじゃない」

「ほんとだよ、まるでわかっていないな、こいつ」――クマさんがいった。

「ああ、わかっていないさ、なんにも。どいつもこいつもこえだめに顔つっこんでやりたいよ。いい気持だろうなあ、ウヒヒヒ……」

「あきれた、ちょっと真《ま》っ暗《くら》になっただけなのに、なによ、なさけない」

順子は、はきだすようにいった。

「ちょっとじゃないよ、だいぶたつよ」――太田が横から声をだす。

「ほら洞穴《どうけつ》でひかっていたあいつな、あれでもつけてくれれば、だいぶ違《ちが》うんだ」

二枚目《にまいめ》はブーヤのことをいった。

「つくもんか。つけるなら、はじめからつけておくさ、すべては計画的なんだ」

「そうだな、そうにきまっている」――川島の声だ。

「あーあ、とんでもないことになっちまった。やっぱりくるんじゃなかった」

太田が大声をはりあげた。今までこらえていたのが、爆発《ばくはつ》した感じだ。

「いやねえ、へんな声だして。あめ玉かチョコレートでも持ってきているんでしょ。口に入れて気を落ちつけなさいよ」

順子の奴《やつ》って案外だなって、おれ思ったよ。こういう時、太田と一緒《いっしょ》になって、かん高の声をいかにもあげそうじゃないか、いつもの順子ならよ。ところがさ、もっとびっくりしたことがあったんだ。てれちまうけど、そっとおしえてやるな。順子は、おれが乗物の一番前にいたのみていたんだな。暗やみの中をどうにかとなりにやってきたんだ。そしておれにそっといったんだ。

「すぐつくわ。大丈夫《だいじょうぶ》よ。心配しなくたって」

そういったんだぜ。順子の息づかいを耳もとに感じて、おれの体は一瞬《いっしゅん》ぱっとほてっちまった。

その時、クマさんが大声をあげた。

「なんてトンマなんだ。おれ懐中《かいちゅう》電灯持っていたんだ！」

車内に小さな丸いあかりがともった。

根の国

「ね、ね、椿《つばき》先生に習った『こじき』、思いだしちゃった」

「こじき？」

口ではそういったが、椿先生の名前が突然《とつぜん》出て、おれの体はびくッとした。さっき耳もとで順子にささやかれた時も、体中があつくなったし、いそがしいこった。でもよ、思いがけなかったものな、椿先生の名前が、こんな真《ま》っ暗《くら》ななかで、順子の口からとびだすなんてよ。先生の名前をきいただけで、体がびくッとするってことはだな、おれは無意識《むいしき》のなかで、ずっと先生のことを考えていたってことかな。ほら、登校中の朝の道で、先生の友だちにもわからないことを、おれは感じることができるっていってくれたあの時の先生の息づかいを、おれはずっと体のなかにしまいこんでいたのかな。先生は今、おれがまさかこんなところにいるなんて、そして、先生の名前をきいて、びくッと体の血が急にあつく流れたみたいだったなんてことは、思ってもいないだろうな。

「なんだよ、急にこじきだなんて。椿《つばき》先生にものもらいのやり方でも習ったのかよ」

「ものもらい？　あーらいやだ！」

川島の言葉に、順子はけたたましく笑った。

「いやねえ、『古事記』って本の名じゃない。古い事の記って書く。日本で一番古い本なんでしょ、習ったじゃない」

「習ったかなあ」——おれは、つぶやいた。

「習ったじゃない。たよりないんだから、森川クンは」

こうやって馬鹿《ばか》にされた方が、いつもの順子らしくって気楽でいいね。さっきみたいに、やさしい声でささやかれちまうと、まごつくよ。

「『古事記』がどうしたのかよ」

太田がつっかかるような、いい方をした。

「ほら、根の国にいるみたいじゃない」

「寝《ね》の国？　いやなことをいわないでくれよ、それでなくたって気味わるいんだからな、その上、眠《ねむ》っちまったら、どうなるんだ」——川島の声だ。

「眠る？　いやねえ、だれが眠るだなんていった？」

「じゃ、おっちんじまうのかよ、もっといやだよ、そんな話」

「死ぬ？　いやねえ、そんなところじゃないわ。あっ、でも関係あるかな。根の国って暗黒の世界だって『古事記』に書いてあったから、死者の世界かな？」

「やめてくれ！」――太田がどなった。

「なによ、大声をだして。私《わたし》たち死んでいるわけじゃないじゃない」

ガスがたしなめる調子でいった。

「つづけてよ、その話。真《ま》っ暗《くら》ななかでだまっているより、よっぽどいいじゃない」

ガスの言葉に、順子は声をだした。

「森川クン、大国主命《おおくにぬしのみこと》の話は知っているでしょ。ワニに皮をはがれた兎《うさぎ》を助けてあげた神様の話」

「ああ」――そのくらいは、おれだって知っているさ。

「じゃ、スサノオノミコトは？」

「知っているにきまっているじゃないか」

おれはいばっていったが、実はマンガで読んでおぼえているんだ。あれは面白かったよ。

「大国主命って、大地の神様なのね。農耕《のうこう》の神様っていうのかな、ほら、母親の神が、稲田姫《いなだひめ》っていうところからみても、わかるでしょ」

その声をききながら、順子って記憶力《きおくりょく》はいいし、いろんなことを知っているし、本はたくさん読んでいるし、案外だったなあって思ったよ。あいつの部屋《へや》には、人形ばっかりかざってあったけどよ、隣《となり》にもう一つ部屋があったのかな。そこには本がぎっしりつまっていてさ、むずかしい顔をして読んでいるのかな。なにがなんだかわかんないよ。とにかく、かわった奴《やつ》だ。古事記のことだってよ、おれ記憶《きおく》にないんだよなあ。椿《つばき》先生の授業《じゅぎょう》はずいぶん身を入れてきいているつもりなのによ。

「さっきの、ガスのじいさんの話じゃないけどよ」――クマさんの声がした。

「昔は、人と土とのむすびつきが強かったっていっただろ。神話のなかで、大国主命《おおくにぬしのみこと》っていうものは、そういうものを表わす神だったのかもしれないね」

「大国主命がなんだっていうんだよ。大国主命が、今この状態《じょうたい》をどうにかしてくれるっていうのかよ」

キザの声だ。太田と同じように、いらいらがつのっている。

「神話の世界だったら、どうにかしてくれたでしょうね」――すかさず順子がいった。

「『古事記』って本の、大国主命のこと話してよ。私《わたし》、習ったのおぼえていないわ。じいちゃんの話なんかだと、よくおぼえているのにねえ、へんねえ」

だから、ガスって好きだよ。おれとおんなじだ。やっぱり忘《わす》れちまっている。

「大国主命は兄弟が八十八人もいたんですって。八十神《やそがみ》っていうからすごいわね。その兄弟たちが、大国主命に迫害《はくがい》をくわえるんで、スサノオノミコトのいる根の国へ逃《に》げてゆくのね。今のここみたいな真《ま》っ暗《くら》な世界にね」

「地下の世界ね。そこは地上にはえている大木や野菜や穀物《こくもつ》や草花を、しっかりとささえている地下の世界なんだわね」

ガスらしい言葉だ。団地《だんち》の露店《ろてん》で野菜を売っているから、きっとすぐにこういう言葉がでるんだな、ガスっていいなあ。

「根の国って、死者の世界っていうより、そう考えた方が、なんだかぴったりするわねえ」

順子の声にも力が入る。

「感心している場合じゃないだろ。さっきから、もうずいぶん時間がたっているんだ。どうしてくれるんだよ」——川島が叫《さけ》ぶようにいった。

「そんなに気になるなら、あの子を探《さが》しにいったらいいんだ。懐中電灯《かいちゅうでんとう》ぐらいお前も持ってきただろ」

二枚目《にまいめ》がつきはなしたいい方をした。

「——」

「大国主命の話してよ、それからどうしたの？」

「じゃ、大国主命が根の国へ逃げのびるまでの、八十神たちの迫害からまず話すわね」

順子がそういった時、おれは車内の最後部でちらりとひかったものをみた気がした。おやっと思った時、ひかりは消えた。

試　練

だれも、そのひかりに気づかなかったようだ。それでおれはだまっていた。ずっとついていたのならともかく、消えちまったんだものな。クマさんのともす懐中電灯のひかりが、おれ達のまわりに、小さくともっているだけだ。

それにしても、本当にどうなっちまっているのかな。あの浅川ゆきって少女を、おれは信じすぎちまったんだろうか。とんでもないことをしちまったのか。おそいなあ、あいつ一体なにをしているんだ。川島も太田もキザも、だいぶ頭にきちまっている。

でもよ、奴《やつ》らはこないはずだったんだ。自分たちで決めてやってきたんだ。なにもおれが気にすることはないんだ。だけどよ、ま、あの子と知りあったのは、このおれなんだものな。こんなところに永久《えいきゅう》にとじこめられちまったら、一体どうなるんだ。まさかそんなことはないだろうけどよ、もしこのまま真《ま》っ暗《くら》やみだったら、おれ気が狂《くる》っちゃうぞ。とってもじゃないけど、我慢《がまん》できない。

それにしても、順子がよくしゃべってくれるんで助かるよ。こんなふうに助けられるなんて、思ってもみなかった。川島たちのいらいらが爆発《ばくはつ》しないように、順子の話をひきのばさなくちゃ。おれも大変だ。それにしても、『古事記』のことをなんにもおぼえていないなんて、情《なさ》けない。マンガで読んだスサノオノミコトのことはおぼえていてよ。おれ大国主命《おおくにぬしのみこと》の話も、マンガじゃないと頭に入らないのかな。そんなことあるもんか。きっと腹《はら》がすいていたんだ、その授業《じゅぎょう》の時。それで頭に入らなかったんだ。おれすきっ腹《ぱら》には弱いからな。

「そりゃ、すごい試練だったのよ」

順子のいきいきした声がつづく。

「大国主命の八十神《やそがみ》たちの兄弟は、大国主命をそれは憎《にく》んでいるのね。なにしろ兎《うさぎ》の傷《きず》をすばやく治すことができるような、すぐれた神様だったから。それだけねたみも強くって、迫害《はくがい》も加わるわけ」

「どんな迫害なの？」――ガスがいきおいこんできく。

「猪《いのしし》みたいな大石を火で焼き、山の上からころがりおとし、大国主命を焼き殺したんですって」

「殺しちゃったの？」

「そうよ。でもね、母神からおくられたやけどに効《き》く薬をぬったら、もとの姿《すがた》に生きかえったの」

「簡単《かんたん》に生きかえられるのね、面白い――」

「それをみた八十神たちは、今度は大国主命を山にさそいだしたんだわね」

「山へ――」

「そう、そしてクサビを打ちこんだ大きな木の割《わ》れ目のなかに大国主命を入れると、クサビをはなして、挟《はさ》み殺したの」

「うわぁー、ザンコク」

ガスは、順子の話にすっかりのっている。

「でもね、母神がこれをみつけて、木を裂《さ》いて大国主命をとりだし、また生きかえらせたのよ」

「よかったあ」――ガスったら一喜一憂《いっきいちゆう》している。

「ね、ね、それでどうしたの？」

「ほら、さっき話したでしょ、それからスサノオノミコトのいる根の国へ逃《に》げたのよ。でも根の国でまた、きびしい試練をうけるのよ。スサノオノミコトから」

「どんな？」

ガスがあんまり身を入れてきいているので、おれまで、順子の話にぐいぐいひきこまれたよ。でもさ、車内の最後部はちらちらみていたんだ。あかりがつかないかって。でもあれから、ずっと真《ま》っ暗《くら》なままだ。

「スサノオノミコトは、大国主命《おおくにぬしのみこと》を蛇《へび》のいるムロヤに入れたのね」

「ムロヤ？」

「教室の室って字が書いてあったわ、私《わたし》が読んだ本には。むしろなんかをしきつめた小屋なんじゃないかしら」

「へぇー、蛇のいるムロヤね、こわーい。それで、どうしたの？」

おれは順子の話をききながら、やっぱり椿《つばき》先生は、そんなにくわしく『古事記』のことは、授《じゅ》業《ぎょう》で話さなかったってわかったよ。順子は授業のあと、本を読んだんだな、大国主命のことが書いてある神話を。それにしても、よくおぼえているよ。

「スサノオノミコトには娘《むすめ》がいたのね、スセリヒメっていう名の。そして大国主命の妻《つま》になっていたわけ。このスセリヒメが助けたんだわ、夫を蛇《へび》のムロヤから」

「ふーん、夫婦愛《ふうふあい》ねえ」――ガスは、しんみりした声をだした。

「で、それからどうしたの？」

「今度は、ムカデのムロヤに入れられたんだわ」

「ムカデ？　わぁー、気味わるい」

「でもね、これもスセリヒメのおかげで助かったのよ」

「さすがぁー、次は？」

「次は蜂《はち》よ。蜂のムロヤに入れられたの」

「蜂？　また次々《つぎつぎ》とすごいわねえ」

「そうねえ、火ぜめにあったりもするけど、最後は、スサノオノミコトの髪《かみ》の毛のシラミなんかもとらされたりしているのよ」

「シラミをね、なにがとびだすかわからないのね――面白いなあ」――ガスは、ほがらかにいった。

「結局、何をいおうとしているのかなあ、この大国主命の神話は？」

クマさんの声がした。

「いろんな試練はね、どうも大人になるためのものらしいわ。成人式ってあるじゃない、私《わたし》たちにも。それに私たちだって、テストっていう試練をいくつも受けているじゃない、そのほか、大人になるためのいろんな試練があると思うわ」

順子の大国主命の話は面白かったけど、この順子の言葉は、あんまりぴんとこないなあ。テストだなんていいだしてよ。神話の世界って、とほうもなく大きくって、奇想天外《きそうてんがい》だし、死んでもすぐ生きかえっちゃったりして、いいなあって思ってきいていたら、現実《げんじつ》にひきもどされちゃった。順子はさらにつけたした。

「ね、そうは思わない？　大国主命が受けた試練は、私《わたし》たちが高校入試を通過《つうか》するための試練とかさなるんじゃないかって――」

うへぇー、さすが、と思ったよ。高校入試ね。でもよ、考えてみると、蛇とかムカデとか、蜂とかにいためつけられたり、火ぜめにされたりしているのは、にているかな。いや、ちょっと違《ちが》うよ、神話の世界って、もっと大きいよなあ。なんだか、心をかりたてるものがあるよなあ。

車外へ

車内の最後部に、ちらりとひかりをみた。

「あッ！」――おれは思わず叫《さけ》んだ。

「どうしたの?」――順子の声だ。

「ほら、ひかっている。ブーヤだ」

「え！　どこ！　どこ！」

「どこだ！」

皆《みな》の声がとんだ。あかりはすぐに消えない。

「なんにもみえないじゃない。真《ま》っ暗《くら》よ。どうしたのよ、森川クン」

「車内の最後部だよ。ほら、ひかっているじゃないか」

「おい、頭がおかしくなっちまったんじゃないか。しっかりしてくれよ」

太田のいつもの小馬鹿《こばか》にした声だ。

「なにいっているんだい。みえるじゃないか。よし、いってみる」

おれはたちあがると、あかりのみえる方へすすんだ。その時、おれははっとした。思いあたることがあったんだ。つまり、あかりはおれだけにしかみえない、ほかのだれにもみえないんだ。それは、おれがかぶっているピラミッド帽子《ぼうし》のせいなんだ。いつかもこういうことがあった。ピラミッド帽子をかぶると、四〇四号のあかりはともった。ぬぐと消えた。なんだって、浅川ゆきの奴《やつ》、こんな時にそんないたずらをするんだ。真っ暗ななかに、長い時間ほうりだしておいて、その上こんなことをするなんて、許《ゆる》せない。

最後部までゆくと、そこに操作室《そうさしつ》があった。そのなかに、少女はいた。

「おい、どうしたんだよ。乗物はとまったままじゃないか、真っ暗やみのなかによ」

「故障《こしょう》しちゃったのよ」

操作室《そうさしつ》のうすあかりのなかで、少女の声がした。おれはなかに入った。ゆきが体をかがめて機械の前にいる。

「故障？　じょうだんじゃないよ、そんなにチャチなのか、この乗物は」

「チャチなんかじゃないわ。今まで一度だって故障なんてしたことないんですもの」

「でも、こうやって動かないじゃないか」

「磁気浮上式《じきふじょうしき》にきりかえたのよ。アンデスにちょっとよってあげようと思って。電磁石《でんじしゃく》の反発力が強まって浮《う》きあがると、一瞬《いっしゅん》のうちに速力が増《ま》すんだわ。いつもやっているのに、どうしたのかなあ」

少女は、とほうにくれた声をだした。

「補助機器《ほじょきき》も役にたたないのよ、こんなことはじめてだわ」

「それで、どうしたらいいんだ。真っ暗やみのなかにじっとしていろっていうのかよ」

おれは声をはりあげた。皆《みな》になんといって説明すりゃいいんだ。故障ですって、ハイそうですかでおさまるとでも思っているのかよ。

「おい、森川、どうしたんだい」

操作室《そうさしつ》の外で声がした。おれのあとについて、連中がやってきたみたいだ。ブーヤのひかりはみえないけど、おれの声はきこえるようだ。

「おい、ブーヤを照らしてくれ、この際《さい》ケチケチするなよ。皆《みな》にもあかりがみえるようにしてくれ」

おれは怒《おこ》ったね。少女をみそこなったよ。

「照らしているのよ、でも強い磁場《じば》が出ているから、だめなのよ、みえるのは、ピラミッド帽子《ぼうし》をかぶったあなただけだわ」

「どうすりゃ、いいんだ！」——おれは叫《さけ》んだ。

「あたしが皆にいうわ、故障《こしょう》だって」

少女は操作室を出た。そして、クマさんのともす懐中電灯《かいちゅうでんとう》の前にたった。

「ごめんなさい、思いがけないことがおきてしまったわ。今まで一度だってこんなことないのに、乗物が故障してしまったの」

「なんだって！」——川島がひめいに近い声をだした。

「おい、じょうだんじゃないぞ！」

「どうしてくれるんだ！」

「故障はなおるのかよ」

暗やみのなかで、皆の興奮《こうふん》した声がとんだ。

「それで、どうなるの？　だれか救いにくるの？　わたし達はこの乗物にとじこめられたままなの」

さすがに、順子の声もかんだかくなった。

「救いの連絡《れんらく》がとれないの、さっきからずいぶんやっているんだけど」

「あーあ、もうだめだ！　こんな真《ま》っ暗《くら》やみのなかに、おれはもう一分だってじっとしていることなんて、とてもできない。おい、どうしてくれるんだ、森川！」

太田はおれにつめよる。

「よせよ！　森川をせめたって仕方ないだろ、自分たちで決めてやってきたんだから」

クマさんが、太田の体をひきとめた。

「そんなに大騒《さわ》ぎすることはないんです」

「え!?」――少女の落ちついた声に、おれ達はちょっとのまれた感じになった。

「トンネルは、もうそんなに長くはないんです。ただ、アンデスにむけようとして、故障してしまったけれど」

「じゃ、乗物の外へ出るわけ、そして、トンネルのなかを歩くわけ」

ガスの張《は》りのある声がした。ガスはどんな時でもクヨクヨしない。

「ええ、そうなの。わたしのともすブーヤのひかりは、ピラミッド帽子をかぶった森川さんだけにしかみえないから、みんな森川さんのあとについてきてほしいわ」

「大丈夫《だいじょうぶ》なのかよ、またいなくなっちまうんじゃないだろうな」

キザが、意地のわるいいい方をした。

「さっきだって、いなくなったわけじゃないわ。故障《こしょう》をなおしていたのよ」

「ちょっとぐらいあいさつしてもいいだろ、どうなっちまったのか。こっちは気が気じゃない」

「ごめんなさい」――少女は素直《すなお》にあやまった。

こうでられると、いささかむっとしていたおれも、それ以上なにもいえなくなった。

「なおらないなら、少しでも早く外へ出た方がいいよな」

クマさんは、きっぱりといった。

「ブーヤのあかりがみえるのは、お前だけなんだからな。いいか見うしなわないようにしてくれよ。お前のともす懐中電灯《かいちゅうでんとう》をたよりに、おれ達は後につづくからな」

「あ、わかった！ しっかりやるよ。じゃ、ドアをあけてくれ！」

おれの声に、少女は操作室《そうさしつ》に入って、機械を動かした。ドアはあいた。底びえのするような、つめたい空気が、顔につきささった。

おれは、少女につづいて、いきおいよく車外にとびおりた。ブーヤのひかりも、それほどあかるくないので、地面にどのくらいでつくのかわからない。跳《と》びこみ台から水中に体を投げだす感じだ。膝小僧《ひざこぞう》をうった。だがおれはすばやくたちあがると、次におりる者のために、懐中電灯をむけた。順子だ。こわばった顔をして、下をみおろしている。

「大丈夫《だいじょうぶ》だよ」

おれは背《せ》のびをすると、手をさしだした。順子は体をかがめるようにして、おれの手をとると、下へとびおりた。次はガスだ。おれはガスのふとい、あつい手をにぎりしめる。

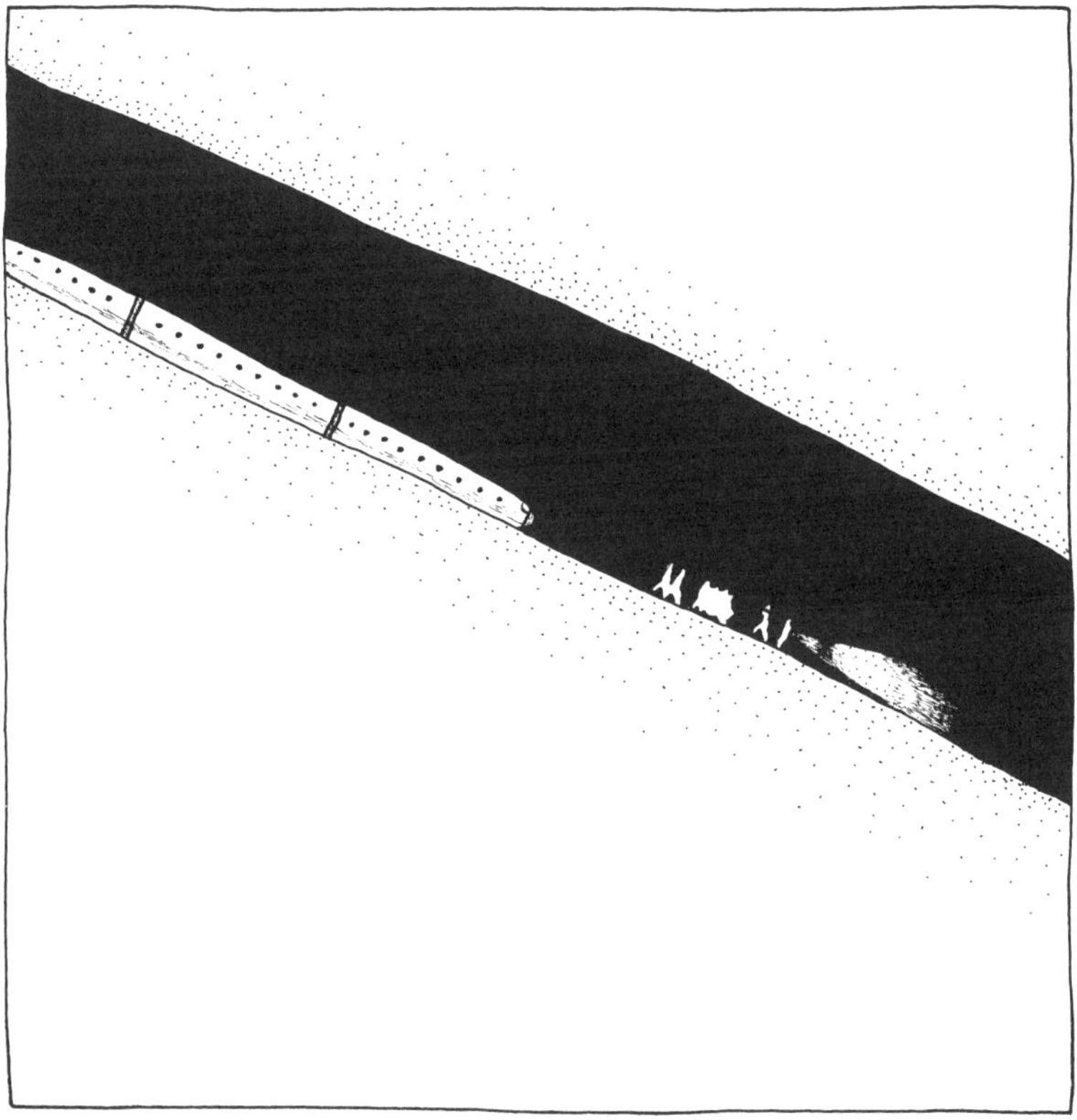

「おい、なんだよ、森川、お前だけいい思いをしやがって！」――川島の声だ。

なんてことをいいやがるんだ。あいつ。こんなに切羽つまった時にでも、こういう言葉がでるんだ。いやな奴《やつ》だ。おれはそれどころじゃないんだ。外は寒いのに、体中《からだじゅう》汗《あせ》をぐっしょりかいている。もし順子やガスが骨折《こっせつ》でもしたら、どうなるんだ。この上そんな事故《じこ》でもおきたらどうなるんだ――。

だが、ガスも無事車外へ出た。

「うわッ、いたあー」――尻《しり》もちをつきながら、はずんだ声をあげた。

「ね、これから、わたし達の試練がはじまるんじゃない。真《ま》っ暗《くら》や

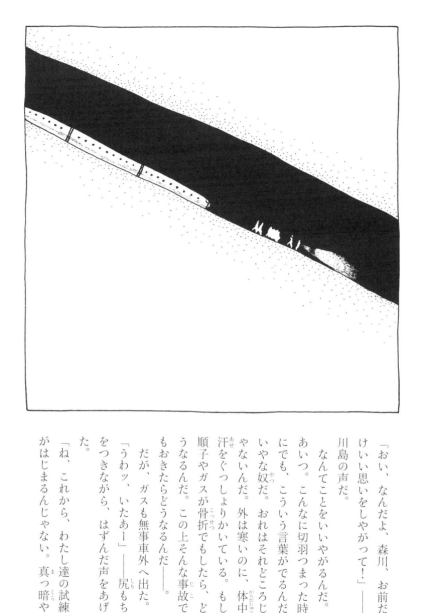

みのなかでね、根の国のような。そういえば、この乗物はほそ長くって、どっちかといえば、蛇《へび》やムカデの型をしている。わあー、いやだ、蜂《はち》にさされるみたいにいたいめにあうのかな、これから」

ガスの元気のよい声が、トンネルのなかにひびいた。

第4楽章

ビマーナにのって早くかえろうよ！

おそれ

つぎつぎと、皆《みな》車外へとびおりた。だが、太田の姿《すがた》がみえない。

「おーい、太田、どうしたんだよ」

おれはどなった。あいつおじけづいちまったのかな。といって、一人だけ残るってわけにはいかないじゃないか。

「どうしたんだ！　おい、太田！」

おれは大声をはりあげる。クマさんがそばによってきた。

「困《こま》ったな、中に残るつもりなのかな」

「一人でなんか、残れやしないさ」

川島がはきだすようにいった。いつも奴《やつ》にへばりついてんのによ、なんだこのセリフ。

「大田さぁーん、どうしたのぉ」――順子が手を口にあてて、声をはりあげた。

「しょうがねえな。世話をかける奴だ。おれいってみるよ」

クマさんが、そういった時、おれはもう車体に手をかけていた。

「いや、おれの方が体が軽いから、下からケツをおして下さい」

おれは両手の力をドアの戸口にかけ、体にはずみをつけて上へあがろうとした。だが、それにしてはあまりに戸口までが高すぎるのだ。力が入らない。クマさんが下から尻《しり》を持ちあげてくれるが駄目《だめ》だ。

「肩車《かたぐるま》にしてみるか」

クマさんの肩から、おれは車内に入った。

「おい、太田、どうしたんだよ。どこにいるんだよ」

おれは叫《さけ》んだ。全く世話のやける奴だ、車外に出たくなかったのなら、はっきりいやぁいいじゃないか。ぐずぐず一人でしぶっているのは、いかにも太田らしいよ。にえきらない奴だ。なんだ、いざとなったら、からきし意気地《いくじ》がないなんて最低だ。

ふと、操作室《そうさしつ》に懐中電灯《かいちゅうでんとう》のあかりをみた気がした。おれは、そっちへむかった。そこに太田の姿《すがた》があった。その時、おれは一瞬《いっしゅん》はっとしたね。だってよ、奴は懐中電灯を照らしながら、一心に操作室の機器に瞳《ひとみ》をこらしていたんだ。奴は機器の故障《こしょう》をなんとかさぐりだそうとしていたのか、それとも機器そのものに興味《きょうみ》をひかれたのか、よくわからない。ただ太田の操作室での態度《たいど》は、今までのおれの気持を変えたね。

「おい、なにをしているんだ」

そういう声の調子が、これまでと変わっているのが、自分でもわかった。太田はふりかえった。

「今、行くよ」——そういってから、

「どうも、この中にあるのがな、超電導《ちょうでんどう》磁石《じしゃく》だと思うんだ。これが空気バネってことになるのかなあ。まあ、おれには手がつけられないってことは、たしかだけどよ——」

太田は体をかがめたまま、おれをみあげた。

「残念だったな。動いている時に、ここにきてみればよかった」

そういうと、みれんがましくたちあがった。

「なにしているんだよぉー」

外からの声がきこえる。おれと太田は操作室を出ると、車外へとびおりた。

「いやさ、操作《そうさ》機械《きかい》をよくみておきたかったのさ」

太田は膝《ひざ》をうったのか、ちょっと顔をしかめながらいった。

「お前は、おれみたいな0戦が飛ぶのと違《ちが》うからな」

川島って、太田の前だとすぐこれだ。

「なによ、0戦って?」

順子がすかさずいった。

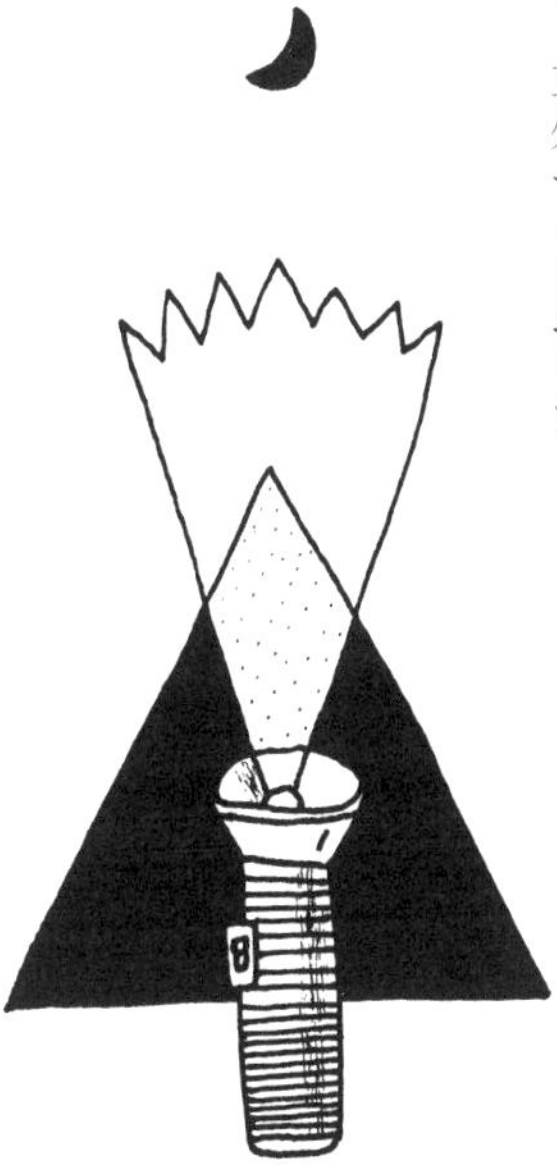

「女の子にわかるかよ」

「なによ、そのいい方？　どうせロクなことじゃないんでしょ」

「あったりまえさ」

おれはいってやったよ。川島の態度《たいど》がしゃくだったからな。

「テストが０点ってことさ」

「あら、そう、おもしろい！　０戦がとんでるの、川島さん、あッハハ……」

「笑っている場合じゃないだろ」――キザの声だ。

「じっとしていると、寒くってやりきれない。こんなところに、ぐずぐずしていてもはじまらない」

「おい、迷《まよ》わないように、これをにぎってゆこう」

クマさんは、縄《なわ》をおれに渡《わた》した。

「あの子に一番先を持ってもらって、その後にお前がつづく。そしてしんがりはおれがつとめる。そうすれば、バラバラにならずになんとか進めるんじゃないか」

「よし！　わかった！」

おれは、少女に縄《なわ》をわたした。そして、少し間をおいておれもにぎった。ブーヤのうすあかりの中に、緊張《きんちょう》した少女の顔をみた。大丈夫《だいじょうぶ》なのか――という不安が走った。こんなにひきしまった顔をした少女の顔をみるのははじめてだ。道のりは、そんなに簡単《かんたん》ではないのかもしれない。すぐトンネルの外に出られるように少女はいったが、果たして本当か。考えてみれば、少女は一歩だってこのトンネルの中を歩いたことなんてないはずだ。すぐ外に出られるなんて、わからないはずだ。

「おい、大丈夫なのかよ！」

おれは少女のそばに近づくと、声をひくめていった。皆《みな》にきかしてはならぬ言葉だ。

「――」

少女はだまったままうなずいた。それは大丈夫だと、必死に自分にいいきかせているようにみえた。なんともいいようもないおそれが、その時おれの体を走った。

まとい

しっかりしなけりゃいけない！……って、おれはとっさに思ったね。自分で自分の気をひきたてなけりゃ、この危機《きき》をきりぬけられないよ。浅川ゆきを全面的に信じられなくなっちまったら、あとに残るのは、こっちの気力だ。こんな真《ま》っ暗《くら》やみの中で、へこたれちまったら最後だ。

「じゃ、出発しますよッ！」

おれは大声をはりあげた。大きな声をださずにはいられなかったね。自分で自分を景気づけるために。

少女は歩きはじめた。おれがそう思うせいか、心もとない歩き方だ。あの身軽な、とぶような軽快《けいかい》さは、どこへいっちまったんだ。ちくしょうめ！

おれは、ふと考えついた。こういう場に直面して切り抜《ぬ》けるのは、ふりをすればいいんじゃないか。つまりだな、おれなんか小学生の頃《ころ》よくやったんだけど、皆はどうかな。便所にハタキを持って入るんだ。あれをさかさまにすると、ねぎぼうずみたいのが出てくる。おれはそれをよく便所の中でふりまわしたね。ハタキは火消しのまといになっているんだな。火事の真《ま》っただ中《なか》を、誰《だれ》よりも一番に屋根にのぼる。そうしてまといをふりつづけるんだ、火消しになったつもりになってさ。とても気持がぴぃーんとしてよかったなあ。おふくろに、

「いつまで入っているの！」

って便所のドアをよくたたかれちまったけどよ。あのふりって奴《やつ》は、けっこうはげましになるぞ。だれもおれがふりをして気をひきたてているなんて、わかりゃしない。よし！　これでやってみる。おれは今、皆《みな》にはみえないブーヤのあかりをたよりに歩いている。便所の中でやったあの火消しが、一番のりをして、まといをふりつづけたみたいによ、ま、そんなふりをして、頑張《がんば》ってみるよ。

「ちょっと待ってくれ」

後ろから声がかかった。車体からはなれて、少しいったところだった。

「太田がまた、調べたいんだとよ」

おれは、少女につたえると足をとめた。

この乗物の走行路は、レールではなく、逆T《ぎゃくティー》字型のような土台にまたがるかたちになっている。その両側の壁《かべ》になにかがついているのだ。それを太田は懐中電灯《かいちゅうでんとう》を照らし、熱心にみている。暗がりでよくわからないが、そこになにかの機器がとりつけてあった。

「これが、浮上用《ふじょうよう》と推進用《すいしんよう》のコイルじゃないかな」

なんてつぶやいている。とにかく、こういう点ではみあげた奴だよ。

乗物の走行路は歩ける幅《はば》になっていないので、おれ達は壁面《へきめん》づたいに先をいそいだ。壁《かべ》はあらけずりな岩石になっていて、そこを水滴《すいてき》が流れていた。下は水たまりで、すぐにスニーカーはびしょぬれになった。トンネルの中の冷気は思ったより強い。寒さが肌《はだ》にしみこんだ。

ブーヤのあかりは、暗やみの中に、たよりなくひかった。それは、浅川ゆきの気持をしめすように、心もとないまたたきだった。おれしかみえないひかりだといきごんでも、なんとなくしゅんとするよ。前途《ぜんと》は多難《たなん》だって、ひしひし感じる。

「アトランティス・トンネルなんて、名前はごうせいだけど、中は粗末《そまつ》なもんだね」

キザは、少女にきこえよがしにいった。

「こんな中を、ずっと歩かすつもりじゃないだろうな」――川島が怒《おこ》ったような声をだした。

「ねえ、乗物の中でなにか食べてくりゃ、よかったわねえ」

ガスの声がする。ほんとうにそうだ。食べていれば寒さだって、こんなに感じないですんだかもしれない。順子の声がつづいてした。

「キャラメルがポケットに入っているから、くばるわ」

後ろから二個《こ》のキャラメルが手わたされてきた。一個《こ》をゆきに渡《わた》す。うまかったな。ぐっと疲《つか》れがとれる感じだ。

おれは、さかんにふりを連発した。こんな真《ま》っ暗《くら》やみの中を必死になって歩いているんじゃないんだ。鍾乳洞《しょうにゅうどう》に遊びにきているのさ。浅川ゆりとさ。浅川ゆきなんかとじゃない、ゆりとさ。顔や姿《すがた》はそっくりだけど、全く違《ちが》うんだ、おれにとって、ゆりとゆきとは。

「うわぁー、つめたくってすてき！」

ゆりの奴《やつ》ったら、子どもが水たまりで遊んでいるみたいに、たのしんでいるよ。そうさ、つめたくなんてあるもんか。ぴちゃぴちゃ音がしておもしろいじゃないか。そのつもりになって、そのふりをすると、本当に少しはまぎれるね。こんな真《ま》っ暗《くら》やみの中に、とじこめられた時、ふりをするってこと、少しは救いになるもんなんだ。

「おーい、まだ遠いのかよ」――川島のたまりかねたような声だ。

「歩きはじめたばかりじゃない」――ガスの声がかえってきた。

「お前はえらいよ。だいたい肥《ふと》っていると脂肪《しぼう》があついからな、寒くないんだな、おれ達みたいにさ」

「なによ、肥っている、肥っているって、うるさいわね」

のんびりしているガスが、いつになく声をあらだてた。

「だって肥っているんだから、仕方ないだろ。やせているとでも思っているのかよ」

「人の気にしていることを、いわなくてもいいでしょ」

「なんだい、気にしているのか、この空気デブ。気になんてしていないと思った」

「空気デブとはなによ！」

「よしなさいよ」

順子がわって入った。

「よけい、いらいらしてくるじゃない。ガスを怒《おこ》らすなんて、最低よ」

「――」

順子のきつい調子に、川島はだまった。

おれは、まといをふりかざすふりをしてすすんだね。皆《みな》よりまっさきに屋根にかけのぼる、あのふりをさかんにやって、暗やみをすすんだ。このふりって奴は、どのくらい自分の気力をひきしめられるものなのかな、ま、ぎりぎりまでやってみるさ。

懐中電灯《かいちゅうでんとう》を上へむけると、鳥とも、こうもりともつかぬものが壁《かべ》にへばりついている。そして所々《ところどころ》に、ほらよくつばめが軒先《のきさき》で親鳥が餌《えさ》を運んでくるのを、大口をあけてさわいでいるのをみかけるだろ、あれと同じ光景が、さかさまになってみえるんだ。下から見上げると、かわいいしぐさだけど、上からぶらさがって、大口をあけているのって、ぞっとするよ。それもすごい数なんだ。ぎっしりつまってよ。ぎゃおぎゃおと奇妙《きみょう》な声をだしているんだな。不気味《ぶきみ》ったらありゃしない。

ブーヤのひかりが弱くなった。消えちまうんじゃないか。おれはピラミッド帽子《ぼうし》を動かしてみる。それにつれて、少しひかりは強まったようだが、すぐにまた細くなった。やがておれにもブーヤのあかりがみえなくなっちまうんじゃないか。そうしたらどうするんだ。たよりになるのは、縄《なわ》とうすぐらい懐中電灯だけだ。こんな真っ暗やみのトンネルの中を、とってもじゃないけど、皆をひっぱってゆくことがおれにできるか。いや、皆にはなんにも気づかせずに、ま、やれるだけやるしかない。おれがみつけだした、自分をひきたてるこのふりって奴で、どこまでできるかやってみるさ。

おれは自分にそういいきかせた。

不安

ブーヤのひかりが、青白いまたたきに変わった。おれは、ピラミッド帽子《ぼうし》を何度も動かした。それにつれて、細いひかりも必死になってきらめこうとしているようにみえたが、やがて、だんだん小さくなり、なにもみえなくなってしまった。いかにも、力がつきはてたという感じだった。

おれは少女に声をかけなかった。だまったまま歩きつづけた。とうとうくるべきものがきたのだ。少女の足どりがおそくならないのが、せめてもの救いだった。これで急にぎこちなくなったら、すぐに皆《みな》に気がつかれてしまう。

「あー、腹《はら》へったよ。とにかく何か食わないかい。立ったままでもいいからさ」

二枚目《にまいめ》から声がかかった。

「さんせーい、おにぎりがすぐ出るから」

ガスがまっていましたとばかり、返事をした。

「じゃ、少し休むか」

クマさんの声に、おれは足をとめた。ほっとしたね。真《ま》っ暗《くら》やみの中を、縄《なわ》と足もとだけを照らす懐中電灯《かいちゅうでんとう》だけをたよりに歩くのに、おれは、ほとほと疲《つか》れきっていた。

ガスのにぎりめしが手わたされた。ものすごい大きい奴《やつ》だ。おふくろがいつも作ってくれるのの三倍はあるな。これがまた、うまいのなんのって。のりがぎっしりまいてあってさ、中に梅干《うめぼ》しが三個《こ》も入っている。いかにもガスの作ったにぎりめしらしいや。

「こりゃ、うめえや」

文句《もんく》の多いキザも、ガツガツと口にほおばっている。

　食べるってことは、全く気持を変えるね。なんとかなりそうな気になるんだ。力がわいてくるんだな。おれはガスのにぎりめしにかぶりつきながら、また、歩きはじめられそうな、気力がわいてきたよ。

　浅川ゆきの奴も、おいしそうに食べている。どういう気でいるんだろ。ブーヤのひかりが消えちまったことは知っているはずだ。おれにあわせて、そのけぶりもみせない。でも、これはありがたいよ。

「ごめんなさい。ブーヤのひかりも消えちゃったわ」

　なんてここでいわれたら、もう

終りだ。

太田の奴《やつ》は、にぎりめしを食う前に、ノートをとりだして、懐中電灯《かいちゅうでんとう》のあかりをたよりに、何かを書いているよ。ド近眼《きんがん》だからさ、ほら牛乳瓶《ぎゅうにゅうびん》の底みたいな、厚《あつ》いレンズのあのメガネをノートにすりよせてよ。乗物の機械のことを書いているんだな。ま、たいしたもんだ。腹《はら》もへっているだろうにな。

「あー、おいしかったぁー」

順子が満足そうな声をだした。

「これも食べて」

タクアンもくばられた。そのまたうまかったこと。タクアンがこんなにうまいなんて、知らなかった。

「どうして、こんなにおいしいのかな」

順子はコリコリと音をたてながらいった。

「家で作ったの。あたしが作ったのよ」

ガスはちょっと自慢《じまん》そうにいった。

「ふーん、あんたが。今度作り方おしえてね」

「のんきなこといってよ、ここを出られると思ってんのかよ」

また、キザのいやみが出た。奴は、腹に飯が入っても、あんまり変わらぬらしい。

「さて、そろそろ出発するかな」

クマさんが、キザの言葉をさえぎるようにいった。

「その前に、おれ小便してくる」

クマさんはそういうと、おれの腕《うで》を皆《みな》に気がつかれないようにこづいた。おれだけにしている合図だ。

「おれも、小便してくる」

クマさんのあとにしたがう。クマさんは、皆からかなりはなれたところで、本当に小便をした。ついでにおれもやったよ。

「おい、ブーヤのひかりは消えているな」

小便の音にまじってきこえてきた言葉に、おれは、はっとした。

「――」

「おい、本当のことをいえよ」

「どうしてわかったんですか?」

「お前がにぎりめしを食っている時に、感じたのさ。食い方がふつうじゃなかったからな。もう必死で食っていたよ」

「歩いている時は、わかんなかったんですね」

「ああ」

おれは少し満足した。おれは夢中《むちゅう》だったもんな、皆に気づかれまいと思って。それだけのことは、どうにかやってのけたんだ。

「わるかったな。お前ばっかりに気をつかわせて――」

「――」

クマさんの言葉に、おれの胸《むね》はぐっとつまった。

「今度は、おれが先頭をゆくからな」

「だって、へんに思われますよ」

「いや、なんでもないよ。おれがお前のピラミッド帽子《ぼうし》をかぶれば、少しもおかしくはない。選手交替《こうたい》だっていえばそれですむさ」

「でも、本当になにもみえないんですよ。真《ま》っ暗《くら》やみの中を、懐中電灯《かいちゅうでんとう》だけをたよりにゆくんですよ」

「なんだよ、お前にできて、おれにできないことないだろ」

「あの子の気が変わって、縄《なわ》をすてててどこかにいっちまったら、どうします？　おれ、なんだか信じられなくなっちまった、あいつ！」

「大丈夫《だいじょうぶ》だよ。まさか、そんなことはやりはしない。しゅんとして、すまなそうな、あの態度《たいど》をみたら、わかるじゃないか」

「そりゃ、そうだけど、どうもやることがここへきてヘマばかりしているもんな」

「それにさ、もしそういうことがあったにしても、おれには自信があるよ、あの子をつかまえる」

「え？」

「真っ暗やみの中ででも、あの子をつかまえる自信があるっていっているのさ」

「どうやってですか?」

「心眼《しんがん》っていってさ、真っ暗やみの中でも心の眼《め》でみえるのさ」そうクマさんはいうと、

「エヘへ……」と笑った。

あきらかに、おいつめられているおれの気持をらくにしてくれようとしている。

「実をいうとな、あの子のにおいさ。かおりっていった方が感じがいいよな」

「え?」

「お前には、におわないかなあ」

「――」

「おれは、あの子にあった時から、眼をつぶっても、あの子が近づいてくるのがわかったね。ほら、学校の校門の横にじんちょうげがあるだろ、冬から春先になると花が咲《さ》く。あれとおんなじにおいがするのさ、あすこを通る時と、おなじにおいがね」

おれはびっくりしちまった。クマさんの鼻がこんなにいいとは思わなかった。それにじんちょうげなんて、植物の名前もちゃんと知っているなんてよ。

「もしもだよ、あいつがおれ達を裏切《うらぎ》って逃《に》げだしてもよ、おれは後をつけてゆける。安心、安心!」

そういうと、クマさんはおれの肩《かた》をどんとたたいた。クマさんのあつい大きな手は、ずしんとおれの胸《むね》にこたえた。

おれ達は皆《みな》のそばにひきかえした。

「おれがピラミッド帽子《ぼうし》をかぶって、これから先頭にたつことにしたからな」

クマさんがそういった時、川島が悲痛《ひつう》な声をだした。

「そんなことは、どうでもいいけどよ、懐中電灯《かいちゅうでんとう》が消えちまったよ。おれのも、キザのもよ。電池がなくなっちまった——」

おれは、はっとした。そういえば、余分《よぶん》な電池はおれも持ってきていない。皆《みな》の懐中電灯が消えちまったら、どうするんだ。この真《ま》っ暗《くら》やみのアトランティス・トンネルの中で——おれの膝《ひざ》は、ガクガクとふるえた。

トンネルをゆく

「ろうそくを持ってきているから、いざって時は、なんとかなるわよ」

ガスの声が暗やみでした。

「ろうそくなんて、すぐなくなっちまうよ」——川島の声だ。

「あんた達、どうしてそう、悪いようにしか考えないの。へんな人」

順子がいらだった調子でいった。

「うちわもめは、よそうじゃないか、エネルギーを消耗《しょうもう》するぞ。折角にぎりめし、食ったのによ」

クマさんは言葉をつづけた。

「さて、出発だ。今度はおれがピラミッド帽子をかぶって、あの子のあとにつづくからな。森川がしんがりだ」

「あーら、だれがかぶっても、ブーヤのひかりはみえるの！」

順子の言葉に、おれは、はっとした。

「じゃ、次はわたしが先頭になるわ。その帽子を、ほんとういうとかぶりたかったのよ、とっても」

「ま、とにかく今度はおれが先頭になるからな。さ、出発だ！」

思わぬ方向に話がゆきそうなので、クマさんはあわてたようだ。それ以上におれは、ぞっとした。ブーヤのひかりがともっていないなんて、皆に知られたら、もうどうなるもんかわかったもんじゃない。

とにかく一刻《いっこく》も早く、このトンネルをぬけ出なくっちゃならない。それにしても、あいつは全く何を考えているんだろう。おれ達をこんなめにあわせてよ。正体不明の少女を簡単《かんたん》に信用しちまったおれが、結局おっちょこちょいっていうことになるんだ――でもまさか、こんなめにあうなんて、全く思いもよらなかった。アガルタで撮影《さつえい》するはずだったんじゃないか――アトランティス・トンネルなんて、名前だけはたいそうな、こんなトンネルの中を、はいずりまわりにきたんじゃない。全くこれはひどいよ。おれは少女をのろった。

だが、出発の時みた、懐中電灯のうすあかりに照らしだされた少女の顔は、前ほどの緊張《きんちょう》した切羽《せっぱ》つまったものはなかった。少しうつむきかげんの、浅川ゆりと同じ顔がそこにあった。

その時、おれはふと妙《みょう》な気持にとらわれた。おれは今、ゆりの夢《ゆめ》の世界の中にいるんじゃないだろうかって。真っ暗やみの中を走る、だれも乗っていない乗物――そして、車窓《しゃそう》におおいかぶさるような、緑の木々《きぎ》の枝《えだ》――おれに電話をかけてよこした、あの夢《ゆめ》のように、今は浅川ゆりは、真《ま》っ暗《くら》やみのトンネルの中を、さまよい、手さぐりでひかりを求めている夢をみているのではないだろうか。おそろしさに叫《さけ》びをあげているかもしれない――だから、ゆりが目をさませば、なんのことはない、おれはあの朝のひかりかがやく、街路樹《がいろじゅ》の道を歩いて学校へ行っているんだ。

「おはよう！」

肩《かた》をたたかれて、後ろをふりむくと、そこに椿《つばき》先生が笑いながらたっている――。

「おい、森川、なにをぼんやりしているんだよ」

二枚目《にまいめ》に背中《せなか》をたたかれて、おれははっとした。

「出発するぞぉー」――クマさんの声がかかった。

「クマの次に、おれがこの次は先頭をつとめるからな」

二枚目の声に、おれはまたぎくりとする。今までなにかと二枚目は、皆《みな》をひきたててくれた。川島やキザの文句《もんく》をとりなしてくれたのだ。その二枚目をごまかしていたってわかったら、なんと思うだろう。ピラミッド帽子《ぼうし》をかぶって、なんのひかりもともらないと知った時、二枚目はなんというだろう。知らんぷりをして、あの少女のあとにつづくだろうか。クマさんと違《ちが》って、あの少女に、なんとかいう花、ええーっと、じん……じんちょうげって、いったっけ、その花とおなじにおいを、感じとっているはずないもの――。

ま、いいよ、なるようにしかならない。出発だ！　おれは縄《なわ》をにぎりしめると、歩きはじめた。少女のすぐ後につづくより、ずっと楽だ。電池がなくならないように、懐中電灯《かいちゅうでんとう》は時どきつけることにした。

真っ暗やみの中で、おれはちょっと目をつぶってみる。そうすると、前よりももっと暗いやみがひろがった。ほら、小さい頃《ころ》やったことなかったかな。道を歩いていて、目をつぶってみる。あたりは一瞬《いっしゅん》なんにもみえなくなる。いままでみえていた魚屋も、八百屋も、果物屋も、パン屋も、道路も、人通りも消えるんだ。四、五歩そうしたまんま歩いてみて、突然《とつぜん》すごい不安にかられる。もしこのまんま、この状態《じょうたい》がつづいたらどうしよう。ぽっと眼《め》をあける。そうすると、そこに前とおなじような明るい陽ざしの町なみがある。おれは、安心して歩きはじめる。

今、おれは、それをやってみたんだ。目をつぶる――あけてみる。だが、そこにあるのは暗やみの世界だけだった。明るい陽ざしの町なみが、目の前にあらわれるなんて奇跡《きせき》はおこらなかった。

それでもおれは、気をまぎらわしたくって、目をつぶった。どっちにしても暗やみの世界なんだから、そんなことをして歩いてゆくより仕方ない。岩壁《がんぺき》をつたわって流れる水滴《すいてき》の音が、ぽつん、ぽつんとひびいた。目をつぶると、その音が大きくきこえるような気がした。

消えた走行路

何度めかに、目をあけた時だった。暗やみの中に、細い青白いひかりをみた。ちょうど先頭をゆく少女のあたりからだ。ブーヤが弱いながら、発光しはじめたんだ。

「あかりだ！」

キザもみつけたようだ。ピラミッド帽子をかぶらなくても、ひかりはみえるようだ。よかった！

よかった！……これで二枚目《にまいめ》やみんなを裏切《うらぎ》らなくってすんだんだ。でも、そう思ったとたんに、青白いひかりは糸のように細くなり、小さくゆらめきながら消えてしまった。

「おーい、クマ、お前にはブーヤがこうこうと輝《かがや》いているのが、みえるのかよ」

キザが、大声をはりあげた。

「あー、明るいぞ」

すぐにクマさんの返事がかえってきた。

ブーヤはその後、また消えいりそうな、またたきを何度もした。その度にくいいるようにひかりをみつめる。だが、いつも、おれの必死の思いをよそに、ひかりはだんだん小さくなり、暗やみの中に消えてしまうのだ。

「ピラミッド帽子《ぼうし》を、早くかぶりたいわ」

順子はひかりが小さくなり、点になり、やがてみえなくなった時いった。

「先頭は大変だぞ」——おれは、すかさずいった。

「だって、あかりがこうこうとかがやいているんでしょ。ちっとも大変じゃない。こっちの方が、よっぽど大変だわ。こんな真《ま》っ暗《くら》やみの中を歩いているんだもの」

「——」

「あッ、ほら、またかがやきだしたよ。そのうち帽子なんてかぶらなくたって、みえるようになるさ」

おれは、かすかに発光したブーヤのひかりをみて、すくわれるおもいがした。

「すぐに消えちゃうじゃない。あれじゃ、わたし達の役にはたたないわ」

「そのうち、ぱっと明るくなるよ！」

ほんとうにその時、突然《とつぜん》ブーヤはぱあーっと強いひかりをはなったのだ。一瞬《いっしゅん》あたりは真昼《まひる》のようにあかるくなった。

「あーッ」

おれは息をのんだ。なんということだ。乗物の走行路がなくなっている。あの逆T字《ぎゃくティー》型のようになった土台が消えているんだ。いつのまにか、走行路からそれちまっていたんだ。これじゃ、トンネルからぬけ出られないじゃないか。クマさんは少女のにおいをたよりに進むのが、せい一杯《いっぱい》だったんだ。まわりまで気をくばることが、できなかったんだ。

「おい、クマ、走行路がなくなっている！」

二枚目《にまいめ》の声に、皆《みな》の足はとまった。

「道に迷《まよ》っちまったな！」

キザが叫《さけ》ぶように、声をはりあげた。

「トンネルには、走行路だけでない道もついていたんだ。一体どうすりゃいいんだ、どうすりゃ！」

キザが、クマさんにつめよっていった。

「おい、なにをぼんやり先頭きって、歩いていたんだよ。ブーヤはこうこうと明るく照らしていたんだろ。それなのに、走行路からそれちまうなんて、おい一体いつからそんなにマヌケになりやがった」

「おい、そんなに興奮《こうふん》するなよ」――二枚目《にまいめ》があいだに入った。

「こっちが近道だってこともありえる。な、な」

二枚目はまるでそういえというように、浅川ゆきにむかっていった。

「――」少女はだまったまま、うなずいた。

「へんなんだな。ついさっきまであったんだ。たしかにあったんだよ！」

クマさんの声も、さすがにうわずっている。

「さっきまであったのが、どうして消えちまったんだよ」

「――」

「近道なんでしょ。近道を知っているんでしょ」

順子が少女にたたみかけるようにいった。

「え、え、安心して……」

少女の声はかすれている。その時、またブーヤのあかりは小さなまたたきをはじめた。

「今度は、わたしがピラミッド帽子《ぼうし》をかぶるわ。わたしが先頭をゆく！」

順子の声がひびきわたった。

「責任《せきにん》、感じちゃっているんだ。もう少しおれにやらせてくれよ、な、たのむ。おれの面目《めんもく》、丸つぶれだもんな」

クマさんは必死だ。おれだっておんなじだ。

「そうした方がいいよ。もしころんだりしたら、大変だもんな。こんな真《ま》っ暗《くら》やみの中で」

た。

「ころんだりしないわよ」

「とにかく、もう少しおれにやらせてくれよ、たのむよ。さあ、出発だ！」

クマさんは、少女をうながした。ひかりの弱くなったブーヤをかかげながら、少女は歩きはじめた。

あいつ、何を考えていやがるんだ――おれは浅川ゆきをにらみつけてやった。事態《じたい》はますますわるくなってゆくばかりだ。おれ達を一体どこへひっぱってゆこうとしているのか――いや、本当に道に迷《まよ》ってしまったのか……それがかいもくわからないんだ。

ブーヤは弱いながらも、赤茶けたひかりをだしている。走行路のない、岩壁《がんぺき》だけのトンネルがつづいた。トンネルというよりも、それは洞穴《どうけつ》といったほうがいいのだろう。下からつきあげてくるような冷気が、体をおそった。両側の岩壁がだんだんせばまってきた。天井《てんじょう》がひくくなり、息がつまりそうだ。これが果たして、近道なのだろうか。岩壁をつたわって流れる水滴《すいてき》とこけとで服はよごれ、顔にはすりきずがあちこちできた。かかとにまめができ、足をふみだすたびにいたんだ。

一人ずつが、かがんでやっと通れるくらいの、狭《せま》い個所《かしょ》を通りぬけると、ブーヤの弱いひかりは、今までと全く違《ちが》った光景を照らしだした。暗がりなので、よくはみえないが、天井《てんじょう》が突然《とつぜん》つきぬけるように高くなり、そこには、あきらかに人工的にけずりとられ、創《つく》りあげられた岩石の建造物《けんぞうぶつ》があったんだ。ほら、古代の神殿《しんでん》の遺跡《いせき》など写真でみかけるだろ。あれににた建造物が、そこにあったんだ。皆一瞬息《みないっしゅんいき》をのんだ。

「なんだろ？　こんなところに？　君、知っているかい」

クマさんは、浅川ゆきにむかっていった。

少女は首を横にふった。

「なんにも知らないんだものな」

川島が、小馬鹿《こばか》にしたような声をだす。

「岩石の柱に、なにか字が刻《きざ》みこまれているよ」

太田の声がする。

「おい、そのくらいは読めるだろ。なんて書いてあるんだよ」

キザが少女をせきたてた。

「エジプトの町……」

少女は岩柱に顔をよせると、小さな声で読みあげた。

「エジプトの町？　へんなの。国と町と間違《まちが》えているよ。こいつ」

キザがはきだすようにいった。

おれ達は、廃墟《はいきょ》の名残《なご》りをとどめた建造物《けんぞうぶつ》の間を歩きはじめた。岩石の道は、石だたみのように手がくわえられていた。一つの建造物群《けんぞうぶつぐん》を通りぬけると、道幅《みちはば》は広くなり、そこからまた、建造物がつづいている。ここでも岩石の柱に字が刻みこまれていた。

「なんて書いてあるんだい」

クマさんの言葉に、少女はブーヤのあかりをむけた。

「インドの町――」

「大昔に、ここに住んでいたってわけなのか――でもなんだか、牢《ろう》屋《や》だったって感じがしないでもないなあ」

クマさんがつぶやいた。

おれ達は、いくつものそうした廃墟になった建造物の町を通りすぎた。

一つの町が終わると、石だたみのように刻《きざ》みこまれている岩石の広い通路があり、一段《いちだん》と高くなったり、低くなったりしている。なだらかな傾斜《けいしゃ》の区切りもあった。

何度めかの、そうした廃墟の町なみを通りすぎた時、突然《とつぜん》、前をゆく少女の足がとまった。

赤茶けたブーヤのうすあかりに照らしだされたのは、廃墟ではなく、石の建造物だった。そして、そこには真新しい板で作られた扉《とびら》があったのだ。少女がここをめざして歩いてきたのか、偶然《ぐうぜん》ここをみつけたのか、おれのいる場所からでは、よくわからなかった。

木の扉

少女は扉をたたいた。

「だれか、あなたの知っている人が、住んでいるの？」

順子の言葉に、少女はまた首を横にふった。とにかく、こいつはいつも首を横にふってばかりいるよ。奴《やつ》は偶然ここをみつけたにすぎないんだ。近道なんて、とんでもない話だったんだ。

「だれか住んでいるって感じだな」

クマさんが、少女にかわって扉をたたいた。かなりきつくたたいたが、中からはなんの返事もなかった。把手《とって》を何度もひっぱったが、鍵《かぎ》がかかっているのか、扉はひらかなかった。

「だれもいないのかな。残念だなあ。ちょっとでも中に入ってやすみたいよ」

キザがため息まじりにいった。

「だいたいこんな洞窟《どうくつ》に、人がすんでいるなんて、おかしいわ」

順子は木の扉に手をふれた。そして言葉をつづける。

「でも、この板は真新しいわね。人が住まなくて、どうしてこんな扉をつけるかしら」

「あー疲《つか》れたよ。板でできているんだから、ぶっこわして中に入ろうか」

キザの言葉に、川島がのった。

「そりゃ、いいや。中にはすごくうまいものが、あるかもしれないぞ」

「おい、よせよ、もう少し様子《ようす》をみよう」

クマさんは、また、だだぁーん、だんと、扉をたたいた。

「鍵穴《かぎあな》から、みえないかい」

おれは、腰《こし》をかがめて、穴に片目《かため》をあてた。中は明るい。何度も眼《め》を動かしているうちに、ほそい、小さな穴の中に、ぼんやりと人間の人影《ひとかげ》をみた。たしかにそれは背中《せなか》だ。こちらに背《せ》をむけて、机《つくえ》にむかっている感じだ。おれ達の扉をたたく音がきこえないはずはない。わかっていて、立とうとしないのだ。いやそれとも、耳が遠いのか。背中のまるみは、若《わか》いとはいえないようだ。着ているセーターは灰色《はいいろ》だ。

「おい、何かみえるのかよ」——クマさんの声が後ろでする。

「ああ、人がいる。背中がみえる」

「なんだって！　おい、みせろよ」

キザが、おれをつきのけた。そして鍵穴に顔をおしつけた。

「年よりだな。白髪《しらが》だ——耳が遠いんだ。きこえないんだよ。この音が」

キザは扉を力いっぱいたたいた。

「あッ！　こっちをむいたぞ！」

それでおれ達は、皆《みな》で体をおしつけるようにして扉をたたきつづけた。

「立ちあがったぞ。こっちへむかってやってくる！」

キザは声をはりあげた。がちゃんと、鍵をあける音がした。扉があいた。ぱっとまぶしいほどのあかりが、おれの顔にさしこんだ。おもわず眼《め》をとじる。眼をあけた時、そこに白髪《しらが》の老人が立っていた。そして、おれ達へむかって鋭《するど》い眼をむけた。立ちあがると、背丈《せたけ》は高く、肩幅《かたはば》も広く、がっしりとした体つきだった。鍵穴《かぎあな》からとはだいぶ感じの違《ちが》う老人が、おれ達の前に、たちはだかっていた。

浅川ゆきがすすみ出ると、何かしゃべりだした。アガルタ語に違いない。おれ達には、当然わからない。少女が話し終わると、老人は大げさに手を横にふった。駄目《だめ》だという返事なのは、その動作からわかった。地球の上でも下でも、このしぐさは同じらしい。

少女はなおも、必死になってしゃべっている。今までみたこともない表情《ひょうじょう》だ。やっぱり困《こま》りぬいていたんだ。少女にとって思いがけない事態《じたい》にばかりなってしまっていたのだ――悪意でおれ達を、どこかに連れていこうという気持なんかは全くなく、乗物は故障《こしょう》し、走行路を見失い、道に迷《まよ》ってしまったのだということが、その顔つきから今、はっきりとわかった。

おれなんかと、比《くら》べものにならないくらい、とまどい、苦しみ、責任《せきにん》を感じていたに違いないってことを、おれはひしひしと感じたね。

〈この、くそじじいめ……〉

おれは、白髪の老人をにらみつけた。

「おい、なんていっているんだよ」

まちきれずに、キザが少女にむかっていった。

「ちょっと休ませてくれって、お願いしているんだけど、駄目だっていうの」

「ケチな野郎《やろう》だな、こんなに居心地《いごこち》のよいところを一人じめしやがって」

あけた扉《とびら》から、部屋《へや》のあたたかな空気が、体につたわってくる。ストーブの上にはやかんがおいてあり、しゅんしゅんと音をたてていた。床《ゆか》にはエジプト模様《もよう》のじゅうたんがしきつめてあり、中央にほそ長い木彫《きぼ》りのテーブルがあった。両側に四つずつ、八つ椅子《いす》がおいてある。四方の壁《かべ》はみな書棚《しょだな》だ。書物がぎっしりと並《なら》んでいる。テーブルの上にはコーヒー茶わんが四、五個《こ》おいてあり、少し前までここへ来て、老人と話しあったに違いないという雰囲気《ふんいき》が残っていた。

老人は少女に何かをまくしたてている。その眼はけわしく、親しみにくい頑固《がんこ》な人柄《ひとがら》のようにみえた。鼻は高く、赤ら顔なのだが、白色人種でも、おれ達のような黄色人種でもないようだ。頬骨《ほおぼね》がつき出ていて、まゆが太く、眼の色は茶褐色《ちゃかっしょく》だった。

その眼をきびしく少女にむけている。それは自分より年齢《ねんれい》の全く違う少女にむける質《たち》のものではなかった。なにかの秘密《ひみつ》がある――とっさにおれはそう思った。そうでなかったら、道に迷《まよ》った中学生の一群《いちぐん》を休ませない、なんてことは考えられないじゃないか。それにこんな洞窟《どうくつ》に建造物《けんぞうぶつ》があり、老人が一人で住んでいることじたいおかしい。なにか知られたくない秘密があるのだ。

「おい、おれ達は決してここで老人にあったこと、休んだことはいわないからっていってみろよ」

おれは、少女にささやいた。少女は老人にむかってしゃべりはじめた。

案《あん》の定《じょう》、老人の顔つきが少し違った。するどかった眼が、どことなくなごんだような気がした。少女はなおも熱心にしゃべった。老人は一つ一つうなずく。おれはくいいるように老人をみつめた。

スニーカーはぬれているし、服も汚《よご》れてしめっぽい。のどもかわいていた。あついコーヒーが飲みたい。目の前でやかんがゆげをたてているじゃないか。あの椅子《いす》に腰《こし》かけて、体をやすめたい――。

少女にかわって老人が話しだした。少女は首を深く縦《たて》にふってうなずいている。そして、やがてこっちへ顔をむけると、にっこりと笑った。

「休ませてくれるって。でもね絶対《ぜったい》にここでみたことについては口外してはならないって。それだけはかたく約束してくれって何回もいわれたわ」

「よーし、わかった!」

おれ達はいきおいよく答えた。

謎の老人

おれ達は、どかっと椅子に腰かけた。本来なら、じゅうたんにごろりと寝《ね》ころびたいところだ。老人は背《せ》をむけると、サイド・ボードから茶わんをとりだした。テーブルにおきっぱなしになっているのよりは、大きい。おれ達にたくさんくれようっていうんだ。なんだか少し安心したね。

「ね、ここで持っている食べ物、ひろげていいか、きいて」

順子は少女にいった。少女が老人にいうと、肩《かた》をすくめて、右手を前にだし、いいよというしぐさをした。

順子はリュックから、サンドイッチをだすと、テーブルの上においた。食パンのサンドイッチのほかは、バターロールの中に、いちごや、いりたまご、レタスやチーズをはさんだのも、持ってきていた。おれも、おふくろが作ってくれたにぎりめしをほおばった。うまい。とにかく、うまいよ。

順子は、サンドイッチを紙につつむと、老人のところへ持っていった。こういう時、よく気がきくんだ、あいつ。老人は、ふとまどった顔をしたが、すぐに受け取って目をほそめた。扉《とびら》をあけた時の、あのけわしい頑固《がんこ》な表情《ひょうじょう》は消えていた。

「おい、早くお前も食えよ」

書棚《しょだな》に顔をすりよせていた太田に、キザがいった。太田は書棚からはなれると、椅子に腰かけた。それでも落ちつかぬらしく、ぎっしりとつまった書棚に目をむけている。

老人は茶わんに飲みものをついだ。黄色いパイン・ジュースのような色だ。茶わんにそそぎながら、老人は少女になにかいった。

「疲《つか》れた時に、とても体にいいんですって」

おれはにおいをかいだ。別にこれといってない。だが口に入れるとすぅーっとして、ハッカのにおいがした。なかなか気分がいい。茶わんからゆげがたちのぼり、ふうふう息をふきながら、あつい飲み物を飲んだ。うまいんだなあ。

みんな、ガツガツ食ったり、飲んだりしている。浅川ゆきは、テーブルのすみで、自分が持ってきた、クラッカーのようなものを口に入れている。疲れきった顔をみると、前途《ぜんと》が不安になるよ。

「ね、ね、食べて」——順子が、ゆきやガスにサンドイッチをすすめている。

「おいしいわねえ」

ガスは口に入れるなり、顔中を笑いにした。少女もそっと手をだすと、サンドイッチをとった。

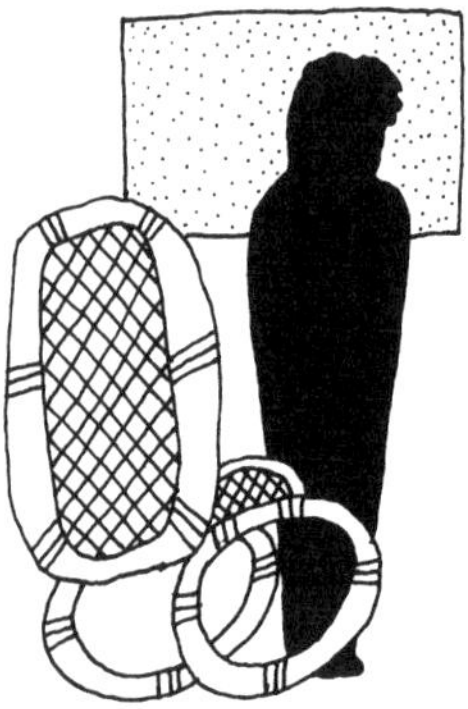

食べ方なんて、浅川ゆりとそっくりだ。下あごをちょっとひきしめて、口をすぼめ、中のものをころがすような感じで食べるんだ。こういう感じ、おれ好きだなあ。こんなのっぴきならないところで、おれどうかしている。どんな食べ方だっていいじゃないか。でもよ、すぐ浅川ゆりがちらついちまうんだ。ゆきの奴《やつ》をみているとさ。これはどうしようもない。

「ここにある書物、どういうものなのか、きいてくれよ」

太田がゆきにむかっていった。ゆきが老人にしゃべると、老人の顔が急にこわばった。そして、するどい目つきになり、たてつづけになにかをまくしたてた。おれ、びっくりしちまったよ。老人が一息ついた時、少女はいった。

「ここでは、何もみなかったということにして、わたし達を部屋《へや》に入れたんだから、この部屋のことに興味《きょうみ》をもってはこまる。なにをきいても答えない、食べ終わったら、早く出ていってくれ、ですって」

少女は困《こま》った顔をしていった。今まで、老人となごんでいた雰囲気《ふんいき》が、太田の言葉でくつがえされてしまった。おれ達は、まだ休んでいたかった。なにもきいてくれるなといっても、なんだか興味《きょうみ》をかりたてるなあ、この白髪《しらが》の老人。たった一人でこんな洞窟《どうくつ》に住んでいるんだ。そして、ここで秘密《ひみつ》の会合がきっと行われているんだ。あの四方、壁《かべ》にはめこまれて書棚《しょだな》になっている奥《おく》には、きっと、もう一つ部屋があるにちがいない。回転扉《かいてんとびら》でぐるりと書棚がまわると、そこに誰《だれ》かがいる。老人のほかに誰かが、息をひそめて、おれ達の動静をうかがっているのかもしれない。大体この部屋にベッドがないものな。老人のテーブルの横に籐《とう》のゆり椅子《いす》が一つおいてあるだけだ。

その籐のゆり椅子に老人は急に腰《こし》をおろした。そして、サンドイッチを口に入れて、くしゃくしゃと食べはじめた。あんまりその動作のかわりめがはげしいんで、おれまた、びっくりしちまった。だって怒《おこ》っていると思ったら、食っているんだものな。そして順子にむかって何かいった。言葉はわからなくても、その表情《ひょうじょう》からいっていることは、わかるよ。

「このサンドイッチは、大変おいしい！」

ドキドキしたり、ほっとしたり、いそがしいこった。順子はすかさず、プラスチックの器に入れてきたいちごもあげた。いたんでなくて、まだつやつやしている。

「おー、きれいな色だ」

老人がそういっているのが、わかる。やさしい目になったもんな。言葉って、わかんなくても、わかるもんなんだな。老人はいちごをとると口に入れた。そして、くしゃくしゃと食べる。物を食べだすと、この老人は馬鹿《ばか》に年よりくさくなる。せいかんなひきしまった顔と、けわしく変化する目はいきいきしているんだが、食べはじめるとどうもいけない。でもさ、なんとなくしたしみももてるよ。

灰色《はいいろ》のセーターの下には紺《こん》のズボンをはいている。よくプレスもきいていて、清けつな身だしなみだ。こんな洞窟《どうくつ》の中で、老人がたった一人でゆうゆうと本を読んで生活しているのには、なにかのわけがあるんだ。――おれは、にぎりめしが腹《はら》に入ったので、余裕《よゆう》ができて、ちらりちらりと部屋の中をみまわした。それを察したのか、老人はじろりとおれをみた。だいたいこの老人、順子にはやさしい目をむけるが、男の子にはそっけないよ。老人は浅川ゆきの方をみた。そして、早口でなにかいった。

「食べ終わったら、早くひきあげるように、ですって」

「まだ、食べてますっていってくれよ。本当にまだなんだから」

川島が順子のサンドイッチを口に入れながらいった。——その時だ。

　だだぁーん、だん、だんだだ　だぁーん
　だだぁーん、だん、だんだだ　だぁーん

と、扉《とびら》をたたく音がした。

老人は籐《とう》のゆり椅子《いす》から、すっくとたちあがった。やっぱり耳が遠いんじゃなかった。おれ達を中に入れたくないので、知らんぷりをしていたってわけだ。そりゃそうだ。なにも見なかったって条件《じょうけん》で部屋《へや》の中に入れてもらったんだものな。

老人はつかつかと扉の方へむかった。打ち方が合図になっているようだ。そして扉をあけた。全く意外のものが、おれの目の中にとびこんできた。おれは思わず、体をかたくして、息をのんだ。

消えた兵士

そこに立っている二人は、小さな駅でみかけた、あの疲《つか》れきった、うつろな目をした兵士たちと同じ姿《すがた》だった。手には銃《じゅう》をもっている。服はやぶれ、血のこびりついたはだがみえた。苦しそうな息づかいだ。

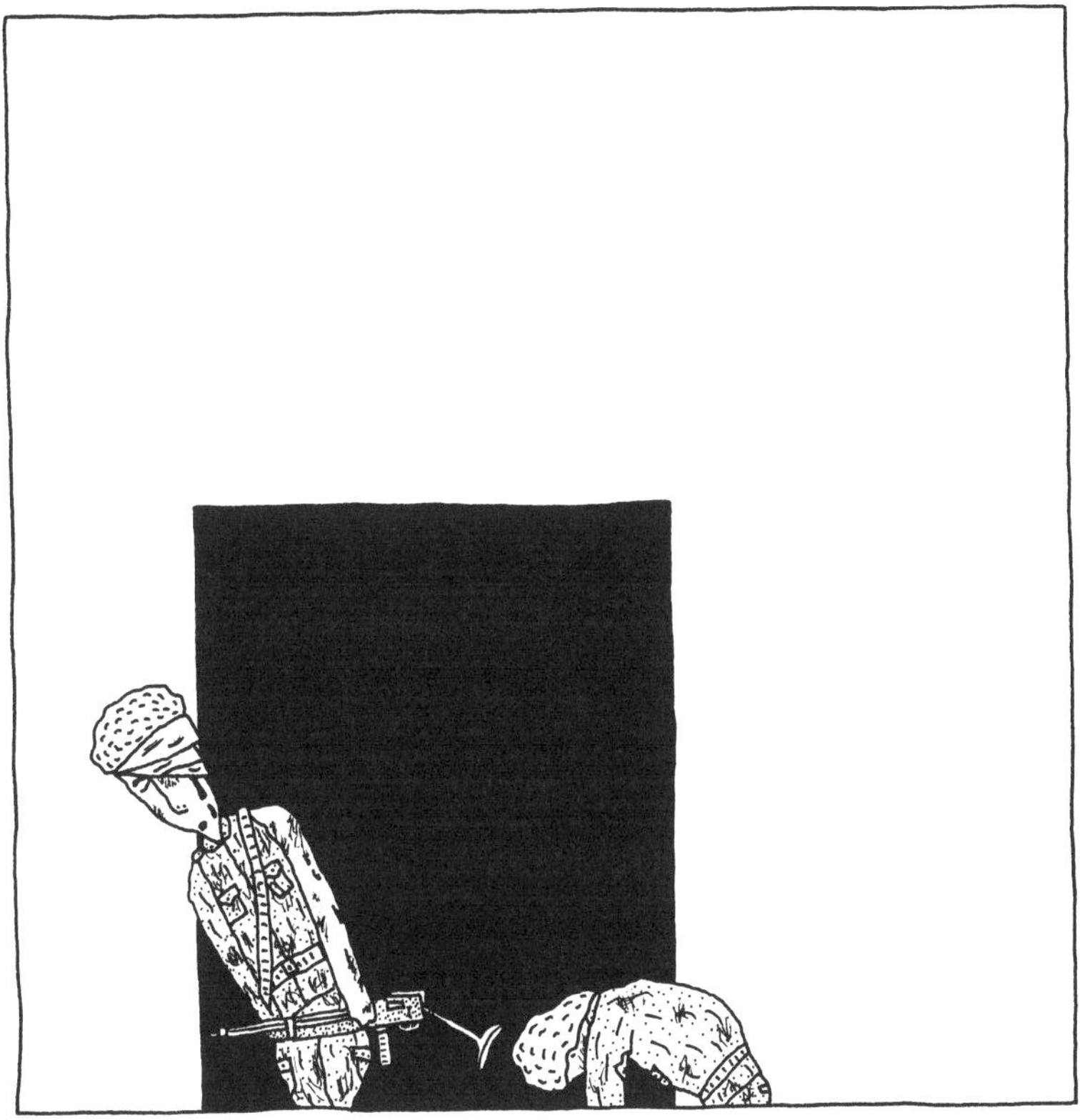

老人は浅川ゆきにむかって、大声をはりあげた。早く出てゆけといっているのだ。おれ達は、残ったにぎりめしやパンをリュックやショルダーバッグに入れる。つかのまの休憩《きゅうけい》だった。

兵士の一人が特に苦しそうだったので、おれは、思わず走りよって肩《かた》をかした。汗《あせ》と血のにおいが鼻をついた。靴《くつ》はやぶれ、よごれた親指の先がみえる。老人は籐のゆり椅子まで、その兵士を運びたかったようだが、十歩ほど歩くと、くずれるようにじゅうたんの上にたおれた。おれはしりもちをついた。

老人は少女にむかって、早口でしゃべった。ここを出てゆけとい

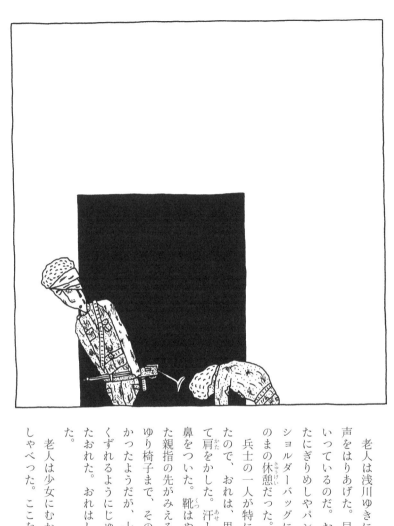

う言葉以外のものを、しゃべっているようだ。少女は、何回もうなずいた。

もう一人の兵士は、籐《とう》のゆり椅子《いす》に体を横たえた。肩《かた》であらい息をしている。ガスが自分の残りの黄色い飲みものを、その兵士の口もとにもっていった。兵士はごくごくとうまそうに飲んだ。ガスって気前がいいや。おれなんて、もったいなくって、とってもできないよ。

浅川ゆきが老人にむかってしゃべった。老人は首を横にふる。きっと何か手伝おうかといったに違《ちが》いない。ゆきが話している間に、順子はいちごをつぶして、倒《たお》れている兵士に持っていった。兵士は意識《いしき》を失っていたが、順子に体をゆすぶられて、目をあけた。順子はつぶしたいちごの汁《しる》をスプーンでとると、兵士の口に入れる。

こうしたことが老人にいい印象を与《あた》えて、もう少し長くここにいられるかな、なんてちらりと思ったが、老人は扉《とびら》を指さしている。早く出てゆけといっているようだ。でもよ、大丈夫《だいじょうぶ》なのかなあ。傷《きず》ついた兵士二人を、介抱《かいほう》できるのかな。

おれ達は、おいたてられるように、そこをはなれた。外へ出たとたんに、つめたい空気が体を通りぬける。中が、暖《あたた》かかったので、寒さがよけいに身にこたえた。

「ああ、せっかく休めたのにな。もっとゆっくりしてゆきたかったよ」

川島が、ため息をついた。

「ありゃ、何者だろう」

「なにもみなかったはずだよ」

クマさんが、キザにいった。順子が出てきた。

「あの、おじいちゃん、いいとこあるわよ。ほら、これくれた」

順子はプラスティックのようなすきとおった細長い容器《ようき》を懐中電灯《かいちゅうでんとう》で照らした。中にはあの黄色い色のパイン・ジュースのような飲みものが入っていた。

「へえー、おめえ、なかなかやるな」

「なによ、そのいい方」

川島にむかって、順子はむっとしたようにいった。そしてすぐに言葉をつづけた。

「川島さんなんかに飲ませないから、これはわたしにくれたんですからね。ね、ね、そうよね」

順子は浅川ゆきに念をおした。ゆきはうなずいた。

「なにを、ごたごたやってんだよ。さあ、出発だ」

クマさんが、そういった時、おれは叫《さけ》んだ。

「いけね、ピラミッド帽子《ぼうし》を忘《わす》れてきちまったよ、あの部屋《へや》に」

おれは、皆《みな》からはなれて、扉《とびら》へむかった。把手《とって》をおしてみる。もちろん鍵《かぎ》がかかっちまっている。老人はおれ達が部屋《へや》から出ると、すぐにかけたのだろう。おれは、うろおぼえだが、扉をたたいてみた。

だだぁーん、だん、だんだだ　だぁーん
だだぁーん、だん、だんだだ　だぁーん

違っているかもしれない。そうすれば扉はあかない。ふと、ピラミッド帽子がなければ、ブーヤのあかりがおかしくなっているのが皆にわからずにすむかもしれないと思った。このままひきかえそうか。

だが、その時、扉《とびら》はあいた。白髪《しらが》の老人が立っていた。おれは、あっと叫《さけ》びそうになった。だって、部屋《へや》の中の二人の兵士は消えていたんだ。籐《とう》のゆり椅子《いす》からも、じゅうたんの上からも。

老人は何か声高《こわだか》にいった。なぜ帰ってきたのだといっているのだろう、けわしい目だ。おれは、テーブルの上にのっているピラミッド帽子《ぼうし》を指さした。そして部屋の中に入ると、それをとりあげた。老人はなにもいわなかった。兵士たちの姿《すがた》が消えているので、おれの膝《ひざ》はガクガクした。あんなに短い時間に、どこへ連れていったのか。たった今じゃないか、ゆり椅子に体を横たえ、あらい息をついていたのは。じゅうたんの上で気を失っていたのは。

やっぱり回転書棚《かいてんしょだな》だ。あの書棚のむこう側には部屋があるのだ。どんな部屋なんだろう。おれ達がここから出るや、書棚はぐるりとまわり、恐《おそ》らく、中から人が出てきたに違《ちが》いない。四、五人はいたかもしれない。その人達が、傷《きず》ついた兵士を部屋にひき入れたんだ。それなら、あっという間にできるじゃないか。

おれの頭を、あの小さな駅で、とほうにくれたように、しゃがみこんだり、ベンチに体を横たえていた兵士たちの姿が横ぎった。

つき出た頬骨《ほおぼね》、うつろな目、血のにじんだほうたいを頭にまいた、やせほそった兵士たち、あの人達を、白髪《しらが》の老人は救おうとしているのか――それにしても、今、ここでくりひろげられた世界は、緑の丘陵《きゅうりょう》がつづき、ピラミッド型の家が点在《てんざい》していた、あの光景とはまるでちがうものだった。

「あの、おじいさん、部屋によく入れてくれたわね」

ピラミッド帽子をみながら順子がいった。

あし船

「なにや、かにやいう前に、おれが入っちまったのさ」

「おじいさん、あたふたしていたでしょう、二人の看病《かんびょう》に」

「ところが、もういなかったよ、けが人は」

「ええ？」――皆《みな》が一せいにおれをみた。

「そんな！」

「あの人、忍者《にんじゃ》かな。忍者の親玉かな、うふふ……」

「笑うことかね、ガス、お前ってへんな奴《やつ》だな」

キザが、あきれたようにいった。

「だって、忍者なら呪文《じゅもん》をつかってできるわ。天井《てんじょう》にはりつけちゃうとか」

「なんで、はりつけなけりゃならないのさ」

「あら、そうねえ、うふふ……」

ガスって、こういう時よくずれるんだな。そして、こっちはなんとなく拍子《ひょうし》ぬけして、緊張《きんちょう》がほぐれちまうんだよ。

「じゅうたんの下に、もう一つ部屋があったんじゃないか。地下室の部屋が」

「きっとそうね。でも、どうでもいいじゃない。早くこの洞窟《どうくつ》から出ましょうよ」

順子がいらいらした声をだした。

「よーし、じゃ、おれがまた先頭にゆくからな、その帽子《ぼうし》をよこせよ」

クマさんは、皆《みな》にうむをいわさぬうちに、ピラミッド帽子をかぶると歩きはじめた。

浅川ゆきは、右手でブーヤを高くかかげながら、クマさんの先をゆく。

「やれやれ、休んだ後だと、よけいに寒さが身にしみるよ」――キザのグチがもうはじまった。

「でもさ、あの黄色い飲みもの、うまかったな」――二枚目《にまいめ》の声だ。

「あたし、はじめはちょっとヒヤヒヤした。体がしびれて、眠《ねむ》らされちゃうんじゃないかって」

「わかんないぞ。これからしびれてくるかもしれないぞ」

「よしてよ、木崎《きざき》さんはいつもこうなんだから」

順子はキザに、むきになっていった。

「だってよ、条件《じょうけん》はそろっているぞ。奇怪《きかい》な白髪《はくはつ》の老人、洞窟《どうくつ》の中の書斎《しょさい》、消えたけが人、毒入り飲みもの……」

「いいわよ、そんなことというなら、一滴《いってき》だってあげませんからね、あたしにくれたの」

「その前に、お前しびれてくるかもしれないぞ」

「おい、いいかげんにしろよ」

二枚目がキザにいった。休憩《きゅうけい》のあとなので、口あらそいをしても、どことなくなごんでいる。といって、これもいつまでつづくか。食べ物もほとんどない。浅川ゆきの奴《やつ》、おれ達を洞窟《どうくつ》の外へつれだすことが、本当にできるのだろうか。

廃墟《はいきょ》のような町並《まちな》みを、一つ通りすぎて、あらたな区切りにきた時だった。浅川ゆきの足がとまって、クマさんに何か説明している。

「おい、じいさんがな、洞窟をぬける道をおしえてくれたそうだ。いいな、それに従《したが》って」

クマさんは皆にいった。

「だってよ、ほかに方法なんて、ないんだろ」――キザのふてくされた声だ。

「へえー、あのじいさん、意外だな」――二枚目が、ほっとしたようにいった。

「秘密《ひみつ》さえなかったら、きっといろいろ親切にしてくれたんでしょうね」

「きっと御馳走《ごちそう》だってしてくれたわよ」

順子の言葉にガスが答えた。

「じゃ、とにかくじいさんの言葉を信じて、進むとするよ」

クマさんが、浅川ゆきをうながした時、太田が、口をひらいた。

「でも、へんだよ。あすこは、どうみても、あのじいさんの隠《かく》れ家《が》だ。おれ達に洞窟をぬける道をおしえるってことは、その隠れ家へくる道をおしえるってことになるじゃないか。それにしちゃ、おれ達をなかなか部屋《へや》に入れなかったなあ。ちょっと、おかしいんじゃないか」

太田らしい慎重《しんちょう》さだ。

「そりゃ、そうだ。でもよ、おれ達を信用したんじゃないかな。順子がいちごなんか、サービスしたからさ」

「そうさ、うまいもんには、かてないもんな」

二枚目の言葉に川島がうなずく。

「信用するもしないもないだろう。それよりほかに道はないいんだから。その子はてんでたよりにならないしさ」

キザが、はきだすようにいった。

「じゃ、出発するぞ」

クマさんの声に、おれは縄《なわ》をにぎりしめる。

ブーヤのあかりは、たよりない光だが、うすあかりを、あたりに照らしていた。町の名が変わると、太田は少女をよびとめて、彫《ほ》ってある字を読ませた。皆《みな》がいらいらしても、怒《おこ》っても、実行させてしまう。太田ってすごく意志強固《いしきょうこ》なところがあるんだな。

「ヌエバ・グラナダ」

少女のいう言葉を、太田はノートに書きつける。

「今のコロンビアの古い名よ、植民地時代のある時期のものだと思うわ」

ゆきも、こういう時には、わずかにいきいきした表情《ひょうじょう》になる。

そのヌエバ・グラナダを通りすぎた時だった。先頭をゆく少女の足がとまった。

「あッ、水だ！」

クマさんの声がした。おれはぎくりとする。この上、水びたしにあったらかなわない。思わず頭をあげる。だが、そうではなかった。水はおれの目の前にあったんだ。そこは運河《うんが》になっていた。

まさか、こんなところに人工で作られた運河があるなどとは、思いもよらなかった。

しかも、そこにはまるで、おれ達をまっていたかのように、船が浮《う》かんでいた。

「あっ！　あし船じゃないか」――太田が声をあげた。

「あし船？」

「あ、今から五千年も昔に、古代人が乗っていたっていわれる、あしで作った船だよ」

「へえー、五千年も前にね」

川島が体をのりだすようにして、あし船をみる。

「あしでね、そういえば、何本ものあしを束《たば》ねて、作ってあるみたいだね」

二枚目《にまいめ》がうなずいた。

「ね、ね、エジプト模様《もよう》なんかにあるじゃない。あれににた船に人がのっているの。そう、あの船、そっくりだわ。先がとんがっていて」

順子はガスにむかって、いった。

「そういえば、そうねえ。なんだかよくエジプト模様《もよう》でみかける船の形ね」

「ヘイエルダールって探検家《たんけんか》が、古代人が作っていたとおりにあしを刈《か》って、束ねてあし船を作りあげ、古代人がゆききしていた航海路をさぐりだそうと、冒険《ぼうけん》にのりだしたテレビをみたなあ、おれ」

クマさんがいった。

「ええ、そのあし船ですよ。これは」――太田がすかさず声をだした。

「それにしても、こんなところにその船があるなんて、どういうことなんだろう」

二枚目がつぶやいた。

「おい、めずらしがっている時じゃないだろ。どうするんだよ。ここに立ちどまっていても、仕方ないじゃないか」

キザが大声をあげた。

「この船にのるんだ」

「え!?」――クマさんの言葉に、皆《みな》息をのむ。

「老人がいったそうだ。運河《うんが》に出たら船が一そうある。それにのって運河を下れば外へ出られるって」

「へえー、また馬鹿《ばか》に親切におしえてくれたもんだな」

キザが皮肉な調子でいった。

「じゃ、どうするんだ。お前は乗らないつもりか」

クマさんは、はじめてつっかかるいい方をした。

「――」

その語気の強さに、キザの顔が一瞬《いっしゅん》ゆがんだ。

チグリス号

「あら、桟橋《さんばし》がついているわ、ちゃんと」

二人のけんあくな雰囲気《ふんいき》を感じとったらしい順子の声がした。彼《かの》女《じょ》はこういうところ敏感《びんかん》なんだな。

「ほら、ほら、あすこをみて」

ブーヤのうすいひかりは、あし船のための、船着場を照らしていた。

「こんな洞窟《どうくつ》の中によ、どうなっちゃっているんだろ」

二枚目《にまいめ》もすかさずいった。クマさんとキザの仲がまずくなっちまったら、全く困《こま》るもんなあ。クマさんが、あんな調子になるのめずらしいよ。

「沈《しず》まないかな。これだけの人数がのって」

川島がまたよけいなことをいった。

「おい、ガス、まずお前から乗れよ。肥《ふと》った順だ」

「そう、一番乗りさせてくれる」

川島の言葉に、ガスはニコニコしながらあし船にむかった。九名が乗ると船は水面すれすれになった。浅川ゆきは先端《せんたん》に立っている。おれとクマさんが櫂《かい》を漕《こ》いだ。どっしりとした重量感がある船だ。すきまから水がもれるということはなかったが、とび散るしぶきが中をぬらした。

「うへぇー、つめてえや、もっとそっと漕げよ」

顔にふりかかった水をぬぐいながら、さっそくキザが文句《もんく》をつけた。

「熊谷《くまがい》さんがみたテレビ、私《わたし》も思いだしたわ」

あし船が、順調に進みはじめた時、順子がいった。

「たしか、その船の名は、チグリス号っていったと思うわ、ね、そうでしたよね」

順子はクマさんの方をむく。

「あ、そうだ。チグリス号だ」

「チグリスって、おもしろい名前」――ガスがくったくのない声をだした。

「チグリス・ユーフラテスって、古代文明発祥《はっしょう》の地だ。そこからきてるんだろうな、チグリス号って」

太田がいった。

「そうね。あしを切って、たばねて、ずいぶんたくさんの人の力で、作ってゆくのね。いくども失敗をかさねながら。先端《せんたん》なんかも、ちょんぎっちゃうのよ、うまく浮《う》かぶために」

「じゃ、こんなに、いいかっこうじゃないでしょ」

順子の言葉に、ガスは船の先端の方をみる。

「でもね、そのあし船が、いよいよ航海にのりだす時なんて、感動的だったなあ。アメリカ人、ソビエト人、日本人、ドイツ人……今までまるで知らなかった各国の人たちがこのあし船に乗ったのね。生活習慣《せいかつしゅうかん》の違《ちが》う人たちが、長い航海を一緒《いっしょ》につづけられるかしらなんて、思ったわ」

「それで、うまくいった？」

「そりゃ、もう、食事の時なんて、とても楽しそうだったわね。仕事も分担《ぶんたん》しあって、それぞれの能力《のうりょく》をだしあって、古代船のあし船を動かしてゆくのね」

「それで、航海は大成功をしたの？」

「ところが、そうはゆかなかったのよ」

「どうして？　沈《しず》んじゃったの」

「沈みなんかしないわ。ペルシャ湾《わん》まで航海をしつづけて、紅海《こうかい》に入ろうとした時に、それ以上進めなくなったのよ」

「進めないって、事故《じこ》がおきたの？」――ガスはたたみかけるようにきく。

「事故なんかじゃないわ。紅海沿岸《えんがん》の国ぐにはチグリス号通過《つうか》をこばんだの」

「そりゃまた、どうしてだい？」

テレビをみていなかったらしい二枚目《にまいめ》が、興味《きょうみ》をしめした。

「戦争が起こっていたからなのよ」

「各国とも、無事にチグリス号を通過させる自信がないのね。いつ爆撃《ばくげき》されるともかぎらない。戦争が、チグリス号を足どめしたのよ」

「へえー、それでどうしたんだ。もときた道をひきかえしたわけか、せっかくそこまでいったのによ」

川島が順子の方をむいていった。

「ところがそうはしなかった。ヘイエルダールってリーダーは、チグリス号を炎上《えんじょう》させてしまう決意をしたのよ」

「炎上。もやしてしまうのか。もったいなーい」

「本当にそうしたの？」――ガスが真剣《しんけん》な顔をした。

「そうよ。最後のシーンは、赤々《あかあか》とチグリス号が燃《も》えあがっているところだったわ」

「もったいないなあ。ずいぶん苦労して、そのあし船を作ったんだろ」

「そうよ、だからこそ、燃《も》やしてしまう決意をしたみたい」

二枚目《にまいめ》に順子は答える。

「そういうもんかな」

「でもね」——順子は言葉をつづける。「これは、抗議《こうぎ》なのよ、戦争のために航海ができなくなった乗組員たちの。ヘイエルダールは、国連事務総長《こくれんじむそうちょう》あてに、抗議文をだしているわ」

「抗議文?」

二枚目《にまいめ》の言葉に順子はいった。

「そう、抗議文をね。平和のあかしでもあるチグリス号が、戦争のために紅海《こうかい》を通過《つうか》できなくなったことへの。抗議文をつきつけて、古代船、チグリス号を炎上《えんじょう》させたのよ」

「ふーん。残念だなあ。あし船の中では、ちがった国の人たちがうまくいっているのに、国と国との戦争のために、燃《も》やしてしまうなんてよ。そして、そういうことが、本当にあったなんて、なんだか情《なさ》けないなあ」

二枚目の言葉に、キザはいった。

「おれ達だったら、燃《も》やさないいんじゃないか、そういう時」

「そうだよな、そんなにあっさりひきさがらないよ。すごい苦労をして作りあげた船なんだろ。第一、抗議をしたっていうけど、知らなかったもんな。おれ達そんな事」

めずらしく二枚目と、キザとの話があっている。

おれは、そのテレビをみていなかった。みそこなったのが、かえすがえすもくやしくって、おもいっきり櫂《かい》を漕《こ》いだ。水しぶきがとんだ。

「おい、らんぼうに漕ぐなよ」

川島が顔をぬぐいながらいった。

脱出

「ところで、わがチグリス号の航海は、うまくいっているんだろうな」

二枚目が、あし船の先端《せんたん》に立つ浅川ゆきの方に目をやった。

おれのところからは、ゆきの後ろ姿《すがた》しかみえない。どんな顔をして、先方をみつめているのだろうかと、ふと思った。謎《なぞ》の白髪《しらが》の老人の言葉を信じてよかったのか。でも、よかったも、わるかったも、それしか道はなかったんだ。このあし船はきっとおれ達を洞窟《どうくつ》から救ってくれるんだ。おれは一生けんめい漕いだね。クマさんも、おなじ思いのようだ。漕ぐ手に力が入っている。

「おい、交替《こうたい》しようか」

二枚目が、おれ達にむかって声をかけた。

「大丈夫《だいじょうぶ》だ。それに危険《きけん》だよ。今、体を動かしちゃあ」

クマさんは、船縁《ふなべり》ぎりぎりの水面をみながらいった。

人工運河《じんこううんが》はどこまでもつづいた。いつのまにか、廃墟《はいきょ》の町なみはなくなっていた。岩壁《がんぺき》をつたわって流れる水滴《すいてき》が、ブーヤのひかりの中に、時どきまたたいた。

あの傷《きず》ついた兵士たちは、今頃《いまごろ》どうしているのだろうか。書棚《しょだな》の回転扉《かいてんとびら》のむこう側で、手当もすんで、寝《ね》ているのだろうか。おれは、関係ないと思いながら、消えてしまった二人の兵士のことが気になった。すべてが秘密《ひみつ》の中で行われている。白髪《しらが》の老人は、おれたちに、なにもみなかったと約束させた。でもだ、変じゃないか。みなかったことにしてくれといいながら、このあし船のことを教えてくれた。秘密の中で行われながら、こんなことをしていいのか。それに、もしこの運河《うんが》を進んで、洞窟《どうくつ》から出られたにしても、あし船はどうなるんだ。あし船から、老人の居場所《いばしょ》に足がつくってことが考えられるじゃないか。なんだか妙《みょう》だ。

おれは船の先端《せんたん》に立っている、浅川ゆきの後ろ姿《すがた》に、また目をやる。後ろ姿は、全くゆりと同じだ。洞窟を歩きまわったので、白いトックリのセーターはよごれ、ジーパンも泥《どろ》まみれだ。浅川ゆりにそっくりだったばかりに、おれはひきまわされちまったのかな。本当は、あいつに顔なんかないんじゃないか。ずんべらぼうの、のっぺらぼうでさ、目だって鼻だって、口だってついていないんだ。あいつが、今こっちをみたらきっと――。

「おい、どうしたのかよ、疲《つか》れたのか」

クマさんから声がかかった。おれの櫂《かい》を漕《こ》ぐ調子がくるったんだろう。

「いや、大丈夫《だいじょうぶ》ですよ」

元気に答える。本当はきっと疲《つか》れちまったんだろうな。ずんべらぼうの浅川ゆきがちらつくなんてよ。

「おれたちがあし船にのりこんだ時、少し前まで人が乗っていたという感じがあったよな」

クマさんがいった。

「ああ、あったぞ。櫂に血がついていたしな、中もだいぶぬれていたもんな」

二枚目《にまいめ》が答える。

「あの兵士二人が乗ってきたとしたら、いいのかな。このあし船から足がつきはしないか」

クマさんも、おれとおなじことを考えていたようだ。

「どうも、やることがへんだよな」

二枚目の言葉に、何かいおうとして浅川ゆきがふりかえった。その時、順子が叫《さけ》んだ。

「あッ！　ひかりだわ。ひかりがぽつんとみえた！」

「えぇッ？」——皆《みな》はいっせいに、腰《こし》をうきたたせた。

「だめだ！　船の均衡《きんこう》がくずれるじゃないか」

クマさんが叫《さけ》ぶ。それでもなんとかひかりをみようとして、皆は船の前方へ目をこらした。

おれは漕いだね、もう必死だ。一刻《いっこく》も早く洞窟からぬけ出たい。腕《うで》が痛《いた》くなっていたが、そんなことも感じなくなった。なにがなんでも明るい世界に出たかった。

「ね、ね、ひかりでしょ、外へ出られるのよ、外へ！」

順子は浅川ゆきにむかって、声をはりあげた。

「ええ、ひかりが、だんだんこっちへむかってやってくるわ」

浅川ゆきの声もはずんでいる。少しずつ明るくなってゆくのが、漕いでいてもわかった。もう一息だ。もう一息で洞窟からぬけだせるんだ！　いつのまにか、あたりは人工運河ではなくなっていた。そそりたつ岩壁《がんぺき》の間を、あし船はひかりにむかって、水しぶきをあげて、すすんだ。

「頑張《がんば》って！　もっと早く！　もっと早く！」

順子が、かん高い声をあげた。おれの額《ひたい》から汗《あせ》が滝《たき》のように流れた。シャツはびしょぬれだ。手がしびれて、もう感覚もありはしない。ただ漕《こ》ぎまくったね。よくもこんな力が自分にもあると思った。

あし船は、いくつかのいりくんだ岩壁《がんぺき》を通りぬけて、ついに出たんだ！　洞窟《どうくつ》から外の世界へ！　おれは青空をみあげた。つきぬけるようにすんだ空がひろがっている。明るいって、なんてすばらしいんだ！　おれは胸一杯空気《むねいっぱいくうき》をすいこんだ。

ふと目の前に、ガラスをちりばめたようなきらめきを感じた。そっちの方へ顔をむける。まぶしくって、おもわず目をつぶる。だが、おれは声をあげた。

「うわぁー、海だ！　海じゃないか！」

目の前に海がひろがっていた。小さなさざなみ一つ一つにひかりをうけた海が、はてしなくつづいている。左側の白い砂浜《すなはま》には、波がよせては、かえしていた。人の姿《すがた》はなく、あたりはしぃーんとして、静まりかえっていた。

「びっくりしたなぁもう、洞窟をくぐりぬけたら、そこは海だったなんてよ」

二枚目《にまいめ》が、空にむかって、大きなのびをしながらいった。

「ぬれちまうけどよ、おれ、ここでおりて岩石づたいに、あの白浜《しらはま》までゆくよ。もう待ちきれない」

「あたしも、そうする」

キザの言葉に、順子が立ちあがった。あし船が、がくんとゆれた。

「でも、あし船はどうなるの。ここにおいといていいの？」

ガスが、クマさんをみていった。

「いいの」――浅川ゆきの声がした。

「あのクソじじいが、そういったのかい」

川島の言葉に、ゆきはうなずいた。

「おきっぱなしで、いいのかなあ」――クマさんが首をかしげた。

「おきっぱなしじゃないわ。燃《も》やしてほしいって。焼きはらってしまってくれって」

「ええッ」

おれたちは、びっくりしちまった。チグリス号とおんなじじゃないか。

「でもよ、そうかんたんに燃《も》えるのかよ。ずいぶんぬれちまっているぞ」

「すぐ燃《も》えるようにって、これをくれたわ」

ゆきは、ジーパンのポケットから、ライターのようなものをとりだした。

「これを使えばいいのですって」

「へえー」

おれたちは浅川ゆきの手にしたものを、びっくりしてみつめた。

炎上

あし船からはなれると、いくつもの岩石をとびこえて、砂浜《すなはま》へむかった。こけでぬるぬるした岩はだはすべりやすく、何度も水の中に落ちた。でもしだいに近づいてくる砂浜にむかって、ずぶぬれの服なんてかまわずに進んだね。やっと白い砂浜にたどりついた時、おれはくずれるようにして、ねころんだ。先についた奴《やつ》らも、あざらしみたいにぶったおれている。だれも口をきかなかった。

その時、大きな爆発音《ばくはつおん》がおこった。皆《みな》いっせいにとびおきる。音のした方をみる。おれ達ののってきたあし船が、赤々《あかあか》と燃《も》えあがっていた。鉛色《なまりいろ》の煙《けむり》をはきながら、炎《ほのお》のいきおいは、ひときわ大きくひろがってゆく。

「うわぁー、きれい！」

順子の声にびっくりする。きれいかな、きれいなのかな――。

「もったいないなあ、燃やしちゃうなんて」――ガスがため息をついた。

「みじかい航海だったけどよ、いやな気分だな。自分の乗った船が燃えるのをみるなんてよ」

二枚目《にまいめ》が、あし船に目をこらしていった。全くそうだ。なんだか、おれの一部が燃えてゆくような感じだ。長い航海をつづけたという、そのチグリス号の乗組員たちは、きっとこんな気持で、炎《えん》上《じょう》するあし船をみつめたんだろう。いや、これどころじゃないだろうな、きっと。おれにはその人たちのはげしい怒《いか》りが、わかるような気がした。

「どんな化学製品《せいひん》なのかな」

太田がつぶやいた。あし船を爆発《ばくはつ》させた、あのライターのようなもののことをいっているようだ。

「なんだか、すかっとした感じだよ。これで災難《さいなん》がなくなっちまいそうで」

キザの言葉に川島はうなずいた。

一番あとに砂浜《すなはま》にたどりついたクマさんは、だまったまま、炎上するあし船をみつめている。クマさんは、きっとおれとおなじ気持でいるにちがいないって、思った。

浅川ゆきが、こっちへむかってやってくる。

「早く、いらっしゃいよぉー」

——順子が手をふった。

「あー、お腹《なか》ぺコぺコ。残ったものを食べなくっちゃ」

ガスの手が、リュックにのびる。

「ぬれちまっているだろ」——川島がのぞきこむ。

「大丈夫《だいじょうぶ》。ビニールにつつんであるから」

ガスはにぎりめしを皆《みな》にくばった。

「うめえー」

口にほおばるなり、キザがほえるような声をあげた。

「あー、おいしいッ！」

順子は、老人のくれた黄色い、パイン・ジュースのような飲物をのんでいる。皆にみせびらかしている感じだ。

「女同士で一杯《いっぱい》いかが」

そして、ガスとゆきにむかってだけいった。おれは、ごくりとつばをのむ。あの時の味をおもいだしたんだ。ちえッ！　けち！

あし船は、鉛色《なまりいろ》の煙《けむり》をつきあげている。その中を赤い炎《ほのお》がまきあがり、火力は前より強くなってゆくようだ。

「あんなに煙をあげてよ、みつからないのかな、いいのかな」――クマさんがつぶやく。

「そんな心配無用さ。おれたちには関係ないもの。それより、これから先、どうなるんだい」

キザが浅川ゆきの方をむく。

「家へ連絡《れんらく》をとるわ」

「家って、こんなところから連絡がとれるのかよ」

キザはまわりをみまわした。全くキザのいうとおりだ。白い砂浜《すなはま》がどこまでもつづき、人影《ひとかげ》は全くない。なんだか無人島みたいな感じだ。

「まあ、とにかく少しやすみなさいよ」

順子は、浅川ゆきにサンドイッチをわたした。おれもそう思ったね、ゆきは疲《つか》れきった顔をしていた。びっしょりぬれた長い髪《かみ》の毛から、しずくが服をつたわって流れている。ゆきは前にふりかかった髪をぬぐう元気もないらしい。そうだろう、あんな小さいライターみたいなもので、あし船を爆発《ばくはつ》させてきたんだものな。おれ、早く砂浜につきたくって、ゆきのことを考えなかった。いざとなると、自分のことしか考えないんだなあ。おれ、ゆきの姿《すがた》をみて、大いに反省しちまったよ。

あし船は黒い煙をあげた。そしてすみわたった青い空へむかって、まいあがっていく。みえがくれしていた赤い炎は、ますますいきおいをましていた。

寝《ね》ころんで、空をみあげていると、ここがアガルタだなんて気は、全くしない。今まであったことだって、まるでウソのようだ。ほんとうにおれは、アガルタにいるのだろうか。今、おれは、夢《ゆめ》をみているんじゃないだろうか。いや、それとも浅川ゆりの夢の中にいるんじゃないだろうか。ゆりの夢にひきまわされて、くたくたになっているんじゃないか。まさか……そんなことはない。おれは、おれだぞ！

「おい、家へ連絡をとるっていったな」

キザが浅川ゆきの方をむいて、またいった。

「早くとってくれないかな。ここにこうしていても仕方ないだろ」

「ええ、じゃ、いってくるわ」

ゆきは、サンドイッチを口に入れながら答えた。そして、少しふらつきながら立ちあがった。

「大丈夫《だいじょうぶ》?」――ガスが心配そうに顔をのぞきこむ。

「連絡《れんらく》がとれそうなところなんて、あたりをみまわしてもないじゃないの」

順子が、ゆきの体をささえながらいった。

「ここから、五〇〇メートル先に、地下電話があるって、あのおじいさんが教えてくれたわ。目標を紙に書いてくれてあるから、それをみながら行けばいいの」

「ふーん、あのおじいちゃん、ちょっとの時間に、わりかしまめにいろいろしてくれたのね、わたしに飲みものはくれるし」

順子はくすんと笑った。

「家に連絡をとったら、なんとかなるのかよ」

キザはたたみかけるようにいう。

「むかえにきてもらえるわ」

「むかえに? これだけの人数をおむかえするだけの乗物があるのかよ」

「ええ」――ゆきはこともなげにうなずく。

「だれがきてくれるの」

「たぶん、にいさんだわ。とうさんは仕事中だから」

順子の言葉にゆきは答えた。

「じゃ、少しでも早い方がいいから」

ゆきが歩きはじめようとした時、キザがさえぎった。

「ちょっと、待った！　これでドロンされちまったら、めもあてられんからな」

「――」

ゆきは一瞬《いっしゅん》、にらむようにキザをみた。そしてくるりと体のむきをかえると、白い砂浜《すなはま》をかけだした。

「おい、まてよ」

おれは、あわててそのあとをおった。

地下電話

浅川ゆきにはすぐおいついた。おれが腕《うで》をつかむと、それをふりはらって、先へ進もうとする。おれの手に力が入る。いつのまにかクマさんも側にきていた。

「気にしないでくれよ。みんな疲《つか》れているんだ」

「わかっているわ」

ゆきは足をとめてクマさんをみる。あらい息をついている。

「疲れきっている君だけを、五〇〇メートル先にある地下電話まで行かせることはできないよ。おれもゆくよ」

「おれもゆく」

そういったものの、おれ、砂浜にごろりんと寝《ね》ころんでいたかったなあ。腹《はら》だってまだペコペコだよ。

「これを食べながら行くといいわ」

いつのまにきたのか、順子がサンドイッチをさしだした。わかっているな、あいつ。いいとこあるぜ。

「残りのジュースもあげる」

老人のくれた黄色のパイン・ジュースのような飲み物も気前よくくれたよ。さっきは、女同士だけよなんていってたけどさ。

おれ達は、サンドイッチをほおばりながら、白い砂浜《すなはま》を歩いた。少女は足をひきずっている。チグリス号を炎上《えんじょう》させる時に、いためたのかもしれない。砂がくるぶし近くまでくいこむので、一歩一歩進むのも容易《ようい》ではない。肩《かた》をがくりとおとして歩く姿《すがた》はいたいたしかった。

「アガルタを撮《と》りにきたんだ、ちょっと時間をくれよな」

クマさんは、リュックから撮影機《さつえいき》をとりだした。さすがはクマさんだ。疲《つか》れていても、撮影にとりかかることは忘《わす》れていない。

クマさんのカメラが、燃《も》えあがっているチグリス号にむけられた時、浅川ゆきは、するどく叫《さけ》んだ。

「やめて！」——今までできいたことのない、はげしい強い調子の声だった。

「約束なのよ、あの老人との。なにもみなかったっていう。燃えているあし船がフィルムにおさまったら、みたということになってしまうわ。それだけはやめて！」

「――」

少女の言葉に、一瞬《いっしゅん》息をのんだが、クマさんはすぐにいった。

「そうだった。いけねえ、どうも、おれかるはずみなんだ」

「海や、白浜《しらはま》はいくらでも撮ってもいいのよ」

ゆきは、こわばった顔をゆるめた。

「海かぁー」

おれはつぶやいた。この海は、あのスルメの所できいた海とつながっているのだろうか。天井《てんじょう》にはった地図で説明してくれた、あの海と――。

スルメはあの時、釣竿《つりざお》の先を動かしながら、グリーンランドの北上をしめした。北へ北へと氷の上をむかううちに、不思議なことが起こる。北からの風が、南からの風より暖《あたた》かくなったり、平均気温《へいきんきおん》が下がるということはなくなる。

しかもさらに進んでゆくと、やがて氷のない海がひらけるのだ。海鳥が空にむらがっている。水温、気温、湿度《しつど》などがぐっと上昇《じょうしょう》してくる。そして、やがて海の中に微生物《びせいぶつ》がいるのを発見し、魚の群《むれ》にも出あう――ここはもう、地球の開口部をこえた、地球内部の世界なんだと。

信じられないことだけど、スルメは真面目くさった顔をして説明してくれたもんだ。

おれは海に目をむける。海鳥が一羽、おれの頭上をさっと通りぬけた。

「海に魚はいるかい?」

「ええ」

おれの質問《しつもん》に、ゆきはけげんな顔をしてこたえた。海に魚がいるのはあたり前でしょ……と、言葉にはださないが、顔でいっていた。

地球の中にもう一つ地球があって、太陽があって、海があって、魚がいて——信じられないなあ。

「待たせたな、さ、行こう」

クマさんは砂浜《すなはま》を歩きはじめる。砂丘《さきゅう》をいくつもこえると、やがて、遠くに葉のおいしげった大木がみえた。どうやらこれが目じるしらしい。浅川ゆきはジーパンのポケットから紙きれをだすと、くいいるようにそれをみつめていた。そして、ふたたび歩きはじめる。

はい松の林をぬけた所に、屋根と柱だけを残した廃屋《はいおく》があった。雑草《ざっそう》がおいしげり、屋根には、ペンペン草がはえている。さらにそこから五〇メートルぐらい行ったところで、浅川ゆきはたちどまった。そして、用心ぶかくあたりをみまわした。

「このあたりなのかい?」

クマさんも目を四方へむける。

「そういうことになるんだけど」

浅川ゆきの目は、雑草のおいしげった地面にむけられた。その時、おれはふと、足もとに白くぬられた一本の杭《くい》をみつけた。

「これ、なんだろ」

「あっ、それよ」

ゆきが、おれのそばにかけよる。雑草がおいしげり、ここに地下電話の入り口があるとはどうしても思えない。だが、気をつけて、よくみると、雑草は人工で作られたものらしい。葉の光沢《こうたく》が他の雑草にくらべると、ややあざやかすぎる。だが、これは気をつけてみなければまるでわからぬものだ。

「その杭《くい》をひっぱって」

浅川ゆきの言葉に、おれは腰《こし》をかがめると、杭に手をかける。そして、力いっぱいひっぱった。まるくくまどられた穴《あな》が、目の前にあらわれた。下をのぞくと、垂直《すいちょく》に鉄の梯子《はしご》がついていた。

「おれが、まずおりてみるよ」

クマさんが、梯子をおりていった。次に、ゆき、そして、おれが、最後に梯子に足をかけて、雑草のふたをかぶせた。穴《あな》の中は蛍光灯《けいこうとう》がともり明るかった。五メートル四方の広さで、そこに黄色い電話が一台おいてあった。少女はいきおいよく、そこに並《なら》んだ数字をぽんぽんとたたいた。そして、受話器を耳にあてていたが、しばらくして、今まできいたこともない声をはりあげた。

「にいちゃん、にいちゃん、あたしよ！　あたしよ！」

少女の声は、せまい電話室の中にひびきわたった。

ビマーナ

ほとばしりでるような、浅川ゆきの声は、だが、それだけで終わった。あとは、アガルタ語で早口にしゃべりはじめた。言葉というのは変なものだ。今まで話していた言葉が違《ちが》ったものになると、まるで人までが違った人間になってしまうような気になる。浅川ゆきとは別の人間が、そこにいるような気がしてしまう。何をしゃべっているのか、わからないので、そんな気になるのかなあ。

それにしても、なんでアガルタ語で話さなけりゃ、ならないんだ。はじめの言葉は日本語をつかったじゃないか。おれ達にきかれては、まずいことでも話しているのか。おれはふと、気になった。

そういえば、今までだって、ずいぶん気になったことがあったもんなあ、この浅川ゆきには。

少女は受話器をおいた。そして、おれ達をみた。その時はもう、いつものゆきにかえっていた。あの別の人間を感じさせるものはなかった。おれは少し、ほっとする。

「にいさんが、むかえにきてくれるって」

ゆきの声は、はずんでいる。そして、

「さあ、早く、みんなに知らせなくては」

と、いうと、梯子《はしご》をのぼりはじめた。おれ達もあとにつづく。

「君んところは、ここからかなりはなれているのかい?」

地下電話室から出るなり、クマさんはゆきにきいた。

「そうね、かなりの距離《きょり》みたい」

「じゃ、だいぶかかっちまうな」

「大丈夫《だいじょうぶ》よ、ビマーナでくるでしょうから」

「ビマーナ? なんだい、それは?」

「もう大昔からある乗物よ。空艇《くうてい》っていったらいいのかな。空とぶ船っていった方がわかりいいわね」

「へえー、そんなものがあるのか。じゃ早くみんなのところへ帰ろう。そいつの方が、先についちまうかもしれないよ」

クマさんは足早に歩きはじめた。ゆきも兄さんとの連絡《れんらく》がとれて安心したせいか、前よりも足をひきずらなくなった。おれ達は白浜《しらはま》へむかっていそいだ。そしてみんなの待っている場所についた時、おれは全くがっかりしちまった。

奴《やつ》らはどうしていたと思う。みんなおもいっきり手足をのばして、砂浜《すなはま》で大の字になって眠《ねむ》りほうけているんだ。おれ達が近づいても、目をさます者なんて一人もいやしない。五〇〇メートルも先の地下電話まで行っているおれ達のことなんて、まるで頭にないんだな。もしあったら、こんなに心地よげに眠れるもんじゃありゃしない。

「ちぇッ!」――おれは思わず舌《した》うちをした。

「そっとしておいてやれよ、その、なんとかいう乗物のくるまで」

「ビマーナよ」

「うん、ビマーナが来たら自然に目をさますさ」

クマさんは、いつも寛大《かんだい》だ。その時、おれは、いいことを思いついた。

「クマさん、皆《みな》のこの馬鹿《ばか》づらを撮《と》っておいて下さいよ」

「よいしゃ!」

クマさんはカメラを皆にむける。おれとゆきと顔をみあわせて思わず笑った。ゆきの笑顔をみて、おれの胸《むね》の中で、久《ひさ》しぶりに浅川ゆりとかさなった。おれはどぎまぎして、目のやりばに困《こま》った。

「ビマーナがくるまで、おれ達も横になっていよーや。あー、参ったー」

クマさんは、砂浜《すなはま》にあおむけになって寝《ね》ころんだ。よほど疲《つか》れたようだ。おれもそのとなりに寝ころぶ。砂浜は太陽のひかりをうけて、なまあったかい。それがよけいに体の疲れをすいとってくれるようだ。おれは目をつぶった。だが、あまりにくたぶれすぎると、かえって、頭の中はさえるようだ。あいつらみたいに馬鹿《ばか》づらをして、すぐに眠《ねむ》りほうけることなんて、できないよ。

「ね、クマさん」

目をとじているクマさんに、悪いとは思ったが、声をかけた。

「この海は、スルメがいっていた、あの海と通じているのかなあ」

「どうなのかなあ。全くわかんないよな。ただいえることは、スルメは地球内部の世界に夢《ゆめ》をかけすぎているんじゃないかと、いう気はする」

「どういうことかな?」

「四十億の人間をのせた地球号が、生きのびる道は、地球内部へ行くほかないって、いっていただろ。どうもそう簡単《かんたん》なものじゃ、ないって気がするよ。この世界はさ」

「うん」――おれはうなずく。

クマさんの頭の中には、きっとあの白髪《しらが》の老人の姿《すがた》があったに違《ちが》いない。おれとおなじようにな。

「おい!」――その時、クマさんはがばっと起きあがった。

「あの子が、いないぞ!」

「ええッ！」

　おれもとび起きた。まさか、そんなことがあってたまるもんか。ここまできてよ。ここまできて、あの少女が裏切《うらぎ》るなんてよ。だが、砂浜《すなはま》には、浅川ゆきの姿《すがた》はなかった。海辺には、白い波がよせてはかえしているだけだった。

「まさか――」

　おれの胸《むね》は高なった。あんまり念が入りすぎているじゃないか、ビマーナとか、なんとか――そんなにうまい言葉がとびだせるものなのか。

　その時、きぃーんと、あたりをひきさくような音が遠くからきこえてきた。おもわず空をみあげる。白い物体がみえた。太陽のひかりをうけて、きらっと光った。

「おい、ビマーナが来たんじゃないか」

クマさんがひたいに手をかざしながらいった。

「浅川ゆきだけ乗せていっちまうんじゃないかよ」

おれはおもわず口ばしった。

「あいつ、自分の居場所《いばしょ》だけおしえてよ」

「よせよ」――クマさんは、おれの言葉をさえぎった。

「そんなら、なぜ、あいつはいないんだ。地下電話で、なぜアガルタ語でしゃべったんだ」

おれの声はうわずっていた。

空からの音は、しだいにはげしくなった。ガラスをきしませたような、異様《いよう》な音があたりをつんざいた。おれは、思わず耳に手をあてる。

砂浜《すなはま》で眠《ねむ》りほうけていた奴《やつ》らも、この音に目をさました。

「なんだ、ありゃ」――皆《みな》は頭上の空をみあげる。

その時、おれ達の方へ近づいてきた白い物体は、砂浜をかなりひくくゆっくりととんだ。大きな影《かげ》が通りすぎた。

おれは、何か叫《さけ》ぼうとしたが、声がでなかった。白い物体は、二度ほど旋回《せんかい》すると、高度をあげて、海の方へむかって飛んでいった。

おれは息をのんで、飛びさってゆく、物体をみつめた。万事休すだ！　やっぱり浅川ゆきだけを乗せにやってきたんだ。ところがあいつはいない。あいつがいなければ、着陸する必要がないじゃないか。

「なんだい、ありゃ」

川島が、海の方へむかって飛んでゆく、白い物体を見上げていった。

「おい、あの子がいないじゃないか、どうした？」

キザが、声をはりあげた。空を飛ぶ奇妙《きみょう》な物体よりも、キザにとっては浅川ゆきの方が気になるようだ。

「地下電話で家に連絡《れんらく》がとれて、一緒《いっしょ》に帰ってきたんだ」

「おい、それでどうしていないんだ。一緒に帰ってきた者がどうしていない」

キザはクマさんにつめよった。

「ちょいと、そこらを散歩しているんじゃないの」――順子が、砂浜をみまわした。

「なにしにお前ら、のこのこあいつについていったんだよ」

「そんないい方ないだろ。おれ達が疲《つか》れきって帰ってきたら、眠りほうけていやがって」

クマさんはキザをにらんだ。順子が声をあげた。

「ね、あの変な乗物、こっちへやってくるわ」

きしんだ爆音《ばくおん》をたてて、白い物体は、海の方から再《ふたた》びこちらへむかっていた。

約束

その時、ふとおれは、遠くの岩かげに人影《ひとかげ》がいるのに気づいた。そしてそれは、こちらへむかってやってくる。足をひきずるようにして、ゆっくりと、ゆっくりと。

ゆきだ。浅川ゆきだ！　浅川ゆきはおれ達を裏切《うらぎ》ったりしなかったんだ。なんだって、おれはすぐうたぐっちまうんだろ。なんだって、心から信用しないんだろ。

「おーい！」――おれは、大きく手をふった。うれしかったよ、全く。

ゆきも手をふっている。

「なんだよ、人さわがせな奴《やつ》！」

キザは吐《は》きだすようにいった。

「――」

なにかいおうとしたクマさんの言葉をさえぎるように、二枚目《にまいめ》が声をだした。

「おい、あれをみろよ、またこっちへむかって、とんでくる、ありゃなんだい」

太陽のひかりをもろにうけているので、まぶしく、白い物体の形をよくみきわめることができない。だが、これは、ゆきのいったビマーナであることは間違《まちが》いない。

ビマーナに乗ったゆきの兄は、妹の姿《すがた》が見えないので、探《さが》していたのだろう。そして、確認《かくにん》できたので、ふたたび砂浜《すなはま》へやってきたのだ。ビマーナはしだいに高度をさげてきた。

「おれ達をむかえにきたんだ。浅川ゆきが家に連絡《れんらく》をとってな」

おれはキザにむかって、いってやったよ、これみよがしに。

「あれに乗れるの、わぁーすごい」――ガスが、目をかがやかせる。

足をひきずりながら、浅川ゆきが近づいてきた。

「どこへいってたんだい？」

おれの声には少しかどがあったとおもう。だってよ、身がちぢむ思いがしたよ。うたがったこっちがわるいのはわかっていてもさ。

「あし船が、どうなったか、気になったもんだから」

「――」

「あの老人、あとかたもなく燃《も》えて消えてしまうっていってたけど、自分の目でたしかめてみたかったのよ」

「それで、どうだった？」

「消えていたわ」

おれは、もう金輪際《こんりんざい》、浅川ゆきをうたがうのをやめようと思った。疲《つか》れはてているのに、ちゃんと、あの老人との約束を守り、自分でみにいっているんだものなあ。

ビマーナの高度は、さらに低くなった。ガラスをきしませたような、耳をつんざく音は今度はなかった。静かに砂浜にむかって、着陸をはじめたようだ。

太陽のきらめきで、その型をよくみきわめられなかったが、近づくにしたがって、しだいにはっきりしてきた。それは空とぶ船というよりも、ごく普通《ふつう》の乗用車が飛んでいるというようなものだった。ただ二階建てになっていて、天井《てんじょう》はプラスチック製《せい》のようなものでできて、すきとおっている。その二階から手をふっている姿《すがた》がみえた。浅川ゆきの兄にちがいない。おれも思いっきり手をふった。

ビマーナは飛行機が着陸するのとおなじように、機体の下から、車が出た。これで外観は全くの地上の乗物になった。そして砂浜《すなはま》を二〇メートルぐらい走ってとまった。おれ達はそのあとをおってかけだした。

ビマーナから、ジーパンをはき、紺色《こんいろ》のセーターを着た男の人がおりた。そして近づいてくるおれ達にむかって、

「やあ」といって、手をふった。

なかなかさっそうとしていて、いかすんだな。ほら映画俳優《えいがはいゆう》に三浦友和《みうらともかず》って奴《やつ》がいるだろ。あれににているんだ。おれはなんとなくしっとを感じたね、こんないかす兄貴《あにき》をもつ浅川ゆきにさ。

「あたし、伊藤《いとう》順子です、よろしく」

順子の奴《やつ》、すかさずいったよ。目をきらきらかがやかせて。

「妹の奴が、いろいろ御迷惑《ごめいわく》をかけちまって」

おれ達みんなをみまわして、兄貴《あにき》はいった。

「本当に、お前はおっちょこちょいなんだから」

兄のそばにやってきたゆきにむかって、声をつよめた。それでも足をひきずっているのが気になるらしく、

「足どうしたんだ?」と、気にしている。やさしいんだな。

「たいしたことないのよ。さあ、早く家にゆきましょう、ビマーナにのって」

ゆきは、おれ達にむかっていった。

「荷物とってくる」

ガスがまっさきに、砂浜をかけだした。食べて、眠《ねむ》りほうけたから、すっかり元気になっちまっていやがるよ。ガスだけじゃなくって、ほかの奴らもよ。疲《つか》れはてているのは、おれとクマさんだけだ。そのクマさんがよ、おどろくじゃないか、ビマーナを撮影《さつえい》しているんだ。全くすごい執念《しゅうねん》だよ。未来の映像《えいぞう》作家まちがいなしだ。おれは、息をのむおもいで、クマさんをみたね。

「かわろうか」——二枚目《にまいめ》が、クマさんにいった。

「ああ、たのむ、皆《みな》を入れて撮《と》ってくれ」

クマさんは二枚目に撮影機をわたした。映研《えいけん》のチーム・ワークも考えているんだなあって、思ったよ。

ガスが、皆の荷物をかかえて走ってくる。

「げんきんな奴だなあ、あんなに張《は》り切っちまっているよ」

キザは自分のショルダー・バッグを運ばせて、勝手なことをいっている。

おれ達はビマーナに乗った。見晴らしがいい方がいいから、二階にのぼった。明るい陽ざしが機内にみなぎっている。空も海も一望にみわたせた。

「忘《わす》れものは、ありませんね」

ゆきの兄が念をおした。そしてスイッチをおす。ビマーナはゆっくりと動きはじめた。砂浜を車輪をつけたままかなり走ってから、その機体はやがて宙《ちゅう》にういた。そして、次第《しだい》に高度をあげてゆく。

「うわぁー、気持いい！」

順子の明るいはずんだ声がきこえた。

おれは、海をみる。あし船を炎上《えんじょう》させたあたりの海をみる。だが、そこには、ゆきがいったように、あとをとどめるものは、なにもなかった。

ビマーナにのって

白い砂《すな》と海と空がどこまでもつづいた。おなじ風景がつらなると、その中にたたずんでいるような気になるのだなと思った。

おなじことを、順子も感じたようだ。

「動いているのに、とまっているみたい」

「そうだよな」――二枚目《にまいめ》が、窓《まど》の外をみながらいった。

「ほら、いつか学校で能《のう》をみにいったろ。おれ、はじめて能をみてさ、静止《せいし》しているのに動いているなって感じたんだ。あれとなんだか、にている気がするなあ」

おれは、二枚目の言葉に感心した。能をみるにしても、二枚目はなんと芸術的《げいじゅってき》な見方をするんだろう。あの時、おれはたいくつで、眠《ねむ》くって眠くって参っちまったもんなあ。

「ゆれるのを感じないからだよ。なにも、能をもちだすまでもないさ」

キザが窓《まど》ガラスに顔をおしつけていう。

「でも、この感じおもしろいわ」

順子は目をとじた。

「なんだか、宇宙《うちゅう》のまっただ中に、わたしはいるって感じかな」

「宇宙かよ、大げさだな」

「大げさじゃないでしょ。宇宙の中に自分を感じるなんて、すばらしいじゃない」

疲《つか》れがすっかりとれたらしい順子の顔はいきいきしている。

「ね、飴《あめ》、食べる?」

ガスは、皆《みな》に飴をくばりはじめた。もう遠足気分になっちまっているよ。でも、おれは疲《つか》れはてているから、とてもありがたかった。うん、奴《やつ》きっと、おれとクマさんのために、くばりはじめたんだ。地下電話までいってくたびれていると思って。

宇宙かぁ――順子のいう宇宙のただ中にいる感じって、わかる気がするなあ――。でもよ、ここは、アガルタなんだからな。地球の内部なんだからな。

機械の装置《そうち》をみていた太田が、二階にのぼってきた。そして顔の汗《あせ》をふきながら、

「この乗物はなんていうんですか?」――ゆきの兄に顔をむける。

「ビマーナっていいます」

「ビマーナ?」

「ええ、ずいぶん古くからある乗物のようですよ」

「古くからって、どのくらい?」

度のつよいメガネごしに、太田の目がひかる。関心をしめした目だ。

「アガルタの国づくりの頃《ころ》だから、一万一千五百年ぐらいっていえるかな」

「そんなに大昔から――」

太田はびっくりした顔をしたが、おれもおどろいたな。

「まさか――」

横からキザが声をだした。

「年のかぞえ方がちがうんでしょ。わたしたちのとは」

順子がゆきの兄の方をみる。

「いえ、おなじですよ」

「考えられないなあ」――太田が首をかしげた。

「アトランティス大陸が、大昔に、今あなた達の住んでいる地球表面にあった、ということは知っていますか」

ゆきの兄は、少しあらたまったいい方をした。

「あったとはいえないんじゃあないか、伝説として残っていることは、きいたことがありますね。何かの本を読んで」

さすがに、太田だと思いながら、おれはドキドキしはじめていた。なぜかって、ほら、浅川ゆりと、スーパーマーケットを出て、二人で歩いた時の光景が、胸《むね》をよぎったのだ。

あかるい陽ざし、おれのすぐ横にいるゆりの息づかい――そしてゆりのしゃべった奇妙《きみょう》な話。エーゲ海の島で発掘《はっくつ》が行われているが、そこはアトランティス大陸ではなかったかという――。

そして、その時、ゆりはいったんだ。ノアの洪水《こうずい》の時、箱舟《はこぶね》にのって助かった人たちがいるように、アトランティス大陸が海中に没《ぼっ》する前に、そこを脱出《だっしゅつ》して、今でも生きのこっている人たちがいるんじゃないかと。そうすると、今、ここにいるゆきやゆきの兄という人は、その時の生き残りの子孫――まさか、ちょっと考えられないなあ。

「一万一千五百年前、地球上に、今の文明よりもっとすすんだ文明があったということは信じますか?」

ゆきの兄は太田にいった。

「そういわれても、困《こま》るなあ」

「いいじゃないか、信じてみようよ。なんだか、面白くなってきた」

二枚目《にまいめ》がのりだした。

「ほら、偶然《ぐうぜん》、電車の中でわたし話したじゃない。ルイスって作家の『ナルニア物語』という本の中に、アトランティスのことが書いてあったって」――順子の声がはずむ。

「ね、ね、ね、みて。ほら、はい松よ。はい松の林がつづきはじめたわ」

突然《とつぜん》、ガスが声をあげた。ガスは皆《みな》の話はよそに、ずっと外の景色にみとれていたのだ。おれたちは、ガスの声に、思わず目を窓《まど》の下にむける。こい緑色をしたはい松の林がつづいていた。緑の起伏《きふく》にあかるい陽ざしがさしこみ、ひかってみえた。そして、ビマーナの影《かげ》が、くっきりと緑の色をこくして下にうつっていた。

「アトランティス大陸が、海中に没《ぼっ》する前のことなんです」

ゆきの兄は、話をつづけた。

「すごく文明の発達したこの国に、輝《かがや》ける顔の大王という人がいたといわれています」

「輝ける顔の大王？　うふふ……おもしろい名前」

ガスは、どうやらこういう名前が出てくると、人の話も耳に入ってくるようだ。

「うるさいな、お前」

川島が顔をしかめた。ゆきの兄の話を、早くききたいようすだ。

「その輝ける顔の大王は、アトランティス大陸に破滅《はめつ》の日がくるのを、感じとったといわれます。やがて、海中に没する運命をしって、その前に、このビマーナに善良《ぜんりょう》な人びとを乗せて、アトランティス大陸から脱出《だっしゅつ》させたということです」

「へえ――この乗物にね」――川島は、機内をみまわした。

「もちろん、いろいろ改良されたんでしょ。名前はビマーナでも、その頃《ころ》のものとすっかりおなじってわけではないでしょうね」

「ところが、アトランティス大陸は、その頃《ころ》、今の文明よりも進んでいたともいわれてますからね。このビマーナもさして改良もされずに使われているようですね」

「でも、まさか、一万一千五百年も前から、こんな乗物があったなんて、信じられないなあ」

二枚目《にまいめ》が首をかしげた。

「あし船といい対照ね。あしをたばねて作った原始の船があると思えば、こんな――」

順子がそこまでいいかけた時、ゆきがさっと体のむきをかえた。そして順子の方をみて話すのはやめてくれという、目くばせをした。順子は、口をつぐんだ。

浅川ゆきは兄にも、白髪《しらが》の老人のことを話していないのが、これでわかった。アガルタ語で長くしゃべっていたので、一部始終、兄には話したものとばかり思っていた。

おれは、ゆきを信用していたけど、さらにそれをつよくしたね。

ゆきの兄は、順子のようすを気にもとめなかった。そして、

「ええ、そんな空とぶ乗物があったなんて、ちょっと信じられませんが、アトランティス大陸に、それほど進んだ文明があったのなら、不思議ではありませんね」と、いって自分の言葉にうなずいた。

「それで、その輝ける顔の大王のおかげで、助かった人たちが、このアガルタにきたというわけ?」

順子は、あし船のことを、ゆきの兄がなにもいわなかったので、ほっとした表情《ひょうじょう》をしていった。

「ええ、ほかの大陸に、逃《に》げのびた人たちもいたようですけどね」

「うん、わかった」——太田が、突然《とつぜん》、声をだした。

「ほら、いつか、部長の家でピラミッドの写真をみた時、とても不思議だっていったじゃありませんか。今から五千年も前の古代人が、どうして、地球の直径の長さを知っていたかって——。つまりですね。そうした高度の文明があって、それは滅《ほろ》びてしまったけれど、全く滅びるということはなく、古代人に影響《えいきょう》を与《あた》えた——」

太田の目はいきいきとして、クマさんにむけられる。

「なるほどね」——クマさんはうなずいた。

「ね、ね、そうすると、あなた達は、アトランティス大陸の生き残りの子孫っていうわけ？　このビマーナって乗物にのって、助かった人たちの子孫なの？」

順子が、体をのりだすようにしていった。

「ちがうわ」——ゆきが、ゆっくりといった。

「このアガルタは、たしかにそういう人たちによって、できたんだと思うわ。でもその人たちだけが住んでいるんじゃないわ」

「そうすると、あなたはだれ？　あなたは、アガルタの人ではないの？」

順子は真剣《しんけん》な目をして、ゆきをみた。

「アガルタよ、あたしはアガルタ人よ」

「信じられないなあ」——おれは、横から口をだした。

「だってよ、おれたちとまるでおなじはだの色をして、黒い髪《かみ》の毛で、目の色もくろくってさ、それでどうしておれが日本人で、君がアガルタ人なんだろ」

「知らないわ」

ゆきは、ちょっといらだった表情《ひょうじょう》を顔にはしらせた。

「君は、わかるかい？」

おれは、ゆきの兄に顔をむけた。

「わかりませんね、父にききましょう。父はきっとなにかを話してくれるでしょう」

ゆきの父、それはどんな人なのだろう。おれは、浅川ゆりの父親を思いうかべた。ゆりよりも、もっとゆきの感じににていたあの父親——。

「ま、それにしてもさ、貧弱《ひんじゃく》だな、その一万何千年も前から、文明がある国にしてはさ」

キザが、ぬけぬけといった。

「貧弱かどうか、まだわかんないじゃない。きたばかりなんだから」

順子は、あきれた顔をした。

「いや、だいたいわかるよ。ビマーナ、故障《こしょう》した電車——二十一世紀には、おれたちの住む地球表面の方がすすんでいるよ」

「すすまなくしたと、いうことも考えられますね」——ゆきの兄が、横から口をだした。

「つまり、すすまないほうが、いいということだってある。そういうことだって考えられますよ」

かなりきっぱりとしたいい方だ。

おれの頭の中を、少し前に歩いた廃墟《はいきょ》の町が横ぎった。たしかにこのアガルタも、地球表面の国ぐにとおなじように、いろんな歴史をくりかえしながら、地球の内部で生きつづけてきたんだ——そんな思いを、かなりはっきり、体で感じたね。そして、おれは今、地球の内部にいるんだって、はじめておもうことができたよ。

ゆりの父

ビマーナは丘陵《きゅうりょう》の上を飛んでいる。いつのまにか、はい松の林は消えていた。

「おかしいな」

後ろをふりむくなり、ゆきの兄がいった。

「さっきから、気になっていたんだけど、つけられているな」

「え？」――皆《みな》は、いっせいに兄の方をみた。

「へんだと思って、速力を少しおとしてみた。そうすると、おなじようにむこうもおとす」

そういえば、ゆきの兄はさっき階下の自動機械操作室《じどうきかいそうさしつ》へおりていった。そのためだったんだな。

「つけられているって――」

おれたちは、後部の窓《まど》ガラスに顔をおしつけた。黒い点のようなものが、かすかにみえた。

〈まさか――〉

きっと皆の頭の中に、あの白髪《しらが》の老人がうかんだにちがいない。

「つけられることでも、したのか」

ゆきの兄は、妹をみた。

「べつに」

窓ガラスに、ゆきの顔がうつっている。表情《ひょうじょう》は少しもかわらなかった。

「こんなことは、はじめてだよ。どうする？　ほっとくか」

「そうして」――ゆきは、後ろをむいたままいった。

ビマーナは、あいかわらず丘陵《きゅうりょう》の上をとんでいる。つけられているなどということをしらなかったら、おれたちは、そのなだらかな、うすみどり色の草原にさく、色とりどりの花にかん声をあげただろう。目がさめるようにきれいなのだ。

ゆきの兄のいうように、ほんとうにつけられているとしたら、白髪の老人の一味なのか、また、老人のことをさぐろうとする一味なのか、わからない。とにかく面倒《めんどう》なことになりそうだ。面倒なことはこりごりだ。かんべんしてくれ！　おれは、心の中でさけんだよ。

クマさんが草原に映写機《えいしゃき》をむけている。なにげない顔をしているが、おもいはおれとおなじだろう。

「下におりて、寝《ね》っころびたいわねえ——花の中にうずまって」

ガスが、のんびりした調子でいった。

「そうすりゃ、いいじゃないの」

いやな事態《じたい》がおこりそうなことを、感じとっている順子が、いらいらした声をあげた。

「とにかく、気になる」

そういうなり、ゆきの兄はまた妹に声をかけた。

「おい」

「え？」

ゆきはこちらをむく。

落ちついた顔をしている。

「はぐらかしちまおう。ひとまず下へおりて。まさか下までは、ついてこないだろう」

〈どうする？〉という表情《ひょうじょう》を、ゆきはおれ達へむけた。

「空の上でつけられているなんて、気味わるいわ。下へ降《お》りた方がいいと思う」

順子がすぐにいった。

「やれ、やれ、一難《いちなん》去って一難来るだな。どうして、こうつぎつぎといろいろのことがおこるんだ」

キザは、なげやりないい方をした。

ゆきの兄は、キザをみた。

「そんなに、いろいろのことが、おきたんですか」

「べつに。トンネルでひどいめにあっただけよ。乗物が故障《こしょう》しちゃったんで」

順子がすかさずいった。

「じゃ、とにかく下へ降りていいですね。どうも気になって仕方ないから」

ゆきの兄はそういうと、一階へおりていった。ビマーナの高度がさがりはじめた。丘陵《きゅうりょう》の花畑がまぢかにせまってきた。はげしいゆれもなく、ビマーナは着陸した。そして、スピードをあげると、花畑のただ中をはしりはじめた。

「どうする？　直接《ちょくせつ》わが家にのりつけちゃうか。それとも、はぐらかすために、極東地上資料情報《きょくとうちじょうしりょうじょうほう》センターにでもよるか」

二階にあがってきた、ゆきの兄は妹にいった。

「よってほしいですね」――太田の声だ。

「でもよ、はやくおちつきたいよ、腹《はら》もへってきたし」――川島が不満そうにいった。

「なによ、今、食べたばかりじゃない」

順子はつきはなしたいい方をした。

「じゃ、とにかくセンターによってうまくまいちまいましょう。それにしても、つけられているなんて、気持のいいものじゃないな、こんなのはじめてだ……」

あとの方は、ひとりごとのようにいって、ゆきの兄は階下におりた。

「まさか、あのおじいさんが、わたしたちのようすをさぐるなんてことはないとおもうわ。それにしてもへんね。どうして、わたしたちのことがわかったのかなあ」

順子は眉《まゆ》をひそめた。

花畑の中に、ピラミッド型の家が点在《てんざい》しはじめた。どの家にも、横に四角い建物がついている。

「あれはなに？　家の横についている建物は？」

太田がゆきにきいた。

「ビマーナ・グリハっていわれているんだけど、ビマーナを入れる格納庫《かくのうこ》よ」

家々《いえいえ》の数がしだいに多くなった。ビマーナは町に近づいているようだ。

「やっぱり、おれたちにならって、地上におりたな。ほらみえなくなった」

ゆきの兄は、後部の窓《まど》ガラスに顔をおしつけていった。青い空がつづいていて、さっきみえた黒い点は、姿《すがた》をけしていた。

極東地上資料情報センターは、こんもりとした森の中にあった。ビマーナは、ピラミッド型をした白い建物の前でとまった。階段《かいだん》を四、五段のぼると入り口がある。その横にアガルタ語で説明がしてあった。アガルタ語って、一度みたことがある、インドの文字ににている。なんとなく、神秘《しんぴ》的《てき》な感じがする文字なんだなあ。

資料情報《しりょうじょうほう》センターというので、図書館みたいなものを想像《そうぞう》していたんだけど、そうでなかった。中に入ってみて、びっくりした。

ちょうど、図書館の書架《しょか》ぐらいの大きさの白い箱に、青、赤、みどり、白、黒、紫《むらさき》、黄色、オレンジ、ねずみ色、など、いろとりどりのボタンが点在《てんざい》しているんだ。そしてその箱が、図書館の書架《しょか》とおなじように、列をつくって並《なら》んでいる。おれの住む東京の団地《だんち》では、たまだけど、夜空に星が無数にまたたいて、すごくきれいなことがある。ちょっとあれににているんだ。星に色をつけたみたいなんだなあ。赤や、青、オレンジ色や、黄色の。

「きれいねえ」

ガスが目をみはっていった。

「これが情報《じょうほう》センター?」

太田がゆきの兄をみた。

「ええ」

「どうやって、地上の情報《じょうほう》がわかるんですか?」

「え?」

「映像光線《えいぞうこうせん》ですね」

「映像光線が地球地殻《ちきゅうちかく》を通りぬけて、これによって地上世界の状況《じょうきょう》を手にとるようにみることがで

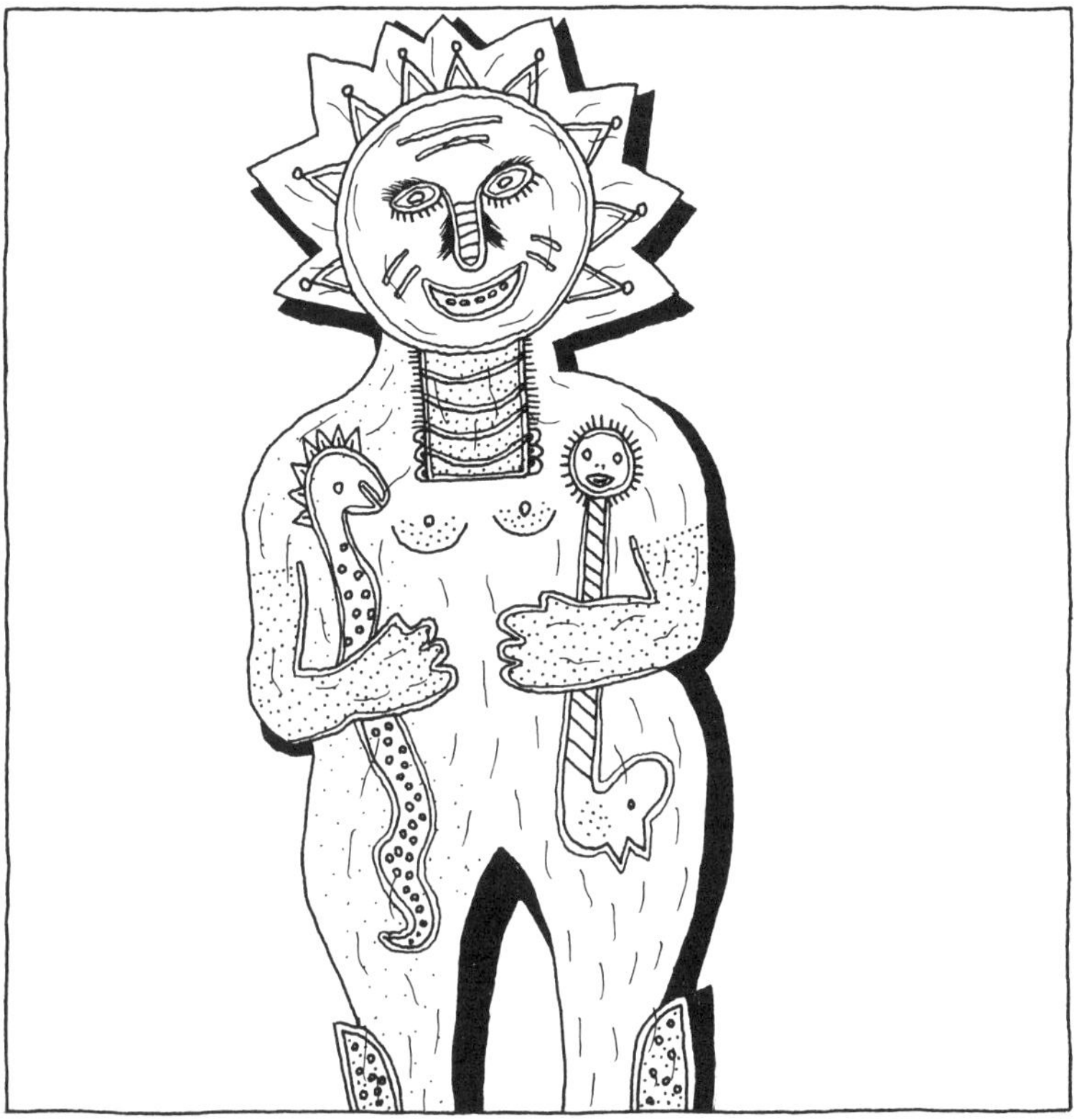

きるんです」

「じゃ、おれたちの住む地上のようすが、全部わかっているわけ！」——二枚目《にまいめ》が、大きな声をだした。

「そういうわけですね」

「ここは極東だけど、世界各国の全部を知ることができるわけですね」

クマさんの言葉に、ゆきの兄はうなずいた。

「最近は、とくに熱心に仕事をすすめているようですよ。地上では、核実験《かくじっけん》がさかんに行われるようになりましたから」

「——」

「もし、核爆発《かくばくはつ》がおこれば、それは地下世界にも影響《えいきょう》を与《あた》えますからね。こうやってしっかりコンピューター化され、処理《しょり》をしておれば、いざという時の役にたちます」

「――」

おれたちは、言葉がなかった。だってよ、おれたちの知らないところで、おれ達の地上のことを全部うつしとっていたなんて、考えられるかい。

「たまげたな、こりゃ」

さすがのキザもそういって、大きく息をついた。

「ね、もう、そろそろゆきましょうよ、にいさん」

ゆきが兄をうながした。おれたちは、ふたたびビマーナにのった。

「まさか、またつけられているなんてこと、ないでしょうね」

順子がうしろをふりむいていった。

「わかんないぞ。ゆだんはできないな」

川島が、おどかすような声をだした。

ビマーナは町なみに入った。ピラミッド型をした、白や、クリーム色や、みず色、黄色、オレンジ色をした建物がつづいた。庭にはどの家にも花が植えられている。

ゆきの家は、ピラミッド型の屋根が、二重に横にかさなったような白い建物だった。戸口をあけるなり、まちかまえたように、そこに人かげがあった。そして、その人をみた時、おれは息をのんだ。だってそこに立っているのは、ゆりの父親じゃないか。あの浅川ゆりの父親じゃないか。

〈未完〉

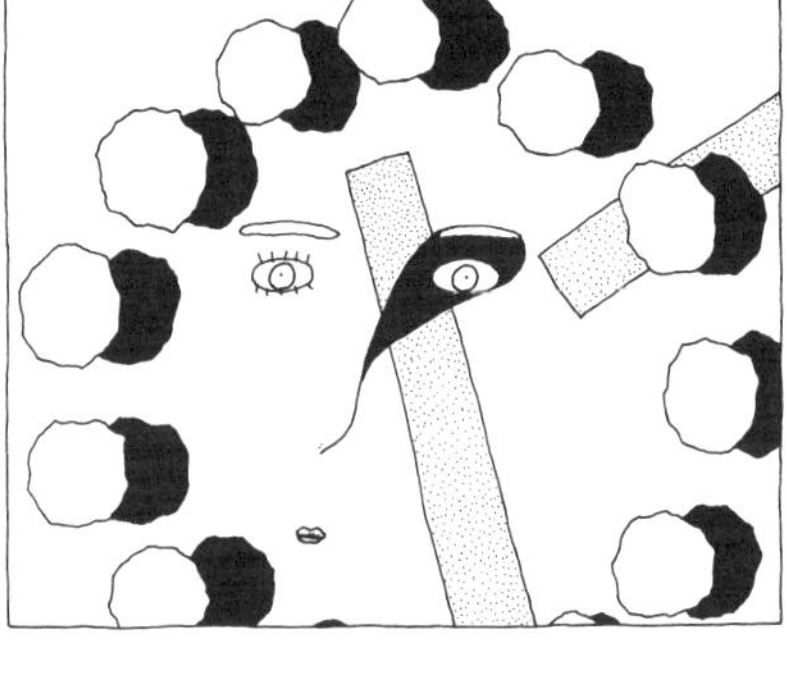

解説

新海 誠
（アニメーション監督）

作者の死による、未完の物語。

そういう本は、世の中にどれほどあるものなのだろうか。そもそも刊行《かんこう》が困難《こんなん》なはずだから、それほど多くはないはずだ。僕《ぼく》にとっては本書『ピラミッド帽子《ぼうし》よ、さようなら』がその最初であり、それは人生を変えてしまう衝撃的《しょうげきてき》な出会いだった。――まったく誇張《こちょう》ではなく。

一九八〇年代、まだ十歳《さい》に満たない頃《ころ》だったと思う。放課後の薄暗《うすぐら》い図書館でやけに分厚《ぶあつ》い本を見つけ、なにげなく書架《しょか》から抜《ぬ》き取った。手に持っているだけで、なんだかドキドキした。その厚《あつ》さと重さ、不思議なタイトル、神秘的《しんぴてき》な挿画《そうが》、そして「乙骨淑子《おっこつよしこ》」という著者《ちょしゃ》の文字のちょっと怖《こわ》いイメージまでが、やけに魅惑的《みわくてき》だった。すごく重要なものを見つけてしまった――そんな気持ちになったことを覚えている。

誰《だれ》にも教えたくない。これは、乙骨《おっこつ》さんというすこし怖《こわ》い名前の女の人が、僕《ぼく》のために書いてくれた、僕だけの本だ。

読み始めてすぐに、そう感じた。夢《む》中《ちゅう》になって物語にのめり込《こ》んだ。まるで世界と自分の謎《なぞ》の全てが、この本には秘《ひ》められているような気がした。ピラミッドと歴史の謎、地球空洞説《ちきゅうくうどうせつ》、古事記に万葉集に額田王《ぬかたのおおきみ》、親や教師《きょうし》たちにも彼《かれ》らの人生があること、自主制作映画《じしゅせいさくえいが》というものがこの世界には存在《そんざい》すること、未知が開けていく昂奮《こうふん》と異性《いせい》への憧《あこが》れ、自分の命がいつか終わること。そういうことのすべてを、まだ子供《こども》だった僕はこの本で初めて知ったのだ。

物語の舞台《ぶたい》は、おそらく一九七〇年代後半の東京である。今読み返すとさすがに時代を感じもする。というよりも、むしろその時代固有の問題意識《もんだいいしき》が散りばめられている作品である。国際共通語《こくさいきょうつうご》のエスペラント語に理想を託《たく》すシーンが象徴《しょうちょう》するように、未だ戦争体験の記憶《きおく》が色濃《いろこ》かった時代の空気が物語中には漂《ただよ》っている。ちょっと面白いのは、たとえば花粉症《かふんしょう》について語られるシーンだ。

「医者へいってもわからないのさ。原因《げんいん》がな。でもよ、ある医者はいったよ。もしかしたら、杉《すぎ》の花粉のせいかもしれないって」

現在《げんざい》はこれほどの隆盛《りゅうせい》を誇《ほこ》る花粉症が、当時はまだほとんど謎の現象《げんしょう》だったのだ。しかしこのような時代感も、静電気や蒸気機関《じょうききかん》の発見を例に「正体のないものを、みつけだすって、すごいことですねえ」と熱心に語るヒロインの言葉に、今こそ説得力を与《あた》えもしている。主人公たちが目にする神秘的《しんぴてき》な力――ピラミッド型から発せられるらしい不思議な力場――も、いつかは花粉症のように正体が明かされるのかもしれない、そんな気分にさせられてしまう。登場人物たちのまとっている大らかさのようなものが、この四十年近く昔の物語を「古さ」から自由にしている。「本」としてはいささか古く見えもするが、この「物語」は今でも鮮烈《せんれつ》なのだ。


そしてなによりも、語り手である洋平が素晴《すば》らしいのだ。彼《かれ》の内面の慌《あわただ》しさ、その豊《ゆた》かさといったら！　本書においてはモノローグ自体が地の文となっているが、彼《かれ》が周囲から受ける刺激《しげき》とその反応《はんのう》の連なりが、たまらなくチャーミングだ。

「そういえばおれ、ふうっと、これはどこかでいつか体験したことがあるって、思うことがある」デジャヴについて考えていた洋平は、先祖《せんぞ》の記憶《きおく》に思いを馳《は》せ、

「おれみたいに勉強のできない子がいて、やっぱりおれとおんなじように悩《なや》んでい

たかな。おふくろみたいなおふくろがいて」と母親について考え、「そういえば、おふくろの横顔っていいな」と思い、さらに憧《あこが》れの女性教師《じょせいきょうし》を思い出し、最終的に神秘的《しんぴてき》なヒロインについて思い至《いた》る。「うん、ゆりが小さな青い花をみつけて、かがんだ時の横顔もよかったなあ」

そう、子供時代《こどもじだい》の心のうちは確《たし》かにこんなふうだった。ぼーっとしている時でも、心の中はいつでも強いつむじ風が巻《ま》いているみたいに様々《さまざま》な想念が飛び交っていた。敬愛《けいあい》する先輩《せんぱい》であるクマさんと共にピラミッド帽子《ぼうし》に導《みちび》かれ、謎《なぞ》の地底の国「アガルタ」への冒険《ぼうけん》に出発することになった洋平は、クマさんから他の仲間も誘《さそ》ってやろうと言われ、こう思ってしまう。

「おれは不満だった。そもそもあの少女にあうまでのいきさつから、しゃべらなけりゃならないじゃないか。ピラミッド帽子のことからだ。とってもじゃないけど、もったいなくって話してやれるもんか」

そうだよ！　と、十歳《さい》の頃《ころ》の僕《ぼく》もたぶん思ったのだ。この本を誰《だれ》にも教えたくないように、自分が発見した大切な秘密《ひみつ》を他人に話すなんてもったいない。そのようにすっかり洋平にシンクロしながら、結局は映像研究会《えいぞうけんきゅうかい》の仲間たちと出かけることになったアガルタでの冒険に、僕は夢中《むちゅう》になっていったのだった。

でも、その冒険はいよいよクライマックスというところで寸断《すんだん》されてしまう。病《びょう》床《しょう》にありながらもこの物語を紡《つむ》ぎ続けてきた著者《ちょしゃ》が、ついに亡《な》くなってしまったのだ。

ブーヤがまた消えてしまった——洋平とシンクロし、世界の深部まで長い旅を続けてきた僕は、突然《とつぜん》大切な明かりを失ってしまったような、強烈《きょうれつ》な喪失感《そうしつかん》を味わうこととなった。

このままでは、僕自身も地上に帰ることが出来ない。あの頃、僕はたぶんそう感じたのだ。だから僕は、自分なりのエンディングを作り出さなければならなかった。大切なことはほとんど全て、ここまでの旅で示《しめ》されている。なぜかそういう確信《かくしん》はあった。最も困難《こんなん》な時期を抜《ぬ》けたという達成感もあった。だから僕がやらなければならないのは、自分が目にするはずだったラストシーンを導《みちび》き出すことだけのはずだった。ぎこちない文章を、ノートに書いては消した。でももちろん、平凡《へいぼん》な小学生である僕に、本来あるべきエンディングを書くことなど出来なかった。

僕は今でも、乙骨《おっこつ》さんにかけられた呪《のろ》いのもとにある。あるいは、あれは祝福だったのかもしれない。どちらでもいいけれど、とにかく。

この物語が完結しなかったことで、自分と世界をめぐる謎《なぞ》も未だに解決《かいけつ》していない。アガルタの深部まで連れていかれて、いつまでも戻《もど》ることが出来ない。今でも、そんな気持ちがどうしようもなく残っている。

だからたぶん——今思えば、僕《ぼく》は自分でも物語を作り始めたのだと思う。文字通り「アガルタ」に旅をする少女のアニメーション映画《えいが》まで作ったこともある（『星を追う子ども』二〇一一年）。自分なりの旅をずいぶん長く続けてきたけれど、あの頃乙骨《ころおっこつ》さんが見せてくれるはずだった風景は、まだ描《えが》けていない。

二〇一七年六月

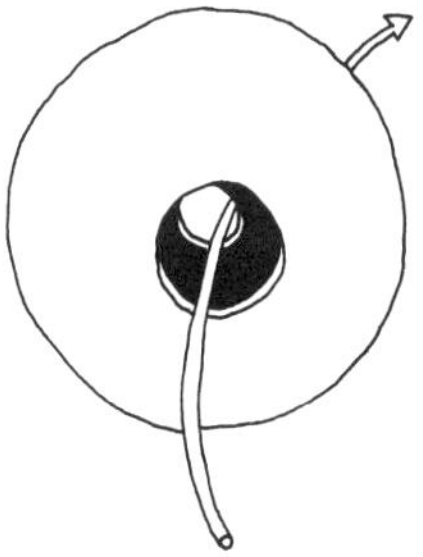

乙骨淑子（おっこつ よしこ）

一九二九年東京生まれ。一九五五年「こだま児童文学会」に参加、創作を始める。「声なき声の会」、「集団の会」（思想の科学研究会）等に参加。一九七八年から作家活動に専念。作品に『ぴいちゃあしゃん』『八月の太陽を』『こちらポポーロ島 応答せよ』『青いひかりの国』『十三歳の夏』『合言葉は手ぶくろの片っぽ』などがある。一九八〇年没。

長谷川集平（はせがわ しゅうへい）

一九五五年兵庫県姫路市生まれ。一九七六年『はせがわくんきらいや』（第三回創作えほん新人賞）でデビュー。絵本作品に『トリゴラス』『ホームランを打ったことのない君に』『およぐひと』『アイタイ』『天使がいっぱい』『むねがちくちく』などがある。ほか、小説、評論、イラストレーション、作詞・作曲、演奏など、活動は多岐にわたる。京都造形芸術大学客員教授。長崎市在住。

＊作中のエスペラント語の詩は、伊東三郎／作詩・阿部祈美／訳による

作品初出

・「教育評論」（日本教職員組合）
一九七九年七月～一九八〇年九月号連載〈未完〉

単行本初出

・大長編シリーズ版　一九八一年一月初版
・「乙骨淑子の本」第７巻、第８巻（連載時の形に戻す）
一九八六年三月初版

＊本書は「乙骨淑子の本」を底本にしています

新装版
ピラミッド帽子よ、さようなら

NIDC913
四六判　19cm　415p
2017年7月 初版
ISBN978-4-652-20221-0

作　者　乙骨淑子
画　家　長谷川集平
発行者　内田克幸
編　集　郷内厚子
発行所　株式会社 理論社
〒103-0001
東京都中央区日本橋小伝馬町9-10
電話　営業 03-6264-8890
　　　編集 03-6264-8891

2017年7月第1刷発行

印刷・製本　中央精版印刷

URL　http://www.rironsha.com